浙江文叢

傅雲龍集

〔第三册〕

籑喜廬文初集（三）

〔清〕傅雲龍　著　傅訓成　點校

浙江出版聯合集團
浙江古籍出版社

簑喜廬文初集卷十三

中嶽泰室石闕銘跋　登封縣　元初五

篆額題『中嶽泰室陽城□□□』，則改『泰』爲『太』，可不必矣。翁氏《兩漢金石記》稱《嵩山太室神道石闕銘》。雲龍按：拓本一行『崇』字、三行『寸』字顯然可辨，而顧炎武《金石文字記》『崇』作『嵩』。景日昣説『嵩』，『寸』作『方』。十三行『陵』字拓本亦見，惟《潛研堂金石文跋》尾云『丞』下似『江』，『夏』下似『西』，十五行『東臨』下似『汾』，殆所見本較顯歟？十八行『時監』下是『之』，翁未敢定，亦繇其本偶有未明。銘文又以『竝』爲『普』、以『試　』爲『戒』、『芷　』爲『老』、以『脩　』爲『脩』。雲龍又按：歐陽修《集古録》真蹟云者，拓本也，集本云者，非拓本也，今仿其例而變通之：凡石存注地、石佚注拓本，拓本未見注集本，見拓而非原本注重刊本。

開母廟石闕銘跋　登封縣　延光二

王氏《金石萃編》謂得畢氏精拓本，識諸家舛譌由未見善本，然如『防百川』上『鼀』字不必精拓乃見而王闕。又如『棘』字拓本顯然可辨，顧氏炎武、王氏澍、翁氏方綱皆依拓本作『棘』，而王作『淋』，轉以爲『琳』誤，何歟？『杞繒』之『繒』，翁誤作『繪』，而王糾之是也。『神道』上一字例以少室闕銘，當是『治』。漢改『啟』曰『開』，避景帝諱。

中嶽少室神道石闕銘跋　登封縣

篆額『少室神道之闕』，拓本『葴林』前尚有十餘行，每行末有畫，難可概辨，惟六行末一字似『劉』，刊銘年不可考。葉封《嵩陽石刻記》以薛政等與啟母廟同，謂同爲安帝年間物是也，而顧王諸家輒據以斷爲延光二年則未必，然何《兩漢金石記》年月表亦沿臆説歟？即其人盡同，可爲同時之證，難爲一年鐫銘之證。況薛政、夏效、馮寶冀、秘俊、趙穆、張詩、嚴壽而外，已易監掾陳脩爲辛述，易佐左福爲向猛、趙始也。斠之《開母廟銘》，『政』、『瞽』、『戛』、『㔿』、『穌』之類其同也，『芝』與『支』、『神』與『神』、『賜』與『賜』、『嚴』與『嚴』、『嵩』與『嵩』皆異，而『㔿』翁譌『西』，『祕』王之釋文譌『秘』。

中嶽泰室石闕後銘跋　登封縣　延光四

或題『延光四年潁州太守銘』，即此，刊於登封縣『嵩嶽泰室前銘』額字下。雲龍按：拓本四十五行，行約九字，較《兩漢金石記》四十七字尚多三字。二行第二字是『母』，五行第一字是『知』，十三行第九字是『屬』，『年』字在四行第四字，而翁列之二行，非也。『中嶽』二字見九行，是以仍題中嶽如前銘，而《金石萃編》遺。

少室東闕題銘跋　登封縣

題云『㓛孟李陽桯仲潘除鄭孟桯盛潘陽□文令常紓□□重令容』凡二十有四字，闕三字，見而顯之者，雒陽董金甌相函也。以『紓』爲『孫』是反書字，漢鏡往往有之。第一『桯』與第二『孟』異。

益州太守北海相景君銘並碑陰跋　濟甯州　漢安二

篆額『漢故益州太守北海相景君銘』十二字二行，而《兩漢金石記》誤云十字。文首云『惟漢安二年仲秋四日』，洪、歐而後『二年』無異詞，石拓亦然，而《金石萃編》『二』作『三』，未言改三之故，『四日』，精拓本尚存『四日』之半。『𢘛』下《濟甯州志》補『繁』，『民』下似『心』，以『醳』爲『𡚁』，『芳』洪誤『芬』，翁沿洪誤。『𣳚』洪誤『彼』，『勊』即『克』字，『光』下似『釋』，洪作『醳』。『孝』上王補『違』，非也。審是『剋』，洪誤『勊』。『明主』之『明』似『嗣』，『主』，翁作『王』。『設』似『踐』。『穸』下是『表𡍵惠』三字，『翔』是『拜』，『猶』上以『𦍐』爲『邦』，翁、王皆沿洪作『翔』，非也。『民兮』下是『亇』，『恩』，王誤『息』而洪、翁等不誤，『海』下是『代』而翁作『外』。

碑陰洪氏《隸續》『闓』，《廣拓本》不似『闓』，翁作『閶』，王作『闓』。『建』下一字，『㕟』、『剻』皆未確，『當』下非『離審ㄊ』。洪云以『倉』爲『蒼』、『渠』爲『柔』、『衙』爲『禦』、『憧』爲『慟』、『麋』爲『眉』、『质』即『質』、『孿』即『戀』、『恩』即『惡』、『𡘼』即『奔』、『褢』即『懷』、『𢍜』即『棄』。『邦』，『鄰』字所未言者，『繫』作『𣪠』、『管』作『菅』、『弦』作『𢇍』、『農』作『農』、『符』作『苻』、『寡』作『寘』、『歸』作『歸』、『郵』作『郵』、『督』作『督』、『叔』作『尗』、『伯』作『佰』、『居』作『凥』、『割』作『剖』、『垂』作『𡍮』。

《隸釋》『北海相景君碑』而外又有『謁者景君墓表』元初元、『郯令景君闕銘』元初四即歐録『景君石槨銘』而皆無名。

三公山神碑跋　元氏縣封龍山南蘇邨　本元初

三公山神碑，訪獲者吴氏式芬也，兩面鐫文，碑陽篆額已泐，陰額存『常山三公石臼』六字，文爲隸書，碑陽十九行、陰十四行。雲龍諦視拓本，較沈氏《常山貞石志》多二字：一在十五行『曰』下是『𠬝』，一在十六行『奉』上第四字是『臼』，合之沈《志》，凡隸三百九文。沈以碑陰『二月十七日癸酉』證《通鑑目録》『本初元年正月丁亥朔』，斷爲本初元年，與《後漢·質帝紀》合。碑以『朔』爲『朔』、『暘』爲『暢』、『𢓜』爲『禦』、『䓁』爲『等』、『刑狀』爲『形狀』、『道』爲『道』。末署書碑人，此漢石一例也。

雲龍又按：三公山有漢碑三：一『祀三公山碑』，立於安帝元初四年，篆書，是此碑前二十九年也，《兩漢金石記》有之；一『三公山碑』，立於靈帝光和四年，隸書，是此碑後三十五年也，《兩漢金石記》並此碑無之。

郎中鄭固碑跋　濟甯州學　延熹元

篆額二行曰『漢故郎中鄭君之碑』，隸文十五行行廿九字。諦視拓本『建』下是『昉』，『妑』下』二字是『公頌』，『綜』下是『害』，補以洪文惠《隸釋》僅闕十字矣。『佹』與《春秋》石經『佹諸』之『佹』同。洪云以『愕』爲『諤』、『錮』爲『固』、『質』即『質』、『猒』即『獨』、『㫚』即『曷』是也。又云以『幙』爲『模』，今審石本，誠如《萃編》作『模』，不作『幙』。吴氏《金石存》謂揚从手，劉太乙續《金石録》作『楊』爲誤，《金石萃編》亦从『手』，今審石本，楊从『木』，不惟與『司隸校尉楊孟文頌』、『沛相楊統碑』、『高陽令楊著碑』、『大尉楊震碑』、『司隸校尉楊淮表紀』、『繁陽令楊君碑』同尹宙碑『楊縣』、倉頡廟碑『楊仲』、《隸釋》王純碑『楊州』、張納功德敘碑『楊州』、陳球碑『楊秉』、蜀郡屬國辛通達李仲曾造橋碑『楊瑗』，且與《左傳》同，雖《隸續》《高眹石室題名》『揚子雲』可爲漢時兩用之證，而是碑則不从『手』。『諸曹』之『諸』，劉氏《續金石録》誤『諂』，『自脩』之『脩』翁氏《兩漢金石記》誤『脩』，『妑』、『䪼』从『叵』，與孫叔敖碑『烈妑』之『妑』同。又『著』、『㲋』、『遂』、『郵』、『𢦏』、『蔄』、『丰』、『規』、『䍃』、『恭』、『歸』，洪所未及。

泰山都尉孔宙碑跋　曲阜縣孔廟　延熹七

篆額有『漢泰山都尉孔君之碑』十字《萃編》十誤九，隸書第一行題目『碑』作『銘』，與它碑異。『醇椴』即《詩》『純椴』異文，『祗傅五教』即《書》『敬敷五教』異文。可證史者七：曰『宙』，一也，宋本《後漢書》『孔融父宙，泰山都尉』，與《三國志》注引《續漢書》作『宙』同，今本『宙』譌『伷』《金石後録》云常熟錢氏毛氏、泰興季氏見宋刻本皆作宙。曰『字季將』，二也，石本未泐，而歐陽《集古録》乃云『秀持』，朱氏《經義考・承師門》又注『宙字公緒』，是又溷『宙』『伷』爲一人矣。曰治《嚴氏春秋》，三也，《漢・儒林傳》『嚴彭祖與顔安樂顓門教授，由是《公羊春秋》有顔、嚴學』。曰『郎中』，四也，宋孔傳《東家雜記》云『十九代宙，郎中令』郎中令秩二千石，郎中二百，據碑知『令』字衍。曰『延熹六年』，五也，宙卒之年可以補史，趙既誤『六』爲『四』，朱竹垞又誤爲『熹平四年』。曰『貝印』，六也碑陰，可正《後漢書》『具邱』之譌。曰『華』七也，據碑知《漢・地理志》泰山郡華縣至延熹時未廢，可補《後漢・郡國志》『泰山郡屬』之漏。它如以『兵』爲『兵』，與『裴岑碑』、『武梁祠堂畫像題字』同。《隸釋》云『盧蓋』即『簠簋』，而《兩漢金石記》並从『竹』，何也？

西嶽華山廟碑跋　重刊本　延熹八

碑舊在華陰縣，篆額『西嶽華山廟碑』六字，隸文廿二行，明嘉靖中毀，世傳宋、王兩宋拓本，雍正初姜重刊於揚州，又有曲阜孔刊本。按文建碑者袁逢也，勑監都水掾陵杜遷，市石刻者亦著名無疑，惟遺書佐新豐郭香察書，其説不一，小歐陽以爲郭香所書，洪則謂察涖它人書爾。或謂東京無雙名，雙名豈少？或謂漢碑無書者，盍考『青衣尉趙君羊竇道碑』、『三公山神碑』、『敦煌長史武斑碑』、『李翕西狹頌』、『李翕析里橋郙閣頌』。然察書與市石對舉，一也，郭香見《續漢書·律曆志》二也，徐浩《古跡記》以爲蔡中郎書，雖此碑不應獨脱書人名，而原有與否未可知也。察書亦猶斠勘，三也。漢碑獨出之例往往而有，四也。『昭印』即《禮記》『瞻仰』異文，以『中』、『昘』、『香』、『耶』、『潑』、『女』爲仲、昉、香、邯、廢、汝，洪言是也。『⿱戈山』洪謁『武』，『脩』歐陽謁『修』，『王』洪謁『玉』。

竹邑侯相張壽碑跋　城武縣孔廟　建甯元

碑爲明時人截爲碑趺，上截猶存。雲龍㙰《全漢文》，曾據洪文惠《隸釋》補文並隸額『漢故竹邑侯相張君之碑』十字。翁氏《兩漢金石記》誤《隸釋》爲《隸續》，又奪額首『故』字，竹邑侯彭城靖王子阿奴，碑文『覞覞』即《易》『耽耽』異文，『覞』、『耽』，《説文》並有『視』誼。又假

『習』爲『襲』、『婁』爲『屢』、『嗇』爲『穡』、『蚌』爲『蠡』、『轓』爲『藩』、『駱驛』爲『絡繹』、『邛』爲『仰』、『顊』爲『旻』、『梨』爲『黎』，又『壽』、『巹』、『褎』、『世』、『載』、『丞』、『帶』、『義』、『懿』、『萬』、『雝』、『荼』、『鯀』、『卽』、『挑』、『莭』、『擭』、『莢』、『京』、『庚』、『圡』、『遭』、『幸』、『船』、『初』、『塈』、『竅』、『塾』、『丧』、『義』、『疾』、『首』、『對』、『徹』、『過』、『郝』、『擭』、『慼』、『虒』、『虒』、『含』、『晧』、『悕』、『痳』、『呼』、『殺』、『濟』、『銘』、『瓏』、『殷』、『璽』、『遂』、『迻』、『躬』、『胥』、『沵』，凡『彳』並『冂』，凡『不』並『丕』，或正或變或省，洪亦未必無異，而石本半佚，不能不據洪矣。王氏《金石萃編》不惟『橈』、『頤』、『頣』之類輒多舛易，無足毛舉，而『敦悅』之『悅』譌『崇』，『表問』之『問』譌『奉』，『清茂』之『茂』譌『茷』，又奪『擭』下『援』字、『訪』上『俊□』二字，又引《隸釋》删此碑，又『借蚌用之字』、『書亦通用也』二語意殊未明。『獨照』之『獨』，歐陽《集古録》與洪合，而王作『燭』，亦未有據。

衛尉卿衡方碑　汶上縣　建甯初

隸額『漢故衛尉卿衡府君之碑』十字陽文，『衛』字可以證碑『登』下『衛』字。隸文廿三行行卅六字，末行『傳』下距半字許有碑注『門生平原樂陵朱登字仲希書』十二字，以拓本證翁氏《兩漢金石記》，非虚言也。凡文八百一十七，其中金石家據集本補廿九字。雲龍諦視拓本，『留』、『邉』、『之』師下、『離』、『祖』、『頤』六文，或半存，或隱見，猶可辨也。本無从識之六十三文，翁惟『礼服祥除』之『礼』，王作『禮』，翁依洪作『札』，殆『禮』之譌與？『膂』、『臨』、『諡』、『身』、『競』、『旨』，又奪碑末『碑』字、『希書』二字，此可以石本補正者也。『藏』、『太醫』之『太』，翁不誤，而王氏《金石萃編》誤，王又誤『諱』、『庶』、『兼』、『廬』、『紫』、『鎣』、『滯』、『身』、『合』、『祓』、『規』、『銘』、『金』，非隸變即古省也，而洪、翁誤。『廡』又誤『笛』、『撥』、『泱』、『卬』、『臨』、『楚』、『謚』、『不』、『忘』、『頤』、『前』、『檻』、『香』、『符』、『傭』、『魏』、『靜』、『痛』、『歸』、『合』、『臧』、『醫』、『寬』、『慄』、『恩』、『獄』、『鳳』、『庽』、『賓』、『畱』、『廬』、『鴈』、『穀』、『廉』、『泉』、『鬪』、『稽』、『軫』、『旌』、『來』、『喪』、『太』、『榘』爲『矩』，皆假借也。又如『謹』、『擘』、『甾』、『殷』、『世』、『土』、『道』、『履』、『肩』、『兼』、『儒』，『斑』爲『班』，『倍』爲『背』，『淡』爲『疾』，『緄』爲『衮』，『庵』爲『奄』，『聲』爲『馨』，『樂旨君子』爲『樂只君子』，又以『湣』爲『閔』，與《春秋傳》同，其裨於經學如是。它如『濡』爲『藝栽』，以『禕隋』爲『委蛇』，以『剋長剋君』爲『克長克君』，以『不量不陽』爲『不吳不揚』，以『恵』爲『能哲而惠』。又證《詩》之異文，碑以『邵甫』爲『召虎』，以『背』爲『邶』，以『蓼儀』爲『泰』，以『巛』爲『坤』，證書之異文，碑以『䒷謨』爲『典謨』，以『競靚』爲『競競』，以『繇悊繇』爲謂本『肇』上是『滹』，聊存說，以斠舊拓。今證《易》之異文，碑以『蹇𧶠』爲『蹇蹇』，以『太』爲

魯相史晨祀孔子奏銘跋　曲阜縣孔廟　建甯二

《集古録》『魯相晨孔子廟碑』、《金石録》『史晨孔子廟碑』、《天下碑録》『魯相晨等奏出王家穀祠孔子廟碑』、《隸釋》『魯相史晨祠孔廟奏銘』即此，而《隸辨》謂《集古録》『史晨孔子廟碑』，毋乃以趙爲歐陽歟？《兩漢金石記》引《隸釋》而改『廟』爲『子』，抑又何也？碑云『畔宮』，即《詩》『泮宮』異文。益州太守高朕《修周公禮殿記》同，『挈』，爲『挈』之變體，亦即『契』之通假，《詩・邶風》釋文『契』亦作『挈』，《爾雅・釋天》、《釋文》『挈』或作『契』，《漢・溝洫志》注：『挈，收田租之約也。』以『煙』爲『禋』，與《周禮・大宗伯》『禋祀』、鄭云『禋之言煙』之説合。又云『襃成世享之封』，參以『孔廟置守廟百石卒史碑』襃成侯，則襃成侯爵可爲范《書》謝承《書》封侯之證，而知劉昭以不誤爲誤矣。《隸釋》言以『倉』爲『蒼』，『汁』爲『叶』，『韻』古『響』，未言『頊』、『受』、『苻』、『舊』、『壹』、『變』、『丰』、『頑』、『莚』、『靈』、『敬』、『莭』、『圠』、『稽』、『制』、『師』、『玉』、稷、『欽』、『泝』、『魏』，非隸變即異體也。

史晨饗孔廟後碑跋　同上

文在前，碑陰亦漢碑之兩面刻文者也。碑云刊石勒銘並列本奏，據知雖非一文而刊於一時無疑。《隸釋》題後碑目不注年是也。《金石録目》『魯相史晨孔子廟碑』誤注『建甯元年四月』，前後兩碑易置。郭宗昌《金石史》、孫星衍《寰宇訪碑録》沿之未之深考，而《兩漢金石記・年月表》既名後碑，亦越前銘，而列於建甯元年何也？《隸釋》言『文』爲『汶』，『濡』爲『壖』，『薦』即『薦』，『宂』即『冗』，『廧』即『牆』，『壞』即『壞』，『肉』即『肉』，未言假『材』爲『財』，『桐』爲『通』，它如『旋』、『塱』、『因』、『薩』、『讚』、『副』、『寔』、『零』、『克』、『廱』、『萩』、『等』、『外』、『吏』、『綴』、『友』、『錢』、『顏』、『髣』、『梓』，非隸變即異體，與前同者不贅。前云『畔宮』，此云『畔官』，桂氏馥言隸體『宮』多作『官』，『北海相景君碑』『營』並作『營』。

孝廉柳敏碑跋　重刊本　建甯二

碑據《漢隸字原》云在忠州，重刊本經吴玉搢《金石存》、王昶《金石萃編》勘誤，已辨非原本矣，惟『伯』作『撥』、『倉』作『蒼』、『寵』作『寵』、『邦』作『邦』、『臧』作『臧』，爲吴、王所未糾。《兩漢金石記・年月表》遺，豈以其僞歟？然如『李君碑』、『楊統碑』、『繁陽令楊君碑』皆表而注僞矣，而遺此。

郎中馬江碑跋　集本　建甯三

趙、洪録本互有闕補：趙闕馬君名而洪云諱『江』，趙『三年正』下有『月卒』二字而洪闕。

博陵太守孔彪碑跋　曲阜縣孔廟　建甯四

篆額『漢故博陵太守孔府君碑』十字，隸文十八行行卅五字。《集古録》見本名泐，故稱『孔君碑』。既譌『遭大君憂』爲『遭太守君憂』，又譌七月爲十月，然『辛未』下『卒』字，可補洪本及拓本之闕，何朱氏較訂《隸釋》存疑未之及歟？蓋『不』下洪作『得』，『出』下闕『二』字，而翁氏《兩漢金石記》闕『三』，『恕』下闕『二』字，而王氏《金石萃編》闕『一』、『律』上闕『五』字（洪同），而王闕『六』，此可以拓本正也。『抍馬』爲《易》『拯馬』之異文，『遵王之素』爲《書》『遵王之路』之異文，假『穎』爲『潁』，『斿』爲『游』，『肴』看爲『爻』，『沂』爲『涯』，其隸體變省，『乭』、『師』、『帶』、『疾』、『病』、『蘉』薦、『謳』、『害』、『發』、『惡』、『義』、『遷』、『此』、『豈』、『犀』、『波』、『軗』、『昭』、『我』、『英』、『賢』、『靈』、『考』、『劉』、『對』、『劉』，洪多未及。

李翕析裏橋郙閣頌跋　略陽縣　建甯三

此頌石刻二，一漢建甯五年刻，一宋紹定三年刻。《天下碑録》云在漢州什邡，《字原隸釋》云在興州，宋興州今略陽，明申如塤重刻者，就宋刻加深而漢刻無恙也，王氏《金石萃編》未深考耳。雲龍見本即是漢刻，其泐較多。無額及後五行。據《隸釋》，隸額『析里橋郙閣頌』六字二行，後五行：『建甯五□□月十八日癸□下闕時衡官□□□仇審字孔信從史位□□□□

字漢德爲此頌故吏下辨□□□子長書此頌時石師□□□□威明其爲頌』。《隸續》證天井題名即仇靖，其書頌《天下碑録》謂仇子長名紼，參以題名信然。石本『溢』下水旁猶見，《金石遺名録》云是『滔』，『均』上一字洪作『平』。碑以『柱』爲『注』，『盆』爲『溢』，『醳』爲『釋』，『漯』爲『濕』，『續』爲『績』，『皓』爲『昊』，非假即通也。它如『㒸』、『漢』、『源』、『㾓』、『霖』、『稍』、『滯』、『深』、『遍』、『歲』、『崩』、『禍』、『楚』、『諱』、『此』、『楄』、『令』、『造』、『燎』、『四』、『厤』、『後』、『險』、『𠀠』、『隣』、『巛』、『寂』，是隸變或省也，而歐陽譌『漸』爲『潮』，沿譌者顧也，歐陽又譌五年之『五』爲『三』，沿譌者洪、翁也，翁又譌『莫』爲『其』，奪『靡』下『已』字。

北軍中候郭仲奇碑跋　集本　建甯五

《隸釋》此碑篆額『漢故北軍中候郭君碑』九字。云碑書其官無『北』字，郭究碑但稱『軍中』，若與額殊。祝睦嘗爲北軍中候，其後碑書云『北軍中候』，則知此亦省文爾，而《集古録》有『北』字，其筆誤與《集古録》『第』上無『之』、『子』，下有『也』，『河内』上『乎』作『於』同。

繁陽令楊君碑跋　拓本　熹平二

王氏《金石萃編》據《唐書·宰相表》知楊君名馥富波侯子長統、少馥是也，石佚。王據宋拓本謂與《隸釋》無增損，然雲龍籑《全漢文》曾斠異同。『㦸』不似今拓，沿明刻，洪本作『㦸』，此與舊本《隸釋》同也。『𣏾』下無，王作『𣟁』，『吏』下『士』，王作『木』，『絶』下『迹』，洪云即『迹』，王作『速』，『疆』下『埸』，王作『場』沿今拓譌，『挈』，洪云即『潔』，王作『潔』，『翺』，王作『朝』，熹平三年之『三』，洪與趙同，王作『二』，『逌』云即『乃』，王作『廼』，『岳』，王作『嶽』，此與舊本《隸釋》異也，『蔑』，明刻作『蔑』，今拓作『蔑』，王作『茂』，此互異也，『墬』，洪云即『地』，王云籀文『墬』，此省从豕，而『録碑』又譌『墜』，此又不異而異也，洪云以『假』作『遐』，『犆』作『特』，『俞』作『愈』，『軨』作『齡』，『产』即『克』，『復』即『退』，『隊』即『墜』，所未及者，『苞』、『壓』、『膺』、『鐘』、『楊』、『滌』、『泥』，時見通假，『援』、『整』、『典』、『胐』、『農』、『釗』、『亡』、『競』、『絲』、『訢』、『兮』、『虔』、『醇』、『倫』、『宰』，亦隸體宜辨者，『陰』見《隸續》。

熹平殘碑跋　曲阜縣孔廟

乾隆五十八年出土，阮文達移置曲阜孔廟。文存七十有奇，敦書樂古，殆有師承，惜名佚矣。熹平二年十一月是其卒年月也。孫氏《寰宇訪碑録》以爲立碑年月，何歟？『敦』上是『華』，石泐上半。此碑《兩漢金石記》所遺。

婁壽碑跋　集本　熹平二

歐、趙著録，洪文惠《隸釋》『玄儒先生婁壽碑』有陰。《隸續》碑圖云『玄儒婁先生碑』，篆額一行陰文，而《圖經》『婁』作『翟』，證爲『婁』，自歐陽始石佚，宋拓本未見，翁據雙鈎本斠洪有異。碑兩『攸』爲『脩』之省，雙鈎本『不攸』之『攸』中直二筆，而洪並作『攸』，『不可營以禄』之『營』與虞翻本合，翁詰洪作『榮』之誤，然歐先作『榮』，『且溺』爲《論語》『沮溺』之異文，而歐譌『沮』。『榷乎其不可拔』之榷，爲《易》『確』之異文，而洪譌『確』，又譌『廉勤』爲『廉動』。『木二』、『蔵』、『糊』糲、『庋』、『褭』、『徲』、『徠』，已言者也，未言『耉』、『孝』、『时』、『抗』、『茉』、『肰』、『贊』、『牖』、『知』。《金石萃編》無此碑。

帝堯碑跋　集本　熹平四

《集古碑》、《天下碑録》堯祠碑即《隸釋》帝堯碑也。篆額三字陰文，碑『塊隗』、即《帝王世紀》『魁隗』，而《金石録》『隗』作『隗』，『授與』之『授』作『受』，『纘』，歐作『纂』，『暨於亡新』歐云『至於』，『王莽圯』歐作『絶』，『連理生於堯祠』，『祠』字洪闕，雲龍纂《全漢文》據歐補。

梁相費汎碑跋　集本

此湖州墨妙亭費氏三碑之一，今皆佚。《金石録》、《天下碑録》云在湖州衙。洪文惠《隸釋》云三碑並列吴興校官壁，歐陽棐《集古録目》云在南京，非也或詰《集古録》誤。洪又云『漢故梁相費府君之碑』篆額，《隸辨》云九篆三行，碑十行行十五字。

汎字仲慮，鳳父，歐陽《集古録》「汎」作「況」，疑爲汎，「㧊」即「氏」，「墜」與「無極山碑」、「繁陽令楊君碑」同，而趙作「地」，洪云「墜」即「地」，「福流後䏌」下歐云磨滅八字，洪本「庶□昌□在堂□室」，闕三文耳。阮文達《兩浙金石志》从宋石刻，劉球《隸韵》録得此碑十六字「汎因稼鄉蕭年變銷蝗由狀階政前烋勠」，云「烋」作「休」，今斠「国」、「鄉」、「丰」、「階」、「勠」亦微異，以「蹇郛」爲「謇諤」，洪已言之，所未言者，「此」、「亥」、「遂」、「甾」、「爲」、「穡」、「皀」、「質」、「晊」、「敎」、「發」、「肩」、「慕」、「豺」、「於」《湖州府志·金石略》未引阮《志》。

堂邑令費鳳碑跋　集本　熹平六

梁相費汎碑爲孫立祖碑，此則妻弟立姐夫碑也。篆額「漢故堂邑令費君之碑」九字三行，文九行，行三十五字，歐、趙洪著録「有恥且洛」，即《論語》「有恥且格」之異文。《爾雅·釋詁》「格，至也」，《玉篇》「洛」亦訓「至」，《説文》「假，至也」，《集韵》「洛」或作「假」。此碑「洛丂大荒」亦不从木。洪云以「埶」爲「執」，「基」、「朞」字其未舉者。「巟」、「哆」、「良」、「㴔」、「鄰」、「僦」、「色」、「翔」、「翻」、「絜」、「退」、「化」、「凬」、「拴」、「弔」、「珷」、「郮」、「辟」、「卒」、「業」、「邑」、「僦」、「丰」、「辟」、「普」、「辟」、「逢」、「老」、「斷」、「滇」、「虔」、「禽」、「亞」、「俾」、「勝」、「垂」，非隸辨即省文也。《兩浙金石志》从劉球《隸韵》録此碑四十字：巟、堂、呼、哀、哉、友、柱、甸、翔、翻、鼎、調、領畜、且、牧、言、伏、弔、早、殁、連、迷、財、副、堅、消、杖、比、樞、老、剁、辛、酸、禽、鮮、超、游、咸、豈、苐。『畜』與『畜』異，如阮云爾哉。

費鳳別碑跋

趙以爲費君碑陰，洪已詰其誤也。石勯爲鳳中表，『白珪』即『白圭』異文，『湼而不滓』即『涅而不緇』異文，『逶虵』即『委蛇』異文，『鵠』若飛鷹，『鶙鵳』若夫唬虎，即『鴥彼飛隼，闞如虓虎』異文，『蕳在上帝心』即『簡在帝心』異文。以『確』爲『推』，『遂』爲『幾』，『霂』爲『逐』，『基』爲『朞』，『辟』爲『辟』，洪言之矣，未言『眳』、『目』、『才』、『奔』、『甹』、『哀』、『蕭』、『亞』、『戉』、『莫』、『術』、『寖』、『雲』、『騰』、『丰』、『吳』、『鴇』、『藏』、『鉤』、『倦』、『乘』、『雖』、『楚』、『憐』、『造』、『纏』、『存』。《兩浙金石志》从劉球《隸韵》録此碑六十字：舅、奔、肝、傷、瞻、懷、仰、鑽、堅、堪、蕭、簫、梁、銀、遐、前、逸、難、羣、莫、術、噭、恤、闌、雲、騰、踐、獻、操、擾、黔、成、丹、寇、鄣、鳩、彊、轓、甥、鴇、蘿、藏、耕、婦、鉤、望、循、搴、裳、嗟、甚、姑、考、縗、吾、壺、別、伉，《隸釋》互有異同。其中『簫』字趙亦从竹，惟『壹』作『壺』，誼有未解。書此備《湖州續志》之補。

尉氏令鄭季宣碑跋　濟甯州學　中平二

篆額『漢故尉氏令鄭君碑』，佚矣。碑陰篆額『尉氏故吏處士人名』八字，横刊，洪、婁並誤云『尉氏處士故吏人名』，顧氏《隸辨》又誤云『處士尉氏故吏人名』。碑文中平二年四月辛亥，季宣卒日也，三年四月辛酉乃其葬日即立碑日，趙氏《金石録目》注『三年』，孫氏《寰宇訪碑録》二年四月未之審耳。翁氏《兩漢金石記》年月表亦列二年四月，何也？按《説文》『𡕝』讀若『載』，石鼓文作『𤖉』，碑以『𡕝』爲載，『𡕝』即『𡕝』之隸體，顧已詰洪爲『飢』之誤矣。洪又云『夙』作『𡖍』，王以爲即《説文》『𡖍』早敬也是也。王又云『𢿛』爲『馥』，『㥁』即『思』，借『咨』爲『資』。洪又云『䲦』即鳩名，顧以爲驩，翁謂《古文尚書》『㣇』从丹、非从舟，又以『燠咻』爲『燠休』，翁説亦核。翁於碑既升石補字，又録洪本，參以孔繼涵《圖格》、張弨《釋文》，可不謂加詳歟？而猶不無舛漏：『協』下『甯』，『徽』上『慎』，阮氏《山左金石志》已言之，他如翁引洪『忠貞』二字而倒爲『貞忠』，又碑銘辭内『討賊』下洪闕二字、翁闕一字，核以四言及韵脚皆不合，『迹』下洪闕六字而翁云當闕七，蓋不自知其誤在脱『賊』下一空格也，王誤亦如之。翁録《隸續》碑陰，脱去十七八九行下列三行，洪十七行下列云『□□□邵訓□張』，翁云『□□□□□』，邯鄲拓本漫漶，未審孰是。洪十八行下列云『□□□□□□禮』，翁云『□□□□□史』，注『史』下云洪未著，不知洪原有『史』字，特高一字耳。洪十九行云『主簿』下闕，翁云『主□□□□□彦』，此可互補。《山左金石志》云十四行『葬故』二字翁所未及，而翁實已及也。王本譌『雲』上『賊』爲『賦』，『五』下『萛』爲『典』，『輿』下『旇』爲『施』翁『燠咻』不譌，而王引譌『噢』。

仙人唐公房碑跋　成固縣

篆額『仙人唐君之碑』六字，隸文十七行行卅一字。洪文惠《隸續》圖額與拓本合，翁氏《兩漢金石録》記云唐氏誤，何也？《隸釋》引《後漢志》，翁謂即《華陽國志》，近是而誤『釋』爲『續』，且衍『書』字，洪云『房』，或作『防』，或作『昉』，皆誤。『美』即『莽』，『智』即『壻』，『𪔿』即『鼠』，『孿』即『戀』。雲龍按：『美』不作『美』，『智』，《金石後録》已辨是『智』非『壻』，『孿』不作『孿』，洪所未及，『貫』、『者』、『㳟』、『䛨』、『高』、『蚋』、『退』、『蝛』、『迦』、『邵』，亦隸體當辨辨者。王氏《金石萃編》『耆』爲『者』，『𣅀』爲『昏』，『螟』上奪『其』翁亦奪，『蝛』譌『蝛』，碑陰泐矣。

酸棗令劉熊碑跋　集本

《水經・濟水注》酸棗城有縣令劉孟陽碑，即此。『陽』字可補洪闕，否則『熊』字不知，微獨歐陽不知碑在酸棗，廑題『俞鄉侯季子碑』已也。石佚矣，雲龍餋《全漢文》，如朱彝尊所見鄭谷口藏本，顧藹吉《隸辨》所摹寒山趙本，翁方綱《兩漢金石記》所言汪中容甫宋拓本、巴慰祖俊堂雙鈎殘本皆可補洪，雖然，碑文與陰，洪存居多。翁云巴本多出洪闕四字。雲龍按多『里』『東』下、『不獨』『貧者』下三字。碑以『亨』爲『享』、『殷』爲『隱』、『究』爲『宄』『踰』爲

『諭』、『偶』爲『隅』，『鶴』省作『隺』，洪言之矣。『未』言『丕』即『丕』，婁釋作『本』，非也，巴本作『不』、『印』仰，且未言『秉彝』爲『秉彝』異文。『斯爲取旃』爲『斯焉取斯』異文，『涣乎』爲『焕乎』異文，即如『孟』、『麻』、『源』、『土』、『泉』、『鹿』、『敦』、『豈』、『量』、『凡』、『鬼』、『戎』、『戒』，亦隸體當辨者也。巴本異洪尚有『沙』洪『妙』、『邑』邕、『彝』彝、靈靈、我我、首首，唐王建題碑詩、宋蘇邁書、胡戢之語均謂爲蔡邕書，洪云似非而亦無辨，非確佐。翁云以『豊』爲『豐』，與華山碑同，目爲蔡書，果然則立碑在靈獻間。洪跋在《隸釋》，翁云《隸續》，亦誤。

武梁祠堂畫像題字跋　嘉祥縣武宅山

《金石録》有武氏石室畫像五卷。《隸釋》武梁祠堂畫像、《隸續》武梁祠堂畫記始圖且釋，僅四百字有奇。乾隆四年，錢塘黄氏易於嘉祥縣南三十里紫雲山續得武梁石室盡［畫］像，翁遂合唐拓斠增七十餘字，然『帝佶』之『佶』譌『佶』，『丁蘭』之『蘭』譌『闌』，『柏榆』上逼右角橫線，初無闕文，而翁云上闕不可計，『楚』上『悲』字在『柏榆』肩上，而翁闕『悲』字。《隸釋》云以『其』爲『期』、『武』爲『舞』、『媿』爲『醜』、『凱』爲『楷』、『連』爲『斕』，『者』即『嗜』，今本『者』譌『者』。《隸續》云『魯恭』即『魯峻』。此外『王』即石鼓『攻』，以『誦』爲『融』，『造』即『造』，『造』之作『造』與『佶』之作『佶』同，『兵』即『兵』，以『動』爲『動』，是《尚書》異文之一證。稱『繼母』爲『假母』，與《漢書·衡山王傳》注同，『楚』爲『楚』，『鹽』即『鹽』，『老』即『老』

封丘令王元賓碑跋　集本

此碑隸額兩行，存『今碑』二字，見洪氏《隸續》。『賓』字歐趙皆作『賞』，洪云『賓』字分明，其『名』仿佛是『銘』。各本互異：如洪云『弱冠䘮父，以孝立稱』，歐則云『遭父喪，以孝行稱』，『遭』爲歐之臆度，『行』則歐『長』，『察孝廉郎』下歐有『中』，趙、洪均無，似是歐衍。洪云『菀』爲『宛』，而歐作『宛』，『莞陵葉封丘』即銘所謂『三國』，而歐誤『葉』爲『丞』。碑陰洪云四橫故吏四人，有名字郡邑者數十人，餘皆凋落。中有『立碑錢五百有奔喪有斬杖三年』之文，而今本《隸續》則闕。『顯節』以上，所謂『立碑錢五百及有斬杖三年』語皆不見。雲龍輯《全漢文》據歐補『濟陰定陶蔡顥子盛』八字，又『宛趙鄧升升』五字，又『陰』下『成武』二字。張鳳之『張』歐作『周』，未審孰是。碑陰『宛』似亦當作『菀』。

天發神讖碑跋　江寧縣學　天璽元

此即吴天璽紀功碑也，石斷爲三，俗呼三段碑，舊在抹[稜]陵縣巖山段石岡，岡以碑名。宋胡宗師刊跋移漕臺籌思亭，又有宋石豫跋。張勃《吴録》謂華覈譔，皇象書，許嵩《建康實録》注、董逌《廣川書跋》、黄長逹《東觀餘論》、戚光《集慶續志》、《明一統志》、周在浚《天發神讖碑考》皆从之。碑假『桼』爲『七』，與禪國山碑同，經傳『漆』之省文，《説文》『桼』之小變，亦即韓勑碑、𣳚候鉦銘『來』之隸變也。翁氏《兩漢金石記》已證未作『桼』之非，而又作『桼』，亦非碑文本體矣。翁本『大弓』上奪『□』書爲『太平』，亦非，『服』下『天』字翁作『而』，旁注『或作天，誤』，然諦視拓本與前數『天』字同，似難言誤。翁本多改石拓字體，抑又何也順德若農先生爲雲龍署《重刊干禄字書》，見者咸謂得象書神髓。

新羅國王金法敏碑跋　朝鮮

碑額曰『新羅文武王陵之碑』，其文『金□□譔韓訥儒書』，蓋正書也，在朝鮮慶尚道慶州府善德王陵下。考碑稱十五代祖星漢王，爲《唐·東夷傳》所不載。《唐書》云：『新羅，弁韓苗裔也，王姓金，武德四年，王真平遣使入朝。』《舊唐書》云：『七年辨金真平爲柱國，封樂浪郡王、新羅王。貞觀五年卒，立女善德爲王，二十一年善德卒。』然則法敏陵在善德陵下，故碑在焉。《唐書》又云善德妹真德襲王，明年遣弟伊贊子春秋來朝。永徽元年春秋子法敏入朝，擢法敏太府卿。五年真德死，春秋襲王，明年百濟、高麗靺鞨共伐，取其三十城，使來請救，帝命蘇定方討之，以春秋爲嵎夷道行軍總管，遂平百濟。然則碑云『近違鄰好，頻行首鼠之謀』，指百濟、高麗、靺鞨言也，又云熊津道行軍大總管，與《唐書》嵎夷道行軍總管略同，又云至賊都，元惡泥首，蓋即《唐書》遂平百濟也，據知爲法敏之父春秋時事。法敏襲王，以其國爲鷄林州大都督府，授法敏都督，咸亨五年削，上元二年復，開耀元年死，或曰是碑立於開耀時，蓋據此也。

碑云年五十六，據知其生於唐武德九年丙戌，新羅國王真平猶及見其生也。燒葬即火葬，爲嗣王政明時事。『寑』即『寝』俗體，《説文》『寑』，籀文省作『𡨦』。

聖住寺郎慧塔銘跋 朝鮮

碑在朝鮮，高丈有一寸，廣六尺六寸，正書五十八行行九十六文，前結銜崔致遠譔，後結銜从弟崔仁渷書。考《石南山寺國師碑後記》，云仁渷者辰韓茂族人也，人所謂一代三崔：曰崔致遠，曰崔仁渷，曰崔承祐，然則从弟云者，對致遠而言，而陸氏增祥乃云郎慧姓金，仁渷自稱从弟，殊不可解，亦未之思耳。朗慧卒于文德元年，碑文云『昔文考康王追謚曰大朗慧』，則立碑在後可知。或曰大順元年立，未詳所據。

金石集成凡例

金石學於小學、經學、史學有裨。歐、趙未録文繢圖，録且繢自洪文惠始，雖金石佚而圖不佚，仿例踵起。王氏《萃編》欲論金石，取足於此，不煩他索，此其願詎易償哉。即償而衆説傳寫輒譌，更無論篆隸變省已，雖欲徵信，庸足信乎！雲龍以爲欲千百年遺文不失本真，孰若石印之爲愈也。集成有願，輒發厥凡：

一、存式金石不溢篇幅，景如其體。體巨則景幾分之幾，以半頁爲限。

一、印文無論原文侈斂，而行字印歸一律。

一、精拓，石佚則搜舊拓，同則求精。

一、備徵拓本未見，姑從集本録文。

一、釋文，石本晚拓彌泐，而文不妨篡輯。

一、斠異夾注釋文。

一、集證宜博。

一、取説宜約芟其文，省其複。

一、存疑兩説非有確佐，不欲武斷也。

一、平議非形前短，欲免後惑也。

光緒順天志采訪凡例

一、慎選本籍紳士通敏耐勞者司采訪事。大約有三：曰實，勿受虚飾，曰切，勿羅謬悠，曰速，勿曠時日。任事罔負，書成列名。

一、州縣有志，但正漏譌，益後出，免贅也。

一、水道圖格北上南下，計里開方。如格方五里，則斜七里，申縮倣此。其水注由何處入界，由何邨出界，並注距城若干里、分合處、異同處，城邨橋閘處注寬深，自爲一水注起止，停水注周若干里，井泉所在、淤者、廢者、徙者，注年月、里數、大小、利害，沿水邨鎮、關山、古蹟、文武分注，及堤閘橋渡，在水南則注於南，北則注於北，其堤注長若高，其橋注木石，其河工水利成案録册送簣。其圖如式：水、淤、廢、堤、橋、閘、渡、陸路、小徑、城。

一、邨鎮以州縣治爲主。四正四隅，由近及遠，如城東一里某鎮、二里某鎮某某鎮，它仿此。

一、舉人科分名次。乾隆以後道光以前，禮部檔册斷爛無徵，闕幾百年，各訪所知。

一、順天忠義局彙恤成案由局傳鈔，如多事實仍聽采報。孝子順孫、義夫節婦詳搜勿漏。

一、藝文志厥類二：一順天所著書，一紀録順天事之書。甄録書目，班《志》例也，所訪當詳名字、爵里、時代、卷數，或存或佚，已刊未刊，佚書注所見出處，生存人書例不著録。

一、金石文量尺寸，拓依形制。

一、風土志之户口，賦役志之丁糧、差徭、雜征、莊田，經制志之官吏、倉儲、漕運、鹽法、錢法、典禮、學校，兵制，驛站，舊志所略，檢官文書。

一、願赴志局陳所知者聽。

順天府前代官師傳凡例

志注本此。

往官斯土者若鄒衍，若郭隗，僅言燕王師事之按《晉・陳邵傳》『邵遷燕王師』亦視此例不入志，

《太子丹傳》鞠武非治民，治軍官也，漢以來治民或不治軍，而治軍多兼治民。然有督諸州軍事，鎮治它竟，又非以本職兼者，如東漢之張奐《通鑑》五十六：『永康元年三州清定。』注『時奐督幽、并、涼三州』、晉之東海王越《晉・東海王越傳》：永嘉初越領兖州牧，督兖豫司冀幽并六州、戴若思《晉書》傳：（戴若思）元帝爲晉王，出爲征西將軍，都督兖豫幽冀雍并六州諸軍事，假節。按略表漏此、劉琨《晉書》傳：帝遣趙廉持節拜琨爲司空都督并冀幽三州諸軍事，琨上表讓司空受都督。按《通鑑》八十七，拜琨都督在湣帝建興三年、劉隗《晉・元帝紀》：大興四年，劉隗爲鎮北將軍，都督青徐幽平四州諸軍事、青州刺史，鎮淮陰。又《劉隗傳》：劉隗都督青徐幽平四州軍事，假節加散騎常侍，鎮泗口、慕容廆《晉・元帝紀》：大興四年十二月，以慕容廆爲持節都督幽、平二州、東夷諸軍事、平州牧，封遼東郡公、王邃《晉・元帝紀》：永昌元年冬十月，以下邳内史王邃爲征北將軍，都督青徐幽平四州諸軍事，鎮淮陰、慕容雋《晉・穆帝紀》：永和五年夏四月，假慕容雋大將軍幽平二州牧、大單于、燕王、征西大將軍、謝尚《晉・穆帝紀》：永和十二年冬十月進豫州刺史，謝尚督并冀幽三州諸軍事、鎮西將軍，鎮馬頭。《通鑑》一百胡注：時江左僑立青冀并幽四州於江北。《晉・謝尚傳》：升平初，進督豫冀幽并四州、郗曇《晉・穆帝紀》：升平二年秋八月，以散騎常侍郗曇爲北中郎將，持節都督徐兖青冀幽五州諸軍事，領徐兖二州刺史，鎮下邳。《晉・郗曇附鑒傳》：曇都督徐兖青幽、揚州之晉陵諸軍事，領徐、兖二州刺史假節、范汪《晉・穆帝紀》：升平五年郗曇卒，二月以鎮軍將軍范汪爲都督徐兖青冀幽五州諸軍事、王述《晉・王述附湛傳》：王述代殷浩爲揚州刺史加征虜將軍，進督揚州、徐州之琅邪諸軍事、衛將軍、并冀幽平四州大中正刺史如故、郗愔《晉・海西公紀》：太和二年秋九月，以會稽内史郗愔爲都督徐兖青幽四州諸軍事、平北將軍、徐州刺史。《郗愔附鑒傳》略同、謝安《晉・孝武紀》：大元九年九月加太保謝安大都督、揚江荆司豫徐兖青冀幽并梁益雍涼十五州諸軍事、謝玄《晉書・附謝安傳》：謝玄都督徐兖青三州、揚州之晉陵、幽州之燕國諸軍事，以兖、青、司、豫、平加玄都督徐兖青司冀幽并七州軍事、敬王恬《晉書・宗室傳》：敬王恬，孝武時都督兖青冀幽并、揚州之晉陵、徐州之南北郡軍事，領鎮北將軍、兖青二州刺[史]假節、王恭《晉・孝武紀》：太元十五年春二月，以中書令王恭爲都督青兖幽并冀五州諸軍事、前將軍、青兖二州刺史。《晉・王恭傳》：假節鎮京口、劉牢之《晉書》傳：劉牢之，字道堅，王恭引爲府司馬，恭死遂代恭爲都督兖青冀幽并徐揚州晉陵軍事、元顯《晉・安帝紀》：隆安四年冬十一月，以揚州刺史元顯爲後將軍，開府儀同三司，都督揚豫徐兖青幽冀并荆江司雍梁益交廣十六州諸軍事、劉裕《晉・安帝紀》：元興三年三月，桓玄司徒王謐推劉裕行鎮軍將軍、徐州刺史、都督揚徐兖豫青冀幽并八州諸軍事假節、後魏之斛律金《册府元龜・三百四十五・斛律金》：後魏高祖時領恒雲燕朔顯五州大都督、叱列延慶《册府元龜・三百六十四・叱列延慶》：孝宗時都督恒雲燕朔四州諸軍事、唐之彭城王勰《册府元龜》二百八十一：彭城王勰都督冀定幽瀛營安平七州諸軍事、衡陽王義季《册府元龜》二百九十三：衡陽王義季，武帝子，都督南徐兖青冀幽六州諸軍事、竇杭裴耀卿《太子賓客贈太師竇希球神道碑》：希球曾祖抗，唐梁岐冀定幽易燕檀八州刺史。抗有傳，非以此作、明之孫承宗、張福臻《明史》傳：天啟二年督山海關及薊遼天津登萊等處軍務。《明史・趙光忭傳》：張福臻督薊鎮，駐關内，方士亮劾福臻昏庸，裁薊督，尋復，此難可入志也。燕之幽州徙薊已前治龍城，高陽王隆《通鑑》一百七：燕慕容垂建興四年正月，以高陽王隆爲都督幽平二州諸軍、征北大將軍、幽州牧，鎮龍城，清河公會均鎮其地《晉書·慕容寶載記》：垂之伐魏，以龍城宗廟所在使會鎮幽州，委以東北之重高選僚屬。《通鑑》一百八：建興十年十二月，燕主垂以清河公會録留臺事、領幽州刺史，代高陽王隆鎮龍城，若留志之於凡城《通鑑》一百十一『（慕容盛）長樂元年，燕昌黎尹留忠反，遣衛雙就誅忠弟幽州刺史志于凡城』之幽州刺史，四年據《鑑》補、慕容拔上庸公懿之鎮令支《通鑑》一百十二：燕慕容熙光始二年正月，慕容拔攻魏，令支戍克之，燕以拔爲幽州刺史，鎮令支。又一百十四：北燕高雲正始元年七月，幽州刺史上庸公懿以令支降魏、南燕之幽州治發干、秦苻氏未徙薊時之幽州治垣、明建文時暴昭之掌北平布政司治真定《明史·暴昭傳》：燕兵起，設北平布政司於真定，昭以尚書掌司事，被執，不屈死、萬曆時官秉忠之爲薊鎮東協《明史·官秉忠傳》：萬曆年薊鎮東協。又《金曰觀傳》：天啟五年曰觀行薊東路游擊、崇禎時朱國彦猛如虎之爲薊鎮中協駐三屯營《明史·附趙率教授傳》：崇禎二年爲薊鎮中協總兵官，駐三屯營。十月大清兵臨城，偕妻張投繯死。《明史》：猛如虎崇禎十二年爲薊鎮中協總兵官，類此與今竟無涉，此又難可入志也。元燕京宣撫使設司，李德輝等職此，當志，而如唐裴度之招撫《元稹集》：有如裴度幽鎮兩道招撫使制、温造之宣諭《舊唐書·温造傳》：造不喜試吏，壽州刺史張達封幣招，時德宗以范陽劉濟輸忠款，詔選士往喻之，建忠乃强署造節度參謀使於幽州，造與語未訖，濟俯伏流涕願効死節。既而幽州劉總請以所部九州聽朝旨，穆宗選可使者，或薦造，乃拜起居舍人，賜緋魚袋，充太原鎮守幽州宣諭使，造至范陽，總具櫜鞬郊迎，乃宣聖言，示以禍福，總俯伏流汗若兵加於頸，造使還，總遂入覲、劉太真房式之宣諭裴度《劉府君神道碑銘》：公諱太鎮，字仲適，德宗賜金紫，充河東澤潞恒冀易定等道賑給宣慰使。是行也，將之明之，陰雨膏之，與山甫、召伯同具歌詩矣。《舊唐書·房式附房綰傳》：河朔節度劉濟、王士真、張茂昭相持短長，屢表請罪，李吉甫薦式爲結事中將，命於河朔，歷使諸鎮諷喻，還奏愜旨。《唐書·附房綰傳》拜式給事中使河北，《通鑑》二百三十七：憲宗元和元年秋八月，劉濟、王士真、張茂昭爭私隙，迭相表請加罪，戊寅，以給事中房式爲幽州成德義武宣慰使，和解之、李楷洛之經略楊炎《雲麾將軍李府君神道碑》：府君諱楷洛，爲朔方討擊大總管兼幽州經略使。或使不第此，或因事名使，此又難可入志也。竇抗宦顯於唐，而其爲幽州總管則在隋，故列隋不列唐，餘悉視此。漢之朱浮、彭寵、韓衍，晉之王濬、段匹磾、石勒，唐之安禄山、李懷仙、朱泚、朱克融、李茂勳、劉仁恭等，其事難以政論，均詳《兵事》，如《通鑑》德宗興元元年，李希烈遣其將翟崇暉圍陳州，幽州行營節度使曲環救陳州，斬翟崇暉，然考兩《唐書·曲環傳》，均稱環充邠隴行營節度破李希烈，足證幽州爲邠隴之譌，轉販者沿之。《畿輔通志》周劇辛燕相，三國張昭幽州刺史。按《燕策》、《史記》不云劇辛爲相，吴之張昭，《陳志》有傳，魏之張昭見《張範傳》，並無職幽州刺史事，惟北魏幽州刺史張昭附《魏書·張蒲傳》，誤或由此。晉唐彬監幽州軍非五代後晉人，《畿輔志》乃兩列之《宛平志》沿其失，柳機、趙煚等皆冀州刺史，有《周書》、《北史》、《隋書》可證，而《畿輔志》謂刺幽州，未詳所據。《一統志·名宦》載李桐客云貞觀中爲通州刺史，按唐通州隸山南道，本隋通州郡更名，見新舊《唐·地理志》，在今四川綏定達縣，然則桐客之官通州與韓滉之爲通州刺史見顧況《韓公行狀》皆非順天通州也。

萬曆《順天志》志前代官廛一十有四，而首召公奭，按《史記正義》，召公始封在北平，以燕名，後並薊，徙居之，蓋周武王時封薊者堯後也，誤一。李牧趙將，非燕臣，誤二。李廣、耿弇、劉琨、曹彬、楊業，非治今竟，誤三。不言王伽雍奴令，僅述其爲青州參軍，豈以爲青爲今竟耶？誤四。彭景直不言知信安軍，誤五。房謨等政績不辨其繫此與否，誤六。黄友非死于裂辱時，考史未詳，誤七。以韋弘機爲常弘機，誤八。又《州縣志》後漢趙苞爲廣陵令，治在今江蘇江都縣竟，而《文安志・秩官》載之『忠烈』，又載之金温迪罕十方奴鷄澤令，厥治在今廣平府鷄澤縣，而《薊州志・名官》載之，難更僕數，是從削非奪也。

宗譜凡例

傅氏宗譜大恉可兩言括：曰實，曰因。飾以虛則非實，漏猶勝於虛也，造以臆則非因，拘猶愈於臆也。分門媷例，散出小敘，隨義發凡，輒見夾注，然慮後人之有知有不知也。較言其略，蓋有七例：

一、題目例『題目』二字本《史通》。用趙郡東祖《李氏家譜》見《唐・藝文志》意，作雲溪公支譜，曰『宗』不曰『家』，示別也，《後齋宗譜》見《隋・經籍志》、吴郡《陸氏宗譜》見《唐志》例也。題德清，重遷也，題傅氏，從同也，北地《傅氏譜》見《隋志》例也。大題著下，小題著上，經史古本例也按《禮記目録・曲禮上第一》疏引吕靖曰：『既題「曲禮」於上，故著「禮記」於下。』，紀文達《景城家譜》已用其例，非好奇也。

一、斷限例『斷限』二字本《史通》。氏異姓同之德之功之言，與夫藝文、選舉、爵位之著於史若志，謂皆秦越，固不其然，然一牽合，非欺祖宗即惑子孫矣。儻它譜可參引而上之，俟諸異日，此不博稱，蓋云慎也。

一、稱謂例。譜者，史之一類按《隋唐志》譜列史部，《唐志》有《劉氏家史》，是譜或亦稱史。依《史》、《漢》例，書名臨文不諱，古法然也。倩人填諱，明前未見，然亦變例之可參也按《潛研堂集》有其祖父家傳，注『某填諱』，蓋推自行狀年譜，而前此無之。嘗有子孫不敢書名名因以佚者，可戒。文内尊乎己者公按紀譜序，己所自出曰某公，據《白氏家狀》文也，族之尊者亦曰公，據柳子厚《叔父墓版文》，無官亦曰公，據《漢故民吴仲山碑》稱『吴公』，齊乎己者字，卑乎己者名，改名注初名，於表字亦如之。

一、女稱例。表注書名、書字、書氏、書里、書某女某孫女。《世説》注引王氏、羊氏諸譜類然，不書者闕也。文稱封，無則通稱夫人，依《朱子語類》，士庶妻亦曰夫人也。羊氏譜鍾夫人繫女氏、歐陽譜陸夫人繫夫名例，並參古譜大率書娶，表從之，統尊卑言也，文則依《晉・禮志》書配，鄭重辭也，曰繼配，依《儀禮》繼母之配父文也按蔡邕《中郎集・胡夫人黄氏神誥》，云『繼室以夫人』，然考《左・隱公元年傳》注杜注不稱夫人，謂之繼室，然則繼室古非繼配比。

一、入譜例。遁釋道者略於名，犯義者削，事不必有，例難可無，修短命也。入譜之歲，古無明文，丁雖未成名，取其備譜之言普，劉勰所謂『事資周普』非欺，否則吾病其薄於仁也。蘇氏譜不書女所適，今書之，古法也。晉謝氏譜重女，月鏡適王公子愔子其例也。紀文達《譜敘》

曰『改適孔門』不諱，晉王氏譜離昏不諱，今不書，隱夫《凱風》孝子，抱無言之痛者也。旨哉言乎！

一、敘例。例古人著書先分條目，而以敘例列後，《易·序卦》、《史記·自序》、《漢書·序傳》，是也。篇目古亦列後，今從《史》、《漢》列前，取易披也。各門小敘、詩小序，例也。

一、補譜例。斷限既嚴，附會彌慎。如鄉賢、選舉、仕宦諸表，非漏也，蓋有待也。雲龍里居日少，漏譌叢滋，後之精譜學者庶幾拾遺成卷，曰《宗譜補》以訂譌附某門第幾葉第幾行某字譌某。

一、續譜例。宗譜體段已具，儻異日散入續譜，新譜遽成，舊譜待廢，非法也。《唐·藝文志》載柳璟續譜，書雖未見，名自可循，依例以續，例難盡拘者。求例變之曰『續德清傅氏宗譜』，繇是而再而三，以至無極，其舊譜字闕修之，版佚補之，代遠重刊之，矩守高曾，此物此志，豈直事半功倍云！

擬應詔陳言疏 爲郎三疏不果上，其二草佚。

伏讀皇太后懿旨：『内外大小臣工於用人行政一切事宜，據實直陳，各抒所見。』，此而不言是負朝廷采葑至意。竊以爲欲端行政之本，願皇上覽乾隆元年孫嘉淦《三習一弊疏》，欲握用人之要，願皇上覽道光三十年曾國藩《應詔陳言疏》。臣至愚至微，奚必言而難已於言者，有治人乃有治法，行政在用人中矣。昔羊祜阿賈充而典午不振，李白識汾陽而李唐再興，安危之機存乎其人。驅策之人易，帷幄之人難，運籌而後決勝也，偏裨之人易，將將之人難，一擊動關全局也，坐論之人易，肩巨之人難，言艱孰若行艱也，諳邊［道］之人易，得體之人難，將命原期不辱也，以術興利之人易，以道生財之人難，節流尤在開源也。

用人以知人爲得，知人又以作人爲先，其要四：曰實學，曰真知，曰專責，曰重禄。

何言實學也？文武一歸於學，是以漢臣諸葛亮曰『才須學』，今不患無學，患所學非所用。即以兵學言，有經學、史學正其誼，即不能無算學、格致學充其識。算學爲格致學之本：一製器也，有圖而非算則圓不精，而器亦不利。一用器也，有圖而非算則低昂不準，而遠近亦不合。他學非一，亦不離算學者近是。試時蓺者動輒逾萬，禄利之路然也。科場不必議改，即於經文察考古之得失，於策問核通今之博約，而先於小試育其才，而必於同考慎其選。

何言真知也？科第外豈無奇才？資格中輒老良吏，一再考而無本之言貢，本末參而未優之事形矣。

何言專責也？一掣肘而雖優亦絀，一蒙頭而有過亦無。將毋借苟安爲持重、悔振作爲多事歟！

何以言重禄也？漢宣詔益吏俸，光武詔增百官俸，而吏治蒸蒸。今難既平，前此不得不減之廉俸宜後［厚］，且宜使之有以養。非不知庫款未充，而正爲庫款計也。養其廉愈嚴其貪，少一分侵挪即多一分國帑，庶幾廉生明，明生慎。由此四者進求之，圖難於易，攘外於内，利億兆於不言，斂武功於不戰，則又非臣至愚極微所敢知矣。伏惟聖慈垂鑑。

答友問知縣事宜書

今知縣事古百里侯也。耳目既近，好惡輒同，民父母非歟？德爲事本，執事所長，敢以事對：

一曰教士。有耻而已，否則蕩然不顧，文亦奚爲？有本斯有學，有實斯有文，非去瑕無以成璧，非芟莠無以育苗也。

二曰敦俗。三代之厚樸而已矣，俗者輒澆心習於侈，昏喪逾等，貧者効尤。物力絀則貪奪生，而一二耻逐時嗜者人且鄙之。或謂兵刑錢穀之未遑，奚事此迂闊爲？竊恐俗澆心侈，所謂急務亦理不勝理也。

三曰剔蠹。夫牧民莫不欲安民，然而常擾，奸胥蠹民甚於盜賊害民也。官未有置盜不問者，胥役舛黠，雖賢能不及察也。某省州縣役輒數千，若輩既無名節可惜，又無公穀可飽，株累遠居謂之飛鄰，波及事外謂之開花，陽奉捕寇之票，陰爲獲盜之符，廉明者懲如法，而魚肉鄉民如故，顧氏炎武謂養百萬虎狼於民間者此也。孰若視事置役，多或百，簡則數十足矣。

未盡之言，續達左右。

答友問山長書

執事問山長之名起於何時，雲龍未遑檢書，謹答所知。其見史者自真宗天中祥符八年召見潭州嶽麓書院山長周式始。國學諸齋長諭之設殆昉於宋歟？按《宋史・選舉志》，諸齋長諭月書學生行藝於籍，每季終論可選者考於學諭，元因宋制，於是設齋長齋諭之名。唯察不宣。

答問孟子何時不與荀楊同列書

孟子與荀子、楊子同稱，漢以來皆然。然按薛千仞《天爵堂筆餘》，云請廢荘列之書，以孟子爲主，自皮日休始。然則不與荀、楊並，其始此乎？

答問試用官何始書

杜氏《通典》：『天授二年，凡舉人無賢不肖，咸皆擢拜，大置試官以處。』其試用官所繇名乎？『試』之言，未爲正官也，唐正官稱行守。階高官卑稱階，階卑官高稱官，官階同者無『行守』字様。《宋・職官志》：『幕職初授則試秘書省校書郎，即之制。』宋後縣官無加試秩例。

答友問藝文題式書

大題在下，小題在上，漢魏藝文定式也。如《周易》首題上『經乾傳』，下題『周易』，《尚書》首題『堯典第一』，下題『虞夏書』，《詩》首題『周南關雎詁訓傳第一』，下題『毛詩國風』，它皆類此。孔穎達《詩正義》云『馬融、盧植、鄭玄注《三禮》，大題在下，班固《漢書》陳壽《三國志》題亦然』，又云鄭注三禮、《周易》、《中侯》、《尚書》，皆大名在下，孔安國、王肅之徒所注莫不盡然。欲考大題易上，其自宋始乎？

答友問行李何解書

俗以遠行治裝解行李，執事能覺其非，是不忽於易忽者矣。《左傳》僖十三年『行李之往來』，杜注：『行李，使人也。』宋人謂杜不究意理，而宋彭乘《墨客揮犀》、明［錢］簡栖《戲瑕》以杜爲然，而未考其所以然。雲龍以爲，李、理、里，古通假字，《左傳》昭十三年『行理之命無日不至』，《周語》『行李以節逆之』，漢李翕《析李橋郙閣頌》『行理咨嗟』《管子·大匡》注『李理同』，《史記·天官書》《左角李》，《漢書·天文志》作『理』，《左傳》閔二年『里克』、《韓詩外傳》『里克』，《吕覽·先己》注、《史記·魏世家》並作『李克』。《廣雅·釋詁》：『李，驛也。』《博雅》：『行李，闗驛也，王制理道之遠近而致貢。』隋江總有《辭行李賦》，證以《周語》節逆之誼、漢碑咨嗟之人、《廣雅》李縪之訓，似未可以行裝解。執事更有證否？

答問陽揚通用書

辱問陽、楊通用，不第唯是，楊、羊亦通假也。《詩》『燎之方揚』，《漢·谷永傳》『揚』作『陽』，『揚之水』，《釋文》或作『楊』，『清揚婉兮』，《説苑》引『清陽婉兮』，『以伐遠揚』，《白帖》八十三引『以伐遠楊』，『不吳不揚』，《漢衛尉郎衡方碑》云『不虞不陽』，《禮·玉藻》『盛氣顛實，楊休』，以『楊』爲『陽』，《論語》『陽貨』，《史·侯表》作『楊』，《孟子》『楊子』，《吕覽》注作『陽』，《左》昭二十五年『陽州』，《公羊》作『楊』，《左》文八年解『揚』，《史記·十二諸侯表》作『楊』，《古今人表》作『陽』，《左》襄三年『揚干』，《古今人表》作『楊』，《史記·衛世家》『嚴公揚』，《十二諸侯表》、《詩譜疏》輒作『楊』，《古今人表》『樂陽』師古曰『即樂羊』，《綏民校尉碑》『治歐羊尚書』，以『歐羊』爲『歐陽』，類難悉數。又假『佯』、『霷』、『瘍』、『鍚』，可考也。

答問活字板書

來書云明天順間，德人顧汀浦以鉛錫鑄成字母二十五種試印書籍，前此鈔書法一變，面兹城以石像誌其功，西人謂印書自兹始。此亦一説也。雲龍以爲，中國刻字始隋，而刻活字板始宋。沈括《筆談》：宋慶曆中有畢升爲活板，以膠泥刻字，每字爲一印，火燒令堅，欲印則以鐵範置板，密佈字印於其中，頃刻印千百本。明用木刻，今又用銅鉛爲活字。陸琛《金臺記聞》云：『毗陵人初用鉛字，視板印便。』此亦西法出自中國之一也。然以電鑄銅板字，以機器成石印書，則始西。

與繆炎之論重校順天府志方言書

來書謂《方言》於原稿删節，可免重寫樣本，雲龍則謂斷難發刊。

如『侔莫强也』一節注：初箕《爾雅·釋詁》『務，强也』，是據《荀子》注所引，已證『牟』與『務』同，後又引《釋詁》『鶩，强也』，是因疏以證『鶩』爲『敄』之假音，而乃删之，接之曰『《爾雅·釋詁》「務，强也」、《爾雅·釋詁》「鶩，强也」』，文省而誼轉晦，不得已爲易其下曰『考《爾雅·釋詁》作「鶩」』，去「强也」二字』。

又『班，列也』一節注：初箕引《禮儀·曲禮》、《左·桓六年》各注並云『班，次也』，而乃删『班次也』三字，合下文《左·文六年》等注云『班，位次也』，與原引書異。

又『噬』一節注：初箕《爾雅·釋詁》『逮，及。暨，與也』，《釋言》『逮，及也』，又云『迨，及也』，而乃删『釋言逮及也』五字，似『迨及也』引之《釋詁》矣。

［又］『策』一節注：『泰，晉曰「靡」，指布帛言』，既不用布帛云云，則此句難可獨用。

甯河闕《志》所載方音引依原書爲是，不必改，云《方言》類此，難可枚舉，皆宜仍從初箕，其他略可通者不敢固執，惟言自爲段，不宜牽連，能更付寫甚善。光緒十一年六月。

與繆炎之論順天府志疆域書

辱示《順天府疆域志表》稿册，如辨涿郡、廣陽郡非建自吕后，可證《寰宇記》之誤，前燕之潞、安樂、泉州、雍奴、狐奴五縣應屬漁陽，可正洪氏《疆域志》之誤。據《遼史·地理志》斷幽州爲南京，是改元會同後事，可證《遼·百官志》之誤，其中補正《一統志》之奪舛難可枚舉：如改陽鄉侯國入固安，後魏易長鄉爲萇鄉，其尤著者。地理爲全書關鍵，舍此末繇下手。雲龍輯長編初亦嘗淺求，愚者千慮，敢質所疑境之分合難矣，如陰鄉、玉河、廣平三縣，竊以爲當依《一統志》入宛平。《寰宇記》陰鄉漢舊縣，志、舊地理書並失所在，蓋薊縣南界固安縣北界，考今宛平縣南至固安縣九十里，南即固安之北，固安北至宛平界十八里，未嘗毗連大興。《地理韵編今釋》『陰鄉，今宛平縣西南』，《方輿紀要》『玉河在縣西四十里，本薊縣地』，今宛平亦薊縣地也。大興西至宛平界僅三里許，合二縣則宛平在西，《韵編》玉河在宛平縣西四十里，與《方輿紀要》合。天寶元年，析薊地置廣甯、廣平二縣，三載均省入薊，時尚無幽都，縣名廣甯未之詳。至德後復置廣平，尋省其地當入幽都，幽都初亦薊縣地，《方輿紀要》云『省廣平入薊』，未析言耳。《宋志》謁宛平爲廣平，其沿舊名而偶謁與？《韵編》廣平今宛平縣西，然則三縣皆不當入大興矣。會昌改名永清在唐天寶元年，表中不必於開元元年列會昌，唐三河[於]開元四年置府，表領縣不應於景龍三年，景雲元年列三河。宋景祐二年省永清，移文安治屬霸州，金天會三年始復列永清府，表得毋偶誤。

采用舊説必檢原書，如第一句《禹貢》『冀州之域』，就雲龍所見出《晉·地理志》，類此似難據《一統志》諸書。又《魏志》『建安十八年詔復九州』，注引《獻帝春秋》省幽、并州，以其郡國爲冀州，《寰宇記》復立幽州，《方輿紀要》『建安中省漁陽入焉』，據此復幽州省漁陽并建安時事，魏武漢臣，難云朝代，通州表列魏武府表，又列魏文，兩譌。建安中稱燕爲廣陽郡，注中按語云『漁陽，建安中省入燕國』，亦宜更正。此外志表間殊，府縣或異，凡百有廿處，籤商不贅，大率三寫譌耳，恐轉不無誤籤，明眼辨之。如君多聞，弗恥下問，罔貢所疑，轉慚非直。

與繆炎之論順天府志選舉表書

順天《選舉表》首薦辟，次進士，次舉人，以同榜之副貢附，次拔貢，以優貢附，覆輯約如初例。惟進士、舉人表間兩歧，荷采菲葑，俾重釐訂目，非謙沖疇克臻此？然恐續訪續簒仍易滋歧，爰撮大凡爲執事述之：

一、進士先後仿題名碑，舉貢亦應録依榜序，惜舊録往往無徵，不得不隨訪隨録，搜補訂正，蓋有待也。

一、進士補殿試，列所補科注某科會試中式，而于舉人表注某科會試中式，某科補殿試，否則補試未詳録中式科，責漏也。

一、姓名從榜著録，更名者注，鄉舉後更名而成進士則書所更之名，復姓例亦如之。

一、舉人表注，先籍，次家世，次復姓更名或本姓原名，次字别號不著，次進士科分，此皆不於進士表複出，而官爵則於進士表載最後之階。詞館諫垣亦書，贈官與謚，注所悉者。非由進士各載其表，拔貢、優貢、未中舉人表視舉人例。

一、改歸原籍，仍依碑録箸名，注曰『改歸某籍』，其未改或改而未詳者注原籍。

一、家世書父即不旁及伯叔昆弟，或統於尊，或舉其親也。兄弟並第，初見者書先世，次見者書兄若弟，其諸父兄弟難可偏舉者並書之。兄或後中，不妨書弟，然或子科在前，如武清董元度嘉慶十三年戊辰舉人，爲三年戊午舉人董殿型父，難可書厥子矣，故於其子補注『某子』，此變例也。諸父科分後於從子視此。

一、詳某傳注進士表，非由進士各注其表，例亦如之。

一、重宴鹿鳴，入注重赴恩榮宴仿此。

凡此皆略仿《吴興科第表》例而亦有異彼表，國朝此括今古，無偏廢也。彼於進士表必注舉人，此不之及節贅文也，彼□□自爲一表，此則合而表之，省篇幅也，彼於舊注未便盡更，此則例歸畫一，免分歧也。

綜而論之，此難於彼，大要有三：《吴興科第表》戴蓛塘太僕肇其規，厥子春溪主事承其緒，蔡子和户部補其罅，然且注例未一，近得錢笆仙禮部起而論訂之，例乃益嚴。順天選舉表前無綿蕞，難一。彼自乾隆年間按科增入，罔或一漏，此惟進士題名有碑，其它舉貢稽之禮部册録，道光間已多斷爛，前無論已，齒録僅有存者，志册有無參半，事類摶沙，成勉集腋，難二。闕猶可補也，大興、宛平寄籍淵藪，複姓更名半與榜異，詢之土著，疑信輒兼，聞見迭書，保無複與？難三。知此三難，力求一是，舍嚴定其例別無它法。今就各表互糾，歧者一之，複者删之，疑者闕之，塵露之見未知有補山海否也。采訪休矣，耳目所限末如之何，正譌補奪，請俟異日。光緒十一年秋九月二十九日。

與繆炎之論順天府志州判表書

簒《州判表》後未見斠本，今見所刊，奪舛層見。如康熙元年周殿俊，霸州州判也，而誤移涿州格，乾隆十六年吴德敦霸州澱汛遷自宛平丞，『平丞』二字跨於十七年下。此類尚可補正，惟雍正七年涿州州判，初簒有『吴炯，浙江錢塘，絶賄賨有聲』而奪，可補入否？此外所簒寓目爲幸。

復繆炎之示三國志注引書目書

示《三國志》注引書目，駑錢空趙，何論雲龍？矧雲龍所編未遑校訂，自焚其稿宜也。惟執事所編《哀賞令》疑在《魏武集》中，馬鈞序亦非《傅子》外文，此類微論省目與否，似可入之校語，字或焉烏，正之無難。雲龍所編《史》、《漢》等書，注《北堂書鈔》、《金石萃編》所引書目，《隸續目》，《水經注碑目》，又補訂《太平御覽書目》，暇當録稿就正。

簷喜廬文初集卷十四

順天府官師傳上前代

和叔尚已，雖政績不少概見，厥職厥事則彰彰然，故志前代官吏首此。虞夏商周，書缺有間，漢以來以地爲斷，其人曾官斯土而事弗繫此，雖德隆行異、位重勳高，亦概從略。畿輔唐《志》、萬曆沈《志》、各州縣志，所在名宦不無竄奪，詳辨于下。若本治此，或淪于敵，無徙治明文，變例著録，官之生存例不傳。一人或官數處，官異入大者，官同入績著者，績同入先任者。志官師。

陶唐

和叔《書》，和之子《周禮疏序》鄭注。按康成曰：『仲叔亦羲和子，掌四時，曰仲叔。』《書・釋文》引馬融曰：『羲氏掌天官，和氏掌地官，四子掌四時。』堯既分陰陽爲四時，命羲、仲和、仲羲、叔等爲之官同上。申命和叔宅朔方，曰幽都《書》。按《史・五帝紀》『朔作北』，《正義》云和叔若《周禮》冬官卿，《淮南・地形訓》『幽都之門』，《書》『流共工于幽州』，《淮南》云『幽都』，此幽都即幽州確證，便在伏物《史・五帝紀》。按此《大傳》文，見《索隱》：《尸子》「北方，伏方也」，《書》「平在朔易」。日短，星昴以正仲冬厥民隩《書》。按《史記》「仲」作「中」，「厥」作「其」鳥獸氄毛《文》引《虞書》。按《説文□音》：《虞書》曰「鳥獸氄髦」，蓋据孔壁古文異字，今本及《史記》並云「鳥獸氄毛」。祀名宦畿輔唐《志》六十七。

漢

欒布，梁人，爲人所略賣爲奴于燕。爲其家主執仇，燕將張荼舉以爲都尉《史記》列傳。荼爲燕王，布爲將，及荼反漢，擊燕虜布，梁王彭越贖爲大夫《漢書》列傳。漢梟越頭，上釋布罪拜爲都尉。孝文時爲燕相，至將軍，布乃稱曰：「窮困不能辱身下志，非人也，富貴不能快意，非賢也。」于是長有德者厚報之，有怨者必以法滅之《史記》列傳。按《漢書》傳無「下志」二字，然語在初爲燕相時，班、馬無異，《通鑑補》列復相後，今不從。吴楚反時《漢書》列傳擊齊有功《史記集解》徐廣説，封鄃侯《漢書》列傳。按鄃，《史記》作「俞」，復爲燕相《史》、《漢》列傳，有治迹《後漢紀》九，燕齊之間皆爲立社，號曰欒公社《史》、《漢》列傳。按《漢紀》九云民立生祠，然則社即生祠。景帝中五年薨《史記》列傳。祀名臣《一統志》。

趙虁，漢武時文安縣令《圖經》，多異政。創建邑城，周圍千二百七十五丈五尺文安楊《志》。大旱乃自焚，士人感慕，因立祠祀焉《圖經》。按《北魏·地形志》，文安縣趙君祠即此，祀名宦畿輔唐《志》六十八。

嚴延年，字次卿，東海下邳人，神爵中爲涿郡太守。時郡比得不能太守，涿人畢野白等由是廢亂，大姓西高氏、東高氏，自郡吏以下皆畏避之，莫敢與牾，咸曰『甯負二千石、無負豪大家』，賓客放爲盜賊，發輒入高氏，吏不敢追，浸浸日多，道路張弓拔刃然後敢行，其亂如此。延年至，遣掾蠡吾趙繡按高氏，得其死罪。繡見延年新將，心内懼，即爲兩劾，欲先白其輕者，觀延年意怒，乃出其重劾。延年已知其如此矣，趙掾至，果白其輕者，延年索懷中，得重劾，即收送獄，夜入，晨將至市，論殺之，吏皆股弁，更遣吏分考兩高，窮竟其姦，誅殺各數十人，郡中震恐，道不拾遺。三歲遣河南太守《漢書》列傳。四年坐不道，棄市《通鑑》廿七。

郭伋，字細侯，扶風茂陵人。哀、平閒辟大司空府，三遷爲漁陽都尉《後漢書》列傳。建武五年《通鑑》四十一彭寵滅《後漢書》列傳，二月《通鑑》四十一轉爲漁陽太守。漁陽既離王莽之亂，重以彭寵之敗，民多猾惡，蔻賊充斥。伋到《後漢書》列傳，養民訓兵《通鑑》四十一，示以信賞，糾戮渠帥，盜賊銷散。時匈奴數抄郡界，邊境苦之，伋整勒士馬，設攻守之略，匈奴畏憚遠迹，不敢復入，塞民得安業，在職五歲，户口增倍。九年徵拜潁川太守，二十二年爲太中大夫《後漢書》列傳。祀名宦《一統志》五、畿輔唐《志》六十八、萬曆沈《志》。

張堪，字君游，南陽宛人。世祖即位，中郎將來歙薦堪，後拜漁陽太守，捕擊姦猾，賞罰必信，吏民皆樂爲用。匈奴嘗以萬騎入漁陽，堪率數千騎奔擊，大破之，郡界以靜。乃于狐奴開稻田八十餘頃，《後漢書》列傳，教民種殖，得以殷富《水經·沽水注》。百姓歌曰：『桑無附枝，麥穗兩歧。麥穗兩歧，張君爲政，樂不可支。』視事八年，匈奴不敢犯塞。帝力徵堪，會病卒，下詔褒揚，賜帛百匹《後漢書》列傳。按《水經・沽水注》百姓歌作童謡，『穗』作『秀』，萬曆沈《志》謂爲宛平人，誤。祀名宦畿輔唐《志》六十八、沈《志》。

吴漢，字子顏，南陽宛人。王莽末亡命至漁陽，以販馬往來燕薊間《後漢書》列傳。更始立，使使者韓鴻徇河北。或謂鴻曰：『吴子顏，奇士也，可與計事。』鴻召見，漢甚悦之《後漢書》列傳、《東觀漢記》，遂承制拜爲安樂令按安樂，今通州。會王郎起北州擾惑，漢素聞光武長者，獨欲歸心，乃説太守彭寵曰：『漁陽、上谷突騎，天下所聞也，君何不合二郡精鋭附劉公擊邯鄲，此一時之功也。』寵以爲然，而官屬皆欲附王郎，寵不能奪，漢乃辭出外亭，念所以譎衆，未知所出，望見道中有一人似儒生者，漢使人召之，爲其食，問以所聞。生因言劉公所過爲郡縣所歸，邯鄲舉尊號者實非劉氏。漢大喜，即作爲光武書，移檄漁陽，使生齎以詣寵，令其以所聞説之，漢復隨後入，寵甚然之。于是遣漢將兵，與上谷諸將並軍而南《後漢書》列傳，攻薊，誅王郎大將趙閎等傳注引《續漢書》，及光武于廣阿拜漢爲偏將軍，既拔邯鄲，賜號建策侯。光武將發幽州兵，夜召鄧禹問可使行者《後漢書》列傳，禹曰：『吴漢可《東觀漢紀》，其人勇鷙有智謀。』即拜漢大將軍持節北發十郡突騎，更始幽州牧苗曾聞之，陰勒兵，勑諸將不肯應調，漢乃將二十騎先馳至無終，曾以漢無備，出迎于路，漢即僞兵騎收曾，斬之，奪其軍，北州震駭，城邑望風弭從。悉發兵，引而南至莫府，上兵簿。建武二十年薨《後漢書》列傳。《後漢紀》二：（吏）［更］始二年幽州牧苗曾之部，特賜謚忠侯《東觀漢紀》。祀名宦《一統志》五、畿輔唐《志》、萬曆沈《志》。

蓋延，字巨卿，漁陽要陽人也。邊俗尚勇力，而延以氣聞。歷郡列椽［掾］，《後漢書》列傳。章懷注：『郡中列掾非一，延並爲之，故言歷。』，爲幽州從事《東觀漢記》。所在職辦，彭寵爲太守，召延署營衛行護軍。及王郎起，延與吴漢同謀《後漢書》列傳，並與狐奴令王梁同勸寵《後漢書》傳注引《續漢書》，《通鑑》四十歸光武。延至廣阿，拜偏將軍，號建功侯，建武十一年拜左馮翊《後漢書》列傳。按延續同吴漢，當入《名宦》。

王梁，字君嚴，漁陽安陽人。爲郡吏，太守彭寵以梁守狐奴令《後漢書》列傳，勸寵《後漢書·蓋延傳》注引《續漢書》，《通鑑》四十歸光武《後漢書·蓋延傳》。與蓋延、吴漢俱將兵南，及世祖于廣阿，拜偏將軍，建武十三年封阜城侯《後漢書》列傳。

范遷，字子廬，沛國人，爲漁陽太守。以智略安邊，匈奴不敢入界《後漢書·郭丹傳》。永平五年，以有清行爲司徒同上，祀名宦畿輔唐《志》六十八。

馮焕，字平侯《隸釋十三·馮焕殘碑》，巴郡宕渠人也《後漢·馮緄傳》。元初六年十二月據賜馮焕詔》自豫徙幽，賜詔云《隸釋》：『告豫州刺史馮焕：今下缺常爲效用，邊將統御下缺内，以威恩撫喻，杜下缺，去年鮮卑連犯鄣塞下缺，過掩卒搗擊，無距捍下缺，率攝太守以下，進退下缺，曾不表罪，誅多攤下缺，麗王宫慓輕狡猾下缺，纖下缺絶宫，不自效楚下缺化，頃屬樂浪久矣下缺，當所謂設訖不定，決下缺月，左右欲來，犯法下缺，北顧傷心缺，焕有下缺，冀焕能竭心盡慮，有下缺上，如不從化，督録部下缺，惟前後詔書以前人下缺，侍御史便宜數上下缺。』《隸釋》十五。跋云賜豫州刺史馮焕詔，安帝元初六年也，豫州刺史馮焕者，漢詔之式如此。詔云去年鮮卑連犯鄣塞，列傳云元初五年秋，代郡鮮卑穿塞入寇，攻城邑，燒官寺，殺長吏，發緣邊甲卒、黎陽營兵備之。其冬又入上谷，六年秋入馬城，度遼將軍鄧遵率南單于擊破之。按馮君乃車騎將軍緄之父，緄傳云焕爲幽州刺史。又焕有墓闕題云『豫州幽州刺史馮使君神道』。元初季年，豫州境内無盜賊事，上谷、代郡皆幽州所部，詔有『北顧傷心』及『頃屬樂浪』之文，亦幽州語也，詔中諭其竭心盡慮而使之便宜數上，必是自豫徙幽而賜此詔。其石下斷，惟存上八字，文意不能詳考。焕猶在豫，故其前尚稱故官也。爲幽州刺史《後漢書·緄傳》，建光元年春正月率元菟、遼東二郡太守討高句驪、穢貊，不克《後漢書·安紀》『元菟遼東』四字據《通鑑》五十，焕疾忌姦惡，數致其罪。時玄菟太守姚光亦失人和，怨者乃詐作璽書譴責焕、光，賜以歐刀，又下遼東都尉龐奮，使速行刑《後漢書·緄傳》。四月甲戌，奮承僞璽書《後漢書·安紀》。按《通鑑》載在建光二年。《考異》曰《帝紀》建光元年四月甲戌，《傳》亦云建光元年。《帝紀》『去年十二月高句驪圍元菟』，而《高驪傳》有姚光上言，蓋光實以延光元年被殺，《紀》、《傳》誤以延爲建，又今年四月無甲戌，其説甚辨。然考《隸釋·馮焕殘碑》，云以永甯二年四□，洪云建光之元即永甯二年，是歲七月改元，焕以四月終，故碑尚用舊年也，然則紀傳不誤，即斬光收焕。焕欲自殺，緄疑詔文有異，止焕曰：『大人在州，志欲去惡，實無他故，必是凶人妄詐，規肆姦毒，願以事自上，甘罪無晚。』焕從其言，上書自訟，果詐者所爲，徵奮抵罪。會焕病死獄中，帝愍之，賜焕錢十萬，以子爲郎中《後漢書·緄傳》。按《馮焕殘碑》云『英書嘉歎賜錢』，即此。

張顯，漁陽太守《後漢書》附《獨行劉茂傳》。和帝永元十三年，遼東鮮卑寇右北平，因入漁陽，太守擊破之。延平元年《後漢書·鮮卑傳》。按《後漢·劉茂傳》云元初中，謁也。《鮮卑傳》『延平元』下有『安帝永初中』文，據知爲延平無疑。《茂傳》下文云永初二年，考元初在永初後，鮮卑數百餘騎《後漢·茂傳》復寇漁陽《後漢·鮮卑傳》，太守顯率吏士追出塞，遥望虜營煙火，急趣之，兵馬掾嚴授慮有伏兵《後漢·茂傳》，諫曰：『前道險阻，賊勢難量，宜且結營，先令輕騎偵視之。』顯意甚鋭，怒欲斬之《後漢·鮮卑傳》，蹙令進，授不獲已《後漢·茂傳》，因復進兵《後漢·鮮卑傳》戰，伏兵發《後漢·茂傳》，士卒皆走，唯授力戰，身被十創，手殺數人而死《後漢·鮮卑傳》。顯拔刃追散兵不能制，虜射中顯，主簿衛福、功曹徐咸遽赴之，顯遂墜馬，福以身擁蔽，虜並殺之《後漢·茂傳》鄧太后策書褒歎，賜顯錢六十萬，以家二人爲郎，福、咸各錢十萬，除一子爲郎《後漢·鮮卑傳》。

滕撫，字叔輔，北海劇人也。初任州郡，稍遷爲涿令，有文武才用，太守以其能，委任郡職，兼領六縣章懷注《續漢志》：『涿郡七縣除涿以外，有迺、故安、范陽、良鄉、北新城、方城六縣，使撫兼領之。』，風政修明，流愛于人，在事七年，道不拾遺。順帝末，揚徐盜起，磐牙連歲。建康元年，范容、周生等反，徐鳳、馬勉等復寇郡縣，明年張嬰等復反，朝廷博求將帥，三公舉撫，拜爲九江都尉，東南平，爲左馮翊《後漢書》列傳。祀名宦《一統志》五、畿輔唐《志》六十八、萬曆沈《志》。

度尚，字博平，山陽湖陸人也《後漢書》列傳。爲吏清潔，有文武才略章懷注引《續漢書》，除上虞長，遷文安。今遇時疾役，穀貴人饑，尚開倉廩給營救疾者，百姓蒙其濟。時冀州刺史朱穆行部，見尚，甚奇之。延熹五年穆舉尚，後爲遼東太守，卒官《後漢書》列傳。祀名宦《一統志》五、畿輔唐《志》六十八。

楊熙，幽州刺史羊陟遷尚書令，以熙清亮在公，薦舉升進，帝嘉之《後漢書·羊陟傳》。蔡邕上封事曰：『諸州刺史，所以督察姦枉、分別白黑者也。伏見幽州刺史楊熹按熹即熙，有奉公疾姦之心，熹所糾其效尤多。』《後漢書·蔡邕傳》

朱龜《水經·陰溝水注》字伯靈，廣陵太守孫、昆陽令元子按歐陽棐《集古錄目》云廣陵人，誤也。蓋歐本僅辨『廣陵』字。鮮卑數犯鄣塞，僉舉君，拜幽州刺史，養善除惡，門衛弛柝而無怵惕，百姓不復屯其城郭，出塞追寇下缺，榮，詔并、涼以爲式《隸釋·幽州刺史朱龜碑》。光和六年卒，故吏、别駕從事史、右北平、無終、牟化《水經·陰溝水注》等立碑作頌《朱龜碑》。

劉虞，字伯安，東海郯人。舉孝廉，稍遷幽州刺史，民夷感其德化。自鮮卑、烏桓、夫餘、穢貊之輩，皆隨時朝貢，無敢擾邊者，百姓歌悦之。公事去官《後漢書》列傳。按《魏志》八注引《吴書》曰：『虞遷幽州刺史，轉甘陵相，甚得東土戎狄之心，後以疾歸。』此與《後漢書》異。中平初，張純、張舉爲亂，四年與烏桓大人《後漢書》傳丘力居等《魏志》八。按烏桓《魏紀》云『烏丸』連盟攻薊，下，又使烏桓峭王籌步騎入青、冀《後漢書》傳，五年三月議選列卿尚書，爲州牧，以本秩居住《通鑑》五十九，朝廷以虞《後漢書》列傳海内清名之士《蜀志》一注引《續漢書》，威信素著，恩積北方，拜幽州牧《後漢書》列傳。《魏志》八：『朝議以宗正東海劉伯安既有德義，昔爲幽州刺史，恩信流著，戎狄附之，若使鎮撫，可不勞衆而定。』按《後漢紀》二十五：『中和六年三月己丑，光禄劉虞爲司馬，領幽州牧。』似以到薊言，州任之重自此而始。詔發南匈奴兵，配劉虞討張純，單于羌渠遣左賢王將詣騎幽州《通鑑》五十九。六年據《通鑑》虞到薊，罷省屯兵，務廣恩信，遣使告峭王等，以朝恩寬弘，開許善路，又設賞購舉純《後漢書》列傳，丘力居等聞虞至喜，各遣譯自歸《魏志》八，舉、純走出塞，餘皆降散。三月，純爲其客王政所殺，送首詣虞《後漢書》傳。『三月』二字据《通鑑》補。按《志》注省『三月』以下八字，『三月』無出處，夏《通鑑》五十九，靈帝遣使者就拜太尉，封容丘侯。董卓秉政，使授大司馬，進封襄賁侯。初平元年《後漢書》列傳夏四月《通鑑》五十九徵爲太傅，道路隔塞，命不得達。舊幽州部應接荒外，資費甚廣，歲常割青、冀賦調二億有餘以給足之。時歲處斷絶，委輸不至，而虞務存寬政，勸督農植，開上谷胡市之利，通漁陽鹽鐵之饒，民悦，年登穀石三十，青、徐庶士避黄巾之難歸虞者百餘萬口，皆收視温恤，爲安立生業，流民忘其遷徙《後漢書》傳。虞在幽州清靜儉約，以禮義化民《魏志》八注引《魏書》，敝衣繩履，食無兼肉，遠近豪俊夙僭奢者莫不改操歸心。初詔令公孫瓚討烏桓，受虞節度，瓚但務會徒衆以自强大，縱任部曲，頗侵擾百姓，而虞爲政仁愛，念利民物，由是與瓚漸不相平《後漢書》列傳。關東義兵起《魏志》八，二年，冀州刺史韓馥、渤海太守袁紹，及山東諸將議以朝廷幼沖，逼于董卓，遠隔關塞，不知存否，以虞宗室，長，欲立爲主，乃遣故樂浪太守張岐等齎議《後漢書》列傳詣虞《魏志》八。虞厲色叱之曰：『今天下崩亂，主上蒙塵，吾被重恩，未能清雪國恥，諸君各据州郡，宜共戮力盡心王室，而反造逆謀，以相垢誤邪！』固拒之。馥等又請虞領尚書事，承制封拜，復不聽，遂收斬使人《後漢書》列傳。虞子和爲侍中，帝思東歸《通鑑》六十《考異》。《范書·劉虞傳》：『虞使田疇使長安，和爲侍中，因遣從武關出。』《魏志·公孫瓚傳》但云天子思歸，不云因疇至也，若爾當令和與疇俱還，不應出武關。又疇未還，劉虞已死，虞死在初平四年冬，界橋戰在三年春，范《書》誤，遣和潛從武關出，告虞將兵來迎，道由南陽，袁術質和《後漢書》列傳，令和爲書與虞《魏志》八，遣兵俱西。虞乃使數千騎就和，公孫瓚知術詐，止虞，虞不從。瓚乃陰勸術執和，奪其兵《後漢書》列傳，由是虞、瓚益有隙。和逃術來北，復爲紹所留《魏志》八。瓚既累爲紹所敗，猶攻之不已，虞思其黷武，且患得志不可復制，固不許行而稍節其禀假。瓚怒，屢違節度，又復侵犯百姓，虞所賚賞典當胡夷《後漢書》列傳，瓚輒抄奪《魏志》八注引《魏氏春秋》曰：『劉虞和輯戎狄，瓚以胡夷難禦，當因不賓而討之，今加財賞，必輕漢，效一時之名，非久長深慮，故虞賞賜瓚輒抄奪。』，積不能禁，乃遣驛使奉章陳其暴掠之罪，瓚亦上虞禀糧不周，二奏交馳，互相非毁，朝廷依違而已。瓚乃築京于薊城東南以備虞《後漢書》列傳。『東南』据《魏志》八補，虞數請會，稱疾不往《魏氏春秋》。虞密謀討之，告東曹掾右北平魏攸，攸曰：『今天下引領以公爲歸，謀臣爪牙不可無也。瓚文武才力足持，雖有小惡，固宜容忍。』乃止《後漢書》列傳，《魏氏春秋》。頃之攸卒，而積忿不已《後漢書》列傳，懼瓚爲變《魏志》八，四年冬，遂自率諸屯兵衆合萬人以攻瓚。將行，從事代郡程緒免胄而前曰：『公孫瓚雖有過惡，而罪名未正，明公不先告曉使得改行，而兵起蕭墻，非國之利，加勝敗難保，不如駐兵，以武臨之，瓚必悔禍謝罪，所謂不戰而服人者也。』虞以緒臨事沮議，遂斬之以徇。戒軍士曰：『無傷餘人，殺一伯珪而已。』時州從事公孫紀者，瓚以同姓厚待遇之，紀知虞謀，夜告瓚，瓚時部曲放散在外，倉卒自懼不免，乃掘東城欲走。虞兵不習戰，又愛人廬舍，勑不聽焚燒，急攻圍不下，瓚乃簡募鋭士數百人，因風縱火，直衝突之，虞遂大敗，與官屬北奔居庸縣，瓚追攻之，三日城陷，執虞并妻子還薊，猶使領州文書。會天子遣使者段訓增虞封邑、督六州事，拜瓚前將軍、封易侯、假節督幽、并、青、冀，瓚乃誣虞前與袁紹等欲稱尊號，脅訓斬虞于薊市，先坐而咒曰：『若虞應爲天子者，天當風雨以相救。』時旱蓺炎盛，遂斬焉，傳首京師，故吏尾敦于路劫虞首，歸葬之，瓚乃上訓爲幽州刺史。虞以恩厚得衆，懷被北州，百姓流舊莫不痛惜焉《後漢書》列傳。故常山相孫瑾，掾張逸、張瓚等忠義憤發，相與就虞，罵瓚極口，然後同死《魏志》八注引《英雄記》。虞從事漁陽鮮于輔、齊周，騎都尉鮮于銀等，率州兵欲報瓚《魏志》八，以燕國閻柔素有恩信，推爲烏桓司馬，柔召誘胡漢數萬人與瓚所置漁陽太守鄒丹戰于潞北，斬《後漢書·公孫瓚傳》，輔遂領漁陽太守《通鑑》六十三胡注。烏桓峭王感虞恩德，率種人及鮮卑七千餘騎共輔南迎虞子和，與紹將麴義攻瓚，興平二年破瓚于鮑丘《後漢書·瓚傳》。按《後漢書·虞傳》：『選掾右虞北平田疇、從事鮮于銀、蒙險間行奉使長安。』然則鮮于銀初亦從事也。惟《魏志》不言田疇奉使時有鮮于銀。

田豫，字國讓，漁陽雍奴人，輔以爲長史。時雄杰並起，輔莫知所從，豫謂輔曰：『終能定天下者必曹氏也，宜速歸命，無後禍期。』輔從其計《魏志》廿六，將衆奉王命，以輔爲建忠將軍，督幽州六郡《魏志》八。建安五年輔見操于官，以爲右度遼將軍，還鎮幽土《通鑑》六十三。按《魏志》八云『左渡』，《通鑑》胡注云『度遼將軍』，屯于西河爲左，幽土爲右。初《通鑑》六十董卓遷帝長安，虞歎曰：『賊臣作亂，朝廷播蕩，四海俄然，莫有固志，身備宗室遺老，不得自同于衆，今欲奉使展效臣節，安得不辱命之士乎！』《魏志》十一衆曰：『田疇年二十二，雖少，然奇才。』《通鑑》六十虞署爲從事。疇曰：『稱官奉使，爲衆所指名，願以私行，期于得達。』虞從之，乃自選二十騎俱，虞祖遺之《魏志》十一。疇字子泰，右北平無終人同人，將行，密説虞曰：『今主幼臣擅，表上須報，懼失事機，瓚阻兵安忍，不早圖之，必有後悔。』虞不聽《先賢行狀》。疇還謁祭虞墓，陳發章表，哭泣而去。瓚怒，獲疇，曰：『何不送章報于我！』疇曰：『漢室衰頽，人懷異心，惟劉公不失忠節氣，報所言于將軍未美，恐非樂聞，故不進。』《魏志》十一。祀名宦畿輔唐《志》六十八、萬曆沈《志》。

魏

崔林，字德儒，清河東武城人《魏志》廿四。曹丕時蕭常《續後漢書》三十八拜尚書，出爲幽州刺史、北中郎將。吴質統河北軍事、涿郡太守，王雄謂林別駕曰：『吴中郎將上所親重，國之貴臣也，杖節統事，州郡莫不奉箋致敬，而崔使君初不與相聞，若以邊塞不修斬卿，使君寧能護卿邪？』別駕具以白林，林曰：『刺史視去此州如脱屣，甯當相累邪？此州與胡虜接，宜鎮之以静，擾之則動其逆心，特爲國家生北顧憂。』以此爲寄，在官一期，寇竊寢息，猶以不事上司左遷河間太守，清論多爲林怨也裴注《魏名臣奏》載侍中辛毗奏，曰昔桓階爲尚書令，以崔林非尚書才，遷以爲河間太守，與此傳不同。遷大鴻臚，林爲政推誠，簡存大體，是以去後每輒見思。後爲司空，封安陽亭侯，三公封列侯自林始。謚曰孝《魏志》廿四。祀名宦萬曆沈《志》。

王雄《魏志》廿四，字元伯，太保祥之宗也裴注引王氏譜。安定太守孟達薦雄曰：『臣聞明君以求賢爲業，忠臣以進善爲效，故《易》稱拔茅連茹，《傳》曰舉爾所知，臣不量，竊慕其義。臣昔以乏謬充備部職，時涿郡太守王雄爲西部從事，與臣同僚。雄天性良固，果而有謀，歷試三縣，政成人和。及在近職，奉宣威恩，懷柔有術，清慎持法。臣往年出使經過雄郡，自說持受陛下拔擢之恩，常勵節精心，思投命爲效，言辭激昂，情趣款惻。臣雖愚闇不識真僞，以爲雄才兼資文武，忠烈之性逾越倫輩。今涿郡領户三千，孤寡之家參居其半，北有守兵藩衛之固，誠不足舒雄智力、展其勤幹也。臣受恩深厚，無以報國，不勝慺慺淺見之情，謹冒陳聞。』裴注引《魏名臣表》詔曰：『昔蕭何薦韓信，鄧禹進吴漢，惟賢知賢也。雄有膽智，技文武之姿，吾宿知之。今便以參散騎之選，方使少在吾門下，知指歸便大用之矣。今天下之士欲使皆先歷散騎，然後出州郡，是吾本意也。』雄後爲幽州刺史裴注。按曹丕時涿郡太守王雄勸崔林致敬吴質，見《崔林傳》，又《晉書·王戎傳》：『祖雄，幽州刺史』。田豫持節護烏丸校尉，而幽州刺史雄支黨欲令雄領，毁豫亂邊《魏志》廿六。建興十年，公孫淵數與吴通《通鑑》七十二，魏主叡《通鑑補》使幽州刺史雄自陸道討之，蔣濟諫不聽，往無功。詔令罷軍《通鑑》七十二。

王觀，字偉臺，東郡廩丘人也《魏志》廿四。曹睿［丕］時蕭常《續後漢書》四十一尚書郎、廷尉監，出爲涿郡太守。涿北接鮮卑，數有寇盜，觀令邊民十家以上屯居，築京候時，或有不願者，觀乃假遣朝吏使歸助子弟，不與期會，但勑事訖各還，于是吏民相率，不督自勸，旬日之中，一時俱成。守禦有備，寇鈔以息。明帝即位，下詔使郡縣條爲劇中平者，主者欲言郡爲中平，觀教曰：『此郡濱近外虜，數有寇害，云何不爲劇邪？』主者曰：『若郡爲外劇，恐于明府有任子。』觀曰：『夫君者所以爲民也，今郡在外劇，則于役條當有降差，豈可爲太守之私而負一郡之民乎！』遂言爲外劇郡，後送任子詣鄴，時觀但有一子而又幼弱，其公心如此。觀治身清素，帥下以儉，僚屬承風，莫不自勵。明帝幸許昌，召觀爲治書侍御，典行臺獄，常道鄉公進封陽鄉侯，增邑千户，並前二千五百户，遷司空，謚肅侯《魏志》廿四。按陽鄉，今固安。《通鑑》七十七：『景耀三年冬十月，陽鄉肅侯王觀卒。』。祀名宦《一統志》五、萬曆沈《志》。

杜恕，字務伯《魏志》十六，京兆杜陵人。所在務存大體，在朝廷以不得當世之和，故屢在外任，出爲幽州刺史、加建威將軍，使持節護烏丸校尉。時征北將軍程善屯薊，尚書袁保等戒恕曰：『程申伯處先帝之世，傾田園于青州，足下今俱杖節，使共屯一城，宜深有以待之。』而恕不以爲意同上。恕嘗過胡昭所居草廬之中，言事論理，辭意兼敬，恕甚重焉《魏志》十一注引《高士傳》。按《高士傳》『恕』上有『幽州刺史杜』五字，据爲任幽州時事，胡《志》据《魏志》補。至官未期，有鮮卑大人兒不由關塞，徑將數十騎詣州，州斬所從來小子一人，無表言上《魏志》十六喜欲恕折節誨己，諷司馬宋權示之以微意，恕答權書曰：『況示委屈。夫法天下事，以善意相待，無不致快也，以不善意相待，無不致嫌隙也。而議者言凡人天性皆不善，不當待以善意，更墮其調中，僕得此輩，便欲歸蹈滄海乘桴耳，不能自諧在其間也。然以年五十二不見廢棄，頗亦遭明達，君子亮其本心，若不見亮，使人刳心著地，正與數斤肉相似，何足有明？故終不自解説。程征北功名宿著，在僕前甚多，有人出征北乎？若令下官事無大小咨而後行，則非上司彈繩之意，若咨而不從，又非上下相順之意，故推一心任一意，直而行之耳。殺胡之事，天下謂之是邪？是僕諧也。呼爲非邪？僕自受無所怨。咨程征北，明之亦善，不明之亦善，諸君子自共爲其心耳，不在僕言也。』喜遂深文恕《魏志》十六注引《杜氏新書》，下廷尉免爲庶人，徙章武郡，是歲熹平元年。恕倜儻任意而思不妨患，終致此敗。初陳留阮武謂恕曰：『今向間暇，可試潛思，成一家言。』在章武，遂著《體論》八篇，又著《興性論》一篇，蓋興於爲己。四年卒于徙所《魏志》十六。

晉

唐彬，字儒宗，魯國鄒人也。北虜侵略北平，以彬爲使，持節監幽州諸軍事《晉書》傳，領護烏桓校尉右將軍《册府元龜》八百二。彬既至鎮，訓卒利兵，廣農重稼，震威耀武，宣諭國命，示以恩信。于是鮮卑二部大莫廆、適何等並遣侍子入貢，兼修學校，誨誘無倦，仁惠廣被。遂開拓舊境，卻地千里。復秦長城塞，自温城洎于碣口，綿亘山谷且三千里，分軍屯守，烽堠相望。由是邊境獲安，無犬吠之警，自漢魏征鎮，莫之比焉。鮮卑諸種畏懼，遂殺大莫廆，彬欲討之，恐列上俟報，虜必逃散，乃發幽薊車牛，參軍許祇密奏之，詔遣御史檻車徵彬付廷尉，以事直見釋。百姓追慕彬功德，生爲立碑作頌。元康初領幽州，卒，謚曰襄《晉書》列傳，祀名宦畿輔唐《志》六十七、萬曆沈《志》。

許猛，高陽人，幽州刺史。猛素服廣陽霍原名，會爲刺史，將詣之，主簿當車諫不可出界，猛歎恨而止據《晉書·隱逸·霍原傳》，特以原名聞，擬之西河，求加徵聘據《晉書·李重傳》。

燕

慕容農，燕元二年幽州牧，法制寬簡，清刑省賦，勸農桑，居民富贍，四方流民至者數萬據《通鑑綱目》。

尉諾《魏書》附《尉古真傳》，代人《魏書·尉古真傳》，古真弟《魏書》傳目及注，少侍太祖，以忠謹著稱，賜爵安樂子。太宗初爲幽州刺史，加東統將軍、進爵爲侯，討馮跋，進武陵公。諾之在州有惠政，民吏追思之。世祖時，薊人張廣達等二百餘人詣闕請之，復除安東將軍、幽州刺史，改邑遼西公。燕土亂久，民户凋散，諾在州前後十數年，還業者萬餘家。延和中卒《魏書》附《尉古真傳》。

張昭，河南修武人，有志操。神麚中爵修武侯，延和二年爲幽州刺史。時幽州年不登，州廩虚罄，民多菜色。昭謂民吏曰：『何我之不德而遇其時乎！』乃使富人通濟貧乏，車馬之家糴運外境，貧弱者勸以農桑，歲乃大熟，士女稱頌之。在任三年卒《魏書》附《張蒲傳》。

崔休，字惠盛，清河人，逞玄孫。洛州刺史，尋行幽州事《魏書》列傳。按《北史》未載，後爲司徒右長史《北史》列傳。肅宗除平北將軍、幽州刺史，進號安北將軍。在州清白愛民，甚著聲績，百姓《魏書》列傳懷其德澤《北史》列傳。遷青州《魏書》列傳，入爲度支、七兵、殿中三尚書。卒謚文貞《北史》列傳。

江文遥《魏書》附《江悦之傳》，濟陽考城人《北史·江悦之傳》。肅宗初平原太守，遷後將軍、安州刺史。文遥善于綏納，甚得物情。時杜洛周、葛榮等相繼叛逆，自幽燕已南悉皆淪陷《魏書》傳，惟文遥介在群曲之外，孤城獨守，鳩集荒餘，且耕且戰，百姓皆樂爲用《北史》傳。建義元年七月卒於州。長史許思祖等以文遥遺愛在民，復推其子果行州事。既攝州任《魏書》傳，乃遣使奉表，莊帝嘉之，除果通直散騎侍郎《北史》傳，假節，龍驤將軍，行安州事、當州都督。既而賊勢轉勝，臺援不及，果以阻隔彊寇，内徙無由，乃攜諸弟並率城民東奔高麗。元象中還朝《魏書》傳。按安州僑治幽州北界在元象中，前此置于皇興二年，治方城，在今固安。祀名宦《一統志》五。

侯淵《魏書》列傳。按《北史》傳『淵』避諱作『深』，神武尖山人，孝明末《北史》列傳歸爾朱榮。莊孝即位，從榮討葛榮于滏口，榮啓淵爲驃騎將軍、燕州刺史。時葛榮别帥韓樓、郝長等屯聚薊城，榮令淵進討韓樓，配卒甚少，或以爲言榮曰：『淵臨機設變，是其所長，若總大衆未必能用，今擊此賊，故當不足定也。』《魏書》列傳給騎七百《北史》列傳，淵去薊百餘里，值賊帥陳周馬步萬餘，淵遂潛伏以乘其背，虜其卒五千餘人，尋還其馬仗，縱令入城《魏書》列傳。按《北史》『仗』作『伏』，譌，左右諫《北史》列傳，淵曰：『我兵少，須爲計離隙之。』度其已至，率騎夜進，昧旦叩其城門，疑降卒爲淵内應，遂遁，追擒之《魏書》列傳，賜爵爲侯。尋爲平州刺史，乃鎮范陽《北史》列傳。爾朱榮死，范陽太守盧文偉誘淵出獵，閉門拒之，淵率部曲屯于郡南，爲榮舉哀，勒兵南向。莊帝使東萊王貴平爲大使，慰勞燕薊，淵乃詐降執貴平。會元曄立授淵左軍大都督、漁陽郡開國公，邑一千户。前廢帝立，加開府幽州刺史。劉靈助舉義兵，淵破禽之《魏書》列傳。

裴延儁，字平之，河東聞喜人《北史》列傳。肅宗除廷尉卿，轉平北將軍、幽州刺史。范陽郡有舊督元渠，徑五十里，漁陽燕郡有故戾陵諸堰，廣袤三十里，皆廢毁多時莫能修復《魏書》列傳。按《北史》『堰』作『堨』。時水旱不調，民多饑餒，延儁謂疏通舊迹，勢必可成《魏書》列傳。正光二年《方輿紀要》，乃表求營造，遂躬自履行，相度形勢，隨力分督，未幾而就，溉田百萬餘畝，爲利十倍，百姓賴之《北史》列傳又命主簿酈惲修起學校，禮教大行，民歌謡之。在州五年，考績爲天下最《魏書》列傳。按《北史》『民』作『人』。儁繼母隨延儁在薊，時遇重患，延儁啓求侍母還京療治。至都，未幾拜太常卿《魏書》列傳，歷七兵、殿中、二尚書，又兼吏部。莊帝初于河陰遇害《北史》列傳。祀名宦《一統志》五、畿輔唐《志》六十七。

刁整，字景智《魏書》附《刁雍傳》，渤海饒安人《魏書·刁雍傳》。自征盧將軍出，除范陽太守。時已兵亂，整郡獲全，去郡之後尋被陷没。天平四年卒，謚文獻附《刁雍傳》。

北齊

尉長命，太安狄那人《北齊書》列傳。神武起兵《北史》列傳，除東南大都督，轉范陽，就拜幽州刺史，督安、平二州事。州居北垂，土荒民散，長命雖多聚斂，然以恩撫，民少得安集。尋以疾去，未幾復拜車騎大將軍，都督西燕幽、冀、滄、瀛四州諸軍事、幽州刺史。卒于州，贈以本官加司空，謚武壯《北齊書》列傳。

源彪，字文宗，西平樂郡人。太子中舍人，乾明初出爲范陽郡守《北齊書》列傳。以恩信待物，甚得人和，鄰郡欽服涿州吴《志》。按此史所未及，《北史附源賀[傳]》並不言其爲范陽守，藉非《北齊書》，幾疑涿《志》無據。皇建二年拜涇州刺史，入授儀同大將軍，司成下大夫《北齊書》列傳。

斛律羨，字豐樂《北齊書》附《斛律金傳》。按《獨孤永業傳》『樂』作『洛』，敦朔州勅勒部人《北史·斛律金傳》。河清三年轉使持節都督、幽安平南北營東燕六州諸軍事、幽州刺史。其年秋，突厥衆十餘萬來寇州境，羨總率諸將禦之。突厥望見軍威甚整，遂不敢戰，遣使求款。慮其有詐，且喻之曰：『爾輩此行本非朝貢，見機始變，未是宿心。若有實誠，即速歸巢穴，別遣使來。』于是退走。天統元年夏五月《北齊書》附《[斛律]金傳》，突厥可汗《北齊書》附《金傳》。按《北齊書》『可』

作『木』遣使請朝獻，羨始以聞，自是朝貢歲時不絶。羨有力，詔加行臺僕射。羨以北虜屢犯，須備不虞，自庫堆戍東距于海，隨山屈曲二千餘里，其間二百里中，凡有險要，或斬山築城，或斷谷起障，並置立戍邏五十餘所。又遵高梁水北合易京，東會于潞，因以灌田，邊儲積，轉漕用省，公私獲利《北齊書》附《金傳》。在州養馬二千匹，部曲三千《北史》附《金傳》，士馬精强，鄣候嚴整，突厥畏之《通鑑》一百七十一，謂之南面可汗《北史》附《金傳》。其年六月丁父憂去，被起復任還鎮燕薊，三年加位特進，四年遷行臺尚書令，别封高城縣侯。武平元年加驃騎大將軍，上書推讓，乞解所職，詔不許。秋進爵荆山郡王，三年七月勅使賀拔伏恩等驛捕之，遣獨孤永業便發定州騎續進，仍以永業代羨。門者白使人衷甲馬汗，宜閉城門，羨曰：『勅使豈可疑懼？』出見之，伏恩把守，遂執之，死於長史廳。事未誅前，忽令在州諸子五六人鎖欽乘驢出城，闔家泣送之至門，日晚而歸，吏民莫不驚異《北齊書》附《金傳》。行燕郡守馮嗣明，道術士也，爲羨所欽，竊問之，答云須有禳厭，數日而有此變《北史》附《金傳》。按『道』，《北齊書》作『醫』，『禳』《北史》作『攘』，今依《北齊書・斛律羨》。祀名宦。

周

劉雄，字猛雀，臨洮子城人也《北史》列傳。建德四年進爵趙郡公，明年從平鄴城，其年從齊王憲宗北討稽胡，軍還，出鎮幽州。宣政元年突厥寇幽州、擁略民，雄出戰，爲突厥所圍，臨陣戰殁。贈亳州刺史《周書》列傳。

于翼，字文若，太師燕公謹之子《周書》列傳，河南洛陽人《周書·于謹傳》。大象初，除幽定七州六鎮諸軍事、幽州總管。先是突厥屢爲寇抄，居民失業。翼素有威武，兼明斥候，自是不敢犯塞，百姓安之。及尉遲迥据相州舉兵，以書招，翼執其使並書送之。于時隋文帝執政，賜翼雜繒千五百段、粟麥千五百石並珍寶服玩等，進位上柱國，封任國公。[翼]請入朝，隋文帝許之。開皇初拜太尉。或告翼往在幽州欲同尉遲迥者，按驗無實，復本位。薨《周書》列傳，祀名宦《一統志》五、畿輔唐《志》六十七。

隋

李崇，字永隆《隋書》附《李穆傳》，隴西成紀人《隋書·李穆傳》。開皇三年除幽州總管。突厥犯塞，崇輒破之。奚霫契丹等慴其威略，争來内附。後突厥大爲寇略，崇率步騎三千，轉戰十餘日，師多死，遂保沙城，突厥圍之。城本荒廢不可守禦，曉夕力戰，又無所食，夜出掠賊營得六畜以繼，突厥畏之，厚爲其備，夜中結陣以待。崇軍苦饑，出輒遇敵，死亡略盡，遲明奔還城者尚且百許，然多傷重，不堪更戰。突厥意欲降之，遣使謂崇曰：『若來降者，封爲特勒。』崇知必不免，令士卒曰：『崇喪師徒罪當死，今日效命，以謝國家。待看吾死且方降，方便散走還鄉，若見至尊道崇此意。』乃挺刃突賊，復殺二人，賊亂射之，卒。贈豫州刺史，謚壯《隋書》附《李穆傳》。

周摇，字世安《隋書》列傳，河南洛陽人《北史》列傳。其先與後魏同源，初爲普乃氏，及居洛陽改周氏，周閔賜姓車非氏《隋書》列傳，隋文帝復姓周氏《北史》列傳。開皇初突厥寇邊，燕薊多被其患。前總管李崇爲虜所殺，上思所以鎮之《北史》列傳，臨朝曰無以加周摇者，拜爲幽州總管、六州五十鎮諸軍事。摇修鄣塞，謹斥候《隋書》列傳，邊人安之《北史》列傳。後六載徙壽州《隋書》列傳、襄州《北史》列傳，乞骸骨終于家，謚恭《隋書》列傳。

竇抗《舊唐書》附《竇威傳》。按抗仕顯於唐，而其爲幽州總管則在隋，故不列唐。它仿此，扶風平陸人《舊唐書·竇威傳》。在隋以帝甥《舊唐書》附《竇威傳》，蚤貴《唐書》附《竇威傳》，文帝起爲岐州刺史，轉幽州總管。政以寬惠聞《舊唐書》附《竇威傳》。漢王諒作亂，煬帝將發幽州兵討之，時抗爲總管，恐其有貳，問可任者於楊素，素進《舊［唐］書》附《楊元威傳》李子雄代之《舊唐書》附《竇威傳》。按《北史》云李雄。子雄馳往，因誣抗得諒書不奏，按鞫無狀，然坐是遂廢。高祖授左武侯大將軍，謚密《唐書》附《竇威傳》。子雄，渤海修人，授上大將軍，拜廣州刺史，馳至幽州，止傳舍募千餘人，抗恃素貴，不時相見，子雄遣人諭之。後二日，抗從鐵騎二千來詣子雄所，子雄伏甲請與相見，因禽抗，遂發幽州兵步騎三萬自井陘以討諒。時諒遣大將軍劉建略地燕趙，正攻井陘，相遇于抱犢山下，力戰破之。還幽州總管，尋徵拜民部尚書，轉右武侯大將軍。坐事除名。楊玄感反，亡歸。玄感敗，誅《隋書》附《楊玄感傳》。按此與《北史》李子雄裔子非一人。《史姓韻編》誤以爲一，而《北史》七十四李雄即此李子雄，《史姓韻編》又誤爲二。

郭絢，河東安邑人。大業初煬［帝］將有事于遼東，以涿郡爲衝要，訪可任者。聞絢有幹局，拜涿郡丞，吏人悦服《隋書》列傳。按《北史·柳儉傳》：『聞絢有幹局，拜涿郡贊務。』。柳儉拜弘化太守，大業五年入朝，郡國畢集，帝謂納言蘇威、吏部尚書牛弘曰：『其中清名天下第一者爲誰？』威等以儉對。帝又問其次，威以涿郡贊務郭絢、潁川贊務敬肅二人對，帝賜儉帛二百匹，絢、肅各百匹，令天下朝集使送至郡邸以旌異焉，論者美之《北史·柳儉傳》。數載遷爲通守兼領留，及山東盜賊起，絢逐捕之，多所剋獲。時諸郡無復完者，惟涿郡獨全。後建德將兵，［絢］擊竇建德於河間，戰死，人吏哭之，數月不息《隋書》列傳。祀名宦《一統志》五。

陰世師《隋書》附《陰壽傳》，武威人《隋書·陰壽傳》。煬帝擊高麗，爲涿郡留守。于時盜賊蜂起，世師逐捕，往之往剋捷。帝還，大加賞勞，拜樓煩太守，留守京師。義軍至，見誅《隋書》附《陰壽傳》。

唐

羅藝，字子廷，襄州襄陽人《唐書》列傳。按《册府元龜》三百五十七、又三百七十三李藝即此。《舊唐書》『廷』作『延』。煬帝命李景節度督軍于北平《舊唐書》列傳，詔藝以兵屬。天下盜起，涿郡號富饒，伐遼兵仗多在而食庤盈羨，又臨朔宮多珍寶，屯師且數萬，苦盜侵掠，留守將趙什住等不能支，藝捍寇，數破卻之《唐書》列傳，威勢日重。什住等忌藝，藝陰知之《舊唐書》列傳，自計，因出師詭説衆曰：『吾軍討賊數有功，而食乏，官粟若山，留守不賑恤，豈安人强衆意邪？』士皆怨。既還，郡丞出郊謁，藝執之，陳兵入，什住等懼，爭聽命。藝即發庫貲賜戰士，食粟給窮人，境内大悦，殺異己者渤海太守唐禕等，威動北邊，柳城、懷遠並歸附，黜柳城太守楊林甫，改郡曰營州，以襄平太守鄧嵩爲總管《唐書》列傳。大業十二年《通鑑》百八十六，藝自稱幽州總管《唐書》列傳。按《舊唐書》傳云藝自稱幽州總督，『督』當依《唐書》作『管』。兩《唐書・温彦博附大雅傳》可校。宇文化及至山東，遣使召藝，藝曰：『我隋室舊臣，感恩累葉，大行顛覆，實所痛心！』斬使爲煬帝發喪，大臨三日。竇建德、高開道亦遣使于藝《舊唐書》列傳。藝謂官屬曰：『建德等皆劇賊，不足共功名，唐公起兵，民望所歸，王業必成，吾決歸之。敢異議者戮！』會張道源撫輯山東，並諭藝降《唐書》列傳，司馬温彦博贊成其事《舊唐書・温彦博大雅傳》。武德二年奉表以地歸《唐書》列傳，詔封燕王，賜姓李氏，預宗正屬藉《舊唐書》傳。與建德戰，多所禽馘《唐書》列傳。太宗之擊劉黑闥，藝領本兵數萬破黑闥弟付善，俘斬八千人。明年《舊唐書》列傳黑闥引突厥入寇，復以兵與太子建成會洺州，遂請入朝，帝厚禮之，拜左翊衛大將軍。太宗進開府儀同三司，懼，乃反，左右斬之《唐書》列傳。

鄭羅漢，滎陽人，武清今屬。隋室土崩，豪杰雲起，竇建德聚兵稱亂，圍逼武清，時獨堅守孤城，確固臣節，加右衛大將軍宰縣如故，進封永平，食邑千户。茲邑建功之地，子孫家焉《唐高士鄭忠墓傳》。按羅漢忠之高祖，時在天寶元年改雍奴爲武清之前，當稱雍奴。今其碣立于代宗永泰元年，遂從時稱。

楊德裔，弘農華陰人，封東平公、策勳上柱國、拜幽州司馬。寬以濟猛，嚴而不殘，每行縣録囚徒，平反者十八九。罷歸，文明元年薨楊炯《常州刺史伯父東平楊公墓誌銘》。

狄仁杰，字懷英，并州太原人兩《唐書》列傳。爲昌平縣令，有媪子死於虎，訴，爲文檄神，翌日虎伏階下，告於衆，殺之《帝京景物略》引《狄梁公祠碑》。按《唐書》傳未云狄爲昌平縣令，然昌平狄祠久矣，元前已有勒石，或非無據。《萬曆順天志・名宦傳》亦載。轉幽州都督兩《唐書》列傳，賜紫袍龜帶，後自製金字十二以旌其忠《唐書》列傳。神功元年入爲鸞臺侍郎，謚文忠，封梁公《舊唐書》列傳。祀名宦畿輔唐《志》六十七。

張仁愿，華州下邽人，本名仁亶，以睿宗諱音近避之《唐書》列傳。萬歲通天二年，監察御史孫承景監清邊軍《舊唐書》列傳，戰還，自圖先鋒當矢石狀，武后擢右肅政臺中丞，昭[詔]仁愿敘其麾下功。仁愿先問承景，問皆窮，劾罔上，貶從仁令，以仁愿代爲中丞、檢校幽州都督《唐書》列傳。安禄山生，野獸盡鳴，仁愿搜廬帳欲殺之，匿而免《唐書・安禄山傳》。按《安禄山傳》『范陽節度使張仁愿』。嗣聖十九年三月，突厥寇并州，以雍州長史薛季昶攝右臺大夫，充山東防禦軍大使，滄、瀛、幽、易、恒、定等州諸軍皆受季昶節度。夏四月，以幽州刺史仁愿專知幽、平、嬀、檀防禦，仍與季昶相知，以拒突厥《通鑑》二百十。會突厥默啜入寇，攻陷趙、定，擁衆迴至幽州，仁愿勒兵出城邀擊之《舊唐書》列傳，矢著其手《唐書》列傳，賊亦引退《舊唐書》列傳。武后遣使勞問、賜藥注傳，遷并州大都督府長史《唐書·列傳》。『大』字府志据《舊唐書》傳。景龍二年加鎮軍大將軍。睿宗即位，[以]兵部尚書、光禄大夫致仕，卒《舊唐書》列傳。

薛訥《舊唐書》列傳，字愼言《唐書》附《仁貴傳》，絳州萬泉人。則天以訥攝左武威衛將軍、安東道經略《舊唐書》列傳。景雲元年冬十月丁酉，以幽州鎮守經略節度大使訥爲左武威大將軍兼幽州都督，節度使之名自訥始《通鑑》二百十。按《統紀》、《會要》均云節度使名始于景雲二年賀拔延爲西涼節度，非也。詳《前代治境統部》。訥鎮幽州二十餘年，吏民安之，未嘗舉兵出塞，虜亦不敢犯。與燕州刺史李璡有隙同上，璡封汝陽王《唐書》附《讓皇帝憲傳》，讓皇帝憲子《舊唐書》列傳，毁之于劉幽求，幽求薦左羽林將軍孫佺代之。太極元年三月丁丑以佺爲幽州大都督，徙訥爲并州據《通鑑》百二十大都督府長史，玄宗拜訥左羽林大將軍，封平陽郡公，致仕。謚昭定。訥沈勇寡言。與弟楚玉，開元中爲幽州大都督長史《舊唐書》列傳。按唐幽州節度使開元十三年領大都督府，其改范陽節度在天寶元年，而《唐書》傳云楚玉開元中爲范陽節度使，誤矣，今從《舊唐書》，不職，廢。

裴懷古，壽州壽春人。神龍中并州長史，俄轉幽州都督《舊唐書》列傳。太極元年，令懷古節度内發兵三萬赴天武軍《册府元龜》二百五十九。綏、懷兩蕃將舉落内屬，會以左威衛大將軍召而孫佺代之。懷古清介審愼，在幽州時韓琬以監察御史監軍，稱其馭士信，臨財廉，國名將云《唐書》列傳

邊敏，字德成，其先陳留人，王父行存，順州司馬按唐順州，貞觀元年僑幽州，間氣深沈《邊魯儒林郎試大理評事行幽都路縣令邊府君敏墓石》。敏墓石文目，擢高陽縣令，罷任未逾載，除官幽都府路縣令，大小之物罔不躬決同上墓石。按唐潞縣不作『路』，文蓋用西漢縣名。『路』上『幽都府』三字，『縣』下『令』字據墓石文目增，流愛于民墓石銘。起歸去之思，固罷厥官。子日照，故幽都府永清縣令同上墓石。按唐天寶元年改會昌曰永清，據知其官不在元年前。敏乃邊魯伯父。

趙含章《通鑑》二百十三，幽州長史《兩唐書·奚傳》。按《通鑑》云節度。奚酋李大酺死，弟魯蘇領其部，以東光公主妻之《唐書·奚傳》。開元十八年，奚衆爲契丹衙官可突于脅叛，魯蘇不能制，東光公主奔歸平盧軍。其秋，含章發清夷軍兵擊奚，破之，斬首二百級，奚衆稍稍歸降《舊唐書·奚傳》。二十年《唐書·裴耀卿傳》三月，信安王禕帥裴耀卿及幽州含章《通鑑》二百十三。按禕，《舊唐書》傳並從衣作『褘』，今從《唐書》。奉詔討叛奚《舊唐書·奚傳》，擊契丹，含章與虜遇，虜望風遁去。平盧先鋒烏承玼言于含章曰：『二虜劇賊也，前日遁非畏，乃誘也，宜按兵以觀其變。』含章不從，與虜戰于白山，果大敗。承玼别兵出其右擊虜，破之。己巳《通鑑》二百十三禕等分道出范陽北《舊唐書》傳安王附《吴王恪傳》，大破奚契丹，俘斬甚衆，可突于帥麾下遠遁，餘黨潛竄山谷《通鑑》二百十三，奚酋長李詩鎖高等以其部五千帳降。詔封詩歸義王，充歸義州都督，移其部落於幽州界《舊唐書·奚傳》。《通鑑》二百十三胡注：高宗總章中以新羅户置歸義州於良鄉廣陽城，後廢，今復置以處李詩部落。

張守珪，陝西河北人《舊唐書》列傳。按王讜《唐語林》云陝州平陵人。以功特加游擊將軍，再轉幽州良社府果毅。守珪儀行瓌壯，善騎射，慷慨有節義。時盧齊卿爲幽州刺史《舊唐書》列傳。按良社府，《唐書》傳云『良杜府』，器之，引與共榻坐，謂曰：『不十年子當節度是州，爲國重將，願以子孫托，可僚屬相期邪！』《唐書》列傳。按《舊唐書》傳云『足下數年外必節度幽涼，爲國之良將，方以子孫相托，豈得以寮屬相期邪』，《唐書·盧齊卿附承慶傳》云『君十年至節度使』後轉左金吾員外將軍，爲建康軍使，遷隴右節度。開元二十一年轉幽州長史兼御史中丞、營州都督、河北節度副大使，俄加采訪處置使。先是，契丹及奚連年爲邊患《舊唐書》列傳。『開元』二字据《本紀》補，牙官可突于《唐書》列傳。按『牙』，《舊唐書》傳作『衙』，衙蓋牙之假借字。《說文》『衙，行兒』，然則衙官之衙作牙爲是。《南部新書》：『《近代通謂府庭爲公衙，字本作牙，軍前大旗謂之牙旗，近俗尚武，是以通呼公府公門爲衙門，字譌爲衙。』驍勇有謀略，頗爲夷人所伏。趙含章、薛楚玉等前後爲幽州長史，竟不能拒，守珪《舊唐書》列傳每戰輒勝，虜遂大敗。帝喜，詔有司告九廟《舊唐書》列傳。二十二年六月《通鑑》二百十四，契丹酋屈剌及突于恐懼，遣使詐降，守珪得其情《唐書》列傳，遣管記右衛騎曹王悔詣部就謀之《舊唐書》列傳。按《唐·列傳》無『管記』二字。屈剌無降意，徙帳稍西北，密引突厥衆將殺悔以叛。契丹別帥李過折與突于爭權不叶，悔因間誘夜斬屈剌及突于，盡滅其黨，以衆降。守珪到官，次紫蒙川大閱軍，實賞將士，傳屈剌突于首于東都《唐書》列傳。詔封李過折爲北平王，使統其衆，尋爲可突于餘黨所殺。二十三年春，守珪詣東都獻捷《舊唐書》列傳。按《唐書》『二』譌『三』。

會藉田畢，即酺燕爲守珪飲至，帝賦詩寵之，加拜輔國大將軍、右羽林大將軍《舊唐書》列傳兼御史大夫，餘官並如故，賜綵千匹及金銀器物等，與二子官，仍詔于幽州立碑以紀功賞。二十六年裨將趙堪、白真、陁羅等假守珪命《舊唐書》列傳强使平盧軍使烏知義度湟水邀叛奚，且揉其稼，知義辭，真陀羅矯詔脅之，知義與虜斗，不勝還。守珪匿其敗，但上克獲狀，事頗洩，帝遣謁者牛仙童按實《唐書》列傳，守珪附會其事，歸罪白真陀羅，逼令自縊《舊唐書》列傳，厚賂使者還奏如狀《唐書》列傳。二十七年仙童事露，伏法，守珪以舊功減罪，左遷括州刺史，疽發背卒《舊唐書》列傳。祀名宦畿輔唐《志》六十七。

阿義屈達干，姓康氏，柳城人。其先世爲北蕃十二姓之貴種，天寶元年款塞歸朝，朔方節度使王忠嗣以聞按《顔魯公文集》一本云『王斛斯』，秋八月玄宗拜左威衛中郎將，屬范陽節度使。安禄山潛懷異圖，庶爲己用，密奏充部落都督，仍爲其先鋒使，既不得已，僶俛從之。四載，以破契丹功遷右威衛將軍，俄拜范陽經略副使。五載又破契丹，功居多，拜左衛大將軍，仍充節度副使，玄宗嘉之璽書，慰勉盈溢篋笥。十四載冬十一月九日甲子安祿山反，范陽以天子有命，陷身凶逆，舉家見質，冒死南奔投行營。廣德二年薨顔真卿《特進行左金吾衛大將軍上柱國清河郡開國公贈開府儀同三司兼夏州都督康公神道碑銘》。

賈循，京兆華原人。范陽節度使李適之薦安東副大使都護。安禄山兼平盧節度使，表爲副，禄山欲擊奚契丹，復奏光禄卿，自副使知留後，禄山反，使循守幽州，顔杲卿使平盧節度副使循取幽州以傾賊巢穴，循許可，爲向潤客等發其謀，賊縊之。建中二年贈太尉，謚曰忠據《唐書·忠義傳》。按《唐書》傳：『循從子隱林，德宗問家世，答曰：「故范陽節度副使，臣從父也。」』然則循亦范陽節度副使。

李史魚，趙郡平棘人。拜殿中侍御史，參安禄山范陽軍事梁肅《侍御史攝御史中丞贈尚書户部侍郎李公墓誌銘》。天寶十四載安禄山反於范陽《通鑑》二百四十七，河北首亂，脇在圍中，危冠正詞，誚讓元惡，勢迫難奪，望重見容，朝廷雅知忠，遷侍御史，充封常清幽州行軍司馬。隔于凶盜，詔不下達墓誌銘。

韋元誠，京兆人。少爲坊州參軍，五遷至范陽倉曹參軍。初安禄山以范陽叛，劫脅元元，以殺整衆，士之因官因居墮圍中者數千計，凶威所及，不死則汙。元誠，掾吏也，在僞署伍中溷迹佯狂，冀以病免，盜憎之，乃加害。是歲天寶十五年也據獨孤及《唐范陽郡倉曹參軍京兆韋公墓誌銘》。

宋駿方，廣平人。自薊縣調涿令涿州吴《志》，倚法不削，憂公如私，以能名，政率由舊韋稔《涿州文宣王廟碑》。

張徹，字某，進士，累官至范陽府監察御史。長慶元年韓愈《幽州節度判官贈給事中張君墓誌銘》，御史牛僧孺《唐書·宰相表》奏名迹，中御史選，詔爲御史，其府惜不敢留，遣之，而密奏幽州將父子繼續，不廷選且久，今新收，臣又始至孤怯，須强佐乃濟，發半道，詔還墓誌銘幽州節度使判官墓誌銘目，仍遷殿中侍御史，賜朱衣銀魚。數日軍亂，怨其府從事，盡殺之，而囚其帥，相約張長者，毋庸殺，置之帥所。居月餘，謂其帥公無負此土人，上使至可，因請見自辯，幸得脱免歸。推門求出，守者告其魁，魁徒皆駭曰：張忠義必爲其帥告此餘人，不如遷之别館。出門駡衆曰：『何敢反！前日吴元濟斬東市，昨日李師道斬軍中，同惡者父母妻子皆屠死，肉餧狗鼠鴟鴉，汝何敢反！汝何敢反！』行且駡，衆畏惡其言，不忍聞，且虞生變，擊以死。抵死口不絶駡，衆皆曰：『義士！義士！』或收瘞之。事聞，天子壯之，贈給事中。其故相知以幣請之范陽，范陽人義而歸之，四年四月葬墓誌銘。

李再義，賜名載義《舊唐書·敬宗紀》，字方毅《舊唐書》列傳，自稱恒山愍王之後《唐書》列傳，代以武力稱，繼爲幽州屬郡守。載義善挽强角抵，劉濟爲幽州節度使《舊唐書》列傳，高其能，引補帳下，從征伐，積功爲牙中兵馬使《唐書》列傳。寶曆中幽師殺朱克融《舊唐書》列傳，子延嗣叛命，殘用其人，載義因衆不忍殺之，暴其罪于朝《唐書》列傳。二年十月《舊唐書·敬宗紀》，敬宗即授校户部尚書、盧龍軍節度《唐書》列傳、副大使知節度使《舊唐書·敬宗紀》。按賜名載義爲是年事，封武威郡王《唐書》列傳。載義進馬腦鞍一具《册府元龜》百六十。初張弘靖之囚，幕府多見害，妻子留不遣，及是載義悉護送京師，雖僮廝畢行。俄而李同捷据滄、景邀襲封，載義請討賊自效，文宗嘉之，進巡檢尚書右僕射，斬級數有功，賊平《唐書》列傳。太和三年《舊唐書》列傳詔同中書門下平章事，賜白玉帶示殊禮《唐書》列傳。四年契丹寇邊，擊走之，虜其名王，就加太保。五年春，爲其部下楊志誠所逐，因入覲，再拜太保，仍平章事，其年改山南西道節度觀察等使。九年加侍中。開誠［成］二年卒《舊唐書》列傳。按《唐書》列傳云太和四年爲楊志誠所逐，然考《舊唐書·楊志誠傳》亦云五年。

五代

周德威，字鎮遠，小字陽五，朔州馬邑人《舊五代史》列傳。勇而多智，望塵知敵數《五代史》列傳。莊宗立，天祐八年八月，劉守光僭稱大燕皇帝，十二月遣德威率步騎三萬出飛狐，與鎮州將王德明、定州將程嚴等軍進討。九年正月收涿州，降刺史劉知温，五月七日，劉守光令驍騎單廷珪督精甲萬人出戰，德威遇于龍頭岡。初廷珪謂左右曰：『今日擒周陽五。』既臨陣見德威，廷珪單騎持槍躬追德威，垂及，德威側身避之，廷珪少退，德威奮檛擊墜其馬，生獲廷珪，賊黨大敗，斬首三千級，獲大將李山海等五十二人。十二日德威自涿州進軍良鄉大城，守光既失廷珪，自是奪氣，德威之師屢收諸郡，降者相繼。十年十一月擒守光父子，幽州平。十二月，授德威檢校侍中、幽州、盧龍等軍節度使《舊五代史》列傳。德威雖爲大將，常身與士卒馳騁矢石間《五代史》列傳。性忠孝，感武皇獎遇，常思臨難忘身。十二月，汴將劉鄩自洹水乘虛將寇太原，德威在幽州聞之，徑以五百騎馳入土門，聞鄩軍至樂平不進，德威徑至南宫以候汴軍。初劉鄩欲劇臨清以扼鎮定轉餉之路，行次陳宋口《舊五代史》列傳，德威擒其斥候者數十人，斷腕縱之

《莊宗實録》。按《通鑑》本此，薛氏云遣人將擒數千人皆傳刃于背，縶而遣之。德威其夜急馳，扼臨清《舊五代史》列傳。臨清有積粟，且晉軍餉道也《五代史》列傳。十四年三月，契丹寇新州《舊五代史》列傳，辛亥攻幽州，德威以幽、并、鎮、定、魏五州兵拒戰于居庸關西《遼·太祖紀》。按此爲契丹神册二年，契丹衆三十萬，德威衆寡不敵，大爲所敗《通鑑》，退保范陽。敵攻近二百日，外援未至，德威撫循士衆晝夜乘城，竟獲保守。十五年將定汴州，德威自幽州率本軍至，父子俱戰殁，德威名將，人皆惜之。同光初贈太師。天成中配饗莊宗廟，晉高祖追封燕王《舊五代史》列傳。子光輔《五代史·［周］德威傳》，年甫十歲補幽州中軍兵馬使，有成人志，德威以牙軍委之，麾下咸取決焉。及長，體貌魁偉，練于戎事《舊五代史》列傳，官至《五代史》列傳蔡州刺史，卒贈太保《晉書·列傳》。按蔡州刺史乃晉高祖所授，然其官幽州兵馬使等職則在唐，故附《德威傳》。

李嗣昭，字益光《舊五代史》列傳，本姓韓氏，汾州太谷縣民家子《五代史·義兒傳》，武皇母弟、代州刺史克柔之假子也，小字進通，形貌眇小，而精悍有膽略。天祐十六年，嗣昭代周德威權幽州軍府事《舊五代史》列傳。居數月《五代史》列傳，九月以李紹宏代嗣昭出薊門《舊五代史》列傳，幽州人皆號哭閉關遮留《五代史》列傳，截鞍惜别，嗣昭夜遁而歸。十九年莊宗征張文禮于鎮州，嗣昭爲賊矢中腦，卒《舊五代史》列傳。

李存賢　字子良，本姓王，名賢，許州人，景福中典義兒軍爲副兵馬使，因賜姓名《唐書》列傳。同光莊宗好角觝，顧賢曰：『勝我，與爾一鎮。』存賢勝之《五代史》列傳。二年三月，幽州李存審疾篤，求入覲，議擇帥代之。方内宴，莊宗曰：『吾披榛故人零落殆盡，存者存審耳，今復衰疾，北門之事知付何人？』因目存賢曰：『無易于卿《舊五代史》列傳，角觝之勝，吾不食言《五代史》列傳。』即日授特進檢校太保，充幽州盧龍節度使，五月到鎮。時契丹彊盛，城門之外烽塵交警，一日數戰。存賢性忠謹周慎，晝夜戒嚴，不遑寢食，以至憂勞成疾，卒于幽州。贈太傅《舊五代史》列傳。

宋

楊應詢，字仲謀，章惠皇后族孫，歷知信安保定軍。霸州塘濼之間地沮洳，水潦易集，居人浮板以濟，應詢增堤防爲長衢，濬其旁以泄流，民利賴之，爲河北沿邊安撫使。卒謚康理《宋史》列傳。祀名宦《一統志》五。

王安中，字履道，中山陽曲人。宣和三年爲左丞。金人來歸燕，謀帥臣，安中請行，授慶遠軍節度使、河北河南燕山府路宣撫使，知燕山府。遼降將郭藥師同知府事，藥師跋扈，府事皆專行，安中不能制，第曲意奉之，故藥師愈驕。張覺奔燕，金人來索急，安中不得已縊殺之，函其首送金。藥師宣言曰：『金人欲覺即與，若求藥師，亦將與之乎？』安中懼，奏其言，因力求罷藥師，自是解體《宋史》列傳。郭藥師，渤海鐵州人，遼燕王淳募饑民曰怨軍，藥師爲之渠，淳建號于燕，改爲常勝軍，擢藥師爲上將軍、涿州留守。淳死，宣和四年藥師奉涿、易二州《宋史》

附《趙良嗣傳》歸宋《金史》列傳，委以守燕。初王安中知燕山府，詹度與藥師同知，藥師自以節鉞欲居度上，度稱御筆所書有序，藥師不從，加以常勝軍肆横，藥師右之，度不能制，告于朝廷。［朝廷］慮其交惡，命度與河間蔡靖兩易。靖至，坦懷待之，藥師亦重靖，稍爲抑損。朝廷曲徇其意，所請無不從，良械精甲，多遺部曲賈易它道，多爲奇巧之物以奉權貴宦侍，于是譽言日聞，專制一部，增募兵號三十萬而不改左衽，朝論頗以爲慮，令童貫行邊，陰察其去就。貫至燕，藥師邀貫視師，至于迥野，略無人迹，藥師下馬，當貫前掉旗一揮，俄頃四山鐵騎曜日，莫測其數，貫衆失色，歸言藥師能抗虜，金使賀天甯節，歸見藥師于道，爲之斂馬引避，鄉兵或持矛取其羊狩，皆不敢争，奏言藥師威聲遠振。金兵破檀、薊《宋史》附《趙良嗣傳》，藥師乃降，太宗以藥師爲燕京留守，賜姓完顔氏，海陵即位復本姓《金史》列傳。

黄友，字龍友，温州平陽人。通判檀州，會金人敗盟，郭藥師以常勝軍叛，燕士響應，友獨領數千人與之戰，躬冒矢石，破裂脣齒。欽宗即位，制置使詹度奏友久服武事，籌略過人，丞相何㮚從而薦之。召對問友脣齒破裂狀，爲之稱歎，賚予甚渥，進直徽猷閣制置司參謀。軍進榆次遇害《宋史》列傳。按萬曆《順天志·名宦》有傳，惟云裂脣齒死，考史未詳。

遼

耶律和卓原作合住，字諾木衮原作粘衮。保甯初以宋師屢梗南邊，拜涿州刺史、西南兵馬都監、招安巡檢等使，賜推忠奉國功臣。和卓久任邊防，雖有克獲功，然務鎮靜，不妄生事以邀近功，鄰壤敬畏，屬部乂安。宋數遣人結歡，冀達和意，和卓表聞其事，帝許議，安邊懷敵，多有力焉。拜左金吾衛上將軍。和卓智而有文，曉暢戎政，鎮范陽時嘗領數騎徑詣雄州北門，與郡將立馬陳兩國利害及周師侵邊本末，辭氣慷慨，左右壯之。自是邊境數年無事，識者以和卓一言賢于數十萬兵《遼史》列傳。

耶律休格原作休哥，字遜甯，應曆末爲特哩衮原作惕隱。乾亨元年宋侵燕，北院大王希達原作奚底統軍使蕭托果原作討古等敗績，南京被圍。帝命休格原作休歌代希達將五院軍往救，遇大敵于高粱河，與耶律色珍原作斜軫分左右翼擊敗之。休格被三創，宋王遁，休格追至涿州，不及而還。是年冬，詔總南面戎兵，拜裕悅原作于越。聖宗即位，太后稱制《遼史》列傳。統和元年正月丙子，以休格爲南京留守，仍賜南面行營總管印綬《遼史·聖宗紀》，總南面軍務，以便宜從事《遼史》列傳，休格下車，榜諭燕民《遼史·聖宗紀》，均戍兵，立更休法，勸農桑，修武備，邊境大治。四年宋復來侵，其將范密、楊繼業出雲州，曹彬、米信出雄、易取歧溝、涿州，陷固安置屯。時北南院奚部兵未至，休格力寡，不敢出敵，夜以輕騎出兩軍間，殺其單弱以脅餘衆，晝則以精鋭張其勢，使彼勞于防禦以疲其力。又設伏林莽絶其糧道，曹彬等以糧道不繼退保白溝，月餘復至，休格以輕兵薄之，伺彼蓐食，擊其離伍單出者，且戰且卻，由是南軍自救不暇，結方陣塹地兩邊，而行軍渴乏井，漉淖而飲，而四日始達于涿。聞太后軍至，彬等冒雨而遁。太后益以鋭卒追及之，彼力窮，環糧車自衛，休格圍之。至夜，彬、信以數騎亡去，餘衆皆潰。追至易州東，聞宋師尚有數萬瀕沙河以爨，促兵往擊之，宋師望塵奔竄，墮岸相蹂，死者過半，沙河爲之不流。太后旋旆，休格收宋師爲京觀，封宋國王，又上言可乘宋弱略地至河爲界，書奏不納。及太后南征，休格爲先鋒，敗宋兵于望都。時宋將劉廷讓以數萬騎並海而出，約與李敬源合兵，聲言取燕，休格聞之，先以兵扼其要，會太后軍至接戰，殺敬源，廷讓走瀛州。七年，宋遣劉廷讓等乘暑潦來攻，諸將憚之，獨休格率鋭卒逆擊于沙河之北，殺傷數萬，獲輜重不可計數，獻于朝。太后嘉其功，詔免拜不名，自是宋不敢北向，時宋人欲止兒啼，乃曰：『裕悦至矣。』休格以燕民疲弊，省賦役，恤孤寡，戒戍兵無犯宋境，雖馬牛逸于北者悉還之，遠近向化，邊鄙以安。十六年薨，是夕雨木冰。聖宗詔立祠南京。休格智略宏達，料敵如神，每戰勝，讓功諸將，故士卒樂爲之用，身更百戰，未嘗殺一無辜《遼史》列傳。

太公鼎，渤海人。先世籍遼陽率賓縣，統和間徙遼東豪右以實中京，因家于大定。咸雍十年登進士第，瀋州觀察判官，改良鄉令。省徭役，務農業，建孔子廟學，部民服化。累遷興國軍節度副使。天祚即位，歷長甯軍節度使、南京副留守，改東京户部使、拜中京留守《遼史·能吏傳》，祀名宦《一統志》五。

金

劉煥，字德文，中山人。天德元年進士，任邱尉，秩滿調中都市令、樞密使。布薩呼圖家有條結工牟利于市，不肯從市籍役，煥繫之，呼圖召煥，煥不往，暴工罪而笞之。煥初除市令，過謝鄉人、吏部侍郎石琚，琚不悦，曰：『京師浩穰，不與外郡同，棄簡就煩，吾所不曉也。』至是始重之，以廉升京兆推官，遷遼東轉運使。卒《金史》列傳，祀名宦《一統志》五。

唐古安禮烏楞古原作斡魯古，字子敬。大定初益都尹，召爲大興尹。上曰：『京師好訛言，府中姦吏爲民患，卿雖年少，有治才，去其宿弊，毋爲因仍。』察廉入第一等，進階榮禄大夫。七年五月，大興府獄空，詔錫宴勞之，凡州郡有獄空者皆賜錢爲錫宴費，大興府錫宴錢三百貫《金史》列傳。按唐古之『古』一作『括』。

伊喇道，本姓趙三，其先伊實部人也，户部郎中。世宗曰道清廉有幹局，中都轉運繁劇，乃改同知中都，統都轉運事，再除同知尹，能善治《金史》列傳。大定七年《金史·刑法志》，長完顔額森勒原作阿思鉢帶刀夜入左藏庫，殺都監郭良臣，盜出金珠，點檢司執其疑似者八人掠笞，三人死，五人者自誣，贓不可得，上疑之，命道參問。道持久其獄，既而額森博勒鬻金事覺伏誅，遷户部尚書，拜平章政事《金史》列傳。按《一統志》『喇』作『剌』，此與本名按者官同，又同爲大定中人，然非一人。祀名宦《一統志》五。

焦旭，字明鋭，沃州柏鄉人。安喜主簿，再轉大興令。以杖親軍百人長，有司議其罪當杖決，世宗曰：『旭，親民吏也，若因杖有官，人復行杖之，何以行事？其令收贖，改良鄉令。』《金史》列傳大定十八年，上曰：『縣令當得賢材用之。』平章政事石琚對曰：『良鄉令焦旭能吏，可任。』《金史·世宗傳》召爲右警巡，使練達時政《金史》列傳。祀名宦《一統志》五。

烏庫哩元忠原作烏古論元忠，本作額哩頁原作訛里也，其先上京特卜庫原作獨拔古人，大定十二年北邊進獻，命元忠往，受之還，大興府守臣闕，遂以元忠知府事。有僧犯法，吏捕得置獄，皇姑梁國大公主屬使釋之，元忠不聽，主奏其事，世宗召謂曰：『卿不徇情，良可嘉也，治京如此，朕復何憂？』秩滿授吏部尚書《金史》列傳。祀名宦《一統志》五。

完顔永功《一統志》。按此即《金史》越王永功，本名桑阿原作宋葛，又名廣孫。大定十八年大興尹。世宗幸金蓮川，始出中都，親軍二蒼頭縱馬食民田，詔永功蒼頭各杖一百，彈壓百户二人失覺察，勒停。上次望京淀，永功奏曰：『親軍人止一蒼頭，兩彈壓服勤爲日久矣，臣昧死違詔，量次蒼頭，使彈壓待罪，可使償其田直，惟陛下憐察。』上皆從之。老嫗與男婦憩道旁，婦與所私相從亡去，或告嫗曰：『向見年少婦人自水邊小徑去矣。』嫗告伍長縱迹之，有男子私殺牛，手持血刃，望見伍長，意其捕己，即走避之，嫗與伍長疑是殺其婦也，捕送縣，不勝楚毒，遂誣服，問尸所在，詭曰棄之水中矣。求之，水中果獲一尸，已半腐，縣吏以爲是男子真殺若婦矣，即具獄上。永功疑之，曰：『婦死幾何日，而尸遽半腐哉！』頃之，嫗得其婦于所私者，永功曰：「是男子偶以殺人就獄，其拷掠足以稱殺牛之科矣。」遂釋之而去。武清黄氏、望雲王氏，豪猾不逞，永功發其罪，畿内肅然。二十三年判東京留守，進封譙王。薨謚忠簡《金史》列傳。祀名宦《一統志》。

蒙古原作蒙括**特默**原作特末也，《金史·世宗紀》，寶坻尉寶坻洪《志》。大定二十七年二月，上謂宰執曰：『朕聞特默清廉，其于爲政何如？』左丞噶達對曰：『其部民亦稱譽之，然不知所稱何事。』上曰：『凡爲官但得清廉亦可矣，安得全才之人乎！』可進官一階《金史·世宗紀》。

承輝《一統志》，字維明，本名福興。大定十五年調中都右警巡使，章宗即位，知大興府事。宦者李新喜有寵用事，借大興府妓樂，承輝拒不與，新喜慚，章宗聞而嘉之。豪民與人爭種稻水利不直，厚賂元妃兄左宣徽使李仁惠，仁惠使人屬承輝右之，承輝杖豪民而遣之，謂其人曰：『可以此報宣徽也。』宣徽遷汴，承輝與皇太子留守中都，元兵攻之，仰藥死《金史》列傳。祀名宦《一統志》。

完顏伯嘉，字輔之，北京路額爾袞必喇明安人。明昌二年進士，調中都左警巡判官。孝懿皇后妹晉國夫人家奴買漆不酬直，伯嘉鈎致晉國用事奴數人繫獄，晉國白章宗，章宗曰：『姨酬其價則奴釋矣。』由是豪右屏蹟。改寶坻丞《金史》列傳。祀名宦《一統志》。

伊喇益原作移剌，字子遷，本名托摩布原作特末阿不，中都路胡喇圖原作胡魯士明安人也。明昌三年畿内饑，擢授霸州刺史，入謝，詔諭之曰：『親民之職惟在守，今比歲民饑，故遣卿往撫育之。』既至，首出俸粟以食饑者，于是倅以下及郡人遞出粟以佐之，且命屬縣視以爲法，多所全活。郡東南有堤久圮，屢爲害，益增修之，民以爲便，爲益立祠。升遼東路提刑副使，遷河東南北路按察使，卒官《金史》列傳。祀名宦《一統志》、霸州周《志》。

温特赫雅齊堪原作温迪罕咬查剌，同知順州軍州事。貞祐二年，北京副留守珠嘉佛新原作木甲法心爲提控，與雅齊堪俱守密雲縣。城破，佛新死于陣，雅齊被執，不屈而死。詔贈齊堪鎮國上將軍、順州刺史據《金史·珠嘉佛新傳》。按金密雲縣屬順州，然則密雲殉難是雅齊堪同知順州時之績。金之北京留守司則在大定府，非今順天境，惟佛新爲提控，故述其同守密雲事。

元

舒穆嚕拜達勒原作石抹孛迭兒，契丹人，父圖卜伊爾原作桃葉兒，徙霸州，拜達勒仕金霸州平曲水寨管民官，元太祖時爲龍虎衛上將軍、霸州等路元帥，佩金虎符。以黑軍鎮守固安水寨，令兵士屯田，且耕且戰，披荆棘，立廬舍，數年間城市悉爲燕京外蔽《元史》列傳。

齊都爾原作直脱兒，蒙古氏，從太宗有功。八年建織染局于涿州，明年改涿州路，齊都爾爲達嚕噶齊《元史》列傳。按涿州吴《志》傳，直脱兒達魯花赤即齊都爾達嚕噶齊，詳《元史語解》。時城郭圮莽不可居，齊都爾經營創建，民利賴之按齊都爾官至江浙行省平章政事，見《元史》列傳。兀魯鶻朵濼，齊都爾孫也，爲涿州達魯噶齊，奮除積弊，無毫髮私，州人有姦殺其夫者，趣縣捕妄繫無辜，朵濼發根株案治之，吏服其神。户曹歲和糴民粟，先徵科後給直，比郡歉水，民苦催比，朵濼抗言饑饉，免。以病去，民立去思碑涿州吴《志》。

趙鑄，至元二十八年任提領關防鹽使司事在蘆臺。集場中遺民五七人誅茅剪棘，拾瓦礫，平陷阱，穿水。有廟榜曰『神母』，詢所由，一老能道之。昔五代時鹽絶歲餘，有姥語煮鹽法，由是公私饒足。鑄因禱之，黎明蘆臺南十里皎白如春雪者十數頃，迫而視之，鹽也，盡驅土人挾箕筥收之，力未竟，復化爲水，乃作《瑞鹽歌》甯河闞《志》，參《金承詔重修鹽母廟碑記》。

楊齊賢，永平人。至治初通州高《志》，繇豐潤教諭來爲通州學正，思振厥職，擇民間子弟可教者得三十，籍之入學，謂之誦書，白之官府復其身吴臨《重修文廟碑》。修廟學高《志》碑跋，州之參李與州之長協心以修，二年八月績成。初榆河之西有閒田，依至元三十一年詔撥隸州學，後運官奪造廬舍而私其僦利，齊賢訴于户禮部監察御史，直其説，畀學如初。又以餘暇率所轄三河縣民修其縣之廟學廟碑，州長名速朗吉大，其官承直，李名也先，其官承事，在州多惠政，通民便之。祀名宦高《志》。按州長達嚕噶齊也，文廟碑于李稱侯。又曰州官則知州也，元稱知州曰尹，對達嚕噶齊言，故曰參，非州同也。通州舊志奪而高《志》刊『州同』，誤。

田誠，南唐人，進士。元貞二年東安知州。清介自持，無異寒士。初蒞任，不攜妻孥，但以兩鶴自隨。及去，留鶴軒墀，清風兩袖，庶幾古廉吏遺風。進征南元帥東安李《志》。

牙忽，房山縣達嚕噶齊房山佟《志》。孔聖未有祀，至元甲子始經度，大德改造，牙忽、宰宋世昌、簿楊政、尉木八剌，咸自誦『此則我職，敢不敬應』，庀工蒇役，準古範器釋奠，一如監學通祀儀魏必復《房山學碑記》。按佟《志》：宰即縣尹，簿即主簿，尉即縣尉，達嚕噶齊云達魯花赤。

吴質，字之文，杭州人。延祐四禩尹文安，覩學校遂廢，遂悉心營度，得縣之北縣石溝港田四頃五十畝，揭石給粢廩費，文物浸興。每勸農不以吏從，勤者奬，惰者懲，農隙謹庠序，申孝弟。嘗覽縣竟東北俱下滹沱河，水溢民田，陳利病，疏河築堤，獲粒食之田頃計者五百有奇。先是催徵民苦，質約以三甲輸之。俗習奢，示以例，使貧富適宜。以信符妨農，惟用之金穀刑名置訟簿狀牌，期日而決。向以水患，民逋于四方，約招復業，饑告，糧賑千餘户，以彌盜之略粉諸門壁，籍其户民，更相保攝，侯館廝養之徒戒以勿得羣聚宵出，牧踐于野，境内無攘竊虞，蓋處心以公不以私，民于及瓜後惓惓不忘，勒銘以頌德。祀名宦文安楊《志》，參《德政碑記》。

曹明南涿州吴《志》，廬陵人据揭傒斯《涿州孔子廟禮器記》。泰定四年秋涿州學正吴《志》，州孔子廟器皆上陶，殘缺苦窳，明南領教事，始白于有司，馳數千里還廬陵，範銅以易之楊《志》，擬古制致之涿吴《志》，于是州太守命范陽令杜肅府而藏之揭《記》。

蘇耀素，至正間任平谷尹，操守廉潔。民有健訟害良者，書其行狀揭諸粉壁，其人改行，政聲益著畿輔唐《志》六十八。不數年拜御史平谷朱《志》。祀名宦唐《志》。

丁好禮，字敬可，真定蠡州人。除京畿漕運使，建議置司于通州，重講究漕運利病，著爲成法，人皆便之。至正二十年拜中書參知政事《元史》列傳、燕京留守畿輔唐《志》五十九，又六十七。

時京師大饑，天壽節廟堂御用，故事大宴會，好禮言：『今民父子有相食者，君臣當修省以弭大患，減常度。』不聽，乞謝事。二十七年，復起爲中書平章政事按元中書省謂腹裏，治大都路。元以府爲路，京都特加都字，然則中書省謂其統部，以論議不合謝政去。明兵入京城，抗辭不屈死《元史》列傳。按畿輔唐《志》六十七，云元未命好禮與郭庸留守京師，敘死節事甚詳，然考《元史》本傳，死在謝政後，故死事從略。郭庸《元史》附《丁好禮傳》爲燕京留守唐《志》五十九。舁至齊化門，衆叱之拜，庸曰：『臣各爲其主，死自有吾分，何拜之有！』語不少屈，死。庸字允中，蒙古氏，其節義與好禮並云《元史》附《丁好禮傳》。皆祀名宦唐《志》。

明

荆志，洪武三年知寶坻縣事，時徐達克元都纔二年耳。城郭蕭條，志鳩集離散，咸與維新，興學校牒廣生員，優其廩餼。是年太祖詔選文學貢于成均，寶坻貢視它邑爲最。柳青，志同時丞也，相得甚，志所設施必力贊之。文廟、社稷、山川壇廨舍無不修整，時令佐皆賢，政平訟清，竟内大治寶坻洪《志》。四年後何文信繼之志贊。文信洪武七年知縣，先是荆志修文廟，猶缺射圃，會詔令學宫舉行射禮，文信乃于廟右辟地爲圃，繚以垣，構亭其内，率諸生告以古者觀德意，作《射圃記》洪《志》，弦誦之聲達于四境志贊。

劉崧，字子高，泰和人，舊名楚。洪武三年舉經明行修，改今名。授兵部職方司郎中，遷北平按察司副使。輕刑省事，招集流亡，民咸復業，立文天祥祠于學宮之側，勒石學門，示府縣勿以徭役累諸生。嘗請減辟地驛馬以益宛平，帝可其奏，顧謂侍臣曰：『驛傳勞逸不均久矣，崧能言之，牧民不當如是耶！』爲胡惟庸所惡，坐事謫輸，尋放歸。十三年惟庸誅，徵拜國子司業。崧天性廉慎，居官未嘗以家累自隨，之任北平，攜一僮往，至則遣還。晡時吏退，孤燈讀書，往往達旦《明史》列傳。

侯文秀，四川人。洪武七年知東安縣，有健訟者無少徇，以苞苴試，痛懲之。有廉名，興學勸農，去，百姓不忘。祀名宦東安李《志》，參採訪册。

薛祥，字彦祥，無爲人。洪武八年工部尚書。明年改天下行省爲承宣布政司，以北平重地特授。祥三年治行稱第一，爲胡惟庸所惡，坐營建擾民，謫知嘉興府。惟庸誅，復召爲工部尚書《明史》列傳。

徐仲謙，洪武十四年知保定，縣瘡痍，招集又教養之。創學宮，百務備舉保定成《志》。

周縉，字伯紳，武昌人《明史》列傳。洪武中永清周《志》以貢入太學，授永清典史《明史》列傳。居官廉謹周《志》，攝令事《明史》列傳，捕蝗弭盗周《志》。成祖舉兵，守令相率迎降，永清地尤近，縉獨爲守禦計，已度不可爲，懷印南奔。燕兵已迫，糾義旅勤王，聞京師不守，乃走匿。吏部言宜置法，詔令入粟贖罪，遣戍興州。有司捕縉械送戍所，居數歲，子代還《明史》列傳。

張斌，南直隸合肥人。洪武間累官都指揮僉事。創建密雲衛所，築城垣，出師被執，不屈死。子麟襲職密雲薛《志》。按薛《志》又載弘治十三年五月，戰死密雲古北口者有劉臣、王昇、郭祥、梁王，並祀忠祠，然官未詳。

張昺，澤州人。以人才累官工部右侍郎。謝貴者，歷官河南衛指揮僉事。廷臣議削燕，更置守臣《明史》列傳，洪武三十一年冬十一月《明史·恭閔紀》，乃以昺爲北平布政使，貴爲都指揮使，並受密命。時燕王稱疾久不出，二人知必有變，乃部署在城七衛及屯田軍士，列九門防。兵將執王，昺庫吏李友直預知其謀，密以告王，王得爲備。建文元年七月六日，朝廷遣人逮燕府官校，王僞縛官校置廷中將付使者，紿昺、貴入，至端禮門爲伏兵所執，俱不屈死。燕將張玉、朱能等帥勇士攻九門，克其八，獨西門不下。都指揮彭二躍馬呼市中曰：『燕王反，從我殺賊者賞！』集兵千餘人將攻燕府。會燕健士從府中出，格殺二，兵遂散，盡奪九門。葛誠，洪武末爲燕府長史，嘗奉王命奏事京師，帝召見問府中事，誠具以實對。遣還，王佯病，盛暑擁爐坐，呼寒甚。昺、貴等入問疾，誠言王實無病，將爲變，又密書聞于帝。反，昺、貴將圖王，誠與護衛指揮盧振約爲内應，事敗，誠、振俱被殺，夷其族《明史》列傳。皆祀名宦《一統志》五：張昺、謝貴、彭二並祀名宦。

曾濬《明史》附《馬宣傳》，建文時《一統志》五，薊州鎮撫馬宣自薊州帥師赴北平，聞變走還，與濬城守。燕兵攻之，宣戰被禽，罵不絶口，與濬俱死《明史》附《馬宣傳》。濬祀名宦《一統志》。

劉經，洪武時以功陞北平都司，賜寶劍銅牌。靖難兵起，抗節不從。他將獻城，經墜井不死。成祖賜莽玉以旌其節。經死賜祭，錄其子孫。祀名宦畿輔唐《志》六十七。

房勝，景陵人，通州衛指揮僉事。燕兵起北平，勝首以通州降《明史》附《孫巖傳》。孫巖，鳳陽人，官燕山中護衛千户，致仕，燕王以巖宿將，使與勝協守。南軍至，攻城甚急，樓堞皆毁，巖、勝多方捍禦，已復突門，力戰，進奔至張家灣，獲餉舟三百。巖擢都指揮僉事，以守城功封應城伯，勝封富昌伯。巖永樂十一年備通州，以私憾榷殺千户，奪爵，已而復之同上。

郭資，武安人，洪武十八年進士。累官北平左布政使，陰附成祖。兵起，張昺等死，資與左參政孫瑜、按察使副使墨麟、僉事吕震率先降，呼萬歲。成祖悦，命輔世子居守，主給軍餉。即位，以資爲户部尚書，掌北平布政司。時營城郭宫殿，置官吏及出塞北征，工役繁興，資舉職無廢事《明史》列傳。

李驥《一統志》五，字尚德，郯城人。舉洪武二十六年鄉試，入國學，新鄉知縣《明・循吏傳》。永樂二年知東安事據東安李《志》，有病民輒奏于朝，罷免之。有嫠婦，子爲狼齧死，訴于驥，驥禱神，深自咎責，明旦狼死于其所。侍郎李昶等交薦，擢刑部郎中，授河南知府。驥持身端恪《明・循吏傳》，祀名宦《一統志》。

楊汝誠，江西興國人，監生。永樂十年保定成《志》知保定縣志目，邑小民稀，長堤爲患，十一年，汝誠申議文安、大城、保定三縣分工築堤，民力始舒，有播種利成《志》。

張貫，靈壁人。永樂六年順天府尹。政尚寬平，時稱長者稱，然有積年疑獄，貫斷之無壅滯，吏民畏服《畿輔通志》卷六十八，參宛平王《志》名宦題名碑。

陳諤，字克忠，番禺人。永樂中鄉舉，入太學，十六年任順天府尹。政嚴鷙《明史》附《耿通傳》。年分据題名碑，嘗出行誤衝皇太子駕，太子訴于上，上曰『陳府尹是我父母官』，竟不問畿輔唐《志》六十七，執政忌之，出爲湖廣按察使，落職。仁宗即位，遷鎮江同知，致仕《明史》附《耿通傳》。祀名宦唐《志》。

劉瑾畿輔唐《志》六十八，河南沔池人，進士文安楊《志》，永樂中文安知縣。持己廉，聽訟無左右袒，訪民疾苦，勤卹之弗少待，有良吏目。遷廣東右布政唐《志》參册。祀名宦唐《志》、楊《志》。

邵元亨畿輔唐《志》六十八，洪熙元年懷柔吴《志》知懷柔縣，奏言自黄花鎮至紅螺山，去天壽山已遠，乞弛禁，以便樵採輸薪，上從之唐《志》，民受其利吴《志》。祀名宦唐《志》。

王睿，河南臨潁人，監生東安李《志》。宣德五年知東安縣。性寬平，訟輒勸息省，株累輕徭禁耗畿輔唐《志》六十九，參册。九載秩滿，民泣留之，詔以知州仍知縣事。卒，百姓痛悼不忘。祀名宦李《志》。

朱巽畿輔唐《志》六十八，吴縣人涿州吴《志》，監生，宣德間知涿州。臨財不苟，不以一役擾民，民有積逋請免之，然吏欺輒覺。九年秩滿，士民保留，遷順天府治中，仍掌州事唐《志》、吴《志》。祀名宦唐《志》。

姚福，山西大同人。宣德年文安知縣，勸民耕稼，蒞政公勤。時蝗蝻大作，區畫除之，民頌其惠。遷南京山東道御史。祀名宦文安楊《志》。

鄒來學，字時敏，麻城人。宣德癸丑進士。英宗北狩，來學巡撫薊鎮畿輔唐《志》六十七）。按萬曆沈《志》云巡撫順天，時人心惶惶沈《志》，智者謀疎，强者縮勇，來學獨忠義自許劉玥《鄒公祠堂記》，廣斥堠，儲才用，舉將材唐《志》，固城垣，精器械，禁侵掠劉《記》，民賴以安沈《志》。朝廷倚之如左右臂。獎善嫉惡，進賢退不肖，其功赫赫在人耳目。三十載後祠祀之劉《記》。入名宦唐《志》、沈《志》。

王賢，字惟善，甯陽人，正統十一年順天府尹畿輔唐《志》云永樂中，今據題名碑。府民以柴炭夫役爲病，賢言于工部，爲減十之七。時中官怙寵非法，賢執奏置于法，京兆肅然。祀名宦據唐《志》。

楊繼宗，字承芳，陽城人。天順元年進士，歷官僉都御史、巡撫順天。時有官戚估民産，繼宗追還之。星變上疏，忤旨左遷《畿輔通志·六十七·名宦》。

李端，字宗政，湖廣興甯人，進士，天順四年知固安縣。先是民石青等苦賦役，散至四方。端至，貧富等第均徭役，聞者爭復業，凡四百七十六户。邑之甄家等口潰決，水患相仍，端量倩屯種，並力修砌堤防以固。明年穀稔，乃興學校，葺公廨，屯保軍士。有刁悍肆民害者捕至，繩以法，民賴以安，鄰民聞之有越境訴者。遷知灤州，士民泣送，立去思碑固安陳《志》，參册。

張諫，應天句容人，進士，天順六年順天府尹。成化元年修學宫齋廡，二年閻鐸繼之，擇隙地增號房五十餘，拓射圃。以戇直謫太僕寺卿。鐸，陝西興平人，進士，祀名宦萬曆沈《志》，參畿輔唐《志》六十七、大興王《志》。

張需《明·循吏·范希正傳》。按張需即畿輔唐《志》張需九，如係兩人，即同時同官，何至置户籍、忤王振、謫邊戍並同？《明史》無『九』字，《一統志》同《明史》，足證唐《志》衍。天順中《一統志》五。按唐《志》云英宗初，霸州知州，大著聲績《明·范正希傳》。患民多游食，里置一籍，識人户大小多寡之數，限以恒業所種粟麥桑棗及紡績之具、鷄豚之畜，皆有定數，暇則入鄉驗其籍，缺則有罰《一統志》，不二年民有恒産。吏部下其法于諸郡唐《志》六十九，于是民無游惰《一統志》。禁飭牧馬校卒《明·王振傳》，忤太監王振，戍邊，人惜之《明·范正希傳》。按唐《志》云張需九以忤王振，被逮謫戍。

何源，陝西涇陽人，舉人。景泰年知文安縣，有善政。秩滿九載報最，民保留，復任三載。天順間知通州，更新州治，課民種桑棗，盡地利，釐宿姦，不畏强禦，治有聲。擢襄陽郡守。祀名宦通州高《志》、文安楊《志》。按《明史·何喬新傳》五世孫源，萬曆初刑部右侍郎，後天順間百餘年，非一人。

賈貞，字子固，山東莒州人。天順間知瀦縣。性廉絜，多惠政。教民勤樹藝，不以徭役擾，游手必懲，浮費必禁，時翕然稱治。學宫城隍，靡不修舉。擢知祁州。祀名宦通州高《志》。

閻本，字崇元畿輔唐《志》六十七。按六十七『元』作『源』，陝西邠州人，景泰甲戌進士。成化乙酉總理薊州等處糧儲，出納平允運至薊，故事躬受，多中其奸，本宿弊搜剔殆盡，人以爲神《祠堂記》。按唐《志》云天順中，非，擢僉都御史，撫薊門唐《志》，激濁揚清，鋤强扶弱，振乏絶，禦要衝，修城池，練軍馬，利器械，鎖舟爲梁，以便行旅，樂興學校，聲譽日隆。有貂璫怙權擅斂，掾史舞文，本盡法處之，因是被讒，稱疾致仕唐《志》。按《祠堂記》起官户部右侍郎，去薊未四十年，附記鄒來學祠。祀名宦唐《志》。

彭鎬，陝西寶鷄人，監生。成化元年保定成《志》知保定縣，禁暴强，保良善，得爲政體成《志》。十年知寶坻縣，政聲與陳、葉相埒。署漫漶，力修之，西門官路徧置柳，以便行者，後人過之，猶攀條歎息。祀名宦寶坻洪《志》。按陳讓、葉琪自有傳。

何瑛，河南杞[杞]人。成化初東安縣主簿畿輔唐《志》六十八，參東安李《志》，嚴以律己，公以處事萬曆沈《志》，寬以宜民，課農桑，勤撫字，立社倉，均徭役，修城郭李《志》。邑南窪下歲有水患，瑛相度地勢，東自南壇旁開創河渠，經楊官屯直達甄家莊之河口，西自縣西之北隱旁開創河渠，經馬子莊直達挑河頭之河口，水得通行，害去八九，今遺址尚存唐《志》。遷東安縣丞采訪册。祀名宦唐《志》、李《志》。

陳讓，山陽人，進士畿輔唐《志》六十八。成化元年寶坻洪《志》知寶坻縣唐《志》，精明果鋭洪《志》，建文廟，築城垣，搏擊豪右，政令嚴肅。祀名宦唐《志》。

葉琪，山陽人，進士畿輔唐《志》六十八。陳讓既膺上考，琪識繼之。成化五年寶坻洪《志》以御史知寶坻縣，廉明愷悌唐《志》，不刻覈而豪强斂迹，盜賊屏息。興學勸農洪《志》，吏民悦服唐

《志》，一時有兩山陽號。累官户部尚書，進少保洪《志》，祀名宦唐《志》。

趙顒，字有孚。由明經任山東邑學，成化庚寅陞懷柔教諭據王華《重修懷柔儒學明倫堂記》。按懷柔吴《志》列訓導，誤。庚寅爲成化六年。講明經典，校正文義，晨昏無倦，生徒之聾瞶皆變爲聰明，人材之出日新月盛王《記》。學久圮，顒與賢募義殫力鳩工，焕然倍昔。諸生請立石紀其績，固止之。秩滿轉閩政和，閲二三寒暑，訓導葉勝吴《志》爲立石，其不没人之善亦難得者。勝字挺桂，貢生王《記》，池州人吴《志》。

郁珍，字君聘，江蘇江浦人，舉人。成化八年固安教諭。日日晨課諸生誦經史，饌畢量學力授題，午則研義理，課勤惰，月試而殿最之，五六年以爲常。敬祀事，重鄉飲，抑浮屠，舉喪禮，凡關禮教竭力爲之，人才日盛。秩滿遷國子監助教固安陳《志》。

傅皓，祥符舉人。成化間通州州同，得民心，秩滿百姓赴吏部乞留，會知州缺，即擢任。皓性慈愛，不任刑罰，以學校造就人才，亟修整之。將滿，民又乞留，加布政司參議，管州事。前後兩任十有八年，未嘗一役擾民，如家人父子然。祀名宦高《志》，參册。

楊孜，東阿舉人。成化八年知香河縣。中官歲取海鮮道之所經其下，恣爲需索。孜据理執詞，一無所與香河劉《志》。

劉縉，東平人。成化間知文安縣，課農桑，田無荒蕪，而遇水旱，連章奏報幾九載。致仕，民泣送相望于道。祀名宦文安楊《志》。

袁昂，圻州舉人，成化時知寶坻縣。以經術爲吏治，曰當不失書生本色。歲歉，分俸濟窮黎，用刑輒不忍，聽訟平，令釋然而止。不爲赫赫行，民自懷之寶坻洪《志》。

夏勳，浙江嘉善人萬曆沈《志》，監生。成化年知懷柔縣。臨下寡言而疑獄立決，吏不能欺，遇編户賑災事輒不避風雨，撫民有恩。時教諭郝濂課士著效，並祀名宦沈《志》。懷柔吴《志》。

高安，浙江湖州人，成化十五年知漷縣。有守有爲，政績報最通州高《志》。遷知宛平，禁火耗，絶苞苴，興學校，嚴胥吏，廣儲蓄，其愛民重士，爲畿輔賢有司冠宛平王《志》。祀名宦高《志》。

王宣，字德明，成化二十三年都指揮，分守通州。以文事飭武備，厚重鎮俗，軍民悦服。著有《續齊集》，[弘治]十六年致仕通州高《志》。

王玉，字温如，神武中衛掌印指揮。有才名，上官多委勘訟，州人有不怕前王棍、只怕後王問之諺。時分守王宣署在前巷，故云通州高《志》按此與字德潤者同名，高《志》云係兩人，惟與王宣同官則在成化二十三年。

武志學，初知信陽縣去思碑，成化年知良鄉萬曆沈《志》，廉慎。歲災沴頻作，民散四方，志學勸富室出粟賑民，食不足，抗言于廷，遣官發倉，民漸全活，助給牛種，始各復業，教化興，橋梁完，讞獄惟公。復任信陽，民立去思碑。祀名宦良鄉楊《志》。

徐懷，字明德，嚴州人，天順庚辰進士。孝宗初以副都御史撫薊，時畿内大荒，懷疏請京、通、薊三倉米五萬石發州縣驗口俵給，又疏借内帑充糴，備後患，畿民賴之。祀名宦畿輔唐《志》

六十七。

魏富，龍溪人，進士，弘治年撫順天。中貴人多操利匿亡，將領守臣倚以爲援，富至，悉繩以法，一時無敢犯者。祀名宦《畿輔通志》卷六十七。

畢亨，山東新城進士。弘治六年按宛平王《志》云成化間，今據題名碑正丞順天府。時畿内旱蝗，百姓荒甚，亨奉命往捕，蝗遂滅，朝廷嘉獎之王《志》，遷工部尚書題名碑。

毛實，餘姚人，進士。弘治九年知霸州，愛民如子，凡强暴擾民，悉繩以法。水溢則築堤禦之。遷刑部郎中。祀名宦霸州周《志》。

張憲《一統志》五。按《明史》五張憲，此張憲政績卓然，獨未入史，德興人。弘治十年題名碑。按《一統志》云成化中順天府尹。時高貲富人率營充將軍校尉，輒得優復，致下户重困，憲疏陳其弊，並及均馬政、卹民難，省冗費三事，悉允行。尹京四年，權豪畏攝《一統志》，德孚士庶，稱京兆之賢能者必歸之。祀名宦畿輔唐《志》六十七。

洪鍾，字宣之，錢塘人，成化十一年進士。弘治十一年擢右副都御史，巡撫順天，整飭薊州邊備，建議增築塞垣。自山海關西北至密雲古北口、黄花鎮直抵居庸，延亘千餘里，繕復城堡二百七十所，悉城緣邊諸縣，因奏減防秋兵六千人，歲省輓輸犒賚費數萬計。以功進太子太保，卒謚襄惠《明史》列傳。按《西河集》十略同。祀名宦畿輔唐《志》六十八。

莊襗，字誠之，武進人，弘治丙辰進士。戊午知寶坻縣，視民事如家事，薙奸植良，寬猛交濟。寶坻土城，明百四十年未之有改，禪巡城太息，謂焉有近畿甸當邊城而城惡者哉寶坻洪《志》。越二年，政成民和吴儼《新修寶坻城記》，乃白洪《志》巡撫順天等處副都御史洪鍾，議令王鼇《寶坻新城記》倡好議［義］者協力洪《志》分工，民樂趨事。八月而土城立，十三月而磚城完莊禪《新建拱都城圖記》，名曰拱都，屹然爲畿東保障洪《志》。贊其功者縣丞范智，遼東人，主簿趙聰、任紹宗，典史賈鎚吴《記》、洪《志》。正德辛未，流賊内訌，至城下攻之，賴以無虞。若設津渡、置義塚，諸便民事無不爲。邑志亦自禪始。報最擢去，邑人立祠。官至參政。祀名宦洪《志》。

汪溥，績溪人畿輔唐《志》六十八，舉人。弘治年薊州張《志》知薊州唐《志》，廉以立身，誠以爲政崔富《汪公德政記》，以經術革吏弊，均徭役，修學宫，纂州志，選生員數十自授讀，後各有成薊州張《志》。龍池河壅塞久，溥蒞任，河忽自通，稼有一本數穗者，鄰竟蝗入薊即死，人比之魯恭唐《志》。視事九年崔《記》，民張《志》援借寇故事留之，上旌以四品俸復任崔《記》。三載升慶遠知府，士民思之不忘，石勒德政記張《志》。祀名宦唐《志》。

葛洪，舉人，弘治間通州州同通州高《志》，有治才。時知州邵蕡迎父就養，父至州，謂蕡曰：『南來聞通州有好同知，不聞有好知州。』雖曰激勵其子，而洪賢可徵已。尋知通州。祀名宦高《志》。

師文，陝西人，弘治間知瀊縣。積倉穀，助學資，而處己清廉，雖向規弗取也。卒官，筐篋蕭然，幾無以殮，民感慟之通州高《志》。

張暭，遼東廣甯衛人，舉人。弘治年知大城縣，性慈祥，遇民饑輒泣賑之，有當刑者，曰：『吾無德化也。』然遇警能禦，時稱崇文尚武云大城張《志》。

吴賢畿輔唐《志》六十八，河南儀封人三河陳《志》，弘治中三河令。捐俸修學，教民栽桑種綿，三則定役，十限徵糧，民以永賴唐《志》。其他創公廨、立養濟、置鋪遞，善政不可枚舉陳《志》。

李鎰，河南祥符人，舉人。弘治間知平谷縣，革火耗，時百姓有廉如水之稱。十八年，以才堪治煩調文安縣平谷朱《志》，多善政文安楊《志》。祀名宦唐《志》、朱《志》、楊《志》。

洪異，字大同，號碧湖，龍溪舉人。弘治十八年通州學正，動止有度，邃經學，循循善誘，發明聖賢旨趣，教士作經義策論，七年造就有侍郎李欽、尚書楊行中、知府張子衷、太僕寺丞吴槢、知州張錦州、同知馬禮、知縣嚴鵬舉黄鏜、學正孟録宋鉞，作人之功莫及。撫按交薦，遷浙江崇德知縣，官至廣東布政司參議。祀名宦高《志》。

張經，字以綸。弘治十八年都指揮僉事，分守通州。性愷悌，以恩禦軍，秋毫不擾。京商有附馬快船賈南者死，商子訴經詣船，以稽私貨爲名得商衣梳，詰利商財戕之，置法，人稱神明通州高《志》。

楊廉，字方震，豐城人。成化末年進士，改庶吉士。正德初歷順天府尹。時京軍數出，車費動數千金，廉請大興遞運所餘銀供之，奏免夏税萬五千石，慮州縣巧取民財，置歲辦，簿吏無能爲奸《明·儒林傳》。革和買借辦之擾，釐各官夫馬銀徭役使不得多，以定陵户貧富撥捕之法以絶影射，皆著爲例《一統志》五。明年擢南京禮部右侍郎，世宗即位遷尚書，乞休。卒謚文恪《明·儒林傳》。祀名宦《一統志》。

汪循，正德初順天通判。劉瑾擅權，循奮然曰：『是將不利社稷，安忍坐視不言！』三抗疏裁抑中官畿輔唐《志》六十八。上内修外攘十策，言甚剴切，雖忌弗恤也宛平王《志》。祀名宦唐《志》。

曹俊，字邦彦，臨清人，監生。正德二年知房山縣，廉介有爲房山佟《志》，參華湘《房山繕城碑記》，一時蓋覆默堪之患無不鏟剃。熏以惠和，理化維新華《記》。城以夏潦頽，年熟督民完之。鄉賢名宦未始有祠，丙子夏，監察御史盧雍命飭宇以祀，俊奉行維謹据徐縉《修鄉賢名宦祠碑記》。丙子爲十一年。擢知山西蔚州，嘉靖五年調知通州，剛明果決，事靡留滯。初孔道供應皆取給里甲，民苦之甚，俊請撫按動支牙課，困乃蘇。祀名宦通州高《志》。

周期雍，字汝和，江西宣州人，正德三年進士。劉瑾既誅，九年擢右僉都御史，巡撫順天、薊州、密雲關堡數十，以備寇警，移入内地，關外益無備，期雍悉修數上，數列上便宜。入爲大理卿，拜刑部尚書《明史》列傳。

葉清，浙江蕭山人，進士。歷太僕寺丞，正德三年知通州，性剛毅練達，治體論，僚屬吏胥各當職役，皆不敢欺。時璫用事，權要過州，節費不假顔色，銜疏慢者劾罷之。祀名宦通州高《志》。

張汝舟《明史》附《忠義霍恩傳》，渾源人大城張《志》，正德中大城知縣《明史》附《霍恩傳》。謀練識精張《志》，六年賊四起張《志》。《明史》附《霍恩傳》，汝舟率衆捍禦畿輔沈《志》六十八，流賊臨城《一統志》五，汝舟與主簿李銓迎戰，皆被殺。事聞《明史》附《霍恩傳》，汝舟贈光禄寺丞《一統志》五，祀名宦《一統志》、沈《志》、張《志》。銓佐縣有聲，守己不失，贈大城知縣張《志》。

陽旦《西河集》十一，侯官人，進士。正德六年題名碑。按《西河集》云弘治朝，非。萬曆沈《志》『陽』作『楊』順天尹。貧民有負内供不能償者，請以贓罰並帑藏之羨者代充其逋，仍禁縣吏無重科，四方流民薦食京師，道殣相望，因募人爲叢塚收葬之《西河集》。

周璽，字天章，廬州衛人，弘治九年進士。正德八年應詔陳八事，明年擢順天府丞。論諫深切，率與中官抵牾，劉瑾等積不能堪，至是命璽與監丞張淮、侍郎張縉、都御史張鸞、錦衣都指揮楊玉勘近縣皇莊，玉瑾黨三人皆下之，璽辭色無假，且公移與玉止牒文，玉奏璽侮侵勑使《明史》列傳，瑾怒，杖于朝者三，卒不爲屈畿輔唐《志》六十七，瑾矯旨逮下詔獄，搒略死。瑾誅，詔復官，賜祭，恤其家《明史》列傳。祀名宦唐《志》。

王玉，字德潤，正德九年都指揮僉事，分守通州。性嚴峻廉絜，御下有恩。尚儒術，接士大夫以禮。時内璫用事，玉不爲屈。修運道有功，賜蟒衣三襲。寇趙二漢等剽略近州竟，玉督捕二百餘人，擢錦衣衛指揮通州高《志》。

馬永，字天錫，遷安人。正德時都指揮同知，十三年進都督僉事，充總兵官。鎮守薊州，盡汰諸營老弱，聽其農賈，取傭直給健卒，由是永所將獨雄于諸鎮。仁以撫軍，固邊防，卻强敵，軍民安堵，善用兵，且廉潔。卒，薊州人灑泣立祠《明史》列傳。祀名宦《一統志》五。

劉繹，陝西郃州人，知青縣。正德十三年知通州，振頹革弊，剖決如流，庭無滯獄，遠近訟者皆質成焉。興學養黎，法制豪右。武宗南征宸濠，回蹕駐通四十四日，繹上供御用，下給百司，井井無失，所需皆請撫按調發絲粟，不以擾民。以修邊功擢正定府同知。祀名宦通州高《志》、萬曆沈《志》。

周在，太倉人，進士，正德間知寶坻縣。清風峻節，疾惡如讎。時中官錢甯勢張甚，畿内達官事之惟謹，在獨擯不與，通發私事，聞于刑部捕鞫之，甯怒，教訟連在，付法司，御史張士隆疏覆案，在得還職，直聲動天下。甯嗾其黨論士隆庇在，同下詔獄。及甯敗，起官歷副使寶坻洪《志》。

李延鵬，湖廣舉人。正德十四年知武清縣武清吴《志》，有循聲。武宗南巡至縣之河西務，廷鵬跪路側力諫，將從之，左右激上怒，折岸柳捶幾死，乃去《明史稿》，參册。

黄璽，字廷用，通州衛指揮。正德間都指揮僉事、分守通州，諳韜略，知天文。境有巨盜，璽佔風伺蹟捕之。流賊劉六、劉七等將竄自霸州，璽預嚴張家灣諸要，賊不敢進，州賴以安通州高《志》又云暑夜黑眚，璽禁露宿異止。時擊流賊劉六等于八里橋者，通州衛指揮雷通也高《志》。

曹賢，字廷臣，閩人，舉人。涿州學正，學行兼長，訓諸生首孝弟，有爲它人訟者輒懲之弗少貸。課文有約，多所成就。其後學正以學博訓勤著成效者有王穩、方寬之倫。穩字邦甯，臨海人，舉人，累遷南康知府。寬莆田人，擢□□府教授涿州吴《志》，參册。

吴正己，字身之，自號古愚王世貞《文林郎宛平縣丞古愚吴君墓表》云自號古愚，歙人。受博士家言，試輒不利，次吏部選得宛平縣丞。于格雖卑，而宛平爲赤縣，其秩第七品，顧最爲勞劇，所供億縣官非時之責百萃，正己一切用敏慎承之。上時爲粥以食餓者，事在，正己輒未明往，人風之曰：『不過早乎？』正己謝曰：『吾腹實而往，彼腹枵而待，我且以爲晚也。』民負税而繫者且數十人，其負可三百緡，正己搜橐而償之，數皆足，釋去。人又風之曰：『橐可恒繼乎？』又謝曰：『非所及也，吾姑行吾所不忍而已。』宛平二丞，正己職税，其一丞職馬，馬丞桀而鷙，數侵正己任，正己遜謝弗與較，馬丞久而愧之。按使者咸多正己，治狀婁下旌獎。三載當遷按《墓表》云吴君卒于萬曆戊寅，所不足七十者一年，迎父柩年十六，已而業成，試輒不利。然則生于正德初，其選宛平丞當在嘉靖時。父老乞歸据《墓表》。按《墓表》稱君皆易名，『父』字據上文易。

楊東山，河南祥符人。嘉靖四年固安教諭，教人以德。嘗建射圃，有觀德亭，中庋豐觶、乏笙、鹿中、有侯、弓矢、決拾之屬，悉合古制。遷饒陽知縣。祀名宦固安陳《志》。

劉璽，密雲後衛百户，膂力過人，以驍勇名。嘉靖五年巡龍王谷關，與敵戰于古北口，斬馘甚衆，中流失陣亡，祀忠義祠密雲薛《志》。按龍王谷在密雲東北百五里。

王文秀，閬中人，舉人。嘉靖六年知良鄉縣良鄉楊《志》，廉幹不畏豪强畿輔唐《志》六十八，勸農于隙地植桑棗楊《志》，奏免沙壓稅糧，民賴其惠畿輔唐《志》。遷河南懷遠通判楊《志》。祀名宦唐《志》。

霍淮，山西平定州人，舉人。知寶坻縣，歷河間府通判采訪册。嘉靖八年擢知通州。機略警敏，遇事敢爲。先是歲徵錢糧多爲里書侵蝕，民苦賠累。淮察地清編，造成格眼小册票給民户及買種民地軍人，令照票依期赴州自納，不經里書手督催而已，小户免侵欺，大户催科亦易，公私兩利。擢陝西咸安府同知，祀名宦通州高《志》。

魏祥，宣府前衛人，密雲參將。嘉靖時進戰石塘路被執，大駡不屈，敵怒，交射之死。祀忠義祠密雲薛《志》。

陳世輔，南直鳳陽人，進士題名碑。嘉靖十三年知霸州，徵糧有册，聽訟有期，權要或示意，弗阿也。吏胥不敢爲奸，廉靜之操，始終不渝。内艱去，囊篋蕭然。遷廣西布政。祀名宦霸州周《志》。

武德智，館陶人，舉人。令原武，嘉靖十四年移知寶坻，政平事練，民有前武謂尚信、後武之稱，猶漢代呼大小馮君也。先是邑令莊襗既濬内河，河自西郿入城，由學東繞明文橋西南流，襗欲于河南闢路建橋不果，至是闢路欞星門前，橋曰升仙，文風日盛。數年擢知州寶坻洪《志》。

岳朝用，山東鄒平人，監生平谷朱《志》。按金濂《岳侯遺愛碑》云朝用别號嶧山，山東鄒縣人。嘉靖庚子薊州判擢金碑庚子爲十九年，知平谷縣《志》目摭不便民者數事乞蘇困民：一、豁開除，額地一千七十八頃五十一畝，宣德間撥興營二衛屯種三百二十九頃三十一畝，就彼納糧，後因不辨開除，添派歲包，膏脂匱竭。一、審權宜，永樂間太監三寶差往西洋，偶因船多，倩拽順義、平谷各出夫六十，實一時之計。順義已除，惟縣歲出銀百兩，號爲通州協濟夫錢，事出冒濫。一、遵成憲，憲額漁户十三名，年納課鈔百一十七貫加六貫七百五十。正德間忽採銀魚添椿木葫蘆羊皮料二十餘兩，遂爲常規。一、或稽遲輒加陵轢，近年以來又坐武清漷縣水佔地畝，編楊村遞運所水夫銀一十三兩，宛、大二縣車輛銀二十四兩。地窄民貧，控訴無門。于是核審定式，積年偏累金碑一旦盡除，民受其福朱《志》，嗚其顯著者金碑勒遺愛碑。祀名宦朱《志》。

夏九皋，遼州人。嘉靖十九年東安典史，無怠于事，清苦甚，然或鑿苞苴竇，輒塞下吏之翹出者。祀名宦東安李《志》。

蔡椿，遼東定邊衛人，舉人。知絳縣，嘉靖二十二年擢知通州。清貧甚，下車即禁火耗，曰：『甯自瘠，毋瘠民也。』調知昌平。祀名宦通州吴《志》。

游新佑，福建人。嘉靖二十□年知香河縣，下車即與吏約法曰：『民或訴，吾甯負爾輩，不忍負民也。』賑卹事親理之，惠愛所及，民永去思香河劉《志》。

郭宗皋，字君弼，福山人。嘉靖八年進士，選庶吉士，擢御史。十二年按順天行部，乘馬，不御肩輿《明史》列傳。二十三年秋，順天巡撫朱方以防秋畢，請撤客兵，未幾寇大入，直逼畿輔，帝震怒，並械總督翟鵬遣戍，斃方杖下《明・毛伯温傳》，擢宗皋右僉都御史代之。寇去，宗皋言密雲最要害，宜宿重兵，乞勅馬蘭、太平、燕河三屯歲發千人，以五月赴密雲，有警則總兵官自將赴援居庸。白楊地要兵弱，遇警必待部奏，不能及事，請預擬借調之法，令建昌三屯軍平時則協助密雲，遇警則移駐居庸，一一俱報可。久之，宗皋聞敵騎四十萬欲分道入，奏調京營、山東、河南兵爲援，已竟無實，坐奪俸一年。故事京營歲發五軍詣薊鎮防秋，宗皋請罷三軍，以其犒軍銀充本鎮募兵費，又請發修邊餘銀增築燕河古北口，帝疑有侵冒，令罷歸聽勘，既而事得白，起故官。隆慶改元，進兵部尚書，卒謚康介《明史》列傳。

賀榮，陝西神木人涿州吴《志》，嘉靖二十三年知昌平州。性端絜昌平宋《志》，萬曆中知涿州，時軍事頻仍，糧儲屢匱，徵收溢額，不辨頃畝，富者詭脱，小民視田爲仇，榮較舊册釐定之，士民爲之立均田碑吴《志》，參萬曆沈《志》。

王範，字應瑞趙錦《王公去思碑記》，江右大庾人，監生房山佟《志》。嘉靖丙午趙《記》丙午爲廿五年房山縣丞佟《志》，董馬政，操守廉絜，凡利民者靡不竭力。額辦蘆葦、鵝翎等項非土産，範革以省民財，運粟議折價以節民力。先是協濟會同館、涿州良鄉大興驛傳，應是役者鮮不破家遁，範力爲節趙《記》。精醫施藥，救濟甚衆佟《志》。德澤旁敷，甫三載趙《記》，遷光禄寺署丞，去之日士民泣送，有《去思碑記》佟《志》。

陸坤，陝西蘭州人，進士題名碑。嘉靖二十六年霸州兵備副使霸州周《志》，州苦水患，爲開新挑河，民賴之。白前守趙式之冤，除判官孫文中之險，公論大快。一時墨吏市虎有避地者，百姓去思。祀名宦畿輔唐《志》六十七。

楊博，字惟約，蒲州人，嘉靖八年進士。拜兵部右侍郎，轉左經略薊州保定《明史》列傳，畿輔唐《志》六十七，三十一年密雲薛《志》遷總督薊遼保定軍務。博以薊逼京師，護畿甸陵寢爲大，分佈諸將，畫地爲防唐《志》、修邊墻。三十二年疏請築潮河川小石城六，建敵臺三，修護關舊墻百三十有二丈，創横城，起野豬嶺、訖豬嘴塞河口北石崖，分屯勁兵薛《志》。三十三年秋，把兒及打來孫十萬騎犯薊鎮，攻墻，帝憂甚，數遣騎偵博，博環甲宿古北口城上，督總兵周益昌等力禦，帝大喜，馳賜緋豸衣，犒軍萬金。寇攻四晝夜不得入，博募死士，夜以火驚其營《明史》列傳，一夕四五起唐《志》，寇擾亂，比明悉去。進右都御史、兵部尚書、少師兼太子太師。卒謚襄毅《明史》列傳。祀名宦《一統志》五，唐《志》。

孫維謙，富平人。嘉靖中選貢入太學，戊申除寶坻知縣。節儉清平，不事粉飾，民陰受其德。以直道忤時歸，士民遮道泣留，相隨數十里，謙慰藉之乃去，邑人思慕不已，作詩文記績，彙爲《去思集》，建祠合莊襗、楚書、武德智祀之，號四君子祠寶坻洪《志》。按戊申爲嘉靖二十七年。

王忬，字民應，太倉人，嘉靖二十年進士。按順天二十九年俺答犯古北口，忬奏言潮河川有徑道，一日夜可達通州，因疾馳至通爲守禦計，盡徙舟楫之在東岸者。夜半寇果大至，不得渡，遂避于河。帝密遣中使覘軍，見忬方厲士乘城，還奏，帝大喜。副都御史王儀守通州，御史姜庭頤劾其不職，忬亦言儀縱士卒虐大同軍，帝命逮儀，擢右僉都御史代之。寇退，忬請賑難民，築京師外郭，修通州城，築張家灣大小二堡，置沿河敵臺，皆報可。尋罷通州守禦大臣，召忬還。薊遼總督楊博還朝，移忬代之，進右都御史。忬言騎兵利平地，步兵利騎阻，今薊鎮畫地守，請去他郡防秋馬兵八千，易之以步，歲省銀五萬六千餘兩，從之。初帝器忬，及所部屢失事，則以爲不足辦事。嚴嵩雅不悦忬《明史》列傳，奏宜修邊墻補額兵，乃詔責忬實主兵、減客兵，部臣言薊鎮額兵多缺，乃遣郎中唐順之往核，還奏額兵九萬有奇，今惟五萬七千，又皆羸老，降忬俸二級。三十八年把都兒辛愛數部渡灤河掠薊州，京師大震，逮忬論斬《明史》列傳。

丁鈇南，通州人，監生。嘉靖三十年平谷知縣，巡鄉，或以食進，卻之曰：『此賂媒也。』勤事輒不避風雨，終始一致。疾致仕平谷朱《志》。

昌正元大城張《志》，字橋山王洧《均田平賦記》，陝西長安人，舉人張《志》。嘉靖三十二年王《記》知大城縣志目。才思不羈，振作有爲張《志》。大城地瘠而廣，糧多增減，民害久矣。正元清丈之，均地一千六百頃有奇，其豪强兼併、奸惡飛詭之徒稍稍斂王《記》。免賠累詿誤改教，賴趙德光終其功張《志》。德光有傳。

劉畿懷柔吴《志》，字叔京杜英《邑侯劉公去思碑》，山西徐溝人，監生。嘉靖三十三年知懷柔縣吴《志》。居四載，清白自守淡如也。施政一以愛民爲心，其最著者革長夫五十，減增銀九百，掣、馬十協，濟里甲之費千，批逆申救，所省不下鉅萬。又均賦税、節工役、蠲贖金、禁科派、固保障、時收斂、舉文教，清操勁氣，無施不可。其減通薊之糧、繕居庸之邊、分平谷之田、平良牧之訟，委任咸就其緒碑。遷漢中府通判吴《志》，百姓不得復留碑，勒去思碑吴《志》。

楊照，遼東前屯衛人。古北口參將，以退敵功遷密雲副總兵，晉都督，鎮守密雲，與敵戰，斬馘千八百有奇，獲駝馬千七百餘，收降卒三十有二。照沈毅撫士卒，得其死力，嘗刺『盡心報國』四字于胸前脊後以自勵，將戰，輒以後事付家人，故所向無敵密雲鄭《志》。

胡與之，餘姚人，舉人寶坻洪《志》。嘉靖丁巳夏令寶坻。社倉，前令劉廓所建也，倉堂、偪浴、菜圃咸具，又措處得粟若干石，冀以時政收斂，題曰仿古社倉，此舉爲仁政。邑大水，禾黍不登，民昏墊，與之乃營救荒政，竭力撫綏。延春欲以社倉賑，出陳易新。時邊警，取粟若干石易鐵，武備修而民食可保，庠師弟子廩餼久缺，借支若干石，先君子後野人，禮也，二者之外悉以散民。里書報户，富户領分約秋償，秋果大熟。及期，二尹張古柏、三尹張宵石，開倉按簿得粟若干石，又稽弊得縣庫青衣扛夫料價銀，悉請糴粟倉，倉民曰善繼《仿古社倉記》，與之銀魚，説曰：『浙之富春茶魚歲以貢。正德間臬僉韓邦奇奏欲除此害，余視寶坻銀魚，民之不安殆有甚焉，弗能爲韓之所爲，要以服韓之義也。』洪《志》

許論，字廷議《明史》附《許進傳》，靈寶人《明史·許進傳》。嘉靖五年進士。著《九邊圖論》上之，帝喜，頒邊臣議行，遷南京大理寺。會廷推順天巡撫，論名列第二，帝曰：『是上《九邊圖論》者。』即拜右僉都御史，任之。白通事以千餘騎犯黄崖口，論督將士敗之，録功進右副都御史。三十六年督薊遼保定軍務此駐密雲，把都兒犯薊西，論厚集精鋭以待，至則爲游擊胡鎮所破，遁去。事聞，厚賚銀幣。尋奏密雲、昌平二鎮防秋需餉銀三十餘萬，給事中鄭茂請察其侵冒弊，詔論回籍聽勘明附《許進傳》。

楊選，字以公，章丘人，嘉靖二十三年進士。四十年擢總督薊遼副御史，條上封疆極弊十五事，多從其請。以卻敵功進兵部右侍郎按選督薊遼如故。明年五月，古北口守將遣哨卒出塞，朵顔衛掠其四人，部長通漢叩關索賞，副總兵胡鎮執之並縛其黨十餘人，通漢子懼，擁所執哨卒至墻下請易其父。通漢者，辛愛妻義父也，選欲以牽制辛愛，要其子入質乃遣還父，自是諸子迭爲質，半歲代之。選馳書以聞，自詡方略，選及巡撫徐紳等俱受賞。十月丁卯，辛愛與把都兒等大舉，京師戒嚴，帝諭閣臣徐階令部諭諸軍並剿。明日選以寇東遁聞爲將士祈賞，帝疑以問階，對曰：『寇營尚在平谷，選等往通州矣，謂追殺者妄也。』帝銜之。寇稍東，大掠三河、順義，圍諸將傅津等于鄭官屯，選遣副將胡鎮偕總兵官孫臏、游擊趙溱擊之，臏戰没，鎮力戰得脱，寇留内地八日不退。選、紳與副使盧鎰、參將馮詔胡粲、游擊嚴瞻等逮下詔獄，又二日寇始北去，内侍家薊西者諱言之漢父子召寇，帝怒，論選死《明史》列傳。

顔鯨，字應雷，慈溪人，嘉靖三十五年進士，擢御史。出視倉場，奸人馬漢怙定國公勢，論殺之。四十一年上漕政便宜六事。改督畿輔學政，大興知縣高世儒奉詔劾逃役，都督朱希孝以勾軍劾之，下部議。鯨劾希孝亂法，言世儒按籍召行户，非勾禁軍，此乃禁軍子弟家人倚城社冒禁衛名，致吏不敢問，富人得抗詔而貧者爲溝中瘠，世儒無罪，罪在錦衣。帝怒，責鯨抵誣勛臣，貶安仁典史。萬曆中中外論薦十餘疏，不果用《明史》列傳。世儒，四川内江人，舉人，四十四年任，遷户部主事據萬曆沈《志》、大興張《志》。

張守中《一統志》五。按畿輔唐《志》『中』作『忠』，字伯時，山西聞喜人，舉人通州高《志》。嘉靖四十一年知通州。巡撫某敗績于邊，馳州，守中不納，巡撫怒，將治五衛軍弁《一統志》五，守中軍騎造軍門曰：『朝廷任知州以封疆《通州志》，城門啓閉，知州實司管鑰，若曹何與？公當援桴再戰，芻茭不給，知州責也，若擁勁旅不申威竟外，徒逞志于衛弁，竊爲明公不取。』巡撫慚而去畿輔唐《志》六十八。修文廟，辦祭器高《志》。四十二年《守中楊令公碑》擢密雲兵備道，去之日，通人遮留不得去，立祠祀之，籲闔願以通州改隸密雲道高《志》。守中整飭密雲邊備，端嚴持重，彰善懲惡寶坻知縣唐鍊《總會里甲記》。石匣去京百八十里，三面距邊，城累土易圮，守中議築石城陸泰《石匣城記》。見學宫廢，它村石塘領取以兵，由潮河川筏以入，民無擾，輔以罰鍰，簡參軍廉能者王廷範、祝啓蒙司其事，縣令邢元徹省厥成，四十四年率邑子弟數十肄習其中，授經義王希烈《文廟碑記》。治效爲時冠，所議里甲事宜總會一册，條分六，事列七千有二，巨而祭燕科貢之供，細而館穀筆札之給，平物價之騰落，定品實之豐歉，咨民瘼，采群議，隨時之變，因地之宜，折衷乃心，毅然行之，民歡若更生唐鍊《記》。祀名宦《一統志》、唐《志》。

劉□題名碑。按王世貞《劉公神道碑銘》作『幾』，字子京，由汴南徙居長洲神道碑，進士。嘉靖十二年題名碑太僕少卿，遷順天府尹。獨欲修尹故事，曰：『吾得備彈壓，安能以獄事諉而晝寢輦轂下耶！』所賦役即彈射，豪貴亡所避，猾吏不寒而慄。時議城張家灣，而議者曰：『虜衝也，城之利，然非十萬金不可。』幾請以五萬金城，而移大官三萬金先之，益以勸募金，幾調度往來，僅四月而城成，會所勸募，足還三萬金于大官。上悦，時賜白金文綺，進右副都御史，督撫兩浙神道碑。

張應武大城張《志》，字漁岡據馬云凰《保障記》、馬雲鴻《生祠記》，山西大同人，貢士張《志》。嘉靖甲子大城知縣霸州知州張雲鷟《重修學宫記》。按甲子爲四十三年，沈静嚴毅，洞達虚明，不苛以慘，孜孜求民之瘼，造福永賴。民未知作，爲之正經界、省耕斂，民未知學，爲之置社學，聚子弟、擇教讀《生祠記》。先是大城學宫圮，癸亥霸州知州涇陽張雲鷟行縣，深用惻然，時缺令、無所與謀，應武知縣事思新之，力取于民而不勞，財出于公而不費。乙丑興役，越六月成《學宫記》，召學官諸生課于堂《生祠記》，文教聿興張《志》。故城土築，創石城西北者余貢績也《保障記》，應武葺其東南之未備，不避浮議，不妨民力《生祠記》，未三月《保障記》告成，民賴之無恐。除夙弊，遏稔惡，修堤防，條賦均徭，恤孤惠衆《生祠記》，賢聲懋著。擢河間通判，至今人咸思之《保障記》，參張《志》。立生祠，同享者吴璞，歌曰：『前有吴父，後有張母。』《生祠記》並祀者訓導牛利仁，山東平陰人張《志》，奉應武條約而有功于司教《生祠記》，以禮讓端士習，以道義孚士心張《志》。

李琮，字協中鄭民悦《縣李公去思碑記》，武城人，舉人房山佟《志》，阜民廉吏鄭民悦《房山新建石城記》。嘉靖丙寅《去思碑記》。丙寅爲嘉靖四十五年調房山《石城記》，廉介有爲，政教兼舉畿輔唐《志》六十八。時房山荒歉，内戚中貴侵漁十之三四，琮抗疏禁之《去思碑》。學弛，牒聞于督學，御史傅□既得請，捐廩斥羨，取諸好義，鳩工始隆慶五年，成于萬曆元年。相是役者教諭李守貞、訓導劉祖堯《重修縣學碑記》，參佟《志》。琮仁厚，除民瘼《石城記》，擢雲中别駕，百姓叩闕留，遂易保定銜，仍攝房山事佟《志》，繕城慮民力不堪，力請出帑，教諭高陸、訓導黄繼元、巡檢王夢賢，與有勞焉《石城記》。逾年加通郡牧，仍管縣事佟《志》，寒暑六易《去思碑》。遷保定府同知之日，雖婦稚莫不悲號，送者如市，爲樹去思碑佟《志》。祀名宦唐《志》。

唐煉，字溪南，常德人，進士。嘉靖中知寶坻縣事，殫心利弊，夙夜匪懈。自莊禪建設城池奄忽百年，煉乃倡衆修濬，增城二尺許，池濬丈有二，建敵樓，易水關以鐵，時人有『保障千年功不泯』、『父歌莊叟母歌唐』之頌。復新學宫，設義學于四鄉，力陳百姓疾苦，省里甲，裁驛役，百年積困爲之一蘇，民甚德之。邑志久不修，續上下二卷，嘉靖以上事蹟僅有存者猶以此本。祀名宦寶坻洪《志》。

陳碩，廣東舉人。嘉靖間寶坻訓導，學問淵達，叩之不窮，皆古人進德修業要旨。擢國子助教，遷松江通判。楊時泰，乾州人，監生，亦嘉靖中寶坻教諭。日手一編，進諸生勵之，懇如也，人以爲不愧師儒，有陳、楊二先生之目。祀名宦寶坻洪《志》。

劉仲福，山西陽曲人，吏員。嘉靖間平谷典史，絶賄賂，禁胥擾，然不忍用刑。巡夜有宜鞭朴者曰姑免之，勿再以身試。祀名宦平谷朱《志》，參采方册。

宋儀望，字望之，吉安永豐人，嘉靖二十六年進士。嚴嵩敗，擢霸州兵備僉事，請城涿州，除馬户通税《明史》列傳。按王世貞《弇州山人續稿》：吉水人，徙永豐。前是有西甯侯者，道其地，盜夜迫之，倉皇溺死，盡剽其資財，詔捕之，格甚峻，儀望鈎得渠黨，悉置于理，霸人慴威神，竟任無竊發者王世貞《大理卿宋公傳》。進大名兵備副使，稍遷南京大理卿《明史》列傳。

譚綸，字子理，宜黄人按密雲薛《志》云字宜詔，嘉靖二十三年進士題名碑。隆慶元年總督薊遼保定軍務。綸上疏曰：『薊昌卒不滿十萬，而老弱居半，分屬諸將。二千里間敵聚攻，我分守，衆寡强弱不侔，故言者亟請練兵，然四難不去，兵終不可練。夫敵之長技在騎，非招募三萬人勤習車戰，不足以制敵。計三萬人月餉歲五十四萬，一難也。燕趙之士鋭氣盡于防邊，非募吴越習戰卒萬二千，雜教之事必無成功，與繼光召之可立至。議者以爲不可。信任之不專，二難也。軍事尚嚴，而燕趙士素驕，驟見軍法必大震駭，且去京師近，流言易生，徒令忠智之士掣肘，廢功更釀他患，三難也。我兵素未當敵，戰而勝之彼不心服，能再破而終身創，而忌嫉易生，欲再舉禍已先至，四難也。以今之計，請調薊鎮、真定、大名、井陘及督撫兵三萬分爲三營，令總兵參游分將之，而授繼光以總理練兵之職，春秋兩防，三營兵各移近邊，至則遏之邊處，入則決死邊内，二者不效，臣無所逃罪。又練兵非旦夕可期，今秋防已近，請速調浙兵三千以濟緩急，三年後邊軍既練遣還。』詔悉如所請，仍令綸、繼光議分立三營事宜。綸因言『薊鎮練兵逾十年，然竟不效者，任之未專而行之未實也。今宜責臣綸、繼光令得專斷，勿使巡按巡關、御史參與其間』。自兵事起，邊臣議論牽制不能有爲，故綸疏言之，而巡撫劉應節果異議，巡按御史劉翾、巡關御史孫代又劾綸自專，穆宗用張居正言，悉以兵事委綸。綸相度邊隘衝緩、道里遠近，分薊鎮爲十二路，路置一小將，總立三營，以時訓練，互爲犄角，節制詳明。是歲秋薊昌無警。綸初至，按行塞上，習將佐，日秣馬厲兵、角勝負呼吸者宜于南，堅壁清野坐制侵軼者宜于北，遂與繼光圖上方略，築敵臺三千控守要害。入爲右都御史，進兵部尚書，卒謚襄敏《明史》列傳。

劉應節，字子和，濰人，嘉靖二十六年進士。隆慶元年，順天巡撫耿隨卿坐殺平民充首功逮治，改應節代之。建議通漕。四年秋進右副都御史巡按如故，旋進兵部右侍郎兼右僉都御史，代譚綸總督薊遼保定軍務《明史》列傳。密雲城湫溢于東，偏建連城劉應節《新建重城記》，奏罷永平、密雲、薊州采礦，又因御史傅孟春言議諸鎮積貯，當計歲豐歉，常時以折色便軍可以積粟，凶歲以本色濟荒，可以積銀。又明年建議通漕密雲，上疏曰：『密雲環控潮、白二水，天設之以便漕者也。向二水分流，至牛欄山始合，通州運艘至牛欄山以上陸運至龍慶倉，輸輓甚苦，今白水徙流城西，去潮水不二百武，近且疏渠植壩，合爲一流，水深漕便。舊昌平運額共十八萬石有奇，今止十四萬，密雲僅得十萬，惟賴召商一法，而地瘠民貧，勢難長持。聞通倉粟多紅朽，若漕五萬石于密雲，而以本鎮折色三萬五千兩留給京軍，則通倉無腐粟，京軍沾實惠，密雲免僉商，一舉而三善備矣。』報可《明史》列傳。六年築堤城東，引潮、白二河合流，疏通州漕運爲河運，民便之密雲鄭《志》。又請建武學于密雲等處，從之據《建武學記》。給事中陳渠以薊鎮多虛伍，請核兵省餉。應節上疏曰：『國初設立大甯，薊門猶稱内地，既大甯内徙，三衛反覆，一切防禦之計與宣大相埒，而額兵不滿三萬，倉卒召外兵疲于奔命，又半孱弱，于是議減客兵募土著，而游食之徒饑聚飽揚，請清勾逃軍而所勾皆老稚，又未必安于其伍。本鎮西起鎮邊，東抵山海，因地制兵，非三十萬不可，今主客兵不過十三萬而已，且宣府地方六百里，額兵十五萬，大同地方千餘里，額兵十三萬五千，今薊、昌地兼二鎮而兵力獨不足，援彼例此，何以能守！以今日計，發精兵二十餘萬，恢復大甯，控制外邊，俾畿輔肩背益厚，宣遼聲援相通，國有重關，庭無近寇，此萬年之利也。如其不然，集兵三十萬，分屯列戍，使首尾相應，此百年之利也。又不然則選主客兵十七萬，訓練有成，不必仰籍鄰鎮，亦目前苟安之計。今皆不然，徵兵如弈棋，請餉如乞糴，操練如搏沙，教戰如談虎，邊長兵寡，掣襟肘見。今爲不得已之計，姑勾新軍補主兵舊額十一萬，與入衛客兵分番休息，庶軍不苦勞，稍定邊計。』部議行所司清軍，而補兵之説卒不行。萬曆元年進右都御史兼兵部右侍郎，總督如故《明史》列傳。隨卿滑人，進士畿輔唐《志》。

張臣，榆林衛人。隆慶元年以功進副總兵，守薊鎮西協。萬曆初録秋防功，進署都督僉事。炒蠻潛入古北口，參將范宗儒追至十八盤山戰殁，餘衆被圍，臣急偕游擊高廷禮籌馳救，寇始去，坐鐫一秩。十一年守馬蘭峪，會朵顔長昂屢擾邊，薊鎮總兵官楊四畏不能御，乃徙臣代之。長昂雅憚臣，使其從母上阿妻東桂款關乞降，乃撫賞如初。猛可真者，俺答第老把都棄妾也，坐與小阿卜户把黑峪關罷賞，既納款，復猖獗，以謾詞報邊臣，而令大嬖只爲謝罪。大嬖只者，順義王乞慶哈棄妾也，臣等測其詐，令將士出塞捕二十三人繫之獄，令還我被掠人，猛可真以所愛者五人在俘中，許獻還所掠，親叩關索故賞，臣等並召大嬖只入演武場，誚責甚厲，兩婦叩頭請死，乃貸之。先後獻還八十餘人，中有被拘數十年者。臣以功記録優敘，尋進署都督同知，名著塞垣，爲一時良將。子承蔭，承蔭子應昌，崇禎二年昌平副總兵《明史》列傳。

戚繼光，字元敬，世登州衛指揮僉事。隆慶初，譚綸督師遼薊，乃集步兵三萬，徵浙江三千，請屬繼光訓練，帝可之。二年五月，命以都督同知總理薊州、昌平、保定三鎮練兵事，總兵官以下悉受節制。至鎮，上疏言薊門之兵雖多亦少，其原有七：營軍不習戎車而好末技，壯者役將門，老弱僅充伍，一也。邊塞逶迤，絶鮮郵置，使客絡繹，日事將迎，參游爲驛使，營壘皆傳舍，二也。寇至則訓遣無法，遠道赴期，卒斃馬僵，三也。守塞之卒約束不明，行伍不整，四也。臨陣馬軍不用馬而反用步，五也，家丁盛而軍心離，六也。乘障卒不擇衝，緩備多力分，七也。七害不除，邊備曷修！而又有士卒不練之失六、雖練無益之弊四。何謂不練？夫邊所藉惟兵，兵所藉惟將，今恩威號令不足服其心，分數形名不足齊其力，緩急難使，一也。有火器不能用，二也。棄土著不練，三也。諸鎮入衛之兵嫌非統屬，漫無紀律，四也。班軍民兵數盈四萬，人各一心，五也。練兵之要在先練將，今注意武科，多方保舉似矣，但此選將之事非練將之道，六也。何謂雖練無益？今一營之卒，爲炮手者常十也，不知兵法，五兵迭用，當長以衛短，短以以救長，一也。三軍之事各專其藝，金鼓旗幟，何所不蓄？今皆置不用，二也。弓矢之力不强于寇而欲藉以制勝，三也。教練之法自有正門，美觀則不實用，實用則不美觀，而今悉無其實，四也。臣又聞兵形象水，水因地而制流，兵因地而制勝，薊之地有三：平原廣陌，内地百里以南之形也，半險半易，近邊之形也，山谷仄隘，林薄翁翳，邊外之形也。寇入平原利車戰，在近邊利馬戰，在邊外利步戰，三者迭用乃可制勝。今邊兵惟習馬耳，未嫺山戰、林戰、谷戰之道也，惟浙兵能之。願更予臣浙東殺手、炮手各三千，再募西北壯士，足馬軍五枝、步軍十枝，專聽臣訓練，軍中所需隨宜取給，臣不勝至願！又言臣官爲創設，諸將視爲綴疣，臣安從展布。』章下，兵部言薊鎮既有總兵官，又設總理，事權分，諸將多觀望，宜召還總兵官琥，專任繼光，乃命繼光爲總兵官鎮守薊州、永平、山海諸處，而浙兵止弗調，録破吴平功，進右都督。寇入青山口，拒卻之。自嘉靖以來，邊墻雖修，墩臺未建，繼光巡行塞上，議建敵臺，略言薊鎮邊垣，延袤二千里，一瑕則百堅皆瑕，比來歲修歲圮，徒費無益，請跨墻爲臺，睥睨四達，臺高五丈，虚中，爲三層臺，宿百人，鎧仗糗糧具備。令戍卒畫地受工，先建千二百座。然邊卒木强，律以軍法將不堪，請募浙人爲一軍，用倡勇敢。督撫上其議，許之。浙江三千至，陳郊外，天大雨，自朝至日昃植立不動，邊軍大駭，自是始知軍令。五年秋臺成功，精堅雄壯二千里，聲勢聯接。詔予世蔭，賚銀幣。繼光乃議立軍營車，一輛用四人推輓，戰則結方陣，而馬步軍處其中，又製拒馬器，體輕便利，遏寇騎衝突，寇至火器先發，稍近則步軍持拒馬器排列而前，間以長槍筤筅，寇奔則騎軍逐北。又置輜重營隨其後，而以南兵爲選鋒，入衛兵主策應，本鎮兵專戍守，節制精明，器械犀利，薊門軍容遂爲諸邊冠。時俺答已通貢，獨小王子後士蠻徙居插漢地，控弦十餘萬，常爲薊門憂，而朵顔、董狐狸及其兄子長昂交通士蠻，時叛時服，繼光在鎮，二寇不敢犯薊門。尋以守邊勞進右都督。已增建敵臺，分所部十二區爲三協，協置副將一人分練士馬。在鎮十六年，邊備修飭，薊乃宴然。繼之者踵其成法，數十年得無事，亦賴當國大臣徐階、高拱、張居正先後倚任之，督撫如譚綸、劉應節、梁夢龍，咸與善，動無掣肘，故繼光益發舒。居正殁半歲，繼光改廣東，罷歸《明史》列傳。

趙德光大城張《志》，字歐岡據馬雲凰《保障記》、王侑《均田平賦記》，山東樂安人，舉人。隆慶張《志》戊辰王《記》隆慶二年知大城縣據志，清仁平易，越月詢丁糧之累，民不聊生，選公直耆民分方均丈，復委主簿黎伯如、典史張文蕙分履，不咎往，不責謬，多則損，少則益，德光默巡以核之，按册計畝，吏胥不敢上下其手。舊額僅逾頃數有奇，今得二十頃，賦既平，養馬遞站，二百年積弊一旦振刷之王《記》。己巳城門敵樓、譙樓捐俸督修《保障記》。優學校，崇節義，恤里甲，釋刑獄，築河防王《記》，百廢具舉馬《記》。遷南京户部主事。伯如江西新喻人，性清廉勤慎而民孚，署文安主簿。文蕙，江南泗州人張《志》。

吴兑，字君澤，浙江山陰人，嘉靖三十八年進士。隆慶三年遷薊州兵備副使。五年《明史》列傳四月授山東按察副使。霸州兵備州隸京兆，大盜出没，兑之任，籌賑貸，嚴保甲，塹塗布壘，賊屏伏它走，屬竟數百里無盜《吴氏家乘》。秋擢右僉都御史。九年夏總督薊遼保定軍務，督治昌平，兼巡撫順天《明史》列傳，威望大著《吴氏家乘》，參册，進太子少保，拜兵部尚書《明史》列傳。《吴氏家乘》：萬曆丙申卒，賜祭葬如例，祀鄉賢。

楊兆，字夢鏡密雲薛《志》，膚施人，僉都御史畿輔唐《志》六十七。隆慶年《武清磚城記》撫薊，和輯軍民，悉心邊務畿輔唐《志》。武清甃城費廣，恐重困民，乃發庫銀四千助役《磚城記》。五年總督薊遼，龍王峪之戰薛《志》，敵大舉，金吾緹騎日數十至，兆冒矢石，親將兵扼墻，夜募死士以火攻汪道昆《少師楊公生祠碑》卻敵。明年敵至馬蘭峪，復敗之。萬曆四年以密雲舊城湫隘，請于城東建新城爲重障，從之，擢官大學士。士民立生祠，卒謚襄毅薛《志》。入名宦唐《志》。

李宜春，山東莘縣人，進士。隆慶五年知固安縣。河流入縣竟固安陳《志》爲害者，莫如渾、清二河堰堤最多，顧百姓困極，計爲募工，出以公帑，百姓歡呼稱便，風雨不輟。北障渾河三十四里，南障清河堤二十餘里。時萬曆三年尤懋《固安縣修（提）［堤］建龍王廟碑記》。

沈應坤，山西蒲州人申時行《涿州侯修學均田碑》，涿州知州涿州吴《志》表。逾年隆慶辛未實始修學，越明年成，遂均田，屬其貳秦登庀事，浹月告竣，學擴舊址，增廬閣。田權畝以制賦，權賦以定役，無侵畔，無棄野，無漏籍，無溢税，承積弊之餘，修無窮之利申碑。辛未爲隆慶五年。據知沈任在四年，汰冗剔蠹，百廢肇舉，州民德之吴《志》。登，吴江人申《碑》，涿州同知《志》表。

劉不息，隆慶戊辰進士，山東滋陽人。知寶坻縣寶坻洪《志》，參《廟學記》。按此當在隆慶中，問民疾苦，與民更始，暇則進諸生勸學爲政。識大體，急先務《記》。寶坻學廟入明二百年，敝甚不息，議新之，時有修城之役，越夏經始，以次修舉。會武清盜起，中丞、御史共疏移治，邑人惶惶，空城走闕下乞留，乃得無行。歷官少卿洪《志》。

張綸畿輔唐《志》六十八，山東汶上人通州高《志》，歲貢。隆慶中三河知縣唐《志》。才敏法嚴三河陳《志》，清田畝，核人丁，民不敢欺。行公攤法，凡經費取俱辦焉，民不知有供輸驛遞里甲之擾唐《志》。萬曆五年知通州，先是鄉屯地畝有過割之弊，里甲朝夕更改，多寡互異，賦役不均，綸作均糧册嚴禁之，歲無異同，其法甚便高《志》。轉户部員外陳《志》，祀名宦唐《志》、高《志》、陳《志》。

李頤，字惟貞，餘千人，隆慶二年進士。萬曆初御史，母喪歸，起擢右僉都御史，巡撫順天，進右副都御史按頤累進京秩，其巡撫順天如故，下文在鎮十年一語是其明證，以定亂兵進兵部右侍郎。長昂桀驁，頤與總兵王保禽其心腹小郎兒等七人，賊遂讋，已别部伯牙入寇，督將士敗之，進左侍郎，久之進右都御史。時礦税使四出，王忠駐昌平，張曄駐通州，頤疏言燕京王氣所鍾，去陵寢近，開鑿必損靈氣，又言畿輔地荒歲儉，而勅使誅求不遺纖屑，恐臨清激變之慘復見輦轂下。頤在鎮十年，威望大著，中使憚頤廉正，畿民少安。二十九年代劉東星管理河道，議上築決口，下疏故道，甫兩月勞卒《明史》列傳。

錢藻，如皋人，進士。萬曆元年霸州兵備副使，才略精練，念民窮，百計區畫，築東南大堤一百二十里，水不爲害。又建益津書院，群雋肄業，手爲評校，先後脱穎去。去之日，萬姓遮留肖像祀之，與蘭州陸坤並記名宦霸州周《志》。

陳庭訓，字孔學，泌陽人王圖《邑侯陳公去思碑記》。萬曆元年據朱衡《重修文廟碑記》：庭訓知房山，萬曆二年末去任。據去思碑，任在元年知房山縣，廉明平易房山佟《志》，縮己豐民。所最難者，抗忤津要以庇孑[子]遺。房山倖璫營窟，旁引諸俠邪相車輔，肆蠹吮髓，莫可控籲。庭訓廉知其狀，下車謁神自矢，令而洪涊脂葦、不克爲民造福捍患者，神殛無赦，進三老與之約：『爾輩瘡疾極矣，將滌煩蕩苛與更始，轉告子弟喻吾意，毋懼豺虎搏噬，輕相動摇，毋馮城社，自爲狐鼠！』又進二三俠雅約：『爾輩敢忤三尺魚肉吾民者，令懦也，今新令計與爾衡，而獨不鑑閹瑾乎，一蹶騈首僇矣。』俠邪色沮，訴于璫，璫握内柄，思中傷，黠譎陰事，庭訓不少動，豎輩謂撼西山易，撼硬令難。知里甲多積蠹，均定傜賦，人人稱便，田畝影射者衆，躬歷核之，比江陵度田令下，畿輔擾而房邑已竣事，邑人感之，爭繪生像。庭訓憐邑人悴，彌自節約，裁需供若干緡，減上司迎送費若干緡，察疾苦，賑煢獨，表孝節，嚴教約，又葺學宫，進博士弟子數十廩餼之、爲校定疑義，繕城飭壇，新郵舍王《記》，增建預備倉六間，積紙贖穀一[千]六百十八石七斗九升五合八勺、黑豆六十石、粟米五百三十六石九斗五升，春給秋斂如牛種例佟《志》，建置秩然，弦誦相望，督撫臺使交章薦，議調平谷。平谷故有倖璫免窟，梗格之，江陵門客語曰：『獨無意相君知耶？』庭訓陽若不解，意拂注。中考被蜚語，授南京大理評事，民惓惓二十餘年不能忘王《記》，爲立去思碑佟《志》。

李蔭，字干美，河南内鄉人。萬曆三年知宛平縣，彊項執法，中官母殺人，捕論如法，司禮馮保以屬江陵，江陵曰：『此令非吾所能禁也。』召之竟不住。鎮靜不淆，有古鳴琴而治之意。李北海雲麾將軍碑石蕪没，良鄉驛舍輂致邑署，名其齋曰『古墨』，士論多之。八年遷刑部廣西主事。祀名宦畿輔唐《志》六十八、萬曆沈《志》。

焦元卿，山西高平人，舉人。萬曆三年五月知香河縣，性温良，以和平爲治。到之日書『平易近民』四字于門，謂諸生曰：『爲政猶調琴瑟，大弦急則小弦絶，理固然也。滌煩苛，省箠楚，事務寬厚。』是歲大有秋，四方糴者雲集，穀價驟踴，嚴禁價遂平，民大賴之。教民勤紡織，公事畢必躬行驗。馭下不假顔色，胥吏重犯法，時有神君之號。朔誼視學，與諸生講書一宗正傳。庚子，瑞税王虎榷寶坻，過香河，欲以撫按體統臨，元卿不屈，虎羈之郵館，脅以慢君悖勅，欲上疏劾，元卿不動，諸生十九人佐之，民聚而噪者萬計，虎度勢不協，罷去，至寶坻誣奏，詔下撫按督學使者鞫之，罪坐首事元卿爲乾州之行，祖道日，香河至河西務士民絡繹攀臥，涕泣載途，如失怙恃。祀名宦香河劉《志》。

張世則，山東諸城人密雲薛《志》。萬曆元年知寶坻縣張世則《密雲縣志序》。三年移知密雲。

先是縣治久廢，元年邢玠知縣事，議修，以召去，世則下車即修之劉效祖《重修密雲縣治碑記》。縣無志，世則創纂成帙，自爲序志序，謂密雲有四弊六害。作《風俗論》《風俗論》：『密雲即漁陽之西鄙也，自唐天寶以迄宋元，兵氛未靖，民俗日偷，至今日始卓然稱三輔之强，爲聖化首被，故士風多謙退而民俗重修省，原其興善之心，殆涵濡之也深乎？惟逼近邊鄙，是以民多悍勇而輕生，游俠而惰農，浮奢而疏于治産，酣恣而略于别嫌，此四弊風至今存焉。余不德，未能起而維之。竊爲勸耕織則本敦，植桑棗則生殖，申明鄉約則勇悍可馴而酣恣知檢矣，第化成于久遠，未可以歲月期也。意賦役日煩，民既苦于徵而病于勞矣，煤山未開，非直米如玉而薪且桂矣，一夫應募，舉族以爲後憂，無亦行人之得、邑人之災乎？三廠采榛，中使漫索而苛求，何若歲徵諸民聽其自輸乎！夾河爲患，則新城東隅、舊城西隅非建重堤以障之不可也。易芻豆必于招商，民間赴役如蹈湯火，則腳價時估、頻歲議減者非經畫也。有此六害，民無安堵，亦奚望其務本業而正風俗乎？大抵風俗有利弊，政治有緩急，思以維風存乎起弊，然必害除利興而後風移俗易，機固有漸焉者耳。譬則義方以訓子，其撫摩之愛得，宜即吾之法行，法行教亦行矣。蓋養子而後教之，父道也，訓民必先利之，王道也。慮及此者，謂之軫民瘼、諳治體矣。』。城南民病涉，適民王白綱等醵銀爲建浮圖費，世則勸造橋，橋成，名曰廣濟冊。唐宋已來官斯土者，凡有實政，並請祀名宦祠。玠，山東益都人，進士。十六年累官總督薊遼薛《志》。

王道定，字懷由良鄉楊《志》，山東濟陽人，歲貢。萬曆六年知香河縣香河劉《志》，十一年調知良鄉楊《志》，香民有去後思劉《志》。良鄉舊無城，隆慶初，知縣安守魯城之，甃城東南北皆完，西門獨缺垂二十年，道定捐俸鳩工，縣丞張滚董其役，墉袤三十餘丈。道定革承逃代納之弊，歲省租銀千兩，舉丁四地六之例，歲省差銀八百兩，復匀餘地以養馬，往者一畝三分，今則一分。創格言册，置款使廨楊守魯《王公築良鄉西門甕城記》。守魯貴州人，舉人，隆慶二年知縣事，遷袁州府同知楊志。滚，字崇泉，山東人楊《記》，萬曆十一年縣丞楊《志》。

邵寵山，西河津人，舉人。萬曆七年知通州，時奉旨清丈通州地畝，强半屬勳戚内臣之業，田糧飛灑民間，寵乃履畝親自閲丈，造魚鱗册報部，糧無影射，民鮮包賠。以勞瘁卒于官，民皆哀思，立祠祀之，祀名宦通州高《志》。

狄同烇，字宿甫史繼宸《縣令題名記》，别號默軒，溧陽人大城張《志》。嘉靖辛酉鄉薦試吏，治交河河間，萬曆辛巳移官大城，歲餘政和民安，百廢俱舉《題名記》。鹽課重，爲民困，檄革之。邑多内璫庇户丁，而困窮飲恨，裁以法，雖觖望弗恤也，多流寓，奸巧佔籍，貧拙不免倍輸，同烇均之。丈量小地八千三百五頃一十三畝六分一釐，原額而外，得地百四十三頃三十七畝有奇。里甲汰，庫藏嚴，士素少授受，延名儒訓之，捐俸以助，鋤强翼弱，彰善癉惡，難以更僕數羅萬化《默軒狄公復任受獎序》。大城故無志，于是纂修之，立石題名《題名記》，一縣令史繼宸《記》，一儒學陳以見《記》，一甲科，一鄉賢狄自記，復以其一題名宦，自爲記曰：『寬則慢，猛則殘，民烏祀耶？壬午承乏茲土，謁是祠，油然向慕，考其事，若高張撫字與卓魯爭光，張李死難與巡遠兢節，陶司訓作興士類，亦庶乎？與丈翁相後先，惴惴焉懼芳躅之難繼矣。立石不朽，並虚左以俟來者。』《名宦題名碑記》。辛巳爲萬曆九年，又云壬午以到官言。

丁應詔，字靖宇，長興人，隆慶辛未進士吴彰《建月城碑記》，參寶坻洪《志》。萬曆間知寶坻縣據《月城碑》在十一年前，三岔口薊水逆入，捍災楗石，排衆議一意加惠張兆元《三岔口河堤記》，水患用除寶坻洪《志》。城無月城，議未及行《月城碑記》，遷評事寶坻洪《志》。立祠岔口張《記》。

管應鳳，字嶰谷，餘姚人，萬曆丁丑進士。十一年知寶坻縣事寶坻洪《志》，參吴彰《建四門月城碑記》，平政省刑，恤災興利。寶坻四門無月城，前令丁應詔、萬世德議未及行，應鳳嗣之，志專保障，毅然經始，告成于十三年，帑不稱費，民不稱勞，時贊襄則有丞黄維中、主簿楊應張、典史何慤，而訓導劉廷貴、教諭廣東吴彰作碑記吴《記》。

王準，陝西同州人，舉人。萬曆十二年知保定縣，凡損下事革殆盡，民與吏訟輒治吏，時稱愛民如子。期年以才調平谷，猶惓惓保定，馬額賴以得減保定成《志》。

梅國楨，字克生，麻城人，萬曆十一年進士。除固安知縣《明史》附《魏學曾傳》，爲政闊略簡易，務得民心畿輔唐《志》六十八。縣定額養馬二千三百二十四匹，其實止地糧裒益，養馬止三頃六十畝編馬一匹，小民苦偏累，國楨力請減馬六百，題允止養千七百二十匹，就所養馬地參伍通融，增至四頃七十三畝編馬一匹，民困少蘇固安陳《志》。中官操豚蹄唐《志》詣國楨，請收責于民，國楨僞令民鬻妻以償《明史》附《魏學曾傳》，而僞遣人持金買妻追與偕入，民夫婦不知，哀慟死訣唐《志》，中官爲毁券。擢御史，遷兵部右侍郎、總督宣大山西軍務《明史》附《魏學曾傳》。祀名宦唐《志》。

沈有容，字士弘，宣城人，舉萬曆七年武鄉試。蘇遼總督梁夢龍見而異之，用爲昌平千總，復受知總督張佳，允調薊鎮東路轄南兵後營。十二年秋，朵顏長昂以三千騎犯劉家口，有容夜半率健卒二十九人迎擊，身中六矢，斬首六級，寇退乃還。由是知名，天啓改元登萊總兵官《明史》列傳。

周弘鑰，字元孚，麻城人，萬曆二年進士，順天通判。十三年春上疏斥指朝貴，言：『兵部尚書張學顔被論屢矣，陛下以學顔故，逐一給事中、三御史，此人心所共憤也。學顔結張鯨爲兄弟，言官指論學顔而不敢及鯨，畏其勢耳。若李植之論馮保似乎忠謹矣，實張宏門客樂新聲爲謀主，其巡按順天納娼爲小妻，倡狂干紀，則持宏爲内援也。鯨、宏既竊陛下權，而植又竊司禮勢，此公論之不容。祖訓大小官許至御前言事，今吏科給事中齊世臣乃請禁部曹建言，曩居正竊權，臺省群頌功德，而首發其姦者顧在、艾穆、沈思孝，部曹言事，果何負于國哉！居正惡員外郎管志道之建白也，御史龔懋賢因誣以老病，惡主事趙世卿之條奏也，尚書王國光遂錮以王官，論者切齒，爲其附權姦而棄直言，長壅蔽之禍也。今學顔、植交附鯨、宏，鯨敢竊柄，世臣豈不聞？已不敢言，何反欲人不言乎！前此長史垣者周邦傑、秦燿，當居正時燿則甘心獵犬，邦杰則比迹寒蟬，今燿官太常，邦傑官太僕矣，諫職無補，坐陟京卿，尚謂臺省足持乎？而乃禁諸臣言事也。夫逐一人之言者其罪小，禁諸臣之言者其罪大。往者嚴嵩及居正猶不敢明立此禁，何世臣無忌憚一至此哉？乞放學顔、植歸里，世燿、世傑於外，屏張鯨使閑居而奪世臣諫職，嚴飭司禮張誠等止掌内府禮儀，毋干正事，天下幸甚！』帝怒，謫代州判官《明史》附《李沂傳》。

袁黄，字坤儀《疇人傳》三十，一字了凡，嘉善籍吴江人，萬曆丙戌進士寶坻洪《志》。按丙戌，甯河闕《志》同，蓋萬曆十四年也。《疇人傳》云神宗丙辰，《畿輔通志》又云嘉靖進士也。戊子知寶坻縣甯河闕《志》，夏雨河溢，民大饑，市間薪粒俱絶，索逋者不休，黄惻然，至即借俸以償，所活甚衆。時民苦浮賦，黄請免以萬計，若庫子、廠夫、皇木、車花、板石、貢銀魚諸費悉罷去洪《志》。養馬甲，復頃畝額，裁重夫重馬韓初命《袁侯德政碑》，雖忤上官莫恤也洪《志》。正賦外無別派。越明年潞王之國德政碑，供不貲，黄委曲調劑，事集而民不勞。邑之三岔口，薊水逆入爲災，前令丁應詔楗石堵之，薊民議復開，黄堅踵勞躅庀祠祀丁張兆元《河堤記》，以官爭得寢。初下車以十四事約己，遇旱潦禱輒應，每斷囚諭以禍淫説，囚爲感泣，一夕獄墻圮，囚無逸者。嘗刊《勸農書》、《水利説》數千言，行之有成效洪《志》。袁黄《勸農説》：『古者田有井，黨有庠，遂有序，家有學，新穀既入，子弟始入塾，距冬至四十五日而出。聚則行鄉飲，正齒位，飲校法，散則從事于耕，蓋農與士未分也。《詩》云「黍稷嶷嶷，攸介攸止，烝我髦士」，《書》云「惟土物愛厥心臧」，豈非農爲本業，而務之者可養德，與漢取士以孝力田同科，此意猶未失也。高帝令賈人不得衣絲車乘，重租税以困辱之，唐太宗亦詔民有見業農者不得轉爲工賈，工賈有舍見業而力田者免其調，猶有重本抑末之意。今天下租税皆出于田，故惟農受累最深，而富商大賈錦衣玉食而無上供之費，幾何不驅力本之農而盡歸末作也。予爲寶坻令，訓課農桑予得專之，今以農事列爲數款，里老以下人給一册，有能遵行者免其雜差，如農人與工商訟必稍右農，游手及在官之人與農訟必重責之。

國家之制惟農爲良家子，豈可與雜流爲伍哉！考古制，民之生也，宅不毛者有里布，田不耕者出屋業，民無職事者出夫家之征，及其免也，不畜者祭無牲，不耕者祭無盛，不樹者無槨，不蠶者無帛，不積者不衰，古人之重本如此。今知縣勸汝輩耕織，有事到縣者必右力本之農，其能從鄉約保正勸者知縣所甚喜，即與准行，而但令兩造各罰種樹百株，非以屬汝也，欲以厚汝之生也。汝輩宜悉此意。』」以《治心編》記當官功過德政碑，講學造士畿輔唐《志》六十八，孜孜化民，使同歸于善，民安其業，士佩其訓關《志》。辛卯西夏、朝鮮相繼用兵，廷臣交薦，擢司馬，行囊橐蕭然，惟圖書數車洪《志》，廉以行愛德政碑，送者爲掩泣洪《志》，建生祠四時致祭，迄今鄉閭譚遺事，每津津樂道之關《志》。歷官太常寺卿，祀名宦唐《志》、洪《志》。

陳良知，山東莒州人，舉人。萬曆十五年知霸州事。悃福無華，安和不擾，擁褐含菽，蕭然寒素，蓋幾于古之狷者。州産無它奇，日中以布粟魚菽交易，舊賦之苛，至責負販以綾縠，良知一切罷之。潞邸之藩當路，按景邸之籍徵役，民惶駭，良知白于諸部，爲減輿馬之役十五、供張之資十三。以憂去，民思之立碑。服闋霸州周《志》知薊州，治如霸，清介之操彌著。祀名宦薊州張《志》。

賈濬，陝西甯羌衛人，選貢。萬曆十六年懷柔吴《志》懷柔知縣。懷柔初創土城，後以碎石，前令賈濬《重修懷柔城記》趙垌吴《志》不忍國無犖翰，不忍爲城蠹民，始請軍夫壯萬年長計，當道奇之，經始無何而薦取行矣。後來者忽，軍之將兵者懈，速其功，中虛，歲傾，濬熟籌兹弊，請軍夫就修所，根堅築厚，不蹈粉飾，閭里無擾。功告成《修城記》，遷薊州知州，訟清政簡，日延父老詢疾苦，凡不便民者力陳其狀，期必去而後已。遷山西大同府同知。祀名宦畿輔唐《志》，參薊州張《志》。垌，字賡鳳，山東萊陽人，選貢，萬曆六年知縣事，調密雲吴《志》。

沈榜，字子登，湖廣臨湘人，舉人。歷知内鄉、東明、上元三縣，萬曆十八年擢知宛平，值大歉，帑僅五千餘，歲出且六千有奇，往例支解正供皆額坐宅鋪税，萬曆初十無一二。有李守約者，糾黨王紀、沈傑僞刻府縣石印一、木印二、契尾板二，罔利積年，榜訪捕按律，巡城御史以不實劾榜，順天巡按荆州土上疏理之疏李守約等僞造印信，隱匿税課，榜不避嫌怨，申文明言供題准之正額，何得爲囊橐之私計？以此指爲科罰，則律文可以不用，以此議其罷斥，不無隳任事者之心，章下，部臣留任，誣乃白。治三載，禮士勞父老子弟，不啻切膚，先是都門各有義塋收諸不能葬者，榜于彰義門外斥地如千畝以爲塋。凡可利民者，不辭艱瘁。縣故無志，著《宛署雜記》，官鑑民巖犁然，其復取受事以來擘劃諸紧要各論于後。遷户部雲南司主事宛平王《志》，參楊允長《宛平沈令傳》、萬曆沈《志》。

張元芳，福建閩人，監生。萬曆十九年九月《明題名記》任大興縣丞。郊關外向有義塋掩骼，惟安定門闕。順天府尹謝杰率屬捐資經營義塚，會元芳視縣事，輸俸市地三十畝，可掩骼六千餘萬曆沈《志》。

謝杰，福建長樂人，進士。萬曆二十年順天府尹《明題名記》，編審鋪行税契，其疏略云：

『大、宛二縣告匱不支，臣以爲欲裕其所入，其說有二，欲節其所出其說亦有二。裕所入之說一曰復稅契：夫屋契四十兩不稅矣，析一契而二之三之，則八十兩不稅，百有二十兩亦不稅矣。典契不稅矣，買而托之于典則百金不稅，千金亦不稅，徒使匿無已時。不如盡復之而微爲區別：四十兩以下者向每兩稅三分，今則去其三之二，以一分稅或以八釐，典則去其四之三，以七釐稅或以五釐。都城内但使無不稅之契，得寸則寸，得尺則尺，以概稅存高皇之律，以薄稅廣皇上之仁，使人無所用其詐，是兩利之道也。二曰復下則夫鋪行，而曰下貧而甚者也，何爲復之？不知開一竇以示之，匿爲中則曰吾可以下，爲上則者亦夤緣百出，不如復之而爲之差等。向者下下每年出銀一錢，今或減爲七分六分，下中每年出銀三錢，今或減爲二錢五分，或二錢，無所用匿。縱匿于則之輕，非匿于則之無，又一道也。節所出之說，一日均遠近，夫尚供之物獨取諸二縣者，利其近也。如鄉試則畿内之事，遠矣，會試、殿試，會試則海内之事，尤遠矣。舊籍會試上下馬宴、補辦家火，約費銀千九百一十七兩有奇，殿試狀元歸第宴費銀六百四十五兩有奇，鄉試會武試試費千百八十七兩有奇，是均協濟均出之外、獨累該縣者也。夫此四千三百四十餘金出之二縣，何其重！若派之各省，則省各一百九十餘，派之八府，則府亦各一百八十餘，又何輕也！故均之便。它如兵部有車輛之費宜歸之遞運所，滕黃、清黃有紙札木炭之費宜歸本部，内府染絹之費宜節葦把腳價之費，宜捐省一分受一分賜矣。二曰酌徵解考鋪行之銀。自萬曆十年以後始解之由二縣而徵之自五城，夫五城可徵自可解，二縣可解自可徵，如念二縣疲極而分其解于五城，令鋪墊之需、守候之苦不以獨勞，是息肩之上法。如謂縣官之解相沿已久則亦責其徵，復十年前之舊可也。如謂五城徵解爲便，當年題改不爲無見，則以督察屬之于府亦可也。錦衣難于比較，聽其仍留徵解亦可也，但九則全徵則同耳。乞勅下户部酌可否，復請舉行簡命科道會同編審，庶弊孔無由以滋。』遷南贛巡撫各府副都御史。萬曆沈《志》。

張兆元，字蓮汀，烏程人，貢生。萬曆壬辰永平通判、署寶坻知縣寶坻洪《志》。性清介，若罰鍰積羨、沽稅寓徭，不以銖染苑時葵《張侯去思碑》。時遼左方警，羽檄交馳，徵發無虚日。兆元調停，上下賴之洪《志》。讞獄不以愛憎，群小不敢探去思碑。歲饑請蠲賦，逋累千省，里甲停撥馬，減更夫洪《志》。禮髦俊，增城垣去思碑。寶坻故瀉鹵涔淖，農桑利不溥，三岔口前令丁應詔首楗石，民有攸賴，袁黄繼至，塞薊覬心，袁去，薊人投牒中執法視儲政者，中執法曰無重難薊《三岔口堤記》，兆元力持不可洪《志》，白薊守復上書中執法，甯抗當事指，不敢貽民患《三岔口堤記》，議爲永罷。是役凡三廢三舉，而三令皆浙人丁、袁自有傳。兆元在任二年，所以恤民者甚，至瀕行，行李蕭然，猶檢囊中餘金置地六頃充學田，爲寒士薪水助。既去民懷之，刻石以紀其德。祀名宦洪《志》。壬辰，萬曆二十年。

李景登，字瀛洲，遼東廣甯人，萬曆壬辰進士。治猗氏有聲，移任寶坻境內，想望風采寶坻洪《志》，下車問疾苦，刑僅示辱，革庫吏，招流亡，請蠲請賑，繕城濬池李遇知《李侯去思碑》，加意作人，以七義月試諸生，丹黄甲乙，雖良師課弟子不是過也洪《志》。捐俸購書碑，造尊經閣，開登瀛書院，一時才儁畢出。後修城隍廟，祝云：『予無瀆于神，神尚祐民。』在治數年按張兆元署寶坻知縣萬曆二十年，傳云在署二年，然則李景登任在二十二年以後，其節介洪《志》，陞户部，行李蕭然。父老借寇無由建祠，肖像祀之。崇禎丙子民思舊德，墾［懇］入名宦，去任蓋四十年矣碑。子永昌，歲貢，適爲縣教諭洪《志》，著聲，署縣事，屢禽劇盜，威惠大行。辛巳冬糧改陸運，寶坻派車六百，永昌身先推輓，民樂趨，一月竣碑。

岳九逵，河南獲嘉人，萬曆丙戌進士題名碑，二十四年永清知縣。時固安築堤障水東流，上官檄永清僉民助役。九逵牒上官曰：『嘗聞禹疏九河，惟行無事，桓嚴五命，致謹曲防，蓋水之爲道也，太上導之，其次用之，至區區以鄰國爲壑，乃策之最下者也。當今渾河爲害甚矣，南流則强村等處受其害，東流則北歌等處並縣城池受其害，此時既不導之使無汎濫之虞，然或南或北聽其自至，爲害爲利一出無心，在享其利者，固仰賴洪庥，即被其害者亦罔所致憾，此亦因之之説也，矧决之使汎濫乎？决之南流殃及民産，其禍小，决之東流殃及城池，其禍大，擇害莫如輕，故公私僉謂今日南流爲稍便也。今固安築堤障之使東，是固安之利、永清之害也。利在固安而害及永清，不阻其役，不撓其成，知縣强顔忍恥，亦云愧矣。乃復役使其民協濟修堤，親胼胝之勞，速襄陵之患，何異割己之肉療人之饑！孰非朝廷赤子？何其不情之甚乎！自嘉、隆以來水屯永清城下四十餘年，爲永清者自溺自拯，固未嘗號救于鄰封，而爲固安者豈曾效一手一足之助哉？今日之固安即昔日之永清也，何不修永清之故事，而紛紛然徵役于四鄰耶？夫助之而不害于己者尚不失恤憐之雅誼，乃驅人之患，招己之災，其誰肯爲之？且爲知縣者尚不能留去後之思，亦不當叢目前之怨。使今日協濟而堤果築、水果東，異日漂没永清城池，魚鱉永清士庶，俾受害者追及首禍，則皆卑職今日助夫築堤之開釁也，永清人士將謂職爲何如人，而職亦何顔謝此士民？爲民上者任勞任怨固所不辭，不知如此之勞、如此之怨可任否耶？倘今日必欲以三尺從事，則永邑人士敢不趨走奔命。第通以民情則役出無名，恐非佚道之使也，惟酌量民情，慨然罷協濟之役，是造福于永清，而民尸祝盛德，且將與此河同悠久矣。』由此獲免其役，歲省千金，縣人至今德之永清周《志》。

岳儲精，山東觀城人，進士。萬曆二十四年文安知縣，敏練剛決，賦役均平文安楊《志》。邑澤國也，滹沱水以爲委，堤決則數年不可耒耜，己亥秋王陞《修城隍廟碑記》月洪濤齧堤，儲精無分彼此，風餐露宿者七日，力障狂瀾。遷刑部主事、官彰德知府。有去思碑楊《志》，參保定陳《志》。

史國典，南直溧陽人，選貢。萬曆二十九年懷柔吳《志》知懷柔縣據《志》。邑向三千户，而土爲曠，國典勞來，括餘田數十百頃史國典《懷柔志序》。故無志，國典隨事搜求，不暇餐沐，屬成都周仲士董其事，志成，自爲之序史《志序》，參吳《志序》。乙巳春，城以霪雨頽，國典爲保障慮，請借力于鎮道，以去就爭，始得請以本營春防軍士分修管朝爵《重修懷柔城記》。昌鎮游擊指揮管朝爵吴《志》拜命之初，遂領斯役，國典調夫恤軍，靡省異同，工竣記之管《記》。

梅守極，江南宣城人，舉人采访册。萬曆三十四年知通州，任二載，念州民頭役之苦，遵例行條鞭法救之。條鞭者，以田任賦，以賦任役，雖豪勢家一與編户等，此非動瑠利也。守極不畏權要，力行之，民藉以蘇。他如馬遞、拽木、輸邊諸害，殫力湔除，歲省緡以千萬計。通州新舊城圮，請葺，會擢南京户部員外，不果通州高《志》。

田龍，山西五臺人。萬曆三十七年十月任保定知縣，性介，然慈祥保定成《志》。值災祲後百物凋耗，龍走馬荒村，賑救于祁寒暑雨。明年辛亥，再明年癸丑張士雅《保定縣報功祠碑記》，水患疊告成《志》，堤幾潰。晝則督築，夜則躬巡，往事畚鍤亦聊完役耳。龍獨著令附近挨丁負薪捧土，增卑倍厚，設防夫給工食，所謂捍患非耶？嚴吏胥，禁勾攝，革公出夫馬，杜輸火耗張《記》，城南更置養濟院成《志》，五年之内百姓晏然張《記》。坐衛民忤鄰左遷，士民成《志》男婦號泣擁攀，至輟耕罷市張《記》，當路共惜之成《志》。民立報功祠，有碑記張《記》。

梁綱，河南嵩縣人，舉人。萬曆三十八年知大城縣，能聽斷，徵糧無虚耗。邑有逋盗吕元臣、王宣化皆忤捍，綱不動聲色禽之。竟北水口三家淀被静海奸民塞障，綱力請疏通，立石永禁，使文、大兩邑絶壅水患。簡士之俊異者月課之，手自較定加丹鉛，拔識如劉漢儒、馬上選、梁國棟、趙世猷，皆掇巍科，顯當世。遷山西忻州知府大城張《志》，參册。

崔儒秀，字倣初，陝州人，萬曆二十六年進士《明史》列傳。四十一年知文安縣，凋廢之餘，盡心撫字，革里甲，無令供役文安楊《志》。縣南北長堤，一有疏虞，三載不得平土而居井煜舊志序，前令郭允厚欲障不果據允厚注。四十二年儒秀勘議，大城知縣梁綱、保定知縣田龍詢謀僉同，自白家道口至五哥莊築遥堤一道。天啓丙寅黑牛口決，賴無虞。精兵法，有去思碑楊《志》。歷開原兵備僉事《明史》列傳，死難楊《志》。

戴九玄，江西新昌人，進士題名碑。萬曆四十二年文安知縣，鳴琴賦詩而事治。乙卯靳家堤潰，工隸大城，闢夫不應，九玄率丁塞之。歷官工部員外文安楊《志》。

陳廷策，畿輔唐《志》六十八，按此與《明·列女傳》林端娘所字之陳廷策非一人，江西高安縣人，萬曆四十二年保定成《志》知保定縣。廉明仁恕唐《志》，遇水旱請賑請蠲，多惠政王柱史《去思碑記》。招民夫築堤，給犒捐俸，視職盡勞成《志》。州派濟遼車牛兵，屢白監司得免《活民恩蹟錄》。治縣五年，清白如一日唐《志》。四十二年遷霸州知州，丁艱複補霸州，猶恤保定縣，充餉六次申請減派。有《政略》、《吏隱軒集》行世成《志》。

孫織錦，字伯開，河南許州人，庚戌進士題名碑。萬曆四十三年知固安縣固安陳《志》，從武清移茲邑，下車問俗，察利弊所在興釐之。城工修繕郭光復《固安縣創修重堤暨龍王廟碑記》，渾河舊堤崩陁，創修重堤《碑目》長五百四十丈，樹柳萬餘，堅完倍昔《碑記》。修文廟儒學。四十五年旱，饑民將爲亂，煎粥活之陳《志》。

鄭之僑《文安楊志·名宦》，字東里，文西文水人，甲午舉人紀克家《鄭侯減徵碑記》。萬曆四十三年楊《志》知文安縣畿輔唐《志》六十八。清慎勤密，精煉端凝楊《志》，嚴于馭吏，篤于愛民唐《志》。接士大夫温良真懇楊《志》，賑煢獨視民如傷紀《記》。每春初修堤，先約以高厚式，親持竹簽驗之唐《志》。澤藪原無額税，正德初議開墾，戚璫乞爲莊田，進爲宫税，而牧馬、備荒種種徵求倍急正税紀《記》。之僑憫營淀地窪糧重唐《志》，請準減徵，進宫與莊田二頃比額，歲省千餘金，民感泣曰：『從此無蕩産析家，掣妻子、捐鄉井者矣。』紀《記》，勒《減徵碑記》。遷順天府通判，歷官工部主事，祀名宦（楊《志》）。

陸燧東安李《志》，字渭源，松江上海人，進士馮銓《渭源陸公生祠去思碑》。萬曆四十五年東安知縣李《志》，下車時城不没者數版，燧齋而與河盟，河殺其怒，遂别汗邪毆窶之豐嗇，分六限以佐官輸，惟正之外不索一錢，而民乃安堵。已而禱霽、禱雪、禱旱，肹蠁，輒應，人嘖嘖呼神君。聽決平恕，常念民愚苟，拘文爲鉗網，自新謂河清，景射則豪猾不敢侵牟，立平準則駔驓不敢低昂，馬政鹽政，學田義田，義倉儲穀七百，既殫厥心鑄人才，振學校，陳説經史碑，教無不興李《志》，不設崖岸而守正以行，亦不爲氾鳧之習，戴星銜泥，不遑啓處。甫二稔，吏憚民懷，上計稱最。遷去，父老子弟奔走呼號，浹月不得發。建祠立碑碑。祀名宦李《志》。

吴中明，歙人，進士題名碑。萬曆年任薊州兵備道，剛直廉介，大節凜然，爲民謀福則禍福不計，權貴不阿。自給牛種勸民開荒，代民當驛，横使斂蹟。陞任行，士民號痛，即樵夫牧豎亦墮淚，其德澤之入人深如此。祀名宦薊州張《志》。

劉曰淑，萬曆年宛平知縣。時僉京師富户爲商，被僉者重賄營免，曰淑言京民一遇僉商，取之不遺毫髮，貲本俱罄，請厚估先發，以蘇民困。御史王孟震斥其越職，曰淑自劾，解官去《明史》列傳。

薛三才，字中儒，浙江定海人，進士。萬曆四十年薊鎮總督《通鑑綱目三編》三十注，畿輔久旱，通州、三河等處饑民乏食，劫掠者衆。三才以躅賑請命發通州倉米七萬石，並發本屬備荒穀，收買鄰近豐收雜糧以資之畿輔唐《志》，參册。

尹同皋密雲薛《志》，字舜鄰寶坻知縣王則右《重修武學碑記》，山西興縣人，進士。萬曆四十一年知密雲縣密雲鄭《志》，首治學宫，以教多士碑。越三年重修武學，群材官蹶張及世胄子肄業其中。舊制中地二畝視上地一畝，下地五畝如之，曰推白地，民苦糧重，同皋毅然改之。每丁銀一兩減二錢二分，均其田賦，每畝納二分七釐，歲閏之徵請得免。又有清庫吏、省役擾、除雜徭、定牙税、置漏澤園，治聲大著鄭《志》。

左光斗，字遺直，桐城人，萬曆三十五年進士，授御史。出理屯田，條上三因十四議詳《水利》，詔悉允行，水利大興，北人始知藝稻。四十八年出督畿輔學政，力杜請寄，識鑑如神《明史》列傳，權貴不敢干以私。涿州置水田數百頃贍貧生，並給八府鄉試卷，永爲例。又請開武學以教諸生射，刻《兼才録》與文並興，人競超距畿輔唐《志》六十七。天啓初擢左僉都御史，魏忠賢矯旨，獄斃《明史》列傳。祀名宦唐《志》。

張肇林房山佟《志》，字茂卿，松江上海人李聯芳《張公生祠碑記》，進士佟《志》。初令萬安，有異政，改授房令，治如萬安，廉平不擾，然倜儻有大略，事關利病，不愛髮膚。糧額萬餘，革火耗，平出入，邑有川澤利，閹人乘権采踞周口廢廠，前令莫敢發難，遂爲邑患。肇林下車曰：『吾牧民，而以十六鄉赤子爲刑餘魚肉乎！姑剪滅此而朝食！』其始終詳在案碑，閹人竄伏。邑之山田爲貴戚擅聚藪，實奸民獻之，肇林繩以法，不避强禦，于是莫敢獻亦莫敢受。歲大祲，肇林請粟，酌口賑給，周歷窮鄉。于城隈爲百室曰冬生院，稃粥者幾二千人，春盡，壯以農作去，羸弱及麥而後已。每出，齠稚隨之，如依父母。捐俸置學田二頃，以周貧士。民多訟，廉知代書之譸張，逐其尤。先是賦重不平，肇林易九則爲平鋪。七月未雨，邑北五十里有龍湫，民祈不應，肇林自禱之，時熇暑，不乘不蓋，步禱，歸未半途而雨滂然。大工之役頻年採石，輪蹄所歷，張勢恫喝，民或不稼以待蹂踐，肇林折其鋒，遂不敢肆。收遺骸，驅鹽徒，抗關提，嚴賭博，惠政莫可殫書。逾二稔入爲司李，去之日，圖書外無長物，民悒乎若嬰兒失母碑，立生祠佟《志》。

張所藴，四川人，舉人。萬曆年三河知縣，教民種稻，資水利，捐俸修橋，邑人德之三河陳《志》。

邱民仰，字長白，渭南人，萬曆中舉于鄉《明史》列傳。天啓六年東安李《志》以教諭遷順天東安知縣，釐宿弊十二事。河齧，歲旱蝗，爲文祭禱，河他徙，蝗亦盡。調繁新城，崇禎十三年擢右僉都御史，巡撫遼東，錦州破，民仰死《明史》列傳。祀名宦李《志》。

胡士容，字仁常，廣濟人《明史》附《耿如杞傳》，萬曆庚辰進士。天啓六年由部郎中任畿輔唐《志》六十七薊州參議《明史》附《耿如杞傳》。按參議即薊州道，畿輔唐《志》云任薊州兵備道。守介心慈薊州張《志》，均傜剔蠹，增修城堡唐《志》。數忤其鄉官崔呈秀，呈秀銜之。將爲忠賢建祠《明史》附《耿如杞傳》，時盧溝橋立隆恩祠者，工部郎中曾國楨也，崇文門内立廣仁祠、宣武門外立茂勳祠者，順天府通判孫如洌、府尹李春茂、巡撫劉詔、巡按卓邁也，通州立懷仁祠者，督漕内監李明道也，通州昌、平二鎮立崇仁、彰德二祠者，總督閻鳴泰也，密雲立崇功祠者，巡撫劉詔、巡按倪文焕也《明史紀事本末》，士容不奉命。及士容遷江西副使，道通州，遂誣以多乘驛馬、侵盜倉儲，捕下詔獄論死《明史》附《耿如杞傳》，士民冤之張《志》。莊烈帝即位釋出，進右參政《明史》附《耿如杞傳》。祀名宦唐《志》。

張兆曾，字開若，江南華亭人，舉人采訪册。天啓六年知通州，時瑞、惠、桂諸藩就封國，道出于通，舟車絡繹，兆曾經理應付，僕僕于風雨間，殆不可以日計。既戒而具無留行，朝廷嘉其幹力，加四品服，晉永平府同知，仍管州事。尋擢南京大理寺寺正。祀名宦通州高《志》。

周詩雅，武進人，進士寶坻洪《志》。知寶坻縣冰堂者，昔歐陽文忠攝滑邑以命其燕息所，詩雅亦以是名，記曰：『今長于民親而疏，疾苦呻吟往往不得半。兹土僑處都門，相距十舍，自泠其官而後可行。吾意任吾法，甯得罪客，不得罪民，甯淡吾官以快客，不驅吾民以殉官。』題楣曰：『一官原冷甯留法，百姓真窮不受私。』詩雅《冰堂記》。其絶賄賫，不負所言云采訪册。

劉宗周，字起東，山陰人。崇禎元年冬招爲順天府尹，明年九月入都，上疏《明史》列傳愷切《一統志》五。《明史》：『疏曰：陛下勵精求治，宵旰靡甯，然程救太急，不免見小利而速近功，何以致唐虞之治？夫今日所汲汲近功者，非兵事乎？誠以屯守爲上策，簡卒節餉修刑政，而威信布之，需以歲月，未有不望風而束甲者。而陛下方鋭意中興，刻期出塞，當此三空四盡之秋，竭天下之力以奉饑軍而軍愈驕，聚天下之軍以博一戰而戰無日，此計之左也。今日所規規于小利者，非國計乎？陛下留心民瘼，惻然痌瘝，而以司農告遷，一時所講求者皆掊克聚斂之政。正供不足，繼以雜派，科罰不足，加以火耗，水旱災傷一切不問，敲扑日峻，道路呑聲，小民至賣妻鬻子以應有司，以掊克爲循良而撫字之政絶，上官以催征爲考課而黜陟之法亡。欲求國家有府庫之財不可得已，功利之見動而廟堂之上日見其煩苛，事事糾之不勝糾，人人摘之不勝摘，于是名實紊而法令滋。頃者特嚴賦吏之誅，自宰執以下，坐重典者十餘人，而貪風未盡息，所以導之者未善也。賈誼曰：「禮禁未然之先，法施已然之後。」誠導之禮義，將人人有士君子之行而無狗彘之心，所謂禁之于未然也。今一切詿誤及指稱賄賂者，即業經昭雪，猶從吏議深文巧詆，絶天下遷改之途，蓋習爲頑鈍無恥，矯飾外貌以欺陛下，士節日隳，官邪日著，陛下亦安能一一察之？且陛下所以勞心焦思于上者，以未得賢人君子用之也，而所嘉予而委任者率奔走集事之人，以摘發爲精明，以告訐爲正直，以便給爲才諝，又安所得賢者而用之！得其人矣，求之太備，或以短而廢長，責之太苛，或因過而成悮，且陛下擘畫動出諸臣意表，不免有自用之心，臣下救過不給，讒諂者因而間之，猜忌之端遂從此起。夫恃一人之聰明而使臣下不得盡其忠，則耳目有時壅，憑一人之英斷而使諸大夫國人不得衷其是，則意見有時移，方且爲内降，爲留中，何以追喜起之盛乎？數十年來，以門户殺天下，幾許正人猶蔓延不已，陛下欲折君子以平小人之氣，用小人以成君子之公，前日之覆轍將復見于今日也。陛下求治之心操之太急，醖釀而爲功利，功利不已轉爲刑名，刑名不已流爲猜忌，［猜忌］不已積爲壅蔽，正人心之危所潛滋暗長而不自知者。誠能建中立極，默正此心，使心之所發悉皆仁義之良。仁以育天下，義以正萬民，自朝廷達于四海，莫非仁義之化，陛下一旦躋于堯舜矣。』，帝以爲迂闊，然歎其忠。

未幾都城被兵，帝不視朝，章奏多留中不報。傳旨辦布囊八百，中官競獻馬騾，又令百官進馬，宗周曰：『是必有以遷幸動上者。』乃詣午門叩頭諫曰：『國勢强弱視人心安危，乞陛下出御皇極門，延見百僚，明言宗廟山陵在此，固守外無他計！』俯伏待報，自晨迄暮，中官傳旨乃退。

米價騰躍，請罷九門税修賈以區處貧民《明史》列傳。按《資治通鑑綱目三編》云疏言國勢，据知非口陳矣，發内帑賑給平糶。立保甲法，近輔之流離者日千百至，廷臣慮藏奸，議勿納，宗周曰此京兆事耳，遣屬籍姓氏居業，記以篆符，宗周驗符入，分插之而聯于保甲，發贖鍰設粥，僵者使就火室，道殣給槀，其閭左單户令富民互相卹。師退，宗周瘞戰亡將士，自德勝門、涼水、盧溝諸處瘞骨三萬，標以柳榆《西河集》四。

時樞輔諸臣多下獄者，宗周言國事《明史》列傳。傳云宗周言國事至此，諸臣負任使無所逃罪，陛下亦宜分任咎，禹湯罪己，興也勃焉。曩皇上以情面疑羣臣，群臣盡在疑中，日積月累，結爲陰痞，識者憂之。今日當開示誠心爲濟難之本，御便殿以延見士大夫，以票擬歸閣臣，以庶政歸部院，以獻可替否予言官，不救從而更置之，無坐錮以成其罪。乃者朝廷縛文吏如孤雛，而視武健士不啻驕子，漸使恩威錯置，文武皆不足信，乃專任一二内臣，閫以外次第委之，自古未有以宦官典兵不誤國者。又劾馬世龍、張鳳翼、吴阿衡等罪，忤帝意。三年以疾在告，進祈天永命之説同上。傳云宗周言：『法天下之大者莫過于重民命，則刑罰宜當宜平。陛下以重典繩下，逆黨有誅，封疆失事有誅，一切詿誤，重者杖死，輕者擠去，朝署中半染赭衣。而最傷國體者無如詔獄：副都御史易應昌，以平反下吏，法司必以鍛煉爲忠直，蒼鷹乳虎，接踵于天下矣。願體上天好生之心，首除詔獄，且寬應昌，則祈天永命之一道也。法天下之大者莫過于厚民生，則賦歛宜緩宜輕。今者宿逋見徵，及來歲預徵，節節追呼，閭閻困蔽，貪吏益大爲民厲。貴州巡按蘇琰以行李被訐于監司，巡方黷貨，何問下吏，吸膏吮脂之輩接迹于天下矣。願體上天好生之心，毋驅除異己，構朝士以大獄，結國家朋黨之禍，毋寵利居成功，導人主以富强，釀天下土崩之勢。』周延儒、温體仁見疏不怪，以時方禱雨而宗周稱疾，指爲偃蹇，激帝怒，以旨詰之，且令陳足兵足餉之策。宗周條畫以對，延儒、體仁不能難。

京尹爲卿貳遷轉之階，無舉其職者《一統志》五。宗周爲京尹，政令一新《明史》列傳。集諸師儒示聖賢爲學之要，諮三老嗇夫，興利剔弊，所屬奸胥有干没帑金狀，論如律，勳戚家人豪强不法，抑之《西河集》四，閹人言事輒不應，或相訴誶，宗周治事自如。武清伯蒼頭毆諸生《明史》列傳，宗周直入第捕得之，榜掠，加三木示長安街《西河集》四。嘗出見優人籠筴《明史》列傳，詢爲司禮監奏樂器《一統志》五，焚之通衢《明史》列傳。裁京兆冗費一萬六千餘金，而大興、宛平費額尤甚，悉裁如舊籍，權貴無敢難者《西河集》四。居一載，謝病歸，都人爲罷市。南都亡，宗周絶食卒《明史》列傳。祀名宦《一統志》。

武起潛，進賢人，天啓五年進士《明史》附《李獻明傳》。崇禎初《一統志》五爲武清知縣，有諸生爲人所訐，納金酒甕以獻。起潛招學官及諸生貧者數人，置甕庭中，謂之曰：『美酒不可獨享，與諸生共之。』酒盡金見，其人惶恐請罪，即以金分畀貧者。治縣一年有聲，調遵化，被劾，解官候代。大清兵臨，城破死之《明史》附《忠義李獻明傳》。祀名宦《一統志》。

黨還醇，字子貞，三原人，天啓五年進士，授休甯知縣《明史·忠義傳》，崇禎元年十月任保定縣[令]，十一月調良鄉保定成《志》。二年十二月大清兵薄城，督吏民乘城拒守。或言縣小無兵，盍避去，還醇毅然曰：『吾守土吏也，去將安之？』救兵不至，力屈城破，與教諭安上達、訓導李廷表、典史史之棟、驛丞楊其禮並死焉。事定，父老覓還醇尸，得之草間，赤身面縛，體被數槍，群哭而斂之《明史·忠義傳》，怒氣勃勃如生《明季北略》五。按《北略》又云還醇方赴選時送座師侯恪出都門，恪曰：『但願諸君子爲好人，不願諸君子爲好官。』醇常佩誦不輟云。□□貴州安順人，萬曆末年舉于鄉，謁選得教諭，至是闔門死難。贈還醇光祿寺丞《明史·忠義傳》。按《明季北略》云贈太僕寺卿，謚忠節《明季北略》。子祭葬，有司建祠，官其一子，之棟等亦贈卹，給驛歸其喪。已而吏科上言還醇城亡與亡，之死靡二，猶曰有守土責也，上達、之棟等微員末秩，亦能致命遂志，有死無隕，宜破格褒崇，乃僅贈國學教職、良鄉主簿，于聖祖優恤之典謂何？帝感其言，下部更議，乃贈上達廷表五經博士，與之棟等及千户蕭如龍、何秉忠，百户李蔭並配祀還醇祠。順天府尹劉宗周以上達得死難之正，請贈翰苑，坊宮不報。時死城以死事聞者更有香河知縣任光裕《明史·忠義傳》，不愧其官《明季北略》五，贈卹如還醇《明史·忠義傳》。按《明史·孫傳庭傳》崇禎十五年陣歿之任光裕又一人。祀名宦《一統志》。

唐紹堯文安楊《志》，字二華紀克揚《贈唐二華父母敘》，湖廣武陵人，進士。崇禎元年任文安知縣楊《志》，才犀利《邑侯唐事宜敘》，廉公有威，勇于任事，誠于接物。甫下車，悉大户頭役爲邑積苦，嚴爲剔除。解支不煩里甲楊《志》，凡冗濫侵漁之弊悉爲杜絕《事宜敘》，及編審，變九則爲平鋪，真杜祐所云版圖可增其倍，微繕自減其半，安人濟用莫過于斯者楊《志》。修葺學宮《記敘》，朔望與諸生説經，移日不厭楊《志》。縣無志，紹堯訪遺事，條列成卷《紀敘》，補二百餘年闕典，惜膺内詔規劃新防，未竟厥績，士民扳留無計楊《志》。

劉伸，麻城人，天啓戊辰進士題名碑。崇禎二年八月知固安縣事，甫三月，萬騎攻城，伸躬率士民登碑堅拒。内無守兵，外無應援。有劣生布言經過郡邑所至受降，誘以順免。伸詈指厲罵，同生員張關銘等誓以死守，矢石亂下，退舍者三。越兩日夜，矢盡力窮，敵撤良鄉老營齊來，聲東擊西，人心潰亂。伸知勢難支，從容密藏庫金，扃錮倉穀，藏印于身。城陷，被射傷一膊，墜臥亂尸，中慨慨餘息，家屬被殺大半。敵退，伸勉起，嚴拿凶黨，民始定。内外法司屢訊，士民莫不涕零。蒙旨：完庫守印，家慘身傷，原情矜憫固安陳《志》。

秦士奇，字公庸，山東金鄉人，天啓乙丑進士。崇禎二年補獲鹿縣，三年固安陳《志》以固安瘡痍之地調任，招集殘黎，掩胳埋胔，法嚴黨惡，凶亂俱息，多方賑濟，築城鑿池秦士奇疏：『臣自萬曆年間十五入學，薦登鄉試、天啓乙丑進士，授令昆山，歸。去年八月出補獲鹿，新正十三日，部文以固安瘡痍，皇上調臣移任，即日申文請署官交盤倉庫。二十三日自獲鹿抵固安，七百餘里七日而至。即奉安臣董羽宸票諭，令臣星馳料理招撫安輯，又奉新道臣方一藻面諭臣招撫流移，修葺城池，操練鄉兵，預備糧械，臣奉以從事。至于本縣署殘來歷與受患根源併臣整理事宜，敢瑣陳之。敵衆于十二月自良鄉來，零星薄至邑之西北，雖邑中原無兵馬，設令官民跕城屯門，自可固守，奈有惡棍偷兒，平素結盟行劫思亂，各垂涎富有之家，一聞風動，即有奸棍嚮道，乘機夥搶，未破城時遍村中，或假扮異服，或學爲異語，蠶食搶劫，自白村、官村、西玉等村以及北關，凡商賈店鋪，席捲而空，有人言及鄉鄰識面者，無不付之刀頭，及竄至城中，止有諸生唱罵而民兵膽落矣。更有亂民報知城中虛實，彼即令其踏梯逾垣，城上一呼，遂至星散，若士大夫怒罵被戮者與婦女自縊投井者已經申報外，迨進城即恨生員詆罵，大肆屠戮，蜂擁縣衙，屯聚數日，其官舍民屋盡爲灰燼，然金銀色衣之外一毫不取。凡在城在村，其窖藏之糧米、匿收之器具，反爲地棍惡徒鑿壁錐地，秋毫無遺，甚而擄掠其子女，捆載其衣糗，焚毁其房屋。臣日日匹馬招安，家喻户曉，令其速歸復業，一月以來，城中漸有往來，村之來歸者亦十室而五。幸蒙皇上慨發渥澤，有府丞魏光緒乘春和而義賑貸，仰承德意，提取固安庫埋銀二千兩，臣即備印文擇官連夜解府，府臣捧命勸農，親至固安縣出示曉諭，發留銀三百兩！令臣逐村遍查被傷人户無牛種者，量爲給散，已開册報府外尚有不足，將存下倉穀量給四百餘石，今復奉皇上新編蠲免本年錢糧矣。至防守事宜，增城濬池，不敢別請錢糧，亦不敢復請官兵，但斟酌地畝，編丁壯一人于舊治。獲鹿能習武藝者，臣割俸供奉，團練以固吾圉。平常縣令在急國課，速轉輸，而今已幸蠲徵，不至竭蹷。然固安東路衝地，且復協濟涿、薊等處驛站銀兩，如徵兵提餉，一有差過，應付頃刻，勢不得不用馬用夫，此處原無驛遞郵丞，非此地此民之財力，誰爲代之？此民之不堪再疲者。或量免接濟，以抒本處之應付。至于寄養馬匹一節，原以近地便于提取，令其照地數若干畝養馬一匹，誠爲便計，但本原派馬一千七百二十匹，幫貼偏苦，猶可支也，值此兵燹，又經虜六七十匹，今尚苦于補還，如有再派，其何以堪。伏望皇上痌瘝再念，將此殘邑姑免發派，令其休養一二載，暫借民力幫餉練兵以守外城，則孑遺之民庶其有瘳乎！今日本縣根本之慮又在人心，固安亂民引導，乘機喜禍，搶劫者已奉按臣道臣之批，發與臣自理之，告揭者除傷人焚劫按律置辟，其脅從量懲開綱，獨有搶劫攜妻子而走者，招之不來，恐怙終不歸，復入夥黨，爲害不淺，臣除用印給帖出示，有逃亡不歸者，令其族人親戚執文赴遵化等處尋覓復業，即有平日無知招遺棄物者，亦許其改過自新。如有不歸，查其地産申報估給，令無業承種，既以招其來之永利，並示以不來之大害，謹將勘過城村被寇殘害形圖恭進睿覽，爲此具本專差義勇秦盛齎捧具奏聞。』，不敢請糧請兵，酌地畝編丁莊[壯]，誓與民效死。疏請量免協濟涿薊驛站銀兩，發派寄養馬匹，逃亡許其自新，如有不歸産給無業承種，創棍執法，中蜚語出署，囊橐蕭然，圖書盈篋而已。父老保留嗚冤，當路格者再。饋贐一絲不受，一時悲送塞巷盈衢，有匹馬直隨至金鄉者，其感人如此陳《志》。

王象雲畿輔唐《志》六十八，山東新城人，進士題名碑。崇禎二年永清任永清令唐《志》，大兵至《明季北略》五，攻永清，人無斗志，日數十驚永清周《志》。象雲命男婦來城設擂礮木石唐《志》，有備無患《明季北略》五，卒保孤城，縣人建祠祀之周《志》，擢御史。祀名宦唐《志》。

常維翰畿輔唐《志》六十八，河南商丘人，舉人。崇禎二年保定成《志》知保定縣唐《志》，慈明簡靜，吏肅民懷。十二月保定成《志》流賊入畿輔唐《志》，破固安至霸州，州官宵遁成《志》，維翰曰：『守土之吏，義與城存亡。甯死敵，勿死法！』唐《志》語士民曰：『城丈二，池尺餘，無高深可恃，然衆志成城，與爾等死守勿去。』成《志》。事定，陞東平知州。祀名宦唐《志》。成《志》：『城門任民往來，勿閉。時眷來，近城固安已陷，人有以事急語夫人南歸，夫人曰，任所是吾歸也，與爲存亡。驅至邑。

既而兵定，保邑安枕。議祀名宦。

石鳳臺，陽城人，天啓乙丑進士。崇禎己巳，良鄉殘破畿輔唐《志》六十八。庚午良鄉楊《志》。按此崇禎三年，鳳臺自南宮調任，撫殘黎，立官署，上疏請蠲二年賦税、十年俵馬，詔從之唐《志》。驛馬官自牧養，永爲例，禁止迎送，累官廉使楊《志》。祀名宦唐《志》。

李一爵，字景先，山西長治人，舉人采訪册，崇禎四年知通州。清廉勤慎，嚴于蠹剔。因前錢糧完欠無稽，吏胥得上下其手，爲置印簿三：一存房，一存庫，一存堂，纖悉必登。積猾者銜之，思嗾之去，造匿名帖誣指開班鹽引雜支多贓，聞于巡撫吴阿衡，遽疏糾參。事下密雲道兵備高桉之轉發寶坻、密雲、三河三縣會勘，款盡虚，即款内證贓人亦爲鳴冤，諸生賈我年等數十百人環案泣，閭里囂然。高桉之力白其誣，督撫巡按合疏請復職，下吏、刑二部核議：『凡精明强幹之吏每不便于姦蠹，往往造謗揭，逞私圖至無等也，一爵一案駁察至再，會審詳明，遽稱火耗無染，節省多方，是潔己急公、實心任事者。蠹弊過嚴，姦徒誣揑，今博采輿論，咸爲昭雪，非有私于一爵，實爲朝廷惜人才、爲地方存公道。贓款皆揑，職官無虧，應復原官。』上可其奏，以原官改補。一爵得旨辭職去，行李蕭然，州人送者塞路。吏部劉咸贈詩有『官從拚後知慈母，人到窮時識丈夫』句，至今稱廉吏者群推一爵云。祀名宦通州葛《志》。

黄奇遇，字亨臣，廣東揭揚陽人，崇禎戊辰進士。四年任固安陳《志》，參侯奉職《黄公築城記》固安知縣，前令秦士奇以任事過鋭被譴，人人疑畏。上以邊才借奇遇，奇遇毅然任之。懲前飭後，一意附循，大率嚴奸猾，寬良善。尉職原以捕盜安民，積習相沿，其首役每月科斂村民甚，且誣盜挾奸，視爲利藪，奇遇欲剪除。會有告虎役者，遂盡發宿癰，搜剔無遺，疏糾坐法，中文鐫石，歡聲雷動陳《志》。殘者蘇，毀者葺，生聚教訓，士民相安。乙亥冬，羽蠟麟至，固安素無甕城，壕淺堞卑，議助役捐資，朝夕撫犒無少倦。費不足，多方設處以襄事侯《記》。按乙亥記崇禎九年。修械練兵，每出贖鍰易鐵，鳩煆氏繕人輩制神器，大小有額。七月警報至，比屋寥落，山陝貿遷者強半，有攜負潛奔者。奇遇誓士民曰：『嬰城拒敵，倡逃者殺無赦。』時飲食臥榻俱在譙樓。壯偵遇敵于陶家營，奇遇出奇制之于林木茂密中，立幟爲疑兵，詐書邊帥禁示，若大兵屯聚者，敵悸不敢近。守垛丁原鄉居，聞家擄哭號，恐倡亂，簡作俑者一人置之刀俎，密以死囚易之，昧爽梟示，衆骨栗，從此靜聽約束無叫讙聲。時牛酒犒，病授藥，寒給裘，四鄉離亂徙入城者周之，捐借麥豆以佐不足。敵老營來逼城，奇遇命擂鼓傳喊，響振林木，以示先聲。礮斃數十，披靡遁。是爲八月六日闕永杰《黃侯城守記略》。九年調署東安，受事未久，剔釐六案，革前弊，定後章，凡除侵派銀三千有奇，百姓感之東安李《志》。祀名宦陳《志》。

李鑑畿輔唐《志》六十八，字涵白劉鍊《崇禎六年修儒學記》，四川安縣人，崇禎戊辰進士。四年永清周《志》知永清縣唐《志》，姦強帖柔，瘡痍昭蘇劉《記》。時鄰竟有土賊之變周《志》，鑑練鄉壯，積軍需唐《志》，禮武弁周《志》、繕甕城唐《志》懸樓劉《記》，民恃以無恐周《志》。六年濬渠築堤，既竣，庀材費以有事于學宮劉《記》。教諭楊恒、訓導楊化中周《志》指畫方員劉《記》，典史陳百善周

《志》督工採伐劉《記》，考課案程則鑑也。有大獄，片言折之無冤抑。先攝武清縣事，武清人相率臥轍，永清人曰我父母，武清人亦曰我父母，相爭境上。歷總督宣大軍務、兵部侍郎、副都御史周《志》。祀名宦唐《志》。恒字慰所，武定人。化中字紹虞，保定人。百善嘉興人周《志》、劉《記》。

劉躍龍懷柔吴《志》，字禹門教諭王建極《修學宫記》，陝西安定人，舉人。崇禎四年懷柔知縣。先是學宫圮，天啓癸亥殿成，餘弗給也。崇禎二年知縣周道洽捐俸鼓士，櫺星門、龍鳳壁又成。躍龍至，廡祠俱修吴《志》。歷年兵荒，躍龍洞悉民瘼，凡未備者興之，便官府不便百姓者革之。其端有八：一、庫吏司握算，任包賠爲之，清出入，令庫書代之。二、禮吏司文，邇來充置辦，甚以難得之貨責焉。爲之崇儉約，令禮書代之。三、炭户供負載償價直，今各停止，縣用不取之民，詳允永革三者並革。四、大户供解送，今解銀堂給止差快手護送，不僉派一人。五、槽頭供郵役，爲之編字號、置馬牌，酌遠近權里分之大小，爲分派之，役均弊除。六、陵丁供焚埽，近日射影舉扯，爲之酌貧富充一役，各項俱免，文册可據。七、積穀。懷邑倉庫如洗，爲之倡義買穀，不逾月積穀四百，春放秋收，量行出息。八、器械火藥。斗城與虜爲鄰，爲之捐俸鑄造。此數政者成德《劉君興革實政記》，進士成德爲之記。道洽，陝西臨潼人，恩貢吴《志》。

余世名，江西奉新人，舉人。崇禎七年永清知縣永清周《志》，推誠待下，人不敢欺永清舊志。登埤歎曰：『斗大一城纔數尺，無險足恃，爲高爲深，豈異人任！不請帑，不加賦，吾自有法。』

捐貲以倡。凡紳衿父母，量力受工，成垛千四百有奇，又積穀草，貯硝黄，簡丁壯，建弩臺八，攻有備，守有資，士民歌之劉惟蕙《重修城記》。按九年知永清者爲孫養深，然則劉惟蕙《重修城記》所謂正月始事、三月閲城者當在八年。

沈域畿輔唐《志》六十八，河南商丘人，舉人通州高志。崇禎中知灤縣，料理城守唐《志》，時巡方董邃初見灤縣斗大空城而域舉動安詳，問曰：『情景若此，何恃而不恐？』域從容拱手曰：『以身殉之。』邃爲改容以謝《明季北略》，城卒無恙。祀名宦唐《志》。

趙國鼎，山西樂平人，鄉試第一，崇禎七年進士《明史》附《忠義王肇坤傳》，知寶坻縣有政聲《一統志》五。九年大清兵《明史》附《王肇坤傳》猝臨，時屢被兵，城郭未繕，外無援，或言邑小，盍姑避之，國鼎毅然曰：『吾守土吏也，去將安之？』諭士民爲守禦計，誓必死守。救久不至，國鼎抽刀曰：『事迫矣，死耳，諸君勉之！』衆皆泣曰：『願從死！』城破，國鼎被執，脅降之，卒不屈寶坻洪《志》，死之。祀名宦《一統志》五。主簿樊樞、典史張六師、訓導趙士秀皆死。事聞，贈恤如制《明史》附《王肇坤傳》。

葉夢熊，崇禎九年文安典史，殉城，葬相公莊文安楊《志》。按此非《明史·魏學曾傳》内葉夢熊。

王禹佐《明史》附《忠義王肇坤傳》，以保定通判攝昌平州事《一統志》五。崇禎九年七月大清兵入喜峰口，昌平被圍，禹佐分門守。有降丁二千爲内應，城遂破。禹佐及判官胡惟忠、吏目郭永、學正解懷亮、訓導常時光、守備咸貞吉皆死之，贈恤如制《明史》附《王肇坤傳》。

上官藎，字忠赤，曲沃人，起家鄉舉，廉執有聲。崇禎四年順義知縣，在官三年，薦章十餘上《明史》附《忠義王肇坤傳》，七年重修學宮《重修學宮記》。九年昌平破，大清兵攻順義，藎與游擊治國器、都指揮蘇時雨拒守。城破，藎自經，國器、時雨及訓導陳所藴皆死，賜恤如制《明史·王肇坤傳》。按《學宮記》，藎之官在辛未，而順義黄《志》云崇禎六年任，誤也，祀名宦《一統志》五。

武維周，山西太谷人，舉人，崇禎九年大城知縣。操如山峻，絶請托，輕徭役，禁藏凶人，保全善類大城張《志》。七月大清兵下大城，維周中流矢死《綱目三編》三十六注，追贈光禄寺少卿張《志》，乾隆四十一年追謚節愍《綱目》注。

王鑰《明史》附《忠義孫士美傳》，武功人《一統志》五，舉人《明史》附《孫士美傳》，崇禎中文安知縣《一統志》。勤敏果毅畿輔唐《志》六十八。十一年大清兵至《明史》附《孫士美傳》，率士死守七晝夜，城破，與主簿安衡、典史湯國紀、訓導郭養性《一統志》以殉難聞《明史》附《孫士美傳》。鑰贈太僕寺少卿《一統志》，乾隆四十一年追謚節愍《綱目三編》三十七注，祀名宦《一統志》、唐《志》。衡，山東莘人，崇禎九年任，贈經歷。國紀，河南孟人，十年任，贈吏目。養性，河間人，貢士，十年任，敦篤醇謹，循循善誘，贈國子監博士文安楊《志》。志又云戊寅分汛東城，晝夜防禦，力竭死。並入祠《綱目三編》三十七注。

王弘祚，字玉銘，雲南保安人，舉人去思碑，參薊州張《志》，崇禎戊寅寶坻縣教諭。訓士不倦寶坻洪《志》。按戊寅爲十一年，由渠陽學博擢平谷令，捍禦有功去思碑。創義學，修文廟平谷朱

《志》，遷薊州知州張《志》。瘁貌勞神，有便于民無不舉，有害于民無不剔。繕城垣，嚴保甲，練鄉勇，廣積貯，革火耗，平市價，稽郵符，省囹圄，勤課藝，庀黌序。自榜座右曰：『從冰上立。』去後去思碑民思之立碑魏藻德作記。歷官户部尚書採訪册。按平谷朱《志》云陝西山原人，或其原籍，祀名宦張《志》、洪《志》、朱《志》。

王永吉畿輔唐《志》六十七，字鐵山劉廷棟《通州兵備王鐵山晉山東大中丞序》，高郵人，進士，崇禎十四年通州兵備道。按地編丁，按丁徵徭，民困以蘇。歲旱，設法勸賑唐《志》，日就食者以千計，積冬春全活數十萬。往中使未撤兵，常噪驕不可制，永吉威以著恩。比間不楗户而宿。陸運之役米豆騰貴，公給不足，分什一剜肉醫瘡，死逃相半，永吉請如部商例，尺則尺，寸則寸，一切出納榜于四竟。漕涑阻，借力于民，酌其遠近多寡次第之，而勞無冤，訟無留，獄無冤劉《序》，擢山東巡撫，去之日民爲立祠唐《志》。方賊之陷山西也，永吉總督薊遼，請撤吴三桂兵，選士卒西行遏寇，即京師警，旦夕可援。天子下其議，吴麟徵深然之，輔臣不可。及烽煙徹内，帝始悔不用言，旨下永吉，而京師陷矣據《明史·吴麟徵傳》，參唐志。祀名宦唐《志》。

趙煇，字黄如，河津人，崇禎七年進士《明史》附《忠義顔孕紹傳》，霸州兵備副使，勤于其職《一統志》五。十五年大兵入霸州，煇偕知州丁師義等督士民固拒。援軍不至，城遂破。煇整冠帶自盡，子琬、丁師義皆死之。煇贈光禄卿《明史》附《顔孕紹傳》，乾隆四十一年追謚節愍《綱目三編》三十五注。師義字象光，楚雄人，選貢生，贈參議《明史》附《顔孕紹傳》。薊州兵備僉事張名世，崇禎十五年殉節，霸州道參政李喬十六年不屈死，乾隆四十一年謚名世『烈愍』，喬『節愍』《綱目三編》三十八注及三十九注。祀名宦《一統志》。

高維岱，昌邑人，舉于鄉《明史》附《忠義吉孔嘉傳》。按畿輔唐《志》云貢生，《永清志》沿之。崇禎十五年知永清縣，視事甫旬餘，謀守禦，聚軍儲，選壯士，編伍守城。大清兵臨永清周《志》，縣人死戰，火藥矢石皆盡，城陷，一門死之。典史李時正、教諭邱養性同死。贈維岱僉事，餘贈卹有差《明史》附《吉孔嘉傳》。按《一統志》五入《名宦》。『邱』，《綱目三編》注與《明史》同，《一統志》作『鄒』，似譌。鄉官劉維蕙同死，詳《順天志·人物》。乾隆四十一年追謚維岱烈愍，時正等並入祠《綱目三編》三十八注。時正山西霍州人，養性昌黎人，舉人，並十四年任周《志》。按養性死事見《明史》，而永清周《志》竟未之及。

高承埏畿輔唐《志》六十八，字寓公，嘉興人，崇禎己卯舉于鄉，明年成進士，知遷安縣事，調知寶坻寶坻洪《志》、甯河闕《志》。京師左臂也，九月失守，瘡痏[痍]未復，承埏至，晝郊圻，均田賦，濬河槽，免船解户之役朱彝尊《前進士高公墓表》。縣多中貴豪猾倚爲，承埏以法繩，不少貸《一統志》五。民間生子每自閹割，承埏禁甚力，終其任無敢犯者《戴斗夜談》。初修城濬壕，練兵積粟，大盜蘇鳴秋等踞埋珠莊，無賴子附之，勢張甚，承埏鎮以靜，計禽之，兵猶未至誅厥魁，脅從則免，慶更生者無算闕《志》。十五年冬太宗皇帝兵逾界嶺，自黄崖口入。承埏集邑人于漢前將軍關侯祠曰：『承埏守土吏也，城存與存，城亡與亡。吏效死勿去，爲朝廷守封疆，亦不忍爾等家室墳墓之委棄，爾其一乃心力，毋作神羞。』衆曰諾，乃治守具，製懸簾，束葦加土，俾火不能灼，樹旗幟，架礮石，分設士卒于四門。俄而薊州下，師從豐潤渡河，連十三營集城下。承埏悉士卒登陴守，多掘泉井分汲，斂雞犬于城中央廢寺，令嚴肅，夜寂無聲。攻者曰此啞子城也，兵法不易拔，越九日引去。衆交賀，承埏曰：『必不我舍！』乃添繕守具，築礮臺，鑿郭外溝千三百七十七丈，捐坑二萬二千，誡梁城所千夫長選力士爲游兵策應，檄蘆臺巡司練鄉兵防禦。十六年夏四月師復攻，連營一十五屯，二旬有四日，承埏堅壁不戰，間出奇兵奪羸馬羊豕，收集羈傖難婦，資之還鄉。時王師自薊承勝下畿南，轉而山東，連收九十餘城，所遇如破竹，獨寶坻彈丸地，援師莫至，承埏以一書生率校官、主簿、尉固守，城卒全。事聞，莊烈愍帝有『高承埏全城卻敵，功在封疆，從優議敘』之褒。會計吏有選，人持之，反以才力不及，調簡改知涇縣，入主虞衡司事朱《墓誌銘》。祀名宦《一統志》、唐《志》。

于君鼎，以指揮僉事掌梁城所事。明末流兵起，薊州、寶坻俱失，君鼎率千百户吏目等築城濬池，多方守禦，誓死不去。流賊抵城下，時河水大潮一日而三，遂引去，賴以全者數萬。月河莊道人謀不軌，奪軍馬，聞至，兵遁，獲一僧曰往梁城，所將兵者即移兵梁城。城中人懼，君鼎隻身出迎，左右執之，將兵者曰：『聞汝地方反矣，得毋來探虛實？』君鼎曰：『無反故迎，使有反者，當擒以報。』色温辭壯，將兵者釋然，梁城士民無恙，皆君鼎力，至今談者猶美其功云甯河關《志》。鄭昂任梁城守禦千户按朝陽寺碑係百户，果敢有膽力，明季流寇倡狂，常思奮身立功，以職守不得擅離，無所試其材。一日賊逼境，慷慨曰：『今得自效矣！』負弓矢持刀策馬出，從者數十騎。居人控馬諫曰：『賊不下數萬而以少抗，即死殉，如民何？莫若闔門以待，賊或不措意村落，吾屬猶可望生。』昂重違重意，斂息立門左，欲俟其至一戰效死，未幾賊竟去，梁城得無恙。昂終以未死是役爲憾，居常鬱鬱。後移它汛甯河闕《志》。

趙一桂，崇禎末省祭官署昌平州吏目，有聲昌平吴《志》。甲申三月，莊烈帝后既殉社稷，僞符下州令葬。時州無正官，庫藏如洗，一桂與守備王政行，監生白紳，庠生孫繁祉，義士劉如朴、徐魁、李某、鄧科、趙永健、劉應元、楊道等各傾資產，得錢三百五十千，啓田妃壙宫，以妃槨爲莊烈槨，募西山口居民擔筐舁土，築塚修垣，復率鄉者奠祭悲號，聲震陵谷。祀名宦畿輔唐《志》六十八。

簷喜廬文初集卷十五

順天府官師傳下國朝

順天府尹　按歷朝以時代次，國朝則分職分地。

施世綸，福建晉江人，康熙二十四年由任子授泰州知州，入爲太僕卿，免，特旨授順天府尹《先正事略》。時金吾帥託和諾行驕縱，轎前常擁八騶，施遇諸途，乃拱立道旁，長揖以俟。託驚駭，下轎問之。施忽厲聲曰：『國家制度非王公不設騶馬，吾以爲諸王至此，拱立以俟，孰意汝也！』欲劾之，託謝乃已《嘯亭雜録》。令行禁止，畿輔肅然《事略》。俗評曰施青天《嘯亭雜録》。

衛既濟，字爾錫，山西猗氏人。康熙時檢討，二十年霸州州判，二十六年起用原官，授山東布政使，三十年入爲順天府尹，有聲。時陸清獻隴其以言事當謫，既濟奏陸爲縣令時深得民心，得免。初不相識，後亦如初，人兩賢之。祀名宦霸州周《志》。

孫嘉淦，字錫公，號懿齋，山西興縣人，康熙五十二年進士。官檢討。世宗憲皇帝即位，言事見知，提督安徽學政，雍正三年調順天學政。教人一本經術，奏革供應恩賜養廉歲四千兩併西城官房七十餘間爲考校京邑生童處。歲滿受代莅祭酒任，署順天府尹，奏請立法以平米價。丁父憂，服闋以順天府尹召，官至吏部尚書、協辦大臣［學］士充經筵講官。薨謚文定盧文弨《抱經堂文集》廿七，參《先正事略》。

胡寶瑔，初名金蘭，字泰舒，江蘇青浦人，遷自歙，舉人。乾隆二年試授内閣中書，累擢給事中，遷順天府丞，督學政有聲。十三年從征金川，功擢順天尹。順天號難治，寶瑔游刃有餘若無事者，十四年三月大學［士］傅恒奏寶瑔辦事甚諳練，順天府尹衙門事務尚簡，請仍留軍機處辦事，報可。官至河南巡撫、太子少傅，謚恪靖《先正事略》，參《春融堂集》、《小倉山房文集·胡公墓誌銘》、梁章鉅《樞桓紀略》。

李因培，字鶴峰，晉甯州人。乾隆乙丑進士題名碑。十八年兼順天府尹，六月因培奏順天府屬飛蝗自灤州玉田至，急宜撲捕，命因培馳驛往督率，地方官不實力者許糾劾。七月參通永道王楷等撲蝗不力，皆革職。九月因培奏：『涿州知州李鍾［鐘］俾素著空虧名，正在訪實，而督臣方觀承以不宜涿州之任奏請撤回，鍾俾果不勝任，則在任四年，督臣何以若罔聞知，必待至劣迹彰聞、事將敗露之日？又據鐘俾禀稱必不誤交代，州縣交代或埶發留抵，或米穀霉變，新任不肯接收，上司率以刁勒訓飭。臣不敢謂方觀承必有其事，然核其情節自在聖明洞鑒中。』疏入，革鐘俾職，尋得其虧空挪移，治罪如律《漢名臣傳》，參采訪册。

劉綸，字繩菴題名碑，江蘇武進人。乾隆丙辰由廪生應博學鴻詞科，考授編修，補户部侍郎兼順天府尹。故事順天府公牘，治中、通判不署名，皆冗放自廢。綸請以錢穀屬治中、獄訟屬通判，先署牘呈尹以可否之。王師西征準噶，將發役車供待一切，辦治事竟，無一人嘩於道者《先正事略》。二十四年六月奏薊州寶坻等處蝻子萌動，一邑郚落甚多，州縣官事繁未能周徧，派千總、外委同佐雜分捕，參將大員偕監司察勤惰示勸懲《漢名臣傳》。

陳兆崙，字句山采訪册，浙江錢塘人，雍正八年進士。召試入詞林官、太僕寺卿。乾隆十九年擢順天府尹。歲大水，所在告災，兆崙心計指畫，撫綏安集，無不得所。畿輔役繁，舊設官車力疲敝，議簽富户以代，兆崙奏罷之，咸以爲便。時西路出師，徵發禁與索倫，兆崙經畫宿頓、儲蓄，井井有條，軍民晏然。二十一年遷太常卿，入直上書房，遷通政副使《國史文苑傳》，參《先正事略》。

竇光鼐，字元調，號東皋，山東諸城人，乾隆七年進士，授編修。十三年官内閣學士，憂歸，起補副都御史，尋授順天府尹。畿輔叢弊久，吏胥因緣爲姦，光鼐受事，苞苴屏絶。首劾薊州知州長全，聲名狼籍［藉］，按治之。特薦京縣蘭第錫、李湖，後官督撫，皆稱賢臣。任府尹四年，丁外憂歸，服除再補原官。蝗蝻災，光鼐報聞，親捕之，旗莊不出丁協捕，與督臣奏辦褫職，不數月起通政副使秦瀛《小峴山人文集》五，參《先正事略》。三十五年再尹順天，官至吏部侍郎據題名碑。

吉夢熊，字毅揚一字渭崖，江蘇丹陽人，乾隆壬申進士，選庶吉士，累官順天府尹。初巡視通漕，釐革弊端，胥吏咸懾。又奉稽察剥船、疏濬河道，俾運穀增數速竣，上韙之。薊之軍糧囊自沽抵五里橋，水淺，恒懸擱高岸，夢熊請改陸運赴易州，得早結，兵與旗丁並稱便，其尹京兆也，絶苞苴，平案牘，兼施威惠，輦轂肅清。當酷暑，捕蝗不肯張蓋，膚焦吻喝［渴］不以爲苦。大雨經旬，民病涉，措設多方而事集，行旅頌德。受代者乃諸城劉文正統勳之弟純煒，文正遇夢熊，迎謂曰：『君廉明，爲從來府尹第一，已飭弟仿君舊規勿更變。』蓋治績夙彰，見重如是。官至通政《小萬卷齋文集》十九，參翁方綱《墓志銘》、《府尹題名碑》。

汪如淵，浙江秀水人，己未進士。嘉慶二十四年采訪册順天府尹。遇林清變後，事如蝟集，如淵不延幕客，危坐堂上燃燭觀文書，四鼓乃寢，暇獨處陋室，足不踰閾。劉鐶之過訪，歎曰：『此去枯寂禪師有幾！爲官如此，有何樂境？』如淵曰：『此汪某報國之始念也。』劉笑謝之。京兆爲之大治《嘯亭雜録》。

何淩漢，字雲門《先正事略》，又字仙槎題名碑，湖南道州人，嘉慶十五年進士。由編修遷通政司副使，道光六年春擢順天府尹。時前尹朱爲弼無被議事而左遷府丞，淩漢蒙特旨除授，召對時有『人品學問，朕所深知』之諭，蓋在帝簡中久矣。甫蒞任，聞抱養育嬰堂幼孩者須以數十金買龍票，立革其弊。立内號簿，飭屬訊案，每月按簿催結無留獄。八年元旦，逆回張格爾就擒《先正事略》，上以淩漢於協剿回疆之吉林、黑龍江官兵由京進發，彈壓静謐，支應妥速，兩次交部優敘。順天所屬州縣擢至四路同知更無升途，淩漢以人材須鼓勵，會大名府缺出，與直督會奏，得旨以西路同知辛文沚補授，遂開此例。京畿獄訟繁多，自府縣收理各案外，由刑部都察院提督府奏交咨送無虚日，淩漢盡心研究大要，以罪疑惟輕，務歸仁厚，如宛平縣民張文恭等曾習□□、後改悔免罪、漏繳經卷蔓累多人，涿州民果三毆死白兑兒棄屍大清河、三載無獲等案，一則援例減等，一則奏請暫行監禁，惟於凶盜案件謂宜懲一警百，如拏獲奪犯傷差窩賊馬七等拏究凶之地，顔其亭曰『佳晴喜雨快雪之亭』，志無忘民事也。十年立春日，循例進春，上召問春牛顔色、起於何時，淩漢奏：『《月令》稱出土牛，並無顔色，宋時頒行《土牛經》支幹各色略與今同，始于仁宗景祐元年。』其博洽强記多類此阮元《揅經室再續集·何文安公神道碑銘》，七月命皇長子往察孝穆皇后陵寢，淩漢以大雨時行、橋道難恃，請改派親王大臣，上深然之，即改派《先正事略》。尹兹五年，地方綏静，命盜各案甚稀，聖心倚注，久任不遷。是年復調吉林、黑龍江兵征臺灣彈壓，予優敘如前。十三年春調補吏部右侍郎兼順天府府尹事，命即來京供職。時歲試未終，淩漢益靖共爾位，濬九門護城河，以工代賑數萬人，上問工竣如何資送，淩漢奏附近京城之民無庸資送，其隸外州縣及外省者應於散工日給盤川錢二百文，再給印票一張注明制錢五百文回本籍衙門承領。貧民歸有餘資，散歸必遠。奉旨允行《神道碑銘》。謚文安題名碑。

翁心存，江蘇常熟人，道光壬午進士，編修，累遷工部尚書。咸豐三年兼管順天府尹，時粤寇北上，畿輔驛騷，徵調關東索倫兵及東三盟蒙古兵駐畿甸外，所需車馬芻糧之屬無算，有不給者以乏軍儲論。心存先期辦治，民不知役，規度可控，扼地列栅屯守，料簡民兵壯聲援，舉司其事者。百里外烽堠相望，金鼓聲四聞，寇窺其有備，遂不敢逼《先正事略》。謚文端題名碑。

李朝儀，字藻州，貴州貴筑人，道光乙巳進士，直隸候補知縣，歷知平谷、三河、大興縣，署南路東路廳同知。其在三河建書院，在南路廳創民團，在東路廳捕蝗孽。在通州植［值］咸豐庚申役，土寇蠭起，朝儀自天津馳歸，聯團除奸宄、修城守，加道銜知順德等府。同治七年，曾國藩洊舉賢員，朝儀居首，擢永定河道。在任十年，籌料護險，修金門閘灰壩分洩汛漲，慎官帑，減陋規。光緒六年由山東鹽運使遷順天府尹，卒官，大學士、直隸總督李鴻章奏宣付史館采訪册。

巡道同知

蔣三捷，遼東人，歲貢，順治元年由户部郎任通州兵備道。性威嚴，奸胥氣攝。政教甚舉，月朔望輒講鄉約六則，士大夫里老子弟次第立左右，跪罪囚庭前，聽講畢，有罪者治，冤抑者釋，人服其斷，稱其廉云祀名宦。畿輔唐《志》六十七，參《一統志五·名(官)［宦］》。

陳維新，奉天人，順治四年昌平兵備道，有惠政畿輔唐《志》六十七。渤海盜起，兵剿捕，株連及州，維新請兵無入境《一統志》五，力雪之，民賴以全。去後立生祠唐《志》，參册。祀名宦《一統志》。

崔誼之，字老山，平度州人，進士，康熙十年任通永道。性寬和，然治政明決，鞫讞不苛不徇，饋送悉屏絶之，時稱廉静云。祀名宦畿輔唐《志》六十七，參采訪册。

祝兆熊，奉天人，蔭生。康熙三十八年爲通永道通州高《志》，宏綱細目，釐然備舉，興利革弊，果于奉行，善政難數，最著莫如七行之税力持而罷之，日用不缺，淪肌浹髓雷一龍《通永道祝公去思碑》，州人建祠立碑高《志》。

杜濙，字子濂，濟南濱州人，順治丁亥進士題名碑，真定府推官，累遷副使備兵。通薊道密邇京師，豪室巨猾膠牢固結，號難治。濙不茹不吐，風流令行。僕區法嚴，民易羅罪，爲立保甲之令，什伍相保，奸無所售。司密、薊兩鎮餉，絶朘削之弊。秋杪例一點兵，飲食秣莝無所驛騷，有冒名尺籍者爬剔無隱，將弁畏愛之。至於催漕濬河，不憚劻勷。王文通公永吉督倉場，恨得濙晚，會天津道屬小園漕艘失事諉罪，通薊遂奪二級，註[註]誤去官，事尋白《帶經堂集》四十六。

陳鵬年，湖南湘潭人，康熙三十年進士題名碑。五十五年命除霸昌道乘傳奏事。在昌平，有冠花翎者數人稱某王遣來，索修城者金，勢張甚，鵬年僞遜辭延之入，而陰伏伏健步，縛置獄中，因馳奏。適某王入對，上示以鵬年疏，曰無之，曰然則可聽陳鵬年處分，鵬年杖斃一人，枷四人徇於城，自是畿甸肅然。嘗進瓜熱河，上傳諭家僮：『汝主官清，不必例奉。』將瓜帶歸以賜鵬年。受代回京修書《先正事略》。

龔佳育，字祖錫，又字介岑，杭州仁和人采訪册。由龍驤衛經歷累擢山東按察司僉事、分巡直隸通永道，兼司乞運廳税課。佳育周知其弊，駔儈交憚佳育。楊起龍潛京師謀爲變，事發伏誅，於時告訐者蠭起，民有賽社者製儀仗迎神，爲怨家所訐，佳育取驗，悉焚之轅門外。富家子爲盗牽連，拘之則其貌不類，察其僞，令僕三五偕富家子並立，俾盗識之，盗誤指僕爲富家子，冤乃白。平寇將軍出師，自潞河南下，塗方積雪，佳育念輓夫寒饑，分遣僕隸載餺饠五車給之，飲以薑湯，輓夫懽騰於路。察哈爾叛，佳育勘羽書恒至夜分，置郵供餽無缺。晨起念三河縣令甫之官，未識其人，遂懷白金二鎰，以匹馬自隨馳入縣城，縣令方詰窘乏策，佳育畀以金爲區置乃還。蒙古兵經通州，佳育慮爲民擾，列軍校道旁，特［持］白梃，俾按隊入城，擊出隊者，市不改肆。九門水口圮，僉估須七萬金，佳育往勘，謂三千金可。集事修冷口邊墻，估減類是。伶人黄丁者投旗下，横行鄉曲，貸錢運户，强留其子女爲僕妾，人畏避之。會軍興，有例輸鳥鎗者官議敘，佳育首以百竿進，加二級，吏胥入賀，佳育曰：『若等知我意乎？我非籍此爲榮也，令甲責旗人者當降級，我今可以撻黄丁矣。』胥吏多與丁往還，潛誡之，匿不敢出。三等侍衛達爾馬詐傳勅旨，佳育解其佩刀，執送吏部《帶經堂集》四十六。

王繼模，進士題名碑。爲霸州道，清約異常，市米蔬手自正簿，妻命市肉，繼模視簿輒抹之，妻怒，誓不會食。既數月值妻誕日，置酒肉爲壽，妻推案覆地曰：『吾此生不肉食矣。』繼模笑而撤之《愚山文别集》四，參采訪册。

郎廷棟，直隸霸昌道按察使副使官册，治昌平州最衝要，管京城四路捕盜同知及居庸關、古北口諸塞，廷棟捕治明迅，盜賊屏息。修築永定河張客莊石提〔堤〕，廷棟厚餼募工，應期事集，上臨霸州閱視至信安，當拔支河壩椿，咸以壩解水洩，上流舟阻，大臣將奏，御船已發，相顧莫敢任。廷棟毅然曰：『倘詰責即云郎某遲誤。』既御舟至投碇，俟拔椿乃行，亦不加譴。其勇決類此。塞外每年例貢皮張，自張家口抵京千里，車贏勞費不貲，廷棟請由驛站遞送，至今便之，歲給各鎮協兵餉悉如法。又雅意文治，葺文廟，興義學，己卯京闈榜放，臺臣言南人冒北籍應試，内有中式舉人唐執玉、王昌等八名，牒廷棟察治，廷棟以士子獲舉其難，且率土王臣，何斤斤於此？訪有入籍田土户口墳墓即不問，再奉駁審南北語音，時嚴寒，諸生窮乏，趨昌平良苦，廷棟乘公事赴京師集詢，審非南音，即立狀保之。巡撫以清慎勤勞獎勵數薦，賜御書一幅李紱《穆堂初藁·郎廷棟墓誌銘》，參采訪册。

辛文沚，字雲洲，山東蓬萊人，進士題名碑。由庶常改知縣。道光五年擢東路同知，絜己率屬，政聲翕然。通州潞河書院久弛，捐廉爲倡，延師備膏火，肄業者數十，暇輒課之，亹亹不倦，成就甚多。遷清河道。祀名宦通州高《志》。

馮德峋，字如堂，商城人，嘉慶十六年援例得直隸通判，年少而開敏冠其曹。時吉林兵進關捕林清黨，大吏以良鄉首過兵而令怯弱，須强佐，即使德峋往，兵以不嘩。道光二十四年補永定河北岸同知，改南岸，在北岸時三角淀潰，德峋冒雨越界防遏，其通判得無坐，而德峋隄亦全。德峋以賢見勞，不自難阻，至非道求進則夷然不屬，故僅以是官終梅曾亮《柏梘山房文集・馮君墓誌銘》。

大興

錢復，字景顔，號蓉裳，浙江嘉興人，其先姓何氏，易自明初，監生。嘉慶初知吴橋縣，四年六月擢知大興。大興爲畿輔首邑，逢國大典皆得執事，未嘗有愆。府尹若戴文端、汪承霈、閻泰和、章煦皆器重之，一時章奏每屬裁稾，遇疑獄必詢。有負貴人錢者繫獄久，復至，曰：『獄以繫重囚，若所負者錢，繫之錢將安出？』釋之，皆如期歸貴人錢，曰：『不敢負錢公。』黄邦營弁與民争一驢，則曰『吾使驢自擇其主』，縱驢通衢，竟奔民家，弁乃服。貴人姬毒婢死，以病報兵馬司，驗如報，婢父不復〔服〕，控部，奉旨再驗，事乃白。古北口守備倭什額與鎮守官角而自到死，聞，詔揀員往鞫，府尹以復名上，得旨往，鎮守官郊迎，復曰：『某小官，固奉命詢獄者也，敢有所詢〔徇〕？』卒訊得實。六年大水，通衢没馬背，邨野不見廬舍，民皆避之高阜。復亟束木筏載餱糧出永安門至孫河、黄邨、禮賢、采育諸處給飢，黎活無算。旋奉旨發帑賑濟，于是宣上恩德，按户給發，吏胥無侵漁，自夏徂春，居鄉邨者六閱月，民困乃蘇。水初發時在孫河，水暴至，跽水次，願與民俱死，頃刻退數尺，民歡呼以爲神。九年秋疾，乞休錢泰吉《甘泉鄉人稾・先考蓉裳府君行述》，參采訪册。

宛平

劉峩，字先資，號宜軒，山西洪洞人，明中葉徙單縣，乾隆戊寅知曲陽縣，癸未調宛平宛平王《志》。丙戌官順天府南路同知，丁亥調東路，壬辰官由永平知府兼通永道，戊戌官天津道，旋仍調通永道，官至直隸總督。性伉直，疏疏落落，似吏才不足者，然起家郡縣，周知小民之疾苦與下吏之艱難。官宛平時，盧溝橋尚氏旅店多陰戕過客没其財，峩委曲發其奸，西山煤礦多藏匿亡命，峩偵緝散其黨，官南路同知時擒白塔巨盜，迨老病乞歸，特加太子少保致仕，没謚恪簡紀昀《劉恪簡公墓誌銘》。按癸未爲乾隆二十八年。

良鄉

張士彪，遼陽人李昌垣《重修良鄉儒學碑記》，順治戊子知良鄉縣良鄉楊《志》。按戊子爲順治五年。先是官斯邑者督戈殳、餙厨傳負弩于輪蹏間，星飯昃櫛，簿獄不暇理，遑問廣厲爲？故學宫鞠爲茂草，士彪謂正人心、維士習必以詩書，始數課士，出俸鳩工甃絢學宫，賦徭清節，恤羸剷暴。癸巳遷靖州牧儒學碑。

李慶祖，字□福，號玉龍，奉天鐵嶺人，康熙十年知良鄉。識通敏，緝逃捕盜，除荒田良鄉楊《志》。蘇之屏《民瘼議》：『良鄉，明季以來地瘠民貧，疊遭兵燹，册籍民不滿八百丁。驛地梗塞，縣制幾廢，前令特疏奏請嚴催協濟車馬。我朝定鼎,以滿漢不便雜居,被圈民地撥補定州以輸國課、以裕民生,休養幾三十年,豈法不善與? 法行弊滋,奉法者之不善也。民以地爲根本,何以在定者少而在良者多? 説者曰一爲本縣差徭路途阻隔,應當不便,一爲祖宗墳墓别離不忍,一爲地方之零星沙薄,室廬全無,耕種爲難,於是向定民取租以完國課,情理亦似相通。不知途長盤費不貲,定民未必應手,而(與)[欲]空拳回里又懼催科限嚴,沿門稱貸,或典妻鬻子,賣身旗下比比也。良、定争訟盈庭,上臺久厭惡之,因俯允良民之控訴,立爲永遠之規則,以定州絶地租銀徵作良民賦税,官收官解,是又良民之出萬死而獲一生也。至于丁更有難焉:册上空名雖有二千餘數,除老弱殘疲,精壯者不過數百耳。衙役吏書壯快等占用實多,而衙役之苦又不堪言,日行差使紛紜絡繹,印官親身應付,衙役傳催,少延時刻,官長遭其辱詈,胥役被其鞭笞,且借端需索,恐小人之腹難饜。甚至解京銀糧書則查看、夜則巡警,官且飲食俱廢,又何有于衙役? 起解逃人盜賊等事干繫重大,常遇衙門公務,數日不得投文,本身工食有幾? 盤費其從何辦? 其餘老弱殘丁,或傭工以養身,或買賣以糊口,或賃居街市,或散處滿屯。如運木修橋大役,能一呼即應乎? 甚有一丁逃避,累及里老害及宗族者。倘就顛連之形建長久之計,造福良邑,引頸望之。』按蘇議是荒田當除之證,糞序樓圮,建新閣,自爲記,以勉多士李慶祖《新建魁樓碑記》。舊志厄于火,慶祖纂修之李慶祖《縣志序》,成册三楊嗣奇《縣志序》。

傅作楫,康熙三十六年知良鄉縣采訪册。敦詩説禮,士風鼓舞。縣南普濟橋圮,行人病涉。作楫出橐中俸勸,盧芝秀等助其不足,砌以石,直接南關良鄉楊《志》。

李維翰,鑲黄旗人,捐貢,康熙三十六年良鄉教諭。時縣民子弟不急學,維翰課之勤,而學者苦無書采訪册,維翰曰:『是運楫而無舟,惡乎可!』乃出囊中貲,爲集巨部書二十有八,列目緘之，俾諸生會埶日聚觀焉李維翰《捐藏書籍序》。

固安

張夔，江南桐城人，進士題名碑。康熙三十七年由平山縣調知固安，廉得苞苴竇，塞之，勸農興學，有廉能聲。擢漳河同知，民立碑頌德。祀名宦固安陳《志》。

楊馝，字靜山，奉天襄平正黃旗人，監生。十九歲知陝西兩當縣，丁父憂，再補直隸固安，時康熙間也。故事修永定河，秋汛畢工興，永定道黃某役不平賈，遲延及冬，朝涉者皸瘃，馝憐之，許日出後下钁。黃巡工，遲民之來將笞督，馝力争不得，直前牽其馬至凍溜處，曰：『公能往，民亦能往！此時日高，春陽光熏人，公重裘尚縮瑟，乃責祖肩者戴星來耶？』黄大恚適館，張牒將劾馝。會撫軍安溪李文貞過柳家口，聞之，召謂曰：『汝年少，然古之任延也。』勞以酒，解裘衣之，事得釋袁枚《小倉山房文集・光禄寺少卿楊公墓志銘》。革陋規固安陳《志》。調宛平，固安民以爲大戚，聞宛平吏迎，驚聚而逐之。聖祖獵水圍過固安，老幼争留馝，上曰：『别與汝固安一好官，何如？』一女子奏曰：『何不别以好官與宛平耶？』上大笑，以爲誠。許食知州俸知固安縣事《墓誌銘》。四十三年，以霸州知州攝涿州事。性鯁直，厲廉隅，明于吏治，釐奸剔弊，民甚德之。時有永定河之役，胥吏因緣爲奸，馝按籍選丁，單弱者免，年老癃病勿遣，以故民願趨作。善政所及，雖古循吏無以過之。治涿一年去，民立生祠。其子國棟官某知府，家于涿涿州吴《志》。謐累官湖北、四川巡撫，乾隆二年罷官，尋遷光禄寺少卿《墓誌銘》。

鄭善述，字孚世，侯官人，舉人，康熙四十六年知固安縣，厲風操，嚴法紀。時旗丁河兵錯處淩民，有與民譁于廷者，據理鞭之，受責者愬賂權貴，訟于部，檄佗邑廉理，不能移其判，怨者慴服。歲修永定河工料輒取給固安，供秫稭至數十萬，民苦疲敝，爲陳其狀，雖未悉除而追呼稍緩。禮賢下士，修志修署建倉廒，百廢俱舉。五十五年以失出放歸，道旁泣者千人，車不得行，慰遣之。祀名宧固安陳《志》、《鄭焦溪先生傳》。按焦溪其别號。

王哲輔，浙江人，進士。乾隆初知固安縣事，有廉名，兵或挾私妄控，摘伏如神。任數年案無積牘，奸猾斂迹，嘗云人心似鐵官如爐，人號之鐵匠。自奉儉約，每食飯一盂羹一椀，出則一老馬一隸，所至隸供刀匕，烙麪作餅，裹胡葱啖之，一日餅焦，以少許進，詰其故，弗之責，其寬惠率如此。嘗有蝗至自北，禦以鎗即去，禾稼不傷。祀名官[宧]固安陳《志》。

陳琮，四川南部人，副貢。乾隆初知固安縣，明于斷獄。匪有號羅成總督者，拘刑之，數年匪類斂跡。四十八年官至永定河道。祀名宧固安陳《志》，參采訪册。

馬同書，浙江慈谿人，廩貢。乾隆年知固安縣，公廉明決，吏不敢欺。馬故回籍，而韓寨回民强悍，同書懲治無所瞻循。卒于官，宧况蕭然，祀名宧固安陳《志》。

錢錫魁，嘉慶二十二年知固安縣。秋旱，西南一帶大饑，錫魁詳明撥漕米二千石，于被災郙莊適中之區煮粥設廠賑之，以紳士司其事，凡三閱月，目擊災黎，繪賑廠圖于册而爲之説固安陳《志》。

鄢敏學，字修來，廣西馬平人，進士。道光十九年權知固安縣事，年甫二十有八。杜私謁，訪利害，案無留牘，吏黠弗之貸，老而訟者不使之跪。朔望課士，謙而有禮，多方鼓勵，士風大振。祀名宦固安陳《志》。

張夢麟，江南徐州人。道光二十五年投効河工，權知固安縣事。民情知之悉，恤農家疾苦，秋熟有因竊禾訟者，必懲遣之。嘗云：『野老絶不生事，此輩斂迹則安堵矣。』數月去，百姓思之。祀名宦固安陳《志》。

余汝修，江蘇武進人。咸豐庚申署永清縣事，判斷明且決，案無留牘，健訟風頓息。時海氛熾，永清距京百五十里，一日數警，乃倡團練行保甲法。辛酉補固安，畿南衝要也，事劇俗捍[悍]，稱難治，游勇輒結黨百十，晝夜剽掠，民商受其害。汝修履任捕盜王三，搜其巢穴，王三率衆放洋鎗以拒，鉛彈飛如雨，汝修不爲動，格弊[斃]數賊，擒王三置之法。廉知縣役有通盜者置獄，而力行團練保甲諸法，厚養壯士數十，率微服巡邨落間，雖親信莫知所往。嘗偵盜遇雨，避禾黍中，衣履盡濕，從者勸少休，勿許也。繇是知盜踪跡，獲盜無慮二十。擢知宛平南路，萑苻一空；而東多盜藪，西北亦時有警，畺[疆]吏商之汝修，乃設捕盜營，規畫營制二十餘則。其法伍人爲伍，伍有長，二伍爲隊，隊長領之，一馬隊一步隊合爲一哨，哨長領之，八哨爲一營，一營總領之，軍械罔有缺，操既熟，每一要所駐兵一哨，其次要與夫大道尖宿亦撥馬步兵各一伍巡緝之，木籤循環，護行旅也，分其段落，重其責成，依議行，畿輔因之以靖。丙寅授東路同知，所屬七邑多水災，三河、寶坻、香河尤甚，汝修籌振捐廉以倡，活民萬計。案有疑輒親鞫，多所平反。時捻逆張總愚撲天津，武清界連，汝修以團禦賊於楊柳青，民團見隔何［河］數萬，有怯志，汝修設疑兵以張聲勢，賊不得渡，遂南竄。光緒四年辦直隷撫恤局，以勞卒，總督李鴻章請恤，特加光禄寺卿銜永清吴《志》，參采訪册。

永清

藺第錫，山西吉州人，乾隆庚午舉人題名（銘）［碑］。二十七年知永清縣。永清連年水澇，饑黎無以爲生。第錫牒請加賑，又自爲粥于路，食饑者萬千。明年蝗入境，躬率士民力撲之，一夕蝗盡去，封内草木無所犯，聞者異焉。有劇盜剽掠鄉鄙，第錫聽訟，偶詰得其從徒，具知聚落，即夜發吏卒疾馳赴之，賊負隅抗，兵吏畏葸莫敢誰何，第錫奮入其穴，衆勇繼之，盜魁殷粟悉就縛，無得逸者。縣多旗莊，民間賃租旗地，或狡傑侵擾，民苦之。第錫懲其豪猾，帖然無犯，暇則治學校、課士子。三十年擢大興知縣，士民至今思之永清周《志》。

畢昌緒，山東淄川人，拔貢。道光二十一年知永清縣，未之官，即布衣芒屩潛訪郡落間，稔民利病，蒞事果斷，人稱神明，强梗聞風屏氣。縣城地勢汙下，又當桑乾下游，昌緒曰：『脱遭河患，土城得毋成巨浸乎？』爰築堤堰。是年永定河決，縣南數十邨罹水患，炊煙不繼。昌緒請賑，先罄槖中俸給饑黎，不足則搜括衣物納質庫，鵠面菜色至前者，輒流涕温卹之。民相謂曰：『父母愛我如此，填溝壑何恨！』任數年[去]，立去思碑永清李《志》。

延彩，字紫均，山西人，進士題名碑。道光二十五年知永清縣。旱久，彩下車即祈雨，日三皆步行，故鄰封未雨，縣雨獨盈尺，百姓歡忭。蝗親捕之，葛袍草笠，督率隴畝間，民獻食率粗糲，和涼水咽，遘疾卒，蝗不爲災永清李《志》。

戴沛，字心田，雲南文人人，舉人。咸豐二年知永清縣。時大兵四出，供帳絡繹，沛念磽瘠不堪供億，罄槖以代民累，它州縣或不勝擾，永清作息如常，催胥未嘗一至，里民欣相謂曰：『我等擁倉箱，坐視父母傾囊槖，忍乎哉！』于是踴躍輸償，俸外尚贏倍蓰，沛卻不得，儲之爲民應徭役，民歌思之，勒碑永清李《志》。

蔣元瑞，字子珍，浙江餘姚人，舉人。咸豐七年知永清縣，善理繁劇，明聽斷，培植士類。七年蝗，令民捕之，償以資，罄槖中金二千有奇，金盡焦灼甚，忽有鐵雀無慮萬餘，啄蝗不爲災，民德之，爲作《鐵省[雀]歌》永清李《志》。

李秉鈞，字衡如，湖北漢陽人。[以]軍功同治七年知永清縣，勇于任事，下車即度地勢，修護城隄，植柳。工甫竣，永定河決，城賴以安。鄉之災黎巢樹巔，秉鈞重資募艘數百，置食物親率以拯，出入洪濤中，幾覆者再，全活無算。秉鈞起家行[伍]間，然重文教，籌添書院費，增義學三，復建養濟，置義冢地永清李《志》。一調武清武清吴《志》，再調薊州薊州張《志》，回任。十三年修永清志未成，卒于官李《志》。

陶弘才，字君實，浙江會稽人。勇善搏，受學抑損若懦夫。順治五年爲東安典史，遇事敢爲，知縣重之。秋大飢，賊劉東坡恣掠渾河左右，冬十月虐延東安，民皆洶洶懼。知縣以事赴保定，賊攻城急，弘才升知縣堂代鼓集衆，誓曰：『弘才雖下吏，亦天子所命，義當死爾，百姓有能殺賊者從！』衆皆曰：『公蒞東安適歲祲，民飢且死，大尹卧病，公慨然爲民狀疾苦，伏撫轅三日獲請，生乃公生，死隨公死，今日惟公命。』于是率軍民三百突西門出，奮擊賊，斬首數十，生擒四以還。賊轉攻且誘之戰，僞北，弘才追之。至落岱邨西板，忽黑霧漫天，咫尺兵刃不得見，從者潰，弘才匹馬衝突，當者披靡，卒被執。賊見弘才義勇，欲降之，弘才厲聲裂眥，奪刀刺賊不中，殺賊數人，遂自刭。賊怒甚，醢之，懸頭于纛示城中。城中人皆震哭，塞門增蝶［堞］，會知縣請兵至，賊遁，滿兵駐防始北。弘才貧，年三十八未娶，唯一僕，力不能上聞，民私祀之，歲奠無不泣下者，至今猶道忠烈弗衰。當弘才死時，一少年聞之悼甚，操戈往鬥，塞不得出，號呼從城上躍，腸裂死。祀名宦《一通志》五，參東安李《志》、陶日新《陶弘才傳》。

宗良弼，河南灤澤人，進士。順治九年知東安縣，有訟數年不决，良弼廉得狀立决之，吏畏民懷。祀名宦東安李《志》。

王士美，江西金谿人。康熙十年知東安縣事，自奉若寒素，或以苞苴干，痛絶之。有惠政，民頌之爲慈母。修縣志，詿誤去。事白，補山西聞喜知縣東安李《志》，參王士美志序。

李光昭，浙江山陰人，監生，武清縣丞，乾隆八年遷知東安縣事。先是五年間易知縣凡八，如宿郵舍，事乃叢。東安地瘠，間有腴壤，旗莊十之六。永定河自西北遶其東南，潦則田爲藪澤，民益病。光昭下車搔癢櫛垢，因勢利導，民便之。明知縣陸燧所建金臺書院鞫爲茂草，前知縣張拔所建義學亦日圮，光昭捐俸葺之，置地爲膏火助。十四年纂縣志成東安李《志》。參《小西街義學碑》。明邑紳李侃墓久爲鑲白旗石姓圈地，犁幾及壟，光昭檄典史封殖其墓，禁耕侵李《志》。

莊鈞，字振和，號敦坡，武進人。少育于外王父劉文恪。乾隆初劉奉節修畿輔河道，鈞年十九隨幕府，數言水利事，奇之。直隸總督方舉能任河工者，上其名，補霸州州判，卓異，遷知東安縣。既明習水利，又長于治民，有殊績而性謙謹，未嘗自言。河水暴出，鈞乘小舟渡，及中流舟覆，僕役皆溺，有躍而呼者曰：『此吾賢父母也！』遽入水負之出。官至濟南知府張惠言《茗柯文・濟南有知府莊君傳》，參采訪册。

香河

吕起渭，字東海，遼東人。順治元年知香河縣，嚴明剛斷。時盜賊蜂起，督材官鄉兵隨機剿捕，威望大著。遷涇州知州，累官廣平府同知香河劉《志》。

佟鳳彩，字高岡，遼東漢陽正藍旗人，生員。少理事内院，順治二年以才知香河縣，仁慈而鎮静，未嘗遣一追呼役，民苦徭，去其甚者，與民相安。行取御史，累官河南巡撫。卒謚勤謹《一統志》七，參香河劉《志》。其後有劉楝、劉一玿、姜調鼎、丘應登之倫治縣事，與鳳彩相頡頏，有古長吏風。楝字梁選，遼東人，遷龍門知縣。一玿遼東人，卒于官。調鼎浙江遂安人，選貢，河工注［註］誤，降掖縣縣丞。應登福建汀州人，舉人，引疾去劉《志》。

劉深，字元長，淄川人，康熙甲辰進士。十四年授香河知縣，香河地久爲八旗屯牧，其民多爲宗室佃人。深嚴立科條，不畏强禦，旗人凜然亡骫法者。縣西四十里爲河道通津，會滇閩作逆，朝命禁旅浮戈船南下，慮失農時，且不任挽送苦，多方籌畫，募市井丁壯代之，事蕆民不知役。修縣志，治香河三年，惠政不可殫紀，民尸祝之《帶經堂集》八十五，參香河劉《志》。

通州

張斌，奉天人。順治三年知通州，廉絜静鎮，不徇左右一語，出入減騎，恐絲毫擾民，有訟者輒化導之，刑不輕用。擢昌平道，去之日民多泣下。祀名宧通州高《志》。

閻興邦，字岐仲號梅公，宣府前衛人，舉人，新城知縣。康熙十年通州缺人，巡撫以興邦上，部議格于例，聖祖仁皇帝特旨俞允擢知通州。首務教養，實心實政，民利賴之。十三年兵道州境，躬爲經理，閭閻無擾。葺文廟，修州志，興廢舉墜，報最，去後建生祠。累官貴州巡撫。祀名宧通州高《志》。

于成龍，字振甲，奉天蓋平人，蔭生。知樂亭縣，康熙十八年知通州。當地震後，席棚以居，爲災黎區畫生記〔計〕。重建文廟，其它圮者靡不整，立義學擇師，俾州之子弟有所造就。善治獄，忠信明決，頑梗皆服，盜裹足不入境。時直隸巡撫同姓名，多惠政，民有『前于後于，百姓安民』之謡。二十一年遷江甯知府，州人建生祠祀之。歷直隸巡撫，官至河道總督。卒謚襄勤。五十年通州高《（官）〔志〕》，參高天鳳《重修于襄勤公祠記》，祀名宦畿輔唐《志》六十七。

傅澤洪，字育庵，奉天人。康熙二十一年知通州，公正清廉，均田輕徭，鋤姦決獄無少徇。以詿誤去，士民叩閽請留，上諭有居官賢良之奬，改知涇縣。去之日，州士賦詩誌思，民攀轅泣送。累官揚州知府，著有《餘謡集》。祀名宦通州高《志》，參采訪册。

徐人望，直隸祁州人，舉人題名碑。康熙間通州學正，性和煦如遲日春風。課諸生切究義理，爲講行文繩尺娓娓不倦，多所造就。好周貧士，嘗舉瀰邑學田税分給之，己則絲毫無所取，士林重之通州高《志》。

杜鴻沛，字金章，山東歷城人，監生。康熙二十五年通州吏目，有治才，勇于任事。三十五年剿噶爾丹，聖祖仁皇帝命巡撫都御史于成龍督運，成龍廉知鴻佩〔沛〕才，疏薦賜宴及文綺，充運糧官運至二十七臺，皆如期納。居州尉十餘年，盜戢民安，深被其澤。監修學校橋梁，絜己董率，循聲翕然。祀名宦通州高《志》。

王光謨，字定庵，奉天人，廕生。康熙三十一年知通州，廉正有聲。民苦徭累，興利除弊不遺餘力，好揚孝友節義，敦世勵俗，有古循吏風。遷江甯知府，去之日士民感泣，建生祠。祀名宦通州高《志》。

陳廷柏，字新甫，奉天人，監生。灤州州同，康熙三十一年調通州州同。性明敏，善理繁劇，贊轄漕鹽諸務，衈運役，革陋規，釐剔鹽弊，以廉幹稱。嘗攝州事，政聲卓然，民皆悦服。祀名宦通州高《志》。

吴好禮，字謙之號立庵，奉天錦州人，貢生。歷廣宗、清苑知縣，康熙三十五年擢知通州。有守有爲，殫心吏治，善折獄雪冤，不以催科擾。興起教化，明倫堂久圮，首建之。立義學通州高《志》，周貧士，拯流離，肅吏胥，施棺藥，設義冢杜馨《吴公政蹟碑記》。州志創明嘉靖間，久殘缺，前知州閻興邦輯稾十三册，存禮捐益之付梓。治三載遷去，州人士勒政蹟碑。官至江蘇巡撫，祀名宦通州高《志》。

靳讓，河南尉氏人，進士。官御史，康熙四十年知通州，加意學校，興仁興讓，俗爲之移。釐姦剔弊，曾不稍假顔色，百姓奉如神明。歷廣西、浙江學使。祀名宦通州高《志》。

許毓芳，江西[蘇]宜興人，副貢。康熙四十二年知通州，不受苞苴，善政以次第舉，立留養所，設義冢，其存心惠愛類如此。今八蜡廟中州人塑毓芳並知州王友直像祀之。入名宦。友直奉天人，四十五年知通州通州高《志》。

黄成章，字子達，四川綿竹人，舉人通州高《志》。康熙五十五年知順義縣，立學宫墻，建倉廒。每丁向有火耗一分，成章請革，永爲例。城西郭地處窪下，沿城周道爲水衝裂，成章捐俸築高隄以障狂瀾。有以賂進，絶之。掩骼，纂縣志順義黄《志》。五十八年，直隸總督題補大城知縣，疏内稱其居官勤慎，才猷練達趙弘燮《題補大城縣知縣疏》。雍正元年擢知通州，廉絜有聲。性仁厚，律己廉絜，切于爲民，向無火耗，上官檄解，力請得免。州衝繁，差務絡繹，絲毫不以擾民。治獄平允，俗爲之移。勵士尚實學，月課季考，人文日起。樂彰潛德，窮簷苦節輒親詣門，慰諭交至，書額旌之，彙康熙三十五年後名宦鄉賢、孝子節婦爲一編。修城樓，新學校，建坊表，治橋梁靡廢不舉。在任五年，去之日囊槖蕭然，州人如失慈父母，泣送者數千。祀名宦通州高《志》。

巫欏孫，字甯莽，江南廣德州人，進士題名碑，湖廣桃源知縣。雍正元年補通州州判，雅湛經術，轄理壩務之暇，以厚風俗勵人文爲己責。嘗著孝弟忠信禮義廉恥與夫勤儉各箴，申勸不倦。分立蒙、經義學，捐俸延師，俾州人子弟負笈肄業，造就甚衆通州高《志》。

杜甲，字補堂，江南江都人，貢生。乾隆六年知通州，洞達治體，政皆裨民。善聽訟，剖斷如神，獄辭必手繕，胥吏不敢爲姦，積匪懲治殆盡。坐糧廳檄添油税，力請得免。例禁錢販堆積，役輒借擾，禁絶之。山左饑，流民踵至，晝夜督治東關，棚數千庇之。潞河書院捐俸延師助膏火。遷東路同知，歷河間知府，州人建生祠。入名宦通州高《志》。

曹元端，字侶白，江南歙人，舉人，所至多善政。乾隆三十二年知通州，嚴絶苞苴，遇干請輒逆折之。除稂莠，安善良，人有夏日之畏，差務不擾，用夫必重其值，民樂趨事，市銀輕重不均，爲定官砝，商民便之。修文廟，興書院，造就者衆。留養局久圮，賃屋苦不便，擇地構局俾棲止。三載擢南路同知，尋調東路同知，遷宣化知府。祀名宧通州高《志》。

高天鳳，字吾莊，江蘇長州人，乾隆四十三年臨榆知縣。擢知通州，爲政順民情，不事煩擾，折獄除奸無少徇。州當孔道，苦差徭捐，備官車以應雜役，民稱便。葺學宫，修州志，繕平倉，修烈婦葉氏祠，置試院器具，實心實政以次舉。行，士民請祀名宧通州高《志》。

李宣範，字萼邨，安徽宣城人。供事議敘試驛丞，補房山縣丞，調自南昌，徙密雲縣丞。地瘠歲屢旱，邨逃市空，自免去者三令，宣範狀厥事于大府，即以之宰是邑且賑之，蘇枯贍災，民以大和。捐金五百建書院，民慕効者七千建義學，由是縣有鄉舉士。徙知寶坻，蝗四起，人見蝗聚如車輪浮水東去，時道光間也。遷通州知州，修文廟，備祭器。時訟未决者千事，宣範日夜裁判，以鄉邨遠近定傳訊日期。被告在城者手書付原告呼之，民感甚。千總誤捕人，宣範釋之，上官曰：『此總督意也，擅縱懼雷。』宣範笑曰：『某所畏者天上雷。』俗以上官嗔爲打雷也。十八年徙涿州，刑威不假，然人亦不能欺，訟者或持牒逕訴，隨陳利害，輒釋然去。時政聲已浸淫上聞，授松江知府。宣範所至必自刻厲，務有以益民，于名節尤重。密雲張生死于義，成立其子，于通州建閣忠烈祠，修烈婦葉墓。去寶坻時，邑人送者皆百里外。通州失捕賊，寶坻人購得之以報，涿州人感亦如是。去後令者亦難爲工，蓋其邑士大夫言如此梅曾亮《柏梘山房集·

李蓴郈墓表》，參通州高《志》、涿州周《志》。按墓表云于《通州志》補《閻忠烈傳》。祀名宦高《志》。

三河

王元魁，遼東蓋州人，文生。順治初治三河縣，正疆界，定版圖，抑豪勢，撫流亡，摘伏如神，樂周寒儒，振作文風。時胥吏舞法，元魁廉得其狀重治之，士民歡呼三河陳《志》。

成王臣，河南河内人，舉人。康熙二年知三河縣，莅官三年未嘗以一役擾民，訟無滯，片言輒折。澹泊自甘，然倉儲積漸盈，差務咄嗟立辦，所謂廉幹，非耶？遷景州知州，有去思碑記德政凡八云。祀名宦三河陳《志》。楊正中《成公王臣德政碑記》：公中州望族也，辛卯薦于鄉，膺命來治泃邑，莅任之始，慨然歎興：『兹邑地瘠民貧，衝當孔道，聞而識之者有年，不謂凋瘵若此！鄭監門應上圖者語于衆曰：「國家興百利不如除一害。」蓋以利興，弊將隨害除，即以利民也。』爰詢疾苦孰爲亟？僉謂車馬之在民者害百倍，聞言悚息，云：『驛傳車馬俱在官，奉綸已久，三河彈丸之地，去京師僅百里，胡敢偏累吾民！』收公廄，民自是無鞭箠之苦，德政一。舊例社撥一役僅糧，謂之原善。歲更十有八役，日至其門而督之，民供應不暇。昔人所以有願捕蛇者，飭令停止，民無追呼，公輸更捷，德政二。向來收糧公耗外復有私加，忽抽查，間有增重者，笞之。自是親行兑閲，蠲耗平收，執衡者不得高下其手，德政三。兩造質成，素撼差拘私禁之弊，動費金帛，痛加革除。且涇渭既分，人無冤滯，獄稱平允，德政四。日用所需，時價公買，有虧其直者重撻於市，由是畏法，貨殖得平，德政五。大軍運石于皇陵，石重千斤，臨境至河，天寒水洌，御者恃欽工索夫百餘，挽車渡民皆膚冰股栗、齒觸有聲，問不以畜而以人，曰防水激也。詰曰：『畜貴于人乎？』叱夫回，力抗不應，車卒自行，德政六。修葺孔殿、啟聖祠，春秋享祀豐潔，待師生以優禮，德政七。市廛之地有架，滿僕者聚夥奪人物，急趨匿，日中幾罷市，令善役巡緝扭責數次乃止，商賈貿易得安，德政八。至於門盤夜禁、勸農化俗，良法難更僕數。二年餘歲稔盜息，含鼓耕鑿，地不患瘠，民不憂貧，差不苦衝，熙熙太平景運，何莫非我公深仁厚澤之所被也。邑人士有扶杖往聽、願觀化成之意，爰勒諸石以誌不忘，兼俟繼美之觀法者。

任塾，字鶴峰，江南懷甯人，進士。康熙十三年知三河縣。莅政八年，捐穀備賑，設汛防奸。舉節孝，恤困窮，免追呼，平訟獄，資貧士，修學校，養人材，值十八年地變之變，百計撫綏，民頌德弗替。遷知磁州。祀名宦三河陳《志》，參任塾《修學宫記》、《地震記》，龍燮《邑侯任鶴峰修學記事詩序》。

彭鵬，字奮斯《先正事略》。按《事略》又云號無山，一號古愚，三河陳《志》字兼山，福建蒲［莆］田人陳《志》，順治十五年舉人。康熙十三年逆藩耿精忠逼受僞職，椎齒卧不起《事略》。二十四年陳《志》謁選《道古堂集》三十五，授三河知縣。三河地瘠當要衝，旗民雜處《事略》，驛路衝疲。鵬至，建黌宫，設義學《道古堂集》，置延師膳田，春秋糧未嘗設一卯，比一役，火耗革之，陋規又革之，與云：『使民苦，甯使官苦。』保甲弭盜，分八路十五鄉，設守望樓八百胡繼芳《彭公生祠記》，減驛累，禁拷索，詰冒充黄帶子之游棍《道古堂集》，拊循鳌剔，不畏强禦。有中夜矯傳内旨者，延減驛語，陰遣人發其橐，得奸狀，寘之法《事略》。御前放鷹者至縣，使索餼，牽鵰于庭，鞭之《道古堂集》。每治獄發擿如神，吏民不能欺，鄰邑疑獄，檄往輒白冤《事略》。杜絶請托，日食齏鹽《徵存録》，有時絶糧。巡撫于成龍特薦之《道古堂集》。二十七年聖祖東巡，駐蹕三河，召問民間疾苦及在官狀，賜帑金三百，諭曰：『爾居官清正，不愛民錢，以此養爾廉，勝民間數萬兩多矣。』明年順天尹許三禮劾鵬讞獄遲玩，詔于成龍察核，白其枉，部議落職，詔降二級留任《事略》，參陳《志》。任十四年《道古堂集》積降十三級《事略》，議調十，議削二，聖明洞矚。皆免，命吏部郎赫申兩日馳七百里，口傳上諭，詢撫臣彭鵬爲人如何，居官好處是如何好，九卿列薦十一人，大司馬李天馥啟奏鵬名，上曰：『朕召見久知之。』於十二人中特簡四人，鵬第一，邵嗣堯、陸隴其、趙蒼壁皆御史，鵬特以給事中用《道古堂集》。將行，三河民乞留，有清慈仁義公明勤樸八真之狀，立生祠祀之陳《志》，參《生祠記》、彭鵬《學宫記》。三十九年調廣東巡撫，諭大學士等曰：『彭鵬人材亦甚壯健，前任三河縣時，但聞有賊即帶刀乘馬親往擒拏，毫無畏懼，朕深知之。』《漢名臣傳》祀名宦陳《志》。

高蔭爵，奉天人，監生，康熙三十三年知三河縣，沈毅端方，執法平恕。故事滿營俸米采之里社，蔭爵慮累民，毅然自辦。時西征需車亦供自囊中俸，百姓若無聞者。遷南路同知三河陳《志》。

熊繹祖，湖北人，拔貢。乾隆十年知三河縣，性果決，多所興舉如學校、公署，治南大石橋俱葺之。治民明察，然寛恕，去之日咸走送泣下，至今感之三河陳《志》。

劉寶楠，字楚楨，江蘇寶應人，道光二十年進士題名碑，授文安知縣。文安地故窪下，隄堰久不修，遇伏秋水旁溢，爲居民害。寶楠視履隄防，詢知疾苦，令甲凡隄工旗丁及民均資修理，如令施行，而旗丁怙勢不出佽助，相爲觀望，寶楠執法不阿，工賴以濟，在縣三載無水災。再補元氏，咸豐元年調知三河，直東省兵過境，故事兵車皆出里下，寶楠謂兵多差重，非民所堪，遣往通州雇車應差，給以民價，空車減半，民得不擾。在官衣冠樸素如諸生時，勤於聽訟，官文安日，審結積案千四百餘事，每鷄初鳴燭人［入］，啜食少許，輿坐堂皇，兩造既備，當時研鞫，事無鉅細均令具結，口授結狀，或予紙筆當堂收結，毋許吏胥攙言。凡涉親故族屬訟者，諭以睦卹，概令解釋。訟既簡，吏多去籍歸耕，曹舍晝閉，於是遠近歙然，著備良稱。五年九月卒于官，先没七日自譔墓志。祀先正祠，所箸書夥，有《文安隄工録》六卷戴望《謫麐堂遺集·劉君事狀》。

武清

董起運，陝西乾州人，舉人。順治十年知武清縣，息民困，培學校，刑不輕用。莅事五載致仕，歸囊空如洗，士民感德泣下武清吴《志》。

程上瑞，陝西鳳翔人，恩貢。康熙元年知武清縣，廉且勤，革羡耗。旱，步禱，甘霖立沛。莅任五載，遷户部主事武清吴《志》。

鄧欽禎，廣西全州人，舉人。康熙十年知武清縣，廉明慈愛，緩徵均傜，獄訟衰息。蝗蝻生，將害稼，欽禎步禱，蝗不爲災。盜案詿誤解任，旅居蕭然，士民感泣武清吴《志》。

祖應世，字夢巖，奉天甯遠人，監生。康熙二十二年知武清縣，性公且廉，有惠政，興學校，減徭役，以强項降調，士民思之，爲立祠。二十九年巡撫于成龍察應世功在武清，民籲保，題復任。三十五年以治行調大城，三十八年調固安，明年知通州武清吴《志》，參趙珣《祖公生祠碑銘》，李遠《吕來亭詞》、陳僖《瘦槐軒記》。

章曾印，字宸書，歲貢，浙江會稽人。康熙三十六年知武清縣，才練識明，下車即剔積弊如蠲耗羨、覈驛騎、陳馬廠剥船，其彰彰者。所興則築隄建廨，延社師，尤重學宫，去之日尚分橐中俸交攝學務通州學正耿潢，繕厥未逮。先是水旱頻仍，鵠面者相望，出己資倡賑，設粥于路，存活無慮數萬。以事降，百姓如失怙恃，迎蹕保留，報可。以艱去，民立去思碑武清吴《志》，參《去思碑》。

胡紹安，浙江平湖人，進士。康熙四十六年知武清縣，有德政。初糧船轉衛派置剥船，免糧無幾而民累甚，紹安痛陳其弊，絶苞苴，撫流離，息争訟，修學宫，建八蜡廟，民到于今樂道之。祀名宧武清吴《志》，參胡紹安《痛陳剥船苦情詳文》。

陳愓，字廷敬，浙江山陰人，監生。乾隆元年知武清縣。初河工秫稭臨時采之邨落，差至如虎，賨乃滋，窮黎且有焚秫稭求免累者，愓備陳厥狀，請先發價買交之工。王慶坨營近三角淀，萑苻易爲患，立哨船衛民也，船毁借自民，遂成例，始役船，繼役民，前知縣章曾印量工給食，困稍甦，後集貲造哨船如初。都司陳元彬詳剔前弊，愓恐久後累民，永革之。裁里書，汰幫貼，民稱便云武清吴《志》，參陳惕《備陳採辦秫秸累民詳文》、曹傳王慶坨《謍溪免民船記》。期。

吴翀，江蘇如皋人，拔貢。乾隆四年知永清縣。先是夏初輒派民夫預守永定河隄，白露爲期。翀上議曰：『夏汛正值農勤，令坐待未必然之水勢，是驅力作之身處閒散之地，其不便一。丁壯既抛田，勢必傭工代作，其不便二。夏秋株守，必備供役之饔飱，民力幾何，堪此苦累？其不便三。然置水害于不問乎？是又不然，永定河兵六百，乾隆三年倍其數，汛期官弁董兵分段防守，不爲不周矣。况附隄之民更可響應哉。』爲民請命，請飭立案。蝗，力捕之不爲災，建八蜡廟，七年修縣志武清吴《志》，參吴翀《請免永定河派累民夫議》、《建八蜡廟碑記》。

李騰蛟，字鼎北，號辛峰，山西芮城人，乾隆辛丑進士題名碑，知任縣，改任武清采訪册，河流漲溢浸五百餘邨，騰蛟晝夜焦勞，五閱月衣不解帶，檢災必親往，發粟必親監，胥役無所用其技，民以大甯。武清背海面河，鹽梟强悍多爲患，閭里故號繁劇，例以練達能吏調治斯土。然能吏老於世事，每以安静自全，恐激而生擾弗治也，至其蠶食鄰封，猶秦人視越人矣。騰蛟戢之嚴，桀黠皆斂手。有巨盜李甲作姦於甯河，竄伏於武清，伍伯慴不敢捕，騰蛟廉得其實，親率數十役夜入其窟，竟弭耳就縶，四境以安，非安識定力弗能也。遷楊邨管河通判，歷官遵化直隸州知州紀鼎北《李公墓表》。

朱杰，嘉慶年知武清縣，多惠政。六年大水逾城堞，災黎巢高阜樹巔，杰遽發倉穀食之。艤舟坿堞，縋而下，出入怒濤，全活無算。以事降調去，民詣上官泣留采訪册。

劉體仁，字樂山，四川人，嘉慶辛未進士、庶吉士題名碑，改官知懷柔縣。調武清，訪民疾苦，請減鄚莊東沽港諸邨地租二千有奇，定爲例，積欠逾二萬悉免之。孝里邨寺僧，巨猾也，擁厚資起層樓，恣爲不法，無敢問者，仁置之法，籍其産，收穀存之義倉。修文廟，拓書院，立學田，士民歌之，裒爲集，署曰《雍陽頌聲》采訪册。

吕詔安，字伯□，安徽人，舉人。知武清縣，旱，祈雨不應，遽報災請蠲，罄囊以賑。時有富者構訟，欲因其拮據動以重賄，詒［詔］安痛絶之。去之日民泣下采訪册。

胡啟文，字隨季，河南人，進士。知武清縣時盜風熾，啟文夜巡，靡僻弗至，捕以身先。縣被水，啟文單騎裹餱遍撫邨落，渴汲水飲，民烹茶進弗受。髮匪時據静海，大兵來，啟文罄囊爲供億，練團練，嚴保甲，詰間諜，士民安之。調知大興，父老有哭失聲者采訪册。

寶坻

薛良心，遼東人。順治元年知寶坻縣，時民轉徙，境内一空，良心勞來安集之，每諭民父詔兄勉。其敷政以寬爲本，曰：『元氣未易復也。』百姓曰：『薛公生我。』明年政最，擢蘇州同知寶坻洪《志》。

孫必茂，陝西人，順治初延訪人材，陝撫以茂應。三年知寶坻縣，前知縣薛良心去，民若有失，慮無繼者。必茂至，寬大一如良心，民大悦。必茂曰：『薛治不可易也，惟民未知禮，當導以學。』朔望集衆申訓之，聽者歡忭。及期擢衡州府同知，祀名宦寶坻洪《志》。

萬全，字明宇，滿洲人，選貢寶坻洪《志》，廉且謹杜立德《萬侯生祠碑》。初寶坻令薛、孫相繼以養以教，然薛任二年、孫任一年耳。順治四年，聞代者滿洲人，民恐旗丁有所左，卧不貼席。全至，開誠一無偏徇，醇厚廉謹，不欲民有訟，兩造對簿，輒反覆諭，不聽，涕隨之，犯者惻然。勸農桑，興禮讓。遷御史，邑人建生祠，官至雲南布政。祀名宦寶坻洪《志》。

毋鶴慶，天津人，歲貢。順治四年寶坻訓導，時知縣萬全坿循士民，鶴慶多方以訓，風教始此。學宫圮，鶴慶葺之，轉教諭，遷知金鄉縣。祀名宦寶坻洪《志》。

蕭蕙，大湖人，歲貢。順治十年知寶坻縣，簡静不煩。猾吏以其長者，稍稍易之，蕙廉得其舞文狀，置法。遇縉紳温温謙退，或以私干，力抑之，奔競路絶。邑有工部地，窪而腴，數百家恃隄，隄壞，紳杜立德倡修，蕙大發夫助之，數十年不潰。引疾歸。祀名宦寶坻洪《志》，參大學士杜立德《工部地修隄記》。

路坦，三韓人，監生。康熙中知寶坻縣寶坻洪《志》，不煩不擾，興利除害《革巡夫説》。立義學坦有《義學記》，革巡夫坦《革巡夫説》：『余令寶坻四載，嘗思興一利不如除一害，然必使不致復滋，始快意焉。即如寶邑守夜巡城之夫，力役雖微，釀害甚大，徧查舊志原無此例，起自康熙七年洪水衝頽城垣，缺陷居多，相議暫借民夫以供巡守，孰知一時權宜遂成莫挽之害。寶邑煙户不過千家，貧不自給十之八九，五日一輪已難支應，加之保甲撥派，不無藉端挪移希圖罔利之弊。邑士庶呈稱：舊有營丁嚴守門禁以防奸宄，夜有民壯游巡城池以司更漏，各給工食糧餉，今乃役及煙户，實以擾民。余目厥弊示革，群相慶曰：「吾儕小民今始得安枕席。」雖然，除之一時，倘沿久而蠹役奸保欲圖肥腹，害又將作，邑紳議欲杜其患，乃請余文誌之。時鄉長胡際隆協工，立石永禁。』

別楣，景陵人，進士題名碑。康熙二十年知寶坻縣，廉静慈愛，至性化人。每斷獄，亹亹陳説，多泣謝去，後民有忿争，長老輒止曰：『奈何負别侯！』歸養，百姓攀轅。祀名宦寶坻洪《志》。

程璇，字麓峰，益陽人，舉人。康熙戊戌知寶坻縣事。才識明敏，有利必興。縣濱海，伏汛即成巨浸。己亥夏大水采訪册，詔賑。璇絶不假手吏胥，按户親給，民以安堵。魯沽、長亭二莊有水溝與河潮相吐納，璇請改涵洞爲石閘，以便瀦洩，上官以費多弗許，璇輒舉行，被詰，侃侃争之，卒由京東局報銷，禾稼不淹，居民樂業，思爲久遠計，會去不果。雍正丙午，上念畿東苦淹，命度機宜，有薦璇諳水利者，即以寶坻隄務委之，起三河新集料馬莊至寶坻江湟口，次濬鮑邱、窩頭河二道以洩水，塞香河縣七里莊明口，工成，以知府留工凡六年，鬚髮盡白。去猶惓惓善後。計著《渠陽水利》一書，讀者感泣。祀名宦寶坻洪《志》，參程璇《魯沽閘工議》。按康熙戊戌爲五十七年。

伍澤榮，字蔭遠，祁陽人，雍正丁未進士題名碑。辛亥知寶坻縣事，性耿介，不隨俗俯仰，顧存心利濟，惻如也。程璇以《渠陽水利説》示之，澤榮曰：『善，後當如是矣。』一如璇言。新河未濬，捐費治之。遵旨察賑無一漏，及期，竟内乂安。平獄訟，緩催科，請免剥運船底變價，振興文教，省俸製學廟祭器，聚才隽課之。念志久不修，纂未定，以亢直罷，人咸惜之，泣送者相望，至今猶歌思之。祀名宦寶坻洪《志》，參甯河關《志》、伍澤榮《請免剥運船變價議》。

洪肇楙，字時懋，江南歙人，儀徵籍進士題名碑，乾隆四年署寶坻事。縣號難治，肇楙下車興廢舉墜，明年署甯河，治如寶坻，愛民卹士。北門孔道故有橋，圮，治東有東甯渡，要津也，亦壞。肇楙至即新之，自爲記，民歌慈母。又明年仍調寶坻，邑苦窪，東海西河，肇楙度水利，加築隄埝，悉出俸，不費民一緡。城渠一，久湮，濬之，修橋梁，暇集博士弟子員課藝，修文廟，備祭器，立社學，繕墻堡，復井泉，修縣志，實心實政，利興弊除，有古循吏風寶坻洪《志》，參甯河關《志》、周長發《洪侯德政碑》、王詢《文閣社學引》、顧光河《北寺甘泉井記》、洪肇楙《疏濬城河碑記》、《修甯河北門橋東甯渡記》。

楊瑛昶，字印蘧，又字米人，安徽桐城人，監生。雄縣丞，乾隆四十九年署永清縣事。□□年真授寶坻，攝三河。嘉慶四年六月署薊州，七月去，擢北運河同知，遷天津運河同［知］。其在寶坻，人文寥落，瑛昶創修書院、親課之，五年中中試八人，邑中詫爲僅事。遇蝻孽生，以斗米易斗蝗，米盡，按市價給錢代之。其在運河工，水決，修應時事豫而立。同時南、北兩岸丞倅被劾，瑛昶獨免。著有《都門竹枝詞》趙褱玉亦有《生岧》十四，參永清周《志》，薊州沈《志》。

楊奇昌，四川廣安州人，領康熙乙酉鄉薦題名録，雍正九年知甯河縣事，甯河令始此。書役募自鄉氓，不解任事，奇昌教督之，粗識規模，曰：『此已足矣，吏胥不必才能，凡舞文枉法、蒙上淩下，皆若輩爲之也。』一切治尚寬厚，每念一開其端，後將踵而甚之，故慎之又慎，黜浮囂，崇儉樸，民到于今猶思其風教弗忘甯河關《志》。

沈濬，字巨川，貴州黄平州人，康熙庚子舉人。雍正十一年知甯河縣事。性淳樸，政簡刑清。縣自九年析置，始治者楊奇昌，逾歲憂去，艸創未備，濬適繼之，力董厥事。凡文武官廨監廠罔弗以次舉，學宫猶亟亟甯河關《志》。時頻罹水患，十二年采訪册春濬，以工代賑，爰作學宫，度廣袤，奠基址，購材運甓，工倍其傭，底績於成沈濬《建學宫碑記》。課士文，親甲乙之，士争濯磨，繇是文風漸振。縣固澤國，濬曰水利可由人力，迺令濬溝疊堰，引水灌園，民享其利，至今稱沈公溝。以鹽案謫，舉邑如失怙恃，送者輒涕下，二十餘里絡繹不絶甯河關《志》。

屠祖賚甯河關《志》，字卜百，一字杏邨屠氏家譜，湖北孝感人。乾隆己未進士，十五年授甯河知縣，明年之官。性廉静，然苟利士民輒勇爲之。學宫圮，分囊中俸倡葺之采訪册，朔望集諸生教以孝弟禮讓、與夫讀書之方關《志》，如張以智、于際盛之孝行，孫唐氏、袁徐氏之節義，皆手書榜額奬其門，一時士習民風胥化于淳譜。縣地窪，瀕海，水漲輒淹田禾，爲居民病，前令沈濬開渠，祖賚踵之，盡勤勞，奏効關《志》，民乃不苦潦，視其荒地可耕者募開墾，給仔［籽］種，逾年成膏腴，壞課額裕，民食亦稍足譜。嘗出俸鳩工濬河，丁男一無徵關《志》，又修潘莊石橋，厥後稱屠公橋屠祖賚《修潘莊石橋記》。蝗，督莊户自撲，胥役罔或擾。初縣遭水患，前令未報，祖賚下車訪民疾苦，見食草艸根木皮，喟然歎息，上其狀。大吏以報踰期難之，復懷民所食泣以陳關《志》。十八年調長垣，擢安徽安慶府通判譜。按道光中祖賚曾舉名宦于長垣，時因其孫之申布政直隸，格于例，而關《志》列之名宦。

任西華，山西汾陽人。雍正乙卯舉人，乾隆十八年知甯河縣事。環縣治皆河也，恃以衛，然修城難，柵橋各四，傾且圮，西華受事之明年，易柵以木，橋亦次第葺之。十月引疾去甯河丁《志》，參方證《重修西城樓外橋梁碑記》。

謝洪恩，字萊玉，歙人。乾隆二十三年八月知甯河縣。勤撫字，省催科，借仔籽種，平米價，通溝洫丁《志》，參劉毓珍《重建造甯河學宫謝公德政碑》。蘆臺爲薊之運河所經，水闊數十丈，向設舟，冬則行冰上，有顛仆苦，洪恩與巡檢葛立經熟計之，捐橐中俸，令葛董其事，構巨材爲板三十二，鐵麻綿亘若浮梁然，冰泮撤貯巡檢所，歲修之，則邑宰捐資，不費民財謝洪恩《蘆臺跨河跳板碑記》。學宫圮，洪恩捐俸金百兩，士慕義，輸者絡繹，修殿廡及名宦鄉賢祠洪恩《重修學宫碑》，于欞星門東西增建忠義、節孝祠二洪恩有《建忠義節孝祠碑記》，又建義路、禮門兩坊洪恩《重修學宫碑》。工既竣，餘銀一百有五十兩，權子母爲歲修費洪恩《學宫善後碑記》。徒步禱兩［雨］，立應。懸金捕蝗《德政碑》。二十六年丁繼母憂去，縣人爲立德政碑丁《志》。立經，江蘇崑山人，二十一年十月之官，二十七年九月遷東安主簿丁《志》。

李清彦，冀州棗强人，廩貢，乾隆二十五年甯河教諭。受事即於學校三致意，月集諸生會文于學署，供其飲饌，正其紕繆，有可取則獎誘備至，視塾師之誨弟子不啻過之。二十六年縣大水，奉檄歷邨落勘户口，罔有或遺，散賑不假手胥役，其饑甚者出己資助之。士有單寒，周急無吝色。援例遷知縣，士歌思弗置，言縣之師範者清彦其首云。祀名宧甯河闕《志》，參采訪册。

王朝渠，江西萬年人。乾隆己亥舉人，嘉慶十七年知甯河縣事。性厚樸，下車即興文教，時書院廢，以朝陽寺北閣爲文場。每課具士子一日之饌，禁出入，文佳則重獎之，否則是正之，文風蒸蒸，脱穎者踵相接。以所著《十三經拾遺》、《唐石經考》與雋者折衷，又著有《艾學閒談》、《需次燕語》。二十年去，士攀泣數十里。祀名宧甯河丁《志》，參采訪册。

俞諒，浙江仁和人。乾隆丙午舉人，道光元年十二月知甯河縣。四年飛蝗蔽日，所過田禾一空，諒集民督捕，愈捕愈衆，諒引咎禱于劉將軍廟，爲民請命，詰旦有雀如雲啄食蝗，一二日蝗盡，是年有秋。十二月去甯河丁《志》，參采訪册。

周震青，廣西臨桂人。嘉慶庚辰舉人，道光十三年二月知甯河縣事。學宫瀕河風烈，土且斥鹵，不修者七十餘年，震青下車即欲舉墜，時歲歉方孜孜焉，籌賑緩徵，明年出俸以倡，十六年修之，泮橋增二爲三，廊廡黌舍罔不備。十月去甯河丁《志》，參震青《修文廟碑記》。

王蘭桂，陝西中部人。拔貢，道光十九年七月知甯河縣事。興廢舉墜，愛民恤士。縣試嚴搜夾帶，招覆至于九，正案録十二名，謂諸童曰：『學額十一，撥府一，數適符，待督學使試後，汝等當信老眼不花也。』果無一遺，其公正精詳類如此。二十一年去甯河丁《志》，參采訪册。

喬邦哲，字溥泉，山西徐溝人，道光二十四年五月知甯河縣。識大體，先猛後寬，法立恩明，百姓畏而愛之。縣地窪，頻患水，邦哲謂水能爲害，亦能爲利，勸民種稻、造水車式。二十六年去，民惜其用未竟，然稻田始之邦哲，至今嘖嘖稱遺愛云。祀名宦甯河丁《志》，參采訪册。

張昭，字曉崖，貴陽綏陽人，咸豐癸丑進士，五年三月知甯河縣事凡四載，有政聲。蝗，輒自裹餱履邨落，督民捕之，不以役擾，明年春預買紅糧，士民能掘蝻孽者以糧易之。會文課士。八年去，至今頌聲不絶。祀名宦甯河丁《志》，參采訪册。按丁《志》『己卯莅斯土』，『己』乃『乙』之譌。

昌平

趙三長昌平宋《志》，字遷如，江南人徐化成《趙君去思碑記》，貢生，康熙三年宋《志》令山西洪洞，遷守昌平。釐奸剔弊，如撥補民地，前此歲率官徵飲食薪芻，取給不貲，蠹冒罔恤，三長廉其狀，申請永禁，遠近便之。修學宫，申孝義，敦詩書，抑豪右，力役煩興，乃勸墾荒蕪，往來供頓，率咄嗟取辦。地易聚逋，以保釐爲綜察，伍輒什連，民獲安堵。報牒求直者無不片言剖碑。

汪錫齡，江南江都人，貢生，康熙四十六年知昌平州昌平宋《志》。昌平衝要，差過向借民間車馬，蠹役舞弊，用一取十，平時假事勒索，故貨不入城，市肆蕭然，署中費又取之民。城東有山東竄匪，結黨索詐，焚屋移户，以此破家者不少，錫齡以法繩之。官氈歲取羊毛，亦爲民累，錫齡陳利害，四十七年之費省十之七，有以上聞者，奉旨革。未及三年詿誤去官，州家祀之。五十年復官，婦孺迎道，八閲月遷部郎去昌平吴《志》。

順義

楊棠，四川萬縣人，進士題名碑，康熙三十九年知順義縣。莅事協民，因犯越獄，部議革職，直隸巡撫疏請留任，報可。縣額徵丁門錢糧，添征火耗有差，地糧五百有四兩，棠爲革去。歷官十有七載，士民愛戴。調江南吴縣順義黄《志》，《參直隸巡撫題留楊棠疏》。

密雲

劉應奇密雲薛《志》，字平六，順治十七年知密雲縣。縣學歷百有餘年，日就圮，應奇任甫匝月，身任其事，三閲月而成。翦稂莠，植秀良，課畊桑，除螟螣據袁懋功《重修儒學記》。

陳士銓，浙江山陰人，康熙三十五年知密雲。縣户口久未編審，死且徙者三千有奇而丁徭如故額，民苦之。士銓力請之畺吏，得按存口徵。古北口石匣既置總兵副將，益兵額二千，部議歲令知縣由縣採買兵米運之營，士銓極陳挽輸之累，内務府郎中鄧光乾亦言之，乃止密雲鄭

《志》，參采訪册。

薛天培，字子因，雲南建水人，康熙乙未進士，五十七年知密雲縣采訪册。按密雲鄭《志》云雍正乙未進士，非也。雍正無乙未，天培元年兼攝懷柔，其爲康熙乙未無疑。故事糶倉穀以銀解部，浮費銀且數百，卒取之民。天培下車適糶銀存五千九百兩有奇，部促解，民以爲憂，乃瀝陳畺吏，請抵支古北口駐防兵餉。六十年有紳額參董石匣城工，所需料未集，工吴有德等三人有所恃，肆辱之窘甚。額參故吏部郎，大以爲恥，懷狀謚，天培按其事，同官以牽涉大吏欲寢之，執不可，成三人者如律。出槖中俸置縣城、古北口、石匣城之義學凡三，延老師宿儒教之，朔望課士，手自評定，民始興學。其俗婚姻輒中變，天培懸爲厲禁，有愆期者濟其貧。遇大役及軍糧倉儲身任之，不以累民，雖不貲弗顧也。雍正元年夏秋間兼攝懷柔縣事，蝻生，捕益滋，乃自責，禱于八蜡廟，兩縣之蝻盡抱禾，父老傳爲異事鄭《志》，參采訪册。是年得邑人郭應儒志鈔，遂修縣志薛《志》序。

懷柔

徐袞，字魯槃，江南淮安人，進士，康熙十二年知懷柔縣。受事四載，澹如也。慈而能斷，然錢糧寬徵，不恃鞭扑。聽訟輒勸之息，課士有方，分槖中俸倡修城垣，不憚拮据。心力交盡，以勞卒，百姓思其遺愛，爲立碑，謂碑或邀譽，今死而立，蓋深仁厚澤民不能忘云懷柔吴《志》，參杜魁學《徐公遺愛碑》。

陳倜儀，字夏紱，雍正庚戌進士。知安肅縣，乾隆年補懷柔，中間以母憂去，前後在任纔三年。然其去懷柔，調密雲，懷柔人巷哭而密雲人相慶于道，蓋二邑犬牙相錯，彼有所聞見以信之其素故也。縣多旗莊，侵疆影射，訴諜如蝟，倜儀聽之無壅情，兩造稱便。任密雲五年，以他故去職。歷官鳳陽、懷甯、黟縣《紫竹山房文集》十七。

涿州

楊瑜顯，字公潤，山西人，隸旗籍，順治間知涿州事。外寬内明，令行化洽，民稱慈父。蝗，瑜顯曰：『蝗不捕傷稼，捕則供億繁、田禾蹂，益爲民害。昔梁蕭修爲涼秦二州刺史，親至田所，深自咎責，忽有飛鳥蔽日至，瞬息間食蝗遂盡，今蝗亦長民者不德所致，非以誠弭不可。』乃別寢處，潔衣冠，自責如蕭修，衆見神雀逐蝗去，吏民争籲德，瑜顯止之曰：『朝廷以百里畀我，四境内不治，我責也。我盡我職，何德之有！』未幾去任，貧無以爲家，偕其弟居涿，饔飧日不給。嘗慷慨謂弟曰：『昔朱邑嘗爲桐鄉嗇夫，將死，囑其子葬桐鄉。今我與若如此，欲涿人之爲桐鄉民能乎哉！』相與泣下，聞者莫不隕涕。卒，弟亦殁，吏民營葬於南關之野，以時祭掃，至今父老猶稱遺愛弗衰涿州吳《志》。

李成龍，奉天人，康熙三十三年知涿州事，時吏治既清，或又務爲刻核，成龍明慎寬和，不爲赫赫名，輕役緩徵，有古循吏風。遷太原知府，累官至尚書涿州吴《志》。

顧欽，吴江人，康熙五十三年知涿州。課士首彝常，訟勸之息。偶用刑，輒惻然曰：『吾無德化也。』在任十年無廢事，左遷去，人共惜之涿州吴《志》。

彭人倎，安邑人，進士，雍正六年以易州牧攝知涿州事。有袁六者謀殺某婦，前牧不能窮其狀。倎夜詣城隍廟鞫之，曰：『城隍神已告我矣，爾看爾身後，某婦在矣。』袁惶怖服罪涿州吴《志》。

黄理中，即墨人，舉人，雍正八年新城令署涿州事。在任四載，修學宫，建忠孝節義祠，旱祈雨，無應，理中脱帽赤脚詣城隍，曰：『爾亦冥冥中一知州，今民苦旱，何賴神爲？』取鋃鐺繫其項，與己對縶之暴日中，大雨隨至。有嫌壻貧悔婚者訴，諭不省，理中爲壻備衣釧奩飾，鼓樂悉具，召某曰：『爾壻殊不貧。』遣吏送之其女歸，遂偕老焉涿州吴《志》。

許自召，歙人，雍正十三年知涿州，有長厚稱。州城内外舊有官地，百姓置屋率出租爲囚糧費。自召曰：『何苦吾民居舍也！』自置地充之，民租免涿州吴《志》。

方嵋，桐城人，乾隆元年同知涿州事。三年夏大水暴至，不及堞者數尺，嵋盡力以救漂没，賑災黎，活人甚多涿州吴《志》。

張德榮，湖廣灃州人，監生，乾隆二年知涿州。性仁恕，捐俸力義學，修鎮子營閘，士庶稱述之。倉儲收納舊有陋規，德榮悉革之。加意窮黎，冬施粥，至今以爲例。罷職，旋卒，百姓哭之累日涿州吴《志》。

陳志緯，字左民，海鹽人，監生，乾隆二十年爲涿州判官。絜己奉公，甽牛河環州治，有引水洩水各溝，歲時開濬，其責也。志緯身先之，不辭勞瘁，設渠長，募民夫，按籍均役，胥吏不得上下其手。官莅十載，以勤慎著涿州吴《志》。

吴山鳳，字翥堂，湖北漢陽人，乾隆二十八年知涿州事。孜孜民瘼，州西爲巨馬河，上游西疃横溪，時決汎濫靡歸。山鳳度厥形勢，分俸築隄導之，由房樹邨西北流水若其性，西北諸邨永絶水患，里人爲記樹碑。修州志，時三十年涿州周《志》。

劉浩，山西吉州人，拔貢，嘉慶三年知涿州，以慈祥稱。六年水災，撫殘黎，全活者累。署東路同知去，民思之久愈不忘涿州周《志》。

林靖光，福建侯官人，舉人，道光九年由大興知縣知涿州事。聽斷勤明，案無留牘，獎誘士子如恐不及涿州周《志》。謂書院而外應置義學以育童蒙，苦無貲，迺分橐中俸作師弟子膏火，調開州，猶給之如在涿州時采訪册，後以差至涿州，民争先赴役，遺愛在人如此。士民祀之書院周《志》。

婁應奎，字射斗，遼東甯遠人，順治丁亥知房山縣事。縣田少腴，籍撥税詘。民稱貸艱，應奎申文輕賦，平九則以三等，山田蕪，履勘除之。驛馬爲民重累，畜之廏，兵殘虚版籍，應奎裁之曰：『他日司農核籍，或少緩一二也。』西山號盜藪，乃修墩隍，儲糗糒，簡健卒，嚴保甲，清街巷，四竟無盜蹤。興學省刑，未嘗露穎，彊禦迫之不動，仁智勇廉，民兼稱之。以卓異遷陝西漢羌兵備，累官浙江督糧道房山佟《志》，參楊之炳《婁公德政碑》。

佟有年，字孚六，遼東甯遠人，拔貢，康熙二年知房山縣。性廉静，然才識敏練，戴星出入，百廢咸舉。修學宫，葺公廨，嚴保甲，繕城池，革火耗，捕匪亡，振刷有爲，不畏權勢，未期治行丕著，以暇編縣志房山佟《志》，參田麟《房山縣重修學宫碑記》、佟彭年《房山志序》。

羅在公，四川營山人，舉人，康熙三十年知房山縣事。縣土磽薄，又强半爲采地，在公撫字寓催科中。向解盧溝餉，在公請免，民力得寬。義河廠錢糧里胥侵漁，廉知之，單騎令親納編審人丁。七年之中課農、捕蝗、修署、修韓河邨橋、禁革羊耳峪范家山煤窑，長于剖決，敦崇孝行，雅意作人房山羅《志》，參王毓秀《羅侯實政碑記》、李克家《羅修署碑記》、羅在公《續志序》。羅志又云：韓邨河橋圮，每年工部大車過，撥運不堪，在公募修石橋，民困斯除。羊耳峪范家山煤窑從旗棍攘利争奪，訐告不休，地方受累，在公申禁。流寓官裔殷景隆幼時被掠賣爲瀋陽鄧包天家奴，在公置掠賣人于法，景隆得復民籍。唐賈島墓，縣舊志云在縣西南，在公訪之不得，越五載以事至琉璃河，歸道二站邨，見殘碣高三尺餘，篆額爲唐賈島墓，蓋縣東南也，其地爲旗人侵據久，在公爲復地六畝建祠，又鈎稽故地二十有五畝爲祠墓資羅《志》。遷主事采訪册。

張汝弼，字丹亭，雲南劍川州人，進士，咸豐二年知房山縣。絜己愛民，事無鉅細，苟便于民急圖之。初道光五年，權知縣事李□倡義重修縣城，工甫興解任，咸豐元年重權縣事，續工未竟又去，至是汝弼惜城工中止，率好義者鳩工，未逾年而工成。李□字少伯房山王《志》，參劉耀《重修房山縣城碑記》。

高驤雲，字逸颿，浙江山陰人，舉人。知大城縣有善政。咸豐元年歷署密雲薊州采訪册，三年署良鄉，六年署房山知縣。重士愛民，房山西北山民僻居不知誦讀，驤雲下車單騎往，集父老從容諭之，人樂其教。咸豐七年蝗，驤雲晝夜督捕，露宿風餐，憂形於色，出千金爲費，宦囊爲之罄，不惜也。及去，邑人思之不置。又歷知保定、懷柔諸縣事，治如房山。後居房山，疾卒，貧至不能葬，賴親故邑人資之始成喪，葬之南上洛邨。驤雲性耽書，雖鞅掌風塵，偶暇則覽不停手云房山王《志》，參采訪册。

霸州

祖延泰，奉天人，知霸州霸州周《志》。先是凡壇廟大役、兵弁支米及解部貼費俱派民間畿輔唐《志》，雜費多于正額，延泰盡爲革除。大兵北征，騾車等需悉以己資辦，不以煩民，民至今懷之。祀名宦《一統志》五，參周《志》。

韓國瓚，廣靈人，舉人，乾隆二年知固安縣，有政聲。五年知霸州，絜己愛民，案無留牘，釐剔弊竇，吏畏民安。修先農等祠詿誤，被議去，邨民數百詣上官乞留，日餉米薪，立去思碑霸州周《志》。

盧奎，山西永濟人，進士，嘉慶二十三年知霸州事。居官儉，絜己愛民霸州周《志》。故事州貢鴨，民苦厥累，奎捐銀五千兩生息以爲之費采訪册。遷順天府治中，去之日囊橐蕭然，有古廉吏風周《志》。

姬均，河南夏邑人，貢生，道光十一年知霸州。下車即清積牘、汰陋規、救偏甾、置義倉，輕徭省役，儉以養廉。築六郎、中亭河等隄，堅固高厚，數十年無水患，百姓利賴，至今思之霸州周《志》。

楊應枚，雲南寶甯人，舉人，咸豐三年權知霸州。州境有積年巨盜，向莫能捕，應枚擒之，置之法，人心帖然霸州周《志》。

宋維光，山西汾陽人，貢生，同治元年知薊州采訪册，六年署霸州知州。時州境戒嚴，維光率兵勇擊賊，城賴以安霸州周《志》。

文安

秦世禎，瀋陽人，貢士，順治三年知文安縣，英斷有爲。水汛隄潰，世禎防護有方文安楊《志》。按畿輔唐《志》『禎』作『正』。審户額數有虧，請豁除畿輔唐《志》六十八。興學校，理冤抑。行取四川道監察御史，民建生祠、立去思碑。官至江南操江巡撫、都御史楊《志》，祀名宦唐《志》。

郗詔，遼東人，順治五年知文安縣。六年淀賊蜂起，環城攻。詔親冒矢石，卒保無虞，巡

[撫]疏薦。時守城與有功者典史魯含章，含章山西人，五年之官文安楊《志》。

韓文，陝西富平人，舉人，順治十年知文安縣事。畿南大水，縣當最下，湮没尤甚。文捐貲易粟以賑，築河隄。賊發，親率鄉兵，捕誅渠魁。縣竟旗民雜處，争訟日多，文常單騎遍歷莊屯開諭之，民賴以安。遷知濱州。祀名宦《一統志》五，參文安楊《志》。

許亮，浙江人，康熙十年文安縣典史。修隄監工速且固，人稱善於鼓舞。不受私財。失察去文安楊《志》。

崔啟元，藩下舉人，康熙十一年知文安縣事，令行禁止，築河隄，葺學宫，修縣志，廢墜具舉文安楊《志》。鹽梟犯竟，率親兵剿，長子被害，士民悼之畿輔唐《志》。遷行人司行人。祀名宦。

張朝琮，浙江蕭山人，監生，康熙二十五年知文安縣。清廉慈惠，然莅事嚴明，詢積弊，刊榜革之。均徭審編，親河隄之築，設游船之制，申保甲之條。念皇車獨出霸州屬，請均之。入府斥番役，修學宫，理城垣文安楊《志》。《編審持平敘》：『文安蕞小邑，丁額八千有奇，里三十三區。其間豪强之統避，奸胥之欺隱，伶仃之莫訴，積習既久，難以猝變。公奉檄則指天矢日，務期上不虧賦額，下不失民情，于捐益中寓均平法。往例届期各里民裹糧至縣，動(陟)[涉]旬月輒不得歸，公曰：「何用重困吾子姓爲哉！」先示致期某日審某里某甲，循序以進，朝發夕至，隻日則坐廳事理訟，雙日則對城隍閲户口。及其按籍點名，不無狡黠者朦混，希脱公干，去年賑饑時曾親履邨落，取有十家連名册，一見即識其貌，並記其名，遇此情弊直詰之，曰：「某某不當入册耶？」亭長鄉耆無不相顧愕然，咸嘖嘖歎神明也。數日之外一再詢詰，民不敢欺。逃亡者除，少壯者增，凡經審過，須待彙齊造册，公慮胥吏有以掯勒需索，次晨即出榜示。又勝芳、石溝等里分僻處水鄉，離城遥遠，公念窮黎跋涉之勞、旅食之苦，遂冒暑行部親至一了結，黄童白叟感激泣下。兩閲月報竣，自始迄終，民間不煩一錢之費，不誤一日之工。』張朝琮《宰文略自敘》：『丙寅夏四月予筮仕得文安令，入其境見土地荒蕪，人民凋敝，井里蕭條，城垣傾圮，亟呼父老問之。争相告曰：「文安澤國也，地形如釜，九河下流以苑家口一河，匯巨浸者七十。萬派飛流，而轉注于容刀之渡，秋霖之漲，陸地成湖，其不爲魚鱉者幾希。况乎徭役分繁，陋例相仍，民不堪命，起瘡痍而登衽席端望我侯矣。」聞之心惻然。因思民之痌瘝寄于令，一饑我饑之，一溺我溺之，是以不避嫌怨，不憚勞苦，利必興，害必去，廢必葺，以求無忝厥職。幸上憲精察，有所請，罔不應如桴致。癸酉夏五月調臨洺，文之民走上谷籲留者二百餘人，河工泣送者千。今蒞臨洺未三月，恭逢翠華東幸，召對移時，未六月特陞薊郡。受代之暇稍取蒭蕘數則，輯而授之梓人。予之心文民能諒之，文之民予亦不能忘之也。』』。三十二年調文安，下車即革火耗，米貴，捐資平糶，運米自通州倉，無絲毫累民三河陳《志》，明年遷知薊州員缺，請旨揀授自朝琮始薊州張《志》。遏抑豪强，屏絶私派。如學宫，如譙樓，如西門甕城，鳩工倡葺。丙子丁丑歲祲，朝琮設廠城鄉，捐米賑粥，冬寒無完襟者夥，製棉衣衣之，歲歲相因，活無算。借給甾黎倉糧，貧者負三百石，朝琮如數代償實廩。憫子弟或無力讀書，設義學，助脯延宿儒課之，文風丕振。三十九年二月丁母憂去，父老泣曰：『安必起家甲科者，而能及此？』無慮數百詣闕留朝琮，遇于潞河，力止之。立去思碑。四十一年服闋補深州，奉旨調知薊州，慰民望也采訪册。

大城

吴治匯，字東卿，河南裕州人，進士，順治四年知大城縣大城張《志》。邑錢糧非中飽則漏扈，治滙覈不爽，汰者半，省者半，聽斷輒片言折，一菽一菜胥準市價，捐俸餘以餉髦秀劉漢儒《吴東卿調安鄉序》。調安鄉，遷刑部主事張《志》。

馬騰陞，遼東廣甯人，生員，順治八年知大城縣。純誠不欺，緩徵科，重學校，治巨寇，修隄勤且固，永久攸賴。擢監察御史，民立去思碑大城張《志》。

徐伸，字謂廷，浙江德清人，貢士，順治十五年知大城縣。持躬廉静大城張《志》，政尚大體，不苛細。學宫爲化理之原，下車分稾中俸督修，進士子訓迪之、獎誘之，孤且寒者薦恐後。東樞法重輒陷多家，伸第嚴保甲鮮它，及勑邨落保聚教、父老訓其子弟不爲非，外盗無得攔入王嘉言《賀謂翁榮擢序》，減追呼，絶苞苴劉漢儒《賀徐鄂庭考績序》，水旱少愆，力請得蠲恤如例。沿河隄防以時督其不率，聽訟耳目一無所寄，吏莫敢以鈎金束矢、引舊例爲嘗試。出俸勸輸，設饘粥以活飢民，完雉堞，禁羡耗、搜隱佔、杜訛詐王《序》，士民利賴之，遷中城兵馬司張《志》。

張象燦，陝西咸甯人，舉人，康熙八年知大城縣大城張《志》。邑東濱海，處九河下流，積年停泓，包糧賠累失所者數千家，象燦下車履畝繪圖，爲民請命。辛亥蠲租令下，豁不毛地五百餘頃，一時户頌之。裁陋規，絶役擾，課士子，修學宫，嚴保甲劉楗《邑侯豁除水荒地畝序》，修縣志。

保定

孫光祚，山東范人，舉人，順治元年十月知保定縣。持躬廉絜，下車詢民疾苦，即請撥縣之皇莊充餉等地。區畫得宜，歲饑輒發長平倉積穀以賑，民賴以蘇，而監司銜之，欲坐以監守自盜，士民譁然得解。縣有魚税，光祚悉除之。痛士廢學，立社課爲講經，寒暑不倦。遷户部主事，臨行，有羨金五十兩貯之庫，代民湊次年税額。去之日，士民塞路攀呼。祀名宦畿輔唐《志》六十八，參保定成《志》。

秦簡，關東人，生員，順治六年十月知保定縣。性慈恕，然廉而毅。秋，土賊蠢動，鄰封莊頭或乘機掠鄉鄙婦女，簡不分畛域，置之法，其負隅抗者飛騎親擒之，威名乃震。以鹽引被誣落職，嗣事得白。十三年知懷柔縣，有善政。祀名宦保定成《志》，參懷柔吴《志》。

陸光旭，浙江平湖人，進士，順治九年知保定縣。以廉著，涖事仁且敏，凡八載拮据撫摩，與民同甘苦。十年大水隄決，請蠲請賑設粥，活老弱無算。時疫作，施藥罄槖中俸，典衣繼之，復除火耗，已或無炊弗顧也。請添汛防。擢御史，請免霸州、保定、文安水沖地逋糧。康熙元年轉冀南道，聞縣隄復決，飛使賫金百，分給窮黎。八年光旭赴京，聞縣隄再決，迂道親履水口，咨嗟泣下，至京即請當道代陳以賑。離任十載，顧復之心未已，民立生祠祀之保定成《志》。

成其範，山東樂安人，進士，康熙八年秋知保定縣。廉且敏，差務籌辦不絲毫擾民，聖駕駐蹕即陳民疾苦。明年修築水岸，給價增犒，民歡呼趨役。縣有水沖沙壓地，地去賦則存，俗謂包糧者是，其範痛陳之，巡撫永除其額。又撥補獻縣地，初誤以小畝起科積三十載，其範請改拆徵。十年開八達嶺，檄徵縣丁四百，其範以縣小民稀，單騎率百人赴役，委曲哀陳得免，故事雜派鄉場、物料、狀頭、歸第等銀亦請豁之。十一年采皇本解費及它供應皆辦自俸。免火耗，禁官價，勤課士，修縣志，善政之繫民思如此保定成《志》。成其範《請除水沖沙壓文》：『沿河州縣水患未有如保邑之甚。蓋保邑爲九河下流，且當渾水正衝，康熙七年決隄以後地爲水佔，此積水地之所以累民。然其不在水沖沙壓中者，隄決水佔，雖暫時不能耕種，隄築水涸，猶有可以耕種之期，獨是水沖沙壓八十六頃，則始於渾河初改之時，以沃壤之地沖成溝渠，將平厚之區淤爲沙嶺，此固永久不可耕種者。故水沖沙壓之累民更甚於積水未退之累民。夫賦由地出，哀我保民獨地去而賦猶存，地賴人種，念茲錢户乃人逃而地益荒，若官吏徒知地畝而追糧，恐小民必至典妻而鬻子。懇念殘黎，轉請除豁，庶保民得免包税之苦。』

薊州

于際清，字執中周體觀《于公德政碑》，掖人，遼陽籍，貢生，順治年知薊州。多才幹薊州張《志》，愛民好士碑，建學宮張《志》。丁額久失而數從，寡散之四方者，百計招徠之，屯奸隱抗，際清必欲民得其業。驛安獄決碑，利興弊除，大綱振起，民甚賴之。遷濟南知府張《志》，薊民立去思碑。

胡國佐，奉天人，廕生，康熙三年知薊州薊州張《志》。性淡泊，專事愛養林起龍《胡公去思碑記》，修理學宫張《志》。墾荒不三四年，熟者三百餘頃。禁羨耗，捕逃之功較諸郡爲簡。薊當九河下流，爲堤孔艱，國佐相勢築之堅，水患止。薊地换旗，民苦寫遠，力請以薊補薊碑。寬嚴相濟，人感其德、忘其嚴張《志》。治薊四年碑，遷湖廣德安同知，行之日士民攀泣，立碑，祀名宦張《志》。

董廷恩，奉天鑲黄旗人，蔭生，康熙十六年知薊州。性和藹，然遇事敢爲。薊州州竟强半旗莊，地撥疆淆，恒産之家歎無立錐。廷恩核其不應撥者三千五百五十頃有奇，申允停撥郭濬《董公遺愛碑記》。修儒學，祀鄉賢張《志》，興義學，建社倉，清驛遞，嚴保甲，禁火耗，革贖鍰碑，修州志。遷户部員外郎，累官湖南按察使。祀名宦張《志》。又云康熙十六年十月二十一日任，二十一年八月十九日去。

潘永圖，金壇人，康熙間薊州知州。有犯罪者賄當事請寬之，永圖焚其書，立置于法。祀名宦《一統志》五。

嚴宗嘉，字二猷，號孚亭，江西分宜人，舉人，雍正十三年知玉田縣。以艱歸，總督以薊運河堤決，淹郡落數百，堵禦工急，非宗嘉不可。宗嘉以事關民命，乘小舟揭來各鄉，幾溺者數四，賑撫有方，貧難得活。遷薊州知州。乾隆間金川小醜蠢動，調兵進剿，十年檄宗嘉赴良鄉辦理，經畫周詳，軍實無悮而民無驛騷之苦。時有倡爲椎牛饗士者，宗嘉曰：『此待凱旋時用之，今方出兵，勞以酒食足矣。若援此例，則沿途廢耕牛萬計。』衆皆悟，議遂已，其持論得大體類此。又協辦涿州、順義差務，無不井井在。薊州民咸稱其持身清絜云《香樹文集》二十五，參薊州沈《志》。

王若常，字心如，惺如其號也，浙江仁和人，監生，福建福甯知府，乾隆間左遷山海關通判，尋遷薊州知州。會當軸者營生壙于薊，遣家奴劉姓往，劉要若常出迎，并誅館舍，若常謝焉，劉憾甚，進蜚語，當軸者言于直隸總督，將摭它事劾若常，遽以病免。貧不得歸，薊之民時以酒食餉并助之歸，此可知若常之所以治薊矣。當軸者敗，天子詔贈故監察御史曹錫寶都察院左副都御史，蓋錫嘗劾劉恃勢奢侈者秦瀛《小峴文·王君墓表》，參薊州沈《志》。

沈鋭，歸安人，監生。議敘補永定河武清縣丞，遷知良鄉縣良鄉楊《志》，道光九年遷知薊州。民張廷祥妻孫之夫兄廷喜欲汙之，孫堅拒，被折辱死，廷祥故騃弱，廷喜强使以夫毆妻死報，鋭廉得其情，置廷喜于法。十年修公廨，十一年纂州志薊州沈《志》。

平谷

牟雲龍，奉天杏山人，順治五年知平谷縣。不受私謁，決獄無滯。六年七月土寇蠭起，直逼城下，雲龍單騎入營斬渠魁，餘孽盡殄。績最，取廣東道監察御史。祀名宦平谷朱《志》。

賈文龍，字采公，蒲州人，康熙年浦文焯《賈公遺愛碑》知平谷縣，十八年地震平谷朱《志》，歲頻歉，民多流亡，文龍下車即招集之，免其徭役碑。建書院，惠愛士民歷二十二年之久，邑人立碑朱《志》，于今謳歌不去口碑。

曹濯，字溶舫，陝西人，進士，道光二十二年知平谷縣。不留獄，不煩刑，弭盜訐奸，或干以私，治之。向無書院，濯于城内東南創建之，勸士大夫銀地並輸以息與税爲諸生膏火貲。二十四年調東安，卒于官采訪册。

提督學政

熊伯龍，字次侯，漢陽人，舉人。順治己丑會試第一，提督順天學政。崇尚實學，釐正文體，丹黄甲乙手目評定。鑑别精，苞苴不行，士風振起。卒，祀名宦畿輔唐《志》。

李光地，字晉卿，安溪人，康熙丙戌進士，由編修累擢兵部侍郎。二十三年提督順天學政，以經術勵士子，文體一軌。于正二十九年遷工部左侍郎，督學如故。後巡撫直隸，築子牙河隄，遷大學士，卒謚文貞，祀名宦《先正事略》，參畿輔唐《志》六十七。雍正十一年，特旨入祀賢良祠唐《志》。

楊名時，字賓實，江陰人，康熙辛未進士采訪册。其視學京畿特擢不由階資，始聖祖仁皇帝悼學政廢弛，以九卿督學自李文貞始，而名時繼之，校士一遵文貞成法，士雖擯棄無怨言方苞《李文貞墓誌銘》，猶懼無以興教化，迺頒條約至再，稽驗功程，率教者裒録，不率教者懲創，杜絶弊竇《楊氏全書》三十二，參采訪册。官至禮部尚書《墓誌銘》。

朱萬祺，字敬迓，涿州涿鹿衛人，十九補涿州學生。李自成陷京城，遣兵徇涿，萬祺鳩義士十餘奮誅其衆，城中推爲帥。守備粗具，賊薄城，隨方備禦，賊多死傷。自成怒，親率其衆蟻坿緣城，萬祺礮擊自成，中其蓋，自成驚遁，城得不陷采訪册。本朝定鼎，特授爲涿州參將，賜冠帶裘靴。萬祺大度，犯而不較，武弁胡毅曾挫辱之，後屬鈐轄不敢見，萬祺召諭曰：『韓信不計惡少，但悮公事，不爾貸耳。』後佐河工，以勞卒官畿輔唐《志》七十四。

蘇登，字天階，初名日昇，福建南安人密雲鄭《志》。順治十四年召自福建汀州副將，賜蟒袍補褂，授石匣副將，教習藤牌著成效采訪册。康熙時親征戛爾旦，命爲前敵，賜名登，以功晉都統銜，秩同一品，賞花翎，兼襲騎都尉，回任石匣。性鯁，遇事不阿，忤權貴，奪世職花翎，夷然也。天子知其直，留任，訓練無少懈。以勞卒官鄭《志》。

簣喜廬文初集卷十六

順天府志備續官師傳

《光緒順天府志》傳所未逮者，若魏之張赦提，隋之燕榮、元宏嗣，遼之高勳，元之實喇卜丹實迪；，取鑑當必有在，北齊張亮占夢近瑣，類此又在雜事之例也。晉之張華、李産、陽裕、劉沈、魏之平、恒陽尼、高閭、盧道將、劉靈助，北齊之盧文偉，唐之蔡廷玉、劉怦、張玘、張仲武、張允伸、趙德鈞，遼之室昉、金之趙元、王翛、丁暐仁、馬琪、郭汝梅，元之張珪涿州吴《志》、劉德温、朱禮房山佟《志》、趙伯敬、張滋薊州周《志》，明之趙斌香河劉《志》、于本甯河關《志》，或載正史，或徵邑乘。類此例詳《人物》不必補於《官師》，而《官師傳》之所闕，約之又約，續得漢以來若干人，未敢謂於己志皆不及無過之者，雖官同政同而詳略異，蓋亦有幸有不幸，不然，何其間祀名宧者且不一也，而必尋行數墨於人往風微，非所敢知也。述順天府備續官師傳。

漢

王尊，字子贛，涿郡高陽人也。少歸諸父，使牧羊澤中。尊竊學問，能史書，年十三求爲獄小吏，數歲紹事太守府，問詔書行事，尊無不對，太守奇之，除補書佐，署守屬監獄師古注：署爲守屬，令監獄主囚也。久之尊稱病去，事師郡文學官，治《尚書》、《論語》，略通大義。復召署守屬治獄，爲郡決曹吏，數歲以令舉幽州刺史從事《漢書》注引如淳曰：《漢儀》注『刺史得擇所部二千石卒史與從事』。宋祁曰決曹史，淳化本無『史』字，按如注須得『史』字乃安，止作『決曹』非是，而太守察尊廉，補遼西鹽官長。初元中高第，擢安定太守，復爲校尉，免。涿郡太守徐明薦尊不宜久在閭巷，遷東郡太守，卒官《漢書》列傳。祀名宧《一統志》五。

鄭昌，字次卿《漢書·鄭宏傳》，泰山剛人也同上。按所纂雖同出一傳，而前後參輯，故注同上，餘仿此，南陽太守宏兄據《宏傳》。明經通法律政事，爲太原、涿郡太守，著《治迹條教》，法度爲後所述。用刑罰深，不如宏平《宏傳》。祀名宧畿輔唐《志》六十八。

彭宏《後漢書·彭寵傳》『寵父宏』，按宏，《東觀漢紀》作『容』，南陽宛人，哀帝時爲漁陽太守。偉容貌，能飲飯，有威於邊。王莽居攝，誅不附己者，宏與何武、鮑宣並遇害《後漢·彭寵傳》。按《東觀漢紀》：『容，哀帝時爲漁陽太守，有名於邊，容貌飲食絶衆。是時單于來朝，當道二千石皆遣容貌飲食者，故容徙爲雲中太守。』。祀名宧《一統志》五。

廉范，字叔度，京兆杜陵人《後漢書》列傳。永平十六年爲漁陽太守，北匈奴入雲中，遂至漁陽，范擊卻之。祀名宧《一統志》五。

龐參，幽州刺史《後漢書·耿夔附弇傳》。建光元年《通鑑》五十，鮮卑攻殺雲中太守，成嚴用烏桓校尉徐常於馬城《耿夔附弇傳》，度遼將軍耿夔與參發廣陽、漁陽，涿郡甲卒救之《通鑑》，追虜出塞而還《耿夔附弇傳》。按《後漢書·龐參傳》：『字仲達，河南緱氏人。』又《東觀漢記》字同，皆未言幽州刺史，是否與此幽州刺史爲一人，未詳。

楊震，字伯起，弘農華陰人，轉涿郡太守。性公廉，不受私謁，子孫常蔬食步行。故舊長者或欲令爲開産業，震不肯，曰：『使後世稱爲清白吏，子孫以此遺之，不亦厚乎！』元初四年徵入爲太僕，延光二年爲太尉，三年飲酖卒《後漢書》列傳。祀名宦《一統志》五、畿輔唐《志》六十八、萬曆沈《志》。

王暢，字叔茂《後漢書·附王龔傳》，山陽高平人《王龔傳》，司隸校尉轉漁陽太守。以嚴明稱，坐事免官，桓帝特詔三公高選庸能，太尉陳蕃薦暢清方公正、有不可犯之色。建甯元年遷司空附《王龔傳》。祀名宦《一統志》五、畿輔唐《志》六十八。

三國

常林，字伯槐，河内温人。刺史梁薦州界名士，林及楊俊、王淩、王象、荀緯皆爲縣長。林治化有成《魏志》二十三，曹操時蕭常續《後漢書》四十超遷幽州刺史，有績。明帝封高陽鄉侯，謚曰貞《魏志》。按《魏略》以常林入《清介傳》，又見《通志》。

毌丘儉，字仲恭，河東聞喜人也《魏志》二十八，建興十五年魏王叡《通鑑補》七十三圖討遼東

《魏志》，以荆州刺史毌丘儉《通鑑》有幹策，徙爲幽州刺史、加度遼將軍，使持節護烏丸校尉《魏志》。《通志》：『儉，青龍中爲幽州刺史。』儉上書曰：『陛下即位已來未有可書，吴蜀恃儉〔險〕未可卒平，聊可以此方無用之士克定遼東。』《魏志》二十二光禄大夫衛臻曰：『儉所陳皆戰國細術，非王者之事。吴頻歲稱兵寇亂邊境，而猶按甲養士未果致討者，誠以百姓疲勞故也。淵生長海表，相承三世，外撫戎夷，內修戰射，而儉欲以偏軍長驅，朝至夕卷，知其妄矣！』不聽，使儉帥幽州諸軍及鮮卑、烏桓純〔屯〕遼東南界，璽書徵淵，淵遂發兵反，逆儉於遼隧。會天雨十餘日，遼水大漲，儉與戰不利，引軍還右北平，淵因自立爲燕王《通鑑》。『諸』上『幽州』二字據《魏志》增。延熙九年《通鑑補》儉以高句驪數侵叛，督諸軍步騎萬人出玄菟從諸通討之。高句驪王宫破走《魏志》二十八，儉遂屠丸都《通鑑》七十五。宫犇買溝，儉遣玄菟太守王頎追之，過沃沮千有餘里，至肅慎氏南界，刻石紀功，所誅納八千餘口，論功受賞侯者百餘人。穿山漑灌，民賴其利《魏志》二十八。延熙九年《通鑑補》。按此即正始七年春二月儉討高句驪，夏五月討濊貊，皆破之，韓那奚等數十國各率種落降《魏志》四，遷豫州，揚州與文欽反裴注引習鑿齒曰：『儉感明帝顧命，故爲此役。』，張屬殺儉，欽亡入吴《魏志》二十八。欽字仲若，譙郡人《魏志》二十八注引《魏書》。延熙十八年《通鑑補》七十六吴以欽爲都護，假節鎮北大將軍、幽州牧、譙侯《魏志》二十八。

晉

衛瓘，字伯玉，河東安邑人也。泰始初青州刺史，有政績。除征北大將軍、都督幽州諸軍事、幽州刺史、護烏桓校尉，至鎮表立平州，後兼督之。于時幽并東有務桓、西有力微，並爲邊害，瓘離間二虜，遂致嫌隙，於是務桓降而力微以憂死。朝廷嘉其功，賜子子亭侯，乞以封弟，未受命而卒，子密受封《晉書》列傳。瓘八年不得在京師《通鑑考異》，累求入朝，既至，武帝善遇之，俄使旋鎮。咸甯初拜尚書令，惠帝以瓘録尚書事，被害，謚曰成《晉書》列傳。祀名宦畿輔唐《志》六十七。

劉弘，字和季，沛國相人。少家洛陽，與武帝同居永安里，張華甚重之，由是爲甯朔將軍，假節監幽州諸軍事，領烏丸校尉，甚有威惠，寇盜屏跡，爲幽州所稱，以勳德兼茂封宣城公。卒於襄陽，謚曰元《晉書》列傳。祀名宦畿輔唐《志》六十七、萬曆沈《志》。

後魏

張衮，字洪龍，上谷沮陽人。太祖拜衮奮武將軍、幽州刺史，賜爵臨渭侯。衮清儉寡欲，勸課農桑，百姓安之。天興初徵還京師《魏書》列傳。初，衮薦盧溥、崔逞《通鑑》百十一，後與崔逞答司馬德宗將郗恢書失旨《魏書》列傳，盧溥受燕爵命殺魏幽州刺史封沓干，黜衮爲尚書令史《通鑑》。卒謚曰文康公《魏書》列傳，次子度襲爵臨渭侯，除使持節都督幽州廣陽、安樂二郡諸軍事，著稱。還朝爲中都大官，卒謚康侯《魏書》附衮傳。按廣陽、安樂舊屬安州，僑治幽州。

臨淮王他曾孫世遵《魏書·陽平王熙傳》目注，世宗時拜前軍將軍，行幽州事，兼西中郎將，尋爲征虜將軍、幽州刺史。世遵性清和，推誠化導，百姓樂之。肅宗時以本將軍爲荆州刺史，後除定州刺史。孝昌元年薨，謚曰康王《魏書》附《陽平王熙傳》。

崔隆宗《北史》附崔逞傳，清河東武城人《魏書·崔逞傳》，位燕郡太守。仁信待物，檢[儉]慎至誠，故見重於時。卒謚孝《北史》附《崔逞傳》。

房謨，字敬放，河南洛陽人，深沈内敏，正光末昌平太守，著廉惠。鮮于禮之亂，朝廷以謨得北邊人情，以爲假燕州事，北轉至幽州南。神武除晉州刺史、攝南汾州事。卒謚文惠《北史》列傳。祀名宦萬曆沈《志》。

唐

温彦博，字大臨《唐書》附《温大雅傳》，太原祁人《舊唐書·温大雅傳》。隋亂，幽州總管羅藝引爲司馬《唐書》附《温大雅傳》，藝以幽州歸國，彦博贊成其事，授幽州總管府長史《舊書》附《大雅傳》，封西河郡公，召入爲中書舍人，遷侍郎《唐書》附《大雅傳》。按《舊唐書》列傳封西河公在遷侍郎後，與《唐書》異、尚書右僕射。卒謚恭《舊唐書》附《大雅傳》。

李玄道者，本隴西人，世居鄭州，貞觀初累遷給事中、姑臧縣男，出爲幽州長史，佐都督王君廓專持府事《唐書》列傳。君廓在職多縱逸《舊唐書・盧江王傳》，每以義裁糾之。嘗遺玄道婢，乃良家子，爲所掠，遣去，不納，由是始隙。君廓入朝，玄道寓書房玄齡，玄齡本甥也，君廓發其書，不識草字，疑以謀己，遂反。坐是流嶲州，未幾擢常州刺史，久之致仕，加銀青光禄大夫，卒《唐書》列傳。

蔣儼，常州義興人。貞觀中《舊唐書》列傳授朝散大夫，爲幽州司馬《唐書》列傳，以善政爲巡察使劉祥道《舊唐書》列傳表最狀，擢會州刺史《唐書》列傳。文明中封義興子、太子參軍。致仕卒《舊唐書》列傳。

韋弘機，京兆萬年人《唐書》列傳。按《舊唐書》作韋機。貞觀中使西突厥，裂裳録所經諸國風俗物産，名爲《西征記》，還奏，拜朝散大夫，至殿中監。顯慶中爲檀州刺史，邊州素無學校《舊唐書》列傳，人陋僻不知文儒貴，乃修學宫，畫孔子七十二子、漢晉名儒像，自爲贊，敦勸生徒，繇是大化。契苾何力討高麗，次灤水，會暴漲，師留三日，弘機輸給資糧，軍無饑《唐書》列傳。何力全師還，以其事聞高宗，以爲能，超拜司農少卿，兼知東都營田，爲天后所擠《舊唐書》列傳，終檢校司農少卿事《唐書》列傳。祀名宦《一統志》五、萬曆沈《志》。

張説，字道濟，或字説之，其先自范陽徙河南，更爲洛陽人《唐書》列傳。玄宗即位，説封燕國公，賜實户二百户《舊唐書》列傳，以右羽林將軍檢校幽州都督《唐書》列傳兼節度管内諸軍經略大使張説《舉陳寡尤等表》、文林郎陳寡尤堪處諫諍之官，幽州節度使參謀劉待授堪備顧問，四品于悉堪拾遺左右，張説奏：『臣身在邊城，心在闕庭，報國之志莫若進賢。陳寡尤等三人宜並追取試諫，考覆吏部，寫勅宣下文書，三載於今，一人不至，請勅州縣各以禮徵，引見採賾，必有可取同上。』説入朝以戎服見，帝大喜《唐書》列傳。開元七年，并州大都督府長史《舊唐書》列傳，十七年遷左丞相，卒謚文貞。開元後宰相不以姓著者曰燕公云《唐書》列傳。

郭英傑，字孟武《唐書》附郭知運傳，瓜州晉昌人《唐書·郭知運傳》，爲左衛將軍、幽州副總管。開元二十三年，長史薛楚玉遣英傑與裨將吴克勤、烏知義、羅守忠帥萬騎及奚衆討契丹，屯榆關，契丹酋長可突于拒戰都山下，奚衆貳，官軍不利，知義、守忠引麾下遁去，英傑、克勤力戰死，其下尚六千人殊死戰，虜示以英傑首，終不屈，師遂殲《唐書》附《郭知運傳》。祀名宦萬曆沈《志》。

甄濟，字孟成，定州無極人，叔父爲幽、涼二州都督，家衛州濟，居青巖山。採訪使苗晉卿表之，諸府五、辟詔十至，堅卧不起。安禄山入朝求濟於玄宗《唐書》列傳，授大理評事，充范陽郡節度掌書記《舊唐書》列傳。禄山至衛，使太守鄭遵意致謁山中，濟不得已爲起，禄山下拜鈞禮，居府中，議論正直。久之，察安禄山有反謀不可諫，濟素善衛令齊玘，因謁歸具告以誠，密置羊血左右，至夜若歐血狀，陽不支，舁歸舊廬《唐書》列傳。禄山反，使僞節度使蔡希德領行戳［戮］者李掞等二人《舊唐書》列傳封刀召之，曰：『即不起，斷其頭見我。』濟色不動，左手書曰：

『不可以行。』使者持刀趨前，濟引頸待之，希德歔欷歎止刀，以實病告《唐書》列傳。後安慶緒亦使彊昇至東都安國觀。經月餘《舊唐書》列傳，會廣平王平東都，濟詣軍門上謁泣涕，王爲感動，肅宗詔館之三司署，使汙賊官羅拜以愧其心，授秘書郎。大歷〔曆〕初爲著作郎兼侍御史，卒。元和中，袁滋表濟節行與權皋同科，宜載國史，有詔贈濟秘書少監《唐書》列傳。《舊唐書》列傳：詔曰：『符風樹節，謂之立名。歿加褒贈，所以誘善。故朝散大夫、秘書省著作郎兼侍御史甄濟，早以文雅見稱於時，嘗因辟召，亦佐戎府，而能保堅貞之正性，不履危機，覩逆亂之潛萌，不從脅汙，義聲可傳於竹帛，顯秩未貴於松楸。藩方所陳，允叶彝典，追加命秩，以獎忠魂，可贈秘書少監。』。

五代

符存審，字德詳，陳州宛丘人。初名存，歸晉爲義兒軍使，賜姓李氏，名存審《五代史》列傳。按《五代史》傳亦稱符存審，注云歐陽史《義兒傳》，惟符存審不在其列，別自爲傳。蓋存審子彦卿有女，爲宋太宗后，故存其本姓，授横海軍節度使，加平章事《舊五代史》列傳。天祐十四年三月《舊五代史·周德威傳》契丹圍幽州，時晉與梁相持，莊宗疑，問諸將，存審獨以爲當救《五代史》列傳，八月，將兵援周德威於幽州《舊五代史》列傳，卒擊走契丹。存審有機略，大小百餘戰未嘗敗衄，與德威齊名。德威死，晉之舊將獨存審在。契丹攻遮虜《五代史》列傳，二十年詔存審充幽州蘆龍節度使《舊五代史》列傳，存審病，辭不肯行，莊宗使人慰諭，彊遣之《五代史》列傳，自鎮州之任。同光初加開府儀同三司、檢校太師、中書令，賜號忠烈扶天啟運功臣。十月平梁，遷都洛陽，存審以身爲大將，不得預收復中原之功，舊疾愈作，堅求入覲尋醫《舊五代史》列傳，時郭崇韜不樂其來，因沮其事。存審妻郭氏泣訴於崇韜曰：『吾夫於國有功，與公鄉里之舊，奈何忍令死棄窮野！』《五代史》列傳崇韜益慚懟。明年春疾甚，上章乞生覲天顏，不許。存審伏枕歎曰：『老夫事二主垂四十年，今日天下一家，遠夷極塞皆得面覲彤墀，射鈎斬袪之人孰不奉觴丹陛？獨予壅隔，豈非命哉！』漸增危篤，崇韜奏請許存審入覲。四月制授宣武軍節度使、諸道蕃漢馬步總管，詔未至，五月十五卒於幽州官舍《舊五代史》列傳。臨終戒子曰：『吾少提一劍去鄉里，四十年間取將相，然履鋒冒刃，出死入生，而得至此。』因出平生身所中矢鏃［鏃］百餘示之《五代史》列傳。

宋

石曦，并州太原人，誠州刺史。雍熙四年，改知霸州兼部署。會陳廷山謀以平戎軍叛入北邊，曦察知之，與侯延濟定計禽廷山以獻，録其功，加領本州團練使《宋史》列傳。祀名宦《一統志》。

丁罕，潁州人，淳化三年知霸州。會河溢壞城壘，罕以私錢募築，民咸德之。五年容州觀察使《宋史》附薛超傳。祀名宦《一統志》。

蕭思温，小字伊庫原作寅古，宰相達魯原作敵魯之族弟。太宗時尚燕國公主，爲群牧都林牙。思温在軍中握齱修邊幅，僚佐皆言非將帥才。尋爲南京留守。初周人攻揚州，上遣思温躡其後，殫暑不敢進《遼史》列傳。應曆八年夏四月，攻下沿邊州縣《遼穆宗（記）［紀］》數城而還《遼史》列傳，遣人勞之《遼史·穆宗（記）［紀］》。後周師來侵，思温請益兵，帝報曰：『敵來則與統軍司併兵拒之，敵去則務農作，勿勞士馬。』會敵入東城，我軍退渡滹沱而屯。思温勒兵徐行，周軍數日不動，思温與諸將議曰：『敵衆而鋭，戰不利則有後患，不如頓兵以老其師，躡而擊之，可以必勝。』諸將從之，遂與統軍司兵會飾他説清［請］濟師。周人引返，思温亦還《遼史》列傳。按《遼穆宗（記）［紀］》，思温請益兵在八年六月，乞駕幸燕。九年夏四月丙戌周來侵，戊戌以思温爲兵馬都總管擊之。是月《遼史·穆宗紀》周主與其將傅元將、李崇進等分道並進，陷益津、瓦橋、淤口三關，垂迫固安，［思］温不知計所出，但云車駕旦夕至，麾下士奮躍請戰，不從。已而陷易、瀛、莫等州，京畿人震駭，往往遁入西山。思温以邊防失利恐朝廷罪己，表請親征。會周主以病歸，思温退至益津，僞言不知所在，遇步卒二千餘人來拒，敗之。是年聞周喪，燕民始安，乃班師。景宗保甯初爲北院樞密使，封魏王，從獵，爲賊所害《遼史》列傳。按《遼史·穆宗紀》：應曆九年五月己巳朔陷瀛、莫二州，辛未周兵退。《通鑑》：四月周拔三關、莫州，五月降瀛州，壬子退兵。

《契丹國志》：時遼失瀛、莫、易、涿、雄、霸六州。均與《思温傳》異。

韓匡嗣《遼史·景宗紀》，薊州玉田人，知古子《遼史·韓知古傳》。景宗即位拜上京留守，頃之王燕，改南京留守，保甯末以留守攝樞密使。時耶韓和克原作虎古使宋還，言宋人必取河東，合先事以爲備，匡嗣詆之曰：『甯有是！』已而宋人果取太原，乘勝逼燕。匡嗣與南府宰相沙特哩衮原作惕隱休格原作休哥侵宋軍於滿城。方陣，宋人請降，匡嗣欲納之，休格曰：『誘我也，可整頓士卒以禦。』匡嗣不聽。俄而宋軍彭［鼓］譟，爲我衆蹙踐，匡嗣倉卒諭諸將無當其鋒，衆既奔，遇伏，匡嗣棄旗鼓遁。帝怒匡嗣，數之曰：『違爾衆謀，深入敵境，罪一。號令不肅，行伍不整，罪二。棄我師旅，挺身鼠竄，罪三。偵候失機，守禦弗備，罪四。捐棄旗鼓，損威辱國，罪五。』促令誅之。皇后引爲内戚徐爲開解，乃杖而免《遼史》附《韓知古傳》。乾亨元年九月命燕王匡嗣爲都統《遼史·景宗紀》。按《附韓知古傳》云遥授晉昌節度，二年改南面招討使，卒《遼史》附韓知古傳。

耶律《遼史·太祖紀》**道隱**，字留隱，有文武才。景帝即位封蜀王，爲上京留守《遼史》附《宗室義宗貝傳》，乾亨元年十二月壬戌遷南京留守《遼史·景宗紀》。號令嚴肅，民獲安業，居數年徙封荆《遼史》附《宗室義宗貝傳》。二年十二月南京留守荆王道隱奏宋遣［使］獻犀帶請和，詔以無書卻之《遼史·聖宗紀》。薨封晉王《遼史》附《宗室義宗貝傳》。

耶律隆運，本姓韓，名德讓，匡嗣子也，統和十九年賜名德昌，二十二年賜姓耶律，二十八年復賜名隆運。有智略，代匡嗣爲上京留守、權知京事，尋復代父《遼史》列傳權知南京留守事《遼史·景宗紀》。按此在保甯中，時人榮之。宋兵侵燕，五院糺詳衮原作詳穩希達原作奚底、統軍蕭托果原作討古等敗歸，宋兵圍城，招脅甚急，人懷二心。隆運登城日夜守禦，援軍至，圍解。及戰高梁河，宋兵敗走，隆運邀擊又破之。以功拜遼興軍節度使，徵爲南院樞密使，統和封楚國公，六年封王。九年言燕人挾姦，苟免賦役，貴族因爲囊槖，可遣北院宣徽使趙智戒諭，從之。久之拜大丞相，進王齊，徙王晉，賜姓，改賜今名。薨，謚文忠《遼史》列傳。

耶律仁先，字札林原作糺鄰，小字察喇原作查剌。父貴音原作瑰引，南府宰相，封燕王。仁先有智略，重熙十一年同知南京留守事，十三年伐夏，留仁先鎮邊，未幾召爲契丹行宫都部署，十六年遷北院大王。清甯初爲南院樞密使，以耶律華格原作化哥，譖出爲南京兵馬副元帥，守太尉，更王隋六年復爲北院大王。咸雍元年加裕悦原作于越，改封遼王，與耶律伊遜原作乙辛共知北院樞密事，見忌，出爲南京留守，改王晉。卹孤惸，禁姦慝《遼史》列傳，邊境晏然，宋聞風震服，議者以爲自裕悦原作于越休格之後，惟仁先一人而已。準布原作阻卜塔里干叛，命仁先爲西北路招討使《遼史》列傳。

耶律都勒斡原作鐸魯斡，字伊實揚原作乙辛隱，季父房之後，廉約重義，給事誥院，咸雍中累遷同知南京留守事《遼史·能吏傳》，有聲，吏民畏愛，被召，以部民懇留，賜詔褒獎。太康初改西南面招討使，太安五年拜南府宰相，壽隆初致仕，卒同上。

金

伯特德哩布原作伯德特離補。按一作伯德特里補，奚五王族人也。天會初歸朝，招降未附軍民及薊督之耕作，遷濱州，改涿州刺史。爲政簡静，不積財，常曰：『俸禄已足養廉，衣食之外何用蓄積。』《金史》列傳遷崇義軍節度使《涿州志》。

諾延温都烏達原作耨盌温敦兀帶。《金史》列傳，阿卜薩水原作阿補斯人《金·諾延温都思忠傳》。天會間官同知大興尹，京師盜賊止息，事無留滯。遷定海節度使。世宗即位，爲北邊行軍都統、會甯尹，改北京留守，以廉察舉，烏達有能名、無私過，由是入拜參知政事《金史》列傳。

張元素，字子貞《金史》列傳。按《涿州志》『貞』譌『亨』，遼陽渤海人《金史·張浩傳》。按《張元素傳》云與浩同曾祖。天眷元年以静江軍節度使知涿州《金史》列傳。爲政有聲涿州吴《志》，察廉最，進官一階。世宗即位遷户部尚書。元素厚而剛毅，人畏憚之《金史》列傳。

完顔守道《金史》傳目，本名實訥埒原作習尼烈。皇統九年同知盧龍軍節度使，歷薊州刺史。世宗幸中都過薊，父老遮道請留，再任平章政事。伊喇元宜舉以自代，授左諫議大夫，進左丞相。卒謚簡靖《金史》列傳。祀名宦《一統志》。按皇統九年即天德元年。

芬徹原作蒲查，正隆初爲中都路兵判官。是時京畿多盜，芬徹捕得大盜四十餘名，百姓稍安。性廉潔忠直，臨事能斷《金史》列傳。

伊喇慥，本名伊德爾原作移敵列，契丹伊嚕勒部人，吏部尚書，尋改大興尹。駕幸上京，顯宗守國，使人諭之曰：『自大駕東巡，京尹所治甚善，我將有春水之行，當益勤乃事。』還以所獲鵝鴨賜之。有疾在告，遷官醫診視。上還自上京，以爲西京留守，改臨洮尹，卒《金史》列傳。祀名宧《一統志》。按喇原作剌。

李遹《一統志》，字平父《元遺山集·寄庵先生墓碑》，欒城人《一統志》，藁城令。以政迹陞遼東宜風令，改薊州盧龍《元遺山集》。承安中，賊臣胡沙虎尹大興，遹爲府推官，方諂事中貴，竊弄威福同上。按遹原云先生，今改。《一統志》云泰和中爲大興幕官，奴視同列，遹獨抗之《一統志》，直前徑行。初不爲死生禍福計，每以公事相可否，至絲毫不少貸，又擇其陰事數十條，將發之，虎乃以非罪誣染之，凡可以中傷者無不至，遹守之益堅，抗之愈力。如是二年，既無可撼摇，乃奏之上，賴上雅見知，譖不得行，遷遼東路鹽使《元遺山集》。祀名宧《一統志》。

張行信，泰和間通州刺史。嘗上言漕船自通州入牐，凡十餘日方至京師，請官支五日增脚之費，遂增給焉。祀名宧通州高《志》。按《金史》張行信亦仕泰和間，然未云通州刺史請增漕船脚費，豈史失載與？抑《通州志》另一人也？。

圖客坦公弼原作徒單公弼，本名錫林原作習列，河北東路算卓和明安人，大安初知大興府事。讞武清盜，疑其有冤，已而果獲真盜。歲餘拜參知政事，歷定國軍節度同判，大睦親府事。薨謚恪愿《金史》列傳。

胥鼎，字和之《金史》傳代州繁時人《中州集》九，尚書右丞持國之子也。貞祐元年知大興府事，兼中都路兵馬都總管。二年正月，鼎以在京貧民闕食者衆，宜立法振救，乃奏曰京師官民有能贍給貧民者，宜計所贍遷官陞職，以勸獎之，遂定權宜鬻恩例格，如進官陞職、丁憂人許應舉求仕、官鹽户從良之類，入粟草各有數，全活甚衆。四月拜尚書右丞，乃兼知府事。五月宣宗南渡，留爲汾陽軍節度使。正大二年平章政事，三年薨。鼎通達吏事，有度量，爲政鎮静，所在無賢不肖皆得權心《金史》列傳。祀名宦《一統志》。

元

趙柔，涞水人。癸酉，太祖以柔爲涿、易二州長官，佩金符。丙戌，群盜並起，柔單騎偏入諸栅説降其衆，以功遷龍虎衛上將軍、真定涿等路兵馬都元帥。庚寅，太宗命兼管諸處打捕總管《元史》列傳。按涿居首，其主治也，易特其兼官耳，涿州吴《志》列傳是也。至遷真定、涿等路，則真定爲主，涿爲兼。祀名宦畿輔唐《志》六十八。

張惠，字廷傑，成都新繁人。世祖即位授燕京宣慰副使，爲政寬簡，奏免分數錢，罷硝城局，俄遷侍中至拜參知政事、行省山東，所至有能聲《元史》列傳。

李德輝，字仲實，通州潞縣人，中統元年爲燕京宣撫使。燕多劇賊，造僞鈔，結死黨殺人，德輝悉捕誅之，令行禁止《元史》列傳。

徐世隆，字威卿，陳州西華人。世祖以爲東平行臺經歷，擢燕京等路宣撫使，世隆以新民善俗爲務。二年移治順天，歲饑，世隆發廩貸之，全活甚衆。三年宣撫司罷，世隆還東平《元史》列傳。

韓若愚，保定人。開會通河有功，遷薊州知州。有疑獄立斷之，興學校，政績卓異。歷侍郎、尚書，卒封南陽公，謚貞肅。祀名宦薊州周《志》。

耶律有尚，字伯强，父在金嘗官東平，因家焉。至元十年爲助教，久之出知薊州，爲政以寬簡得民情《元史》列傳，訟輒勸息，減徭役，絶苞苴，卒謚文正。祀名宦《一統志》五，參畿輔唐《志》六十八。

劉德寬，至元十六年知固安州。闢異端，興學校，大得民心。祀名宦固安陳《志》。

劉鐸，元貞二年三河縣尹，凡政之美惡、民之利病，隨宜因革，不擾不煩。謂僚屬曰：『地闢[僻]訟簡，賦均盜息，政之常也。學校不舉，政之大疵。』乃建講堂。宰三載，士沐其化，民受其惠，吏服其明。卒于官，衆思之。祀名宦三河陳《志》，參王約《重建三河講堂記》。

劉甫，元貞中知霸州，修學宮，擇雋入學，民訴蠹輒革之霸州周《志》。

虞集，字伯生，宋丞相允文五世孫也。大德初以大臣薦，授大都路儒學教授。雖以訓迪爲職，而益自廣充，不少暇佚。除國子助教《元史》列傳。

姚天福，字君祥，絳州人。大德四年拜參知政事、大都路總管兼大興府尹，畿甸大治。後之尹京者以天福爲稱首。六年卒《元史》列傳。

齊諾原作千奴，約勒伯里巴約特氏，和尚子。大德七年授大都路總管兼大興府尹，馭吏治民有方據《元史》附和尚傳。按《一統志》云千奴。祀名宦《一統志》五。

王傑魏必復《房山建學碑記》，大德八年房山縣尹房山佟《志》。按元稱令爲尹，碑文稱宰非其時官名。學殿地後不稱，續二畝有奇搆明倫堂，傑作治甚力，甫畢及瓜《碑記》。協作者簿史忠慰小云失的斤佟《志》。

馬塔刺海温，大德九年固安州達嚕噶齊固安陳《志》。按陳《志》云達魯花赤，今據《元史語解》正兼管本州諸軍事。曾勸農事，清心勑躬，以治以敬。知州高淵下車顧瞻頖宮，先惟立廟興學校，於是同知固安州事劉之紀、判官尚傑，僉議置立齋庭，以延儒士講明道德，闢肄業之院一所去廟之東北，次建講堂於殿之西，又惟廩士之費莫知所出，將此四官自得之租歸之學正，以爲贍給，學正韓元亨講明道學，甚得聖賢之旨，凡民之俊秀者皆入其學陳《志》。淵字巨川，大都人采訪册，亦九年任，以勤勞著績。之紀字綱甫，永清人，大德六年任，政清刑簡。傑字英甫。元亨河間人陳《志》。按元亨爲州學正，陳《志》云教諭，非。

趙居禮，大德間知通州，初無學，居禮創於州治西，今過庠序者猶思之。祀名宦通州高《志》。

王崇道，至大元年知霸州，州學宫久廢，崇道修之，使州人子弟入學霸州周《志》。

楊潤，至大二年文安縣尹。廟學焚蕩，人不知學，潤建之設學。祀名宦文安楊《志》。

李佑，至大年任文安縣尹，重修廟學。先是至元八年，教諭董榮有興廟學志，庚辰以屋貸錢伐木，三歷寒暑衆材始聚，工力並作，惟室門未舉，佑相繼輔成之。榮，縣人、儒士文安楊《志》，參尚野《重修文廟記》。按尚記佑尹縣在至大間明甚。《文安志》云皇慶年任，非也。又云佑子道任學正、孫楨任教諭，似非文安學官。

王伯勝，文安人，至大三年大都留守兼少府監。初大都土城，歲必衣葦以禦雨，日久土益堅，勞費益甚，伯勝奏罷之《元史》列傳。

孔思晦，字明道，孔子五十四世孫也。至大中舉茂才，爲范陽儒學教諭。先是校官率以廩薄不能守職，而思晦以儉約自將，教養有法《元史》列傳。延祐初調甯陽學涿州吴《志》，比去，學者皆不忍舍之。襲封衍聖公，謚文肅《元史》列傳。

史郁，字文卿，河南東光人，房山縣尹。才識錯綜，善理劇，或試苞苴，輒絶之，以清白著。祀名宦房山佟《志》。

王元恕房山佟《志》，延祐改元春魏必復《房山建學碑記》，房山縣尹佟《志》。按元之縣官稱尹，學碑稱宰。縣學兩廡未備，考之故事，闕歷年所，宜亟作治，同志相事合楮幣餘三千緡，屬監縣民安荅、宰元恕、簿伯住、尉張彦澤起兩廡庖湢、内外門墻未備者。先是詔罷不急役，令與監縣相謂曰：『教化，國家急務、風俗本原，奈何廢弛！矧是役斂弗及，民杇[朽]者、梓者悉疇庸以直，陶者、斤者悉以能售兹俾遂事，則觀民以禮，勉吏以義，孰敢忽諸？』於是胥徒隸兵咸入役，身蒞之，不兩月焕然就敘《學碑》。按監縣云者達嚕噶齊也，據碑知民安答去後哈魯丁繼之；而房山佟《志》達魯花赤民安答下有『兒』字，哈魯丁下有『撒的迷』三字。

廉和斯哈雅原作惠山海牙，字公亮，至治元年同知順州事。有弓匠提舉滿達勒者，怙勢奪州民田，同列畏之，和斯哈雅至即治其事。在官期年，用薦者召入史館《元史》列傳。祀名宦《一統志》五。

王鈞，字子衡，泰定四年知固安州，爲政以農爲本，以學校爲先，士民賴之。祀名宦固安陳《志》。

劉蒙亨，泰定間固安州學正。談經設教，鄰士亦歸焉。祀名宦固安陳《志》。

趙義，知通州通州高《志》，天曆元年冬十月，雅克特穆爾引兵至通州擊遼東軍，敗之渡潞水，庚寅遼東軍宵遁，師襲之，以知州義能禦敵，賜幣二疋《元史・文宗紀》。祀名宦通州高《志》。

嘉琿達《元史・文宗紀》，天曆元年涿州同知州事采訪册。冬十月紫荆關兵進逼涿州，嘉琿達調丁壯禦之《文宗紀》。

王度，天曆二年固安州同知。恪勤首公，修舊起廢，興學勵士。祀名宦固安陳《志》。

蘇天爵，字伯修，真定人，大都路薊州判官。至正四年爲集賢侍講學士，明年充京畿奉使宣撫。究民所疾苦，察吏之姦貪，其興除者七百八十有三事，其糾劾者九百四十有九人，都人有包、韓之譽，然以忤時相意，竟坐不稱職罷歸。七年天子察其誣，乃復起，九年召爲大都路都總管。以疾歸《元史》列傳）。

孫惟孝，至正戊子由常德推官爲順州尹。下車謁廟學，兩廡漸弊，懼墮教基，重修之順義黄《志》，參張損《重修廟學記》。按戊子爲至正八年。

孟錫，郕國公五十二代孫，至正八年霸州學正，誨罔或間，立課士章，士林則之霸州周《志》。

劉元皓，至正戊子由平谷調三河縣教諭，縣學廡闕，元皓愍焉傷之，白之令佐，創建兩廡祝阿《三河創建兩廡記》。

黑斯彦明，本懷慶路録事判官寶坻洪《志》，至正十年秋來監寶坻元雷州路經歷鄭惠《重修孔子廟記》。按寶坻原云是邑，今改。所謂監者蓋達嚕噶齊也。莅政初謁孔廟采訪册，見圮，議新之洪《志》。具材計功，以教諭毛柔克董其事，縣尹曹居仁、主簿耿德昭、郭伯顔不花、縣尉課不花、典史張希恭相繼而至，同寅和協，共成其事，各捐五百緡以庸工，作成於十二年秋。於是民悉遣其子弟入學，絃誦琅然，揖遜進退，文風大振鄭《記》。

紐成甫，永清縣達嚕噶齊德禮率下。輕徭役，禁奢移，政教肅然永清周《志》，參《元史語解》。

和尚，任永清縣達嚕噶齊。志節慷慨，訪民蠹輒勇除之，恤孤寒弗少吝，宣威布惠，人不能忘，立碑頌之畿輔唐《志》六十八。按達嚕噶齊原作達魯花赤，今依《元史語解》。官至平章政事兼樞密知院、大兵農安撫使永清周《志》。按《元史》有兩和尚傳，一在卷一百三十四，官至江南浙西道提刑按察使，一在卷一百三十五，天曆元年從戰通州，又戰昌平，官至領八衛把總、金鼓都鎮撫司事，均不言知永清縣，則此和尚又一人，《畿輔志》列之星吉下、郗仲義上，兩人皆至正間，則和尚亦其時人。祀名宦畿輔唐《志》。

法都忽剌，蒙古人，知薊州薊州張《志》。課農桑，儲義廩，均賦役，簡詞訟，扶善鋤姦，民安吏畏，擢御史，百姓樹碑頌其德。祀名宦畿輔唐《志》六十八，參采訪册。

星吉，至正時爲大都路總管府達嚕噶齊。時權幸横肆畿輔唐《志》六十八。按『總管府』三字據宛平志增，達嚕噶齊原云達魯花赤，今據《語解》，法滯不行宛平王《志》，吉整飭綱紀，令行禁止，奸宄屏跡。祀名宦唐《志》。

郗仲義，嫣川人，至正元年昌平尹昌平宋《志》，有德政畿輔唐《志》六十八。決獄果斷，民賦重，上陳特蠲之。歲旱責己愆德政碑。祀名宦唐《志》。

王從善，山東兖州人，至正十一年知霸州。堤堰圮，從善下車即築一十八里。其勇興民利類此霸州周《志》。

崔敬，字伯恭，大甯之惠州人，至正十一年遷同知大都路總管府事。直沽河淤數年，敬浚治之，咸服其能《元史》列傳。通法律，嚴邊防采訪册，遷浙江行省左丞。卒謚忠敏《元史》列傳。

世寶塀，知東安州事。時卜蘭奚爲達嚕噶齊原作達魯花赤，管本州諸軍，勸農防禦，知河防渠堰事，以興學校爲先東安李《志》。有程式者，義士也，創義學，而廟學爲渾河所衝，至正二十三年秋，學正張天麟與卜蘭奚、世寶塀詣程假義學輯之據孔克堅《東安廟學記》。

伊魯布哈原作月魯不花，字彦明，蒙古蘇達蘇氏，大都路達嚕噶齊。有執政以故中書令耶律楚村［材］先塋地昌奏與番僧爲業者，伊魯布哈格之，卒弗與《元史》列傳。按此順帝時人。

伯顔察兒，永清縣達嚕噶齊。才識精敏，下車訪民疾即撫綏之，時以異績稱，士民立碑祀之永清周《志》，參采訪册、《元史語解》。

伯顔，永清縣達嚕噶齊，博達敏惠，課學行，民冤輒理，士民德之，建祠時祀永清周《志》。按《元史》有三巴延，均原作伯顔，一在卷一百二十，一在卷一百三十八，一在卷一百九十，然則此伯顔似亦當作巴延，達嚕噶齊據《元史語解》。

脱脱帖木耳房山佟《志》，從仕康里人氏張宏振《脱脱帖木兒去思碑記》，房山縣達嚕噶齊原作達魯花赤，下車訪黎庶之艱辛，革吏弊，課農桑，興學校，上年螟蝗，百姓饑病，視之不忍，告賑，全活無數。京府修海子岸，令備到地釘萬八千根、白木炭一十萬斤、翎根爪兒二千三百，脱脱帖木耳歎曰：『饑者未甦，病者未起，而復加之差徭！』訴所司再三，特爲除免。盜馬賊所指張踠兒者，察情平反。明年旱，露頂跣足以禱，應霖，歲大熟。例養驛馬，告及減半，凡徭役皆均不勞而辦，流移復之者衆，野無遺田，止盜息姦，吏畏其明，民悦其澤，訟日少，昔寶赤人等未嘗入境擾民。有去思碑記，祀名宦佟《志》。

劉寬，徐州人，知涿州。勤民事罔分晝夜，民訴吏輒治之，舞文者斂迹。時稱其能涿州吴《志》。

趙勝剛，字宏毅，真定獲鹿人，知涿州有聲。輕徭減羨，民受其惠涿州吴《志》。

怯薛歹也速，蒙古人，知涿州。有恃彊虐民置於法，除積年弊，利及於民涿州吴《志》。

明

華雲龍，定遠人。太祖起兵，雲龍兵與徐達會師通州，進克元都，擬大都督府僉事，總六衛兵留守，兼北平行省參知政事，進都督同知兼燕王左相，威名大著。建燕邸，築北平城，皆其經畫。洪武七年召還，命何文輝往代。未至京，道卒《明史》列傳。

楊思賢，浙江錢塘人，洪武初漷未改縣時任漷州同知，平賦均徭，寬刑潔己。遷建州治學宫，皆殫心力。既去，百姓哀思之。祀名宦通州高《志》。

周能，湖廣景陵人，祖得雲，洪武元年二月調大興衛，三年克紅螺山等處，七年七月大石崖陣亡，能補役。十一年調燕山左衛前所，三十二年戰勝，遷百户，三十三年副千户。永樂三年至十三年累立奇功，擢燕山所衛，世襲指揮使。宣德二年調營州前屯衛香河劉《志》。按營州衛在薊州。

馬從龍按畿輔唐《志》『龍』作『隆』，今依萬曆沈《志》，河南杞人，洪武二年霸州周《志》知霸州。正税外無絲毫染指，以廉稱，民受蠹輒除之。興學勸農，士民頌德唐《志》，參采訪册。祀名宦唐《志》。嗣祀者有知州梁伯常，築渾水隄八十里，時十六年霸州周《志》，參學正蔡茂記。

賀銀畿輔唐《志》六十八，洪武末知宛平縣。剛毅果斷宛平王《志》，善折疑獄。永樂中以守城功唐《志》，參采訪册，累遷工部右侍郎王《志》。祀名宧唐《志》。同祀者八人，皆洪武時人有北平知府方必壽《唐志·名宧》、知昌平縣許好問唐《志》：考最，遷山西參議。《名宧》、知文安縣時習文安楊《志》『葺學校』。《名宧》、尚肅楊《志》『練習治體』。《名宧》，知大城縣高進《唐志·名宧》，參大城張《志》、知永清縣盛本初修城建倉，見《唐志·名宧》、永清周《志》，知平谷縣王翥勸農桑、均徭役，見《唐志·名宧》、平谷朱《志》，知三河縣楊蕃均役振饑，見三河《陳志·名宧》。其他知寶坻縣薛鵬飛興學、魏懋勤職，見寶坻洪《志》、知武清縣趙宗章興學，見武清蔡《志》、知大城縣陳必達勤慎、縣丞王巒修學宫、主簿周自銘撫流民，大城張《志》、霸州州判李叔濟建署、張予芳、林白雲修隄，霸州周《志》，皆有聲。

徐理，西平人，洪武時爲永清中護衛指揮僉事，既降爲右軍副將，進都指揮僉事，還守北平。馭下寬，得士卒心。永樂六年卒《明史》附陳亨傳。又有張成者，洪武二十年開平衛指揮僉事，建文元年調燕山衛，克薊州有功，遷指揮同知。明年征大同陣亡據香河劉《志》。

景清，本姓耿，真甯人，洪武中進士，建文初爲北平參議《明史》列傳。燕王謀不軌，奉命察燕邸動静，數預兵謀，誓慷慨殉國難《汪有典史外傳》。燕王與語，言論明晰，大稱賞，再遷御史大夫。燕師入，獨詣闕自歸。一日懷刃入，成祖怒，磔死《明史》列傳。

湯宗，字正傳，浙江平陽人。洪武末太學生，擢河南按察僉事，改北平。建文時上變，言按察使陳瑛受燕邸金錢，有異謀，詔逮安置廣西，而遷宗山東按察使。永樂元年或言宗曾發潛邸事，帝曰：『帝王惟才是使，何論舊嫌。』《明史》列傳。

顧佐，字禮卿，太康人，建文二年進士。永樂七年爲應天尹，北京建，改尹順天，權貴人多不便之，出爲貴州按察使。宣德三年，大學士楊士奇、楊榮薦佐公廉有威，爲京尹，政清弊革，帝立擢右都御史，賜勅獎勉《明史》列傳。

許思温，字叔雍，吳人，國子生，累官北平按察副使。燕師起，思温佐城守有勞，擢刑部侍郎。以讒下獄死《明史》附《陳壽傳》。

韓約，永樂初知通州，有學有守。未下車即訪民情，視事輒決，吏不能欺，民懷其德。祀名宦畿輔唐《志》六十八，參通州高《志》。同祀有知通州方伯大修志，見高《志》、知保定縣王孟原築堤、王英恤刑教士，保定成《志》、薊州州判吳萬里薊州張《志》、文安教諭姜勝文安楊《志》，其他知大城縣金鑄、教諭劉儀大城張《志》，皆著績。

李庸，字執中，直隸完人，國子生，宣德二年順天府尹。修學宫，寬厚明敏，愛人之心、理繁之才，上下皆稱之。遷工部左侍郎萬曆沈《志》，參大興張《志》、楊士奇《文丞相祠記》。

魏驥，浙江蕭山人，吏部侍郎，巡撫順天。端重祇慎，省繁役，絶苞苴，清積牘，廣倉蓄，恤饑黎，士民愛之不能忘。祀名宦萬曆沈《志》，參采訪册。

劉敬通，許縣人，監生，宣德七年知固安縣。爲政尚簡，然勸農桑，百廢具舉。有屯軍肆暴，以法繩之。禦寇築隄，民賴以安固安陳《志》，一時良吏有知涿州程羽肅、馬縉涿州吴《志》，保定教諭姚勤保定成《志》、固安縣丞王瑛、訓導王演陳《志》。

李經，山西人，正統間知通州。廉甚，下車即葺學宫。其它興舉廢墜，罔弗省公費，節民勞，而繕完如法。同時知瀞縣王文，字仲章，河南儀封人，愛民如子，禮士如賓，亦修學宫，去之日士民如失慈母，知文安縣鍾鉅，浙江四明人，知保定縣于臯，山東招遠人，皆祀名宦通州高《志》、文安楊《志》、保定成《志》。知大城縣崔鐸捕寇，見大城張《志》，知固安縣李鐸、袁應絢，教諭陳遜、張貞，主簿原勵，亦有聲固安陳《志》。景泰間稱職者又有涿州馬政判官王璿涿州吴《志》。

唐忠，天順中知密雲縣。爲政便民爲先，民亦率於教，逋完盜戢，以賢著。祀名宦畿輔唐《志》六十八。同時良吏有知保定縣范九德之革役天順六年任，見保定成《志》，知霸州靳善之重學八年任，見霸州周《志》，知東安縣于璧之勵節振荒八年任，見東安李《志》，知薊州、遷自順義知縣徐晟之興學贍饑天順末年知順義，成化三年知薊，見《薊州德政碑》、順義黄《志》，大城教諭邵祥、訓導陳敬之稱職大城張《志》，而于璧已祀名宦。

李裕，字資德，豐城人，成化初陝西左布政使，入爲順天府尹，政聲大著《明史》列傳。興學校，理積牘采訪册，進右副都御史、吏部尚書《明史》列傳。府丞張海也，時中官用事，勢燄灼人，海以禮自持不少屈，坐此外補畿輔唐《志》六十七《名宦》，若分所當得者宛平王《志》。

甄鐸，河南祥符人，成化年知文安縣。守己廉，折獄平，完數年逋賦，不峻刑罰而人畏服，祀名宦文安楊《志》。同時良吏已祀名宦者有知武清縣韓倫，多惠政，蝗至自鄰，禱且捕，一夕去唐《志》、武清吳《志》。知保定縣周同軌，遷自固安丞，葺學宫。嚴一介、張泰，振寒絶賂保定成《志》：同軌十一年任、泰廿四年任。知霸州劉永寬，抗權要，免民積年逋霸州周《志》，廿二年任。知永清縣趙志學，賑黎弭盜以身先。韓凱，濬河有績永清周《志》。其他知固安縣榮瓚，縣丞賈貴皆二年任，教諭吳禮三年任，訓導王政五年任，王綱七年任，陳《志》，知霸州李廷訓四年任，蔣愷十三任，周《志》，知永清縣許健五年建儒學，有碑，保定教諭高琳六年任，知縣王惠十七年任，成《志》，知涿州張遜涿州吳《志》，廿一年任，修志，遷福州知府，張咨吳《志》，慎刑，修孔廟，知武清縣張鑑吳《志》，修學，知大城縣魏霖、狄宗文、閻茂大城張《志》，知寶坻縣齊鳳、李介寶坻洪《志》，亦以政著。

彭韶，字鳳儀，莆田人，天順元年進士，成化二十年擢右副都御史《明史》列傳。巡撫順天，居官務存大體畿輔唐《志》六十七，均大興宛平昌平諸縣徭役《明史》列傳，議糧運以便軍民，多切時宜唐《志》。卒謚惠安《明史》列傳。其後有巡撫魏富，龍溪人，進士，弘治間中貴多操利匿亡，將領守臣倚以爲援，富至繩以法，一時無敢犯者。均祀名宦唐《志》。

吕獻，浙江新昌人，成化二十年進士《明史》附《龐泮傳》。先任應天府丞，庶事不留畿輔唐《志》六十七，弘治十八年丞順天題名碑，其煩劇倍應天而裁決益裕唐《志》。正德二年遷尹題名碑。入名宦唐《志》。其以剛介負氣節而惠政及民者有弘治間順天通判舒向，亦入名宦唐《志》。按宛平王《志》『向』作『尚』。

張璉，彭城衛人，弘治年薊州兵備道。決疑獄無少枉，豪權斂跡。祀名宦。繼任之祀名宦者錢承德，興學除蠹，何琛，絶苞苴而利民事舉，皆著績於弘治年。承德常熱［熟］人，琛成都衛人，皆進士薊州張《志》。

劉珩，山東蒲臺人，舉人，弘治十年知霸州。修孔廟，建苑家口橋，經營城池隄防諸工，民不爲勞。積錢二千餘萬以易軍餉，時論韙之。歷宗人府經歷。祀名宦霸州周《志》。同時弘治已祀名宦者，有知薊州馮緄之草場不撓、劉愷之治吏剛明、王浚之除役不擾薊州張《志》，知通州邵蕡之保赤不害、鄧淳之寬徭得民，知漷縣傅傑之事無利己、王宣之馭吏教士通州高《志》，知霸州徐以貞之徵糧祛弊周《志》，五年任，知寶坻縣武尚信之孔廟聿修九年、陳文滔之理訟無袒、教諭汪琦之訓士居首寶坻洪《志》，知東安縣景佐之荒政自籌、主簿馬安之剖決如神東安李《志》，知大城縣張津之學校拔尤大城張《志》，他如知永清縣李仁永清周《志》、知房山縣遷自東安丞張鐣房山佟《志》、知大城縣黄世忠大城張《志》、知保定縣王大輅保定成《志》、知大城縣安佑張《志》，或振民剔吏，或聽訟屈權，或卻賂而和，或興學而實，皆有聲。

李浩，字師孟，山西曲沃人萬曆沈《志》，順天府尹。時逆瑾擅政，無名之需求無厭，浩一切裁抑，數面議可否，侃侃不阿。歷南京户部尚書。謚康惠，祀名宦畿輔唐《志》六十七。

朱塗，陽朔人，進士，正德年薊州兵備道。培學校，撫群黎，惟公惟明。權奸用事，不能撓其剛直。祀名宦薊州張《志》。又有直如塗者申良，字延賢，高平人，登鄉薦《明史》附《楊淮傳》，正德十二年良鄉楊《志》知良鄉縣。人不敢干以私。恤民節用畿輔唐《志》六十八，權貴往來要索，良悉拒之。進安吉知州，入爲户部員外郎。杖死。贈太僕少卿《明史》附《楊淮傳》，亦祀名宦唐《志》、楊《志》。同祀有知涿州秦僎畿輔唐《志》、知永清縣郭名世安邑舉人，正德四年知永清縣，流賊後撫瘡痍修廢墜，拓土城五里七分，蓋舊城三里耳。見唐《志》、永清周《志》、知通州楊濬山西忻州舉人，修州新城，見通州高《志》、州同知董複勝山西洪洞人，吏員無苟取，數年去，僅二敝篋，廉吏也。見高《志》、訓導孫冕江西德化歲貢，見高《志》、知武清縣孫錫山東海豐人，監生，正德七年知縣，贍民絶賄，見武清吴《志》、陳希文廣東南海舉人，築土城，見吴《志》，知東安縣彭偉山東掖人，舉人，四年任東安，清儉惠民，不阿權倖，見東安李《志》、知霸州高鵬湖廣澧州進士，十一年知州事，絶苞苴，懲舞文吏，或持短長左遷，見霸州周《志》、知固安縣王宇陝西西安衛人，弘治壬子舉人，十四年知縣，興學，不尚繁苛，慕龔黄卓魯爲人，亭扁四希四築城，入判順天府，見固安陳《志》、大城訓導陶圻彭澤人，見大城張《志》、平谷積留倉大使胥善山東陽穀人，吏員，出納公平，見平谷朱《志》、薊州同知周臣南通州人，謫自主事，清審徭役，見畿輔唐《志》。

范輅，字以載，桂陽人，正德六年進士，世宗立，轉江西副使。致仕，又用胡世甯薦，起密雲兵備副使，討礦賊有功。歷江西福建布政使，卒《明史》列傳。

丁鳳，字應詔，蠡縣人，成化進士，户部主事，累遷順天府尹。活繫囚數百，進户部侍郎。正德中以左都御史督三邊，著武功，世廕錦衣百户畿輔唐《志》七十四。

馬録，字君卿，信陽人，正德三年進士，授固安知縣。居官廉明，徵爲御史。妖賊李福達獄起，謫戍，卒《明史》列傳。　他若知良鄉縣孟淳之賑窮字德厚，陝西峽州舉人，三年任，抑豪右，去奸究[宄]，袪弊蠹，雪冤滯，賑窮乏，修縣署，在官四載，部使者交章薦，見劉臣《良鄉縣署記》、知涿州劉坦之免徭字治平，章邱舉人，修州志，見涿州吴《志》、知大城縣石恩之修學字伯霖，山東青城貢生，七年任，築城修學，練民兵，備賑濟，恤孤獨，均徭役，見大城張《志》、王瓚《修儒學記》、魯念之聽訟湖廣永安人，進士，遷主事，見張《志》、知文安縣王鼎之修城字公實，山東監生，八年任，遂養興教，修城九里，同修者丞王景沂也，見文安楊《志》、李時《修城記》、知平谷縣吉人之扶弱山西臨汾監生，見平谷朱《志》、縣丞李雲之佐令積穀陝西米脂人，見朱《志》，亦未嘗無名宦蹟也。

王軏，開平衛人，弘治十二年進士，山東左布政使，嘉靖初入爲順天府尹。　房山地震，軏言召災有由，語多指斥，忤旨切責。　尋遷右副都御史，巡撫四川《明史》列傳。

馬應龍，嘉靖時霸州道。　慷慨有大節，斷積年獄，以敏明著，大寇巨奸相繼翦除。　遷四川按察使，軍民詣闕請留，事下吏部，尋卒於官。　祀名宦畿輔唐《志》六十七。　同祀有陳策，莆田人《明史》附《謝瑜傳》，官霸州道。　每出巡，禁絶廚傳，惟市餅數枚、飲茶一甌而已。　署中例有供用器具，封識一室，及去，一匙授州守曰：『此可以待後來，毋重累吾民也。』唐《志》又有副使陳文佩、潘鑾、王鳳靈，一嘉靖八年任，以守城著，一十六年任，以興學練勇者[著]，一十八年任，以浚河振 民教士著，文佩福建長樂人，鑑[鑒]安徽婺源人，鳳靈福建莆田人，均進士，又有龐浩，亦嘉靖中副使，決獄安民有聲霸州周《志》。　又有薊州兵備道徐學古，洛陽人，進士，剔催科弊殆盡，轉易州道，民爲建祠薊州張《志》，均祀名宦。

楚書，甯夏人萬曆沈《志》，進士，嘉靖初寶坻洪《志》知寶坻縣事。剔蠹，饑輒振之，教先德行沈《志》，立名宦鄉賢祠，率縉紳致祭，意在厲官方、激士氣。政成登上考洪《志》，累遷副都御史。祀名宦沈《志》。同祀有知通州許仁山東蓬萊人，舉人，嘉靖三年任之卻私謁、張旄山東長清人，舉人，十三年任之不欺民、汪有執廣東南海衛人，舉人，廿四年任之修志，通判趙儒陝西三原人之置義倉、阮珊湖廣人，廿年任之贊庶政，知漷縣梁相廣東番禺人，舉人，廿七年任之減徭役調知武清，吕哲陝西麟游人，舉人，三十五年任之立校修城調知良鄉、魏文端廣西舉人，三十八年任之清糧平訟，訓導馬純仁山西人，三十年任、楊時萃陝西河州人，三十六年任之訓士通州高《志》，知武清縣孫隆山東范人，舉人，八年任之苞苴路絶、趙公輔江西進賢人，舉人，十六年任之剖斷風生武清吴《志》，知文安縣李時中山西平定州舉人，七年任之興學免役文安楊《志》，知良鄉縣辛汝弼河南舉人，九年任之勤慎、毛孔剛河南舉人，十八年任之考最入爲河南道御史、吴國賓山東舉人，四十一年任之抑强良鄉楊《志》，知密雲縣朱鳳儀山東人，八年任之課農畿輔唐《志》、密雲薛《志》，知順義縣王利山東陽信人，九年任之勤、王乾之清，訓導劉志歷城人之開渠溉田順義黄《志》，知霸州袁廷相河南陳留人之不阿權貴，訓導徐潮遼東人之拔單寒，州判陶譜浙江會稽人之制行清苦霸州周《志》，知東安縣胡汝輔山西石州人，十二年任之興利裁役萬曆沈《志》、東安李《志》，知保定縣王奉山東登州衛人，十八年任之修志、吕焕浙江崇德人，廿六年任之興學修城、尹樂堯河南鈞州舉人，三十年任之均田，教諭文璋山東嘉祥人，監生，十九年任之以身訓士、李東先之學富教勤保定成《志》，知固安縣蘇繼山東壽光人，進士，廿一年任之甃城固安陳《志》，知永清縣王業徐州舉人，三十二年任，唐《志》、永清周《志》，知三河縣陳臯振武衛人，進士、孫廷相陝西進士之減役、張仁山東平原舉人之禦寇、曹科山西甯鄉進士之性介而和，教諭張祚山東觀城人，廿四年任之周貧三河陳《志》，知香河縣王璋山西潞州監生、王緝山東沂水舉人之節用繕城，趙千之山東鄒縣監生、劉耀武遼陽舉人，三十九年任之興學籌賑香河劉《志》，知平谷縣趙漢山西代州舉人，十年任之勤農息訟，曾惠陝西舉人之均徭發奸，典史楊瀚陝西人之善決獄平谷朱《志》，皆以名宦稱。他如知保定縣冉宗儒十五年任，務農課士，教諭李桐河南洛陽人，十三年任，修志，知文安縣温尚武山西（祈）［祁］縣舉人，廿八年任，不受私謁，鋤强植弱，遷大興、胡方來浙江山陰舉人，三十三年任，吏畏民懷、王之弼陝西涇陽舉人，四十三年任，禽大盜，後官密雲道副使，教諭郝尚禮陝西舉人，元年任，卹貧揚貞、董玉琳山東陽穀舉人，十七年任，旌孝闡幽，縣丞張騰霄修堰水隄，主簿荆廷解清地畝，文安楊《志》，知固安縣何永慶河南進士，四十三年任，纂志修孔廟，固安《志》，知房山縣張汝能歷城舉人，修學宫，房山佟《志》，知永清縣張翰弼山東人，三十年任，興學，周《志》，知霸州劉璋陝西舉人，理訟興廢，學正陳欽、朱禮，訓導胥純、張東周、胡從化皆以身教，州判王恒絶賄，遷知順義縣，程思岱有守，吏目張業勤慎，周《志》，知平谷縣吴廷翰山東舉人，三十八年任，絶賄賑饑，任彬山西舉人，四十年任，修學修城，朱《志》，知香河縣楊應角河南人，四十四年任，馬家窩民王柱假神惑衆，治如法，香河劉《志》，知大城縣吴璞山西舉人，修城、余尚貢遼東舉人，開荒田，修石城，縣丞白鎮山西人，絶賄抑豪，主簿葉雲漢陝西人，修城，訓導李時中大城張《志》，武清教諭阮文瑱十六年任，典史李宗祀卻賄抗權，武清吴《志》，涿州學正田蘭修學宫，州同邢繼先刊州志，涿州吴《志》，並有績。

周益昌，歷官墻子嶺參將、古北口副總兵、都督僉事，鎮守薊州。嘉靖三十年敵至古北口，益昌力拒之，敵退，遷都督同知。三十四年斬馘、獲馬匹器械有差，晉榮禄大夫，卒賜祭葬，贈右都督密雲鄭《志》。益昌未斬馘之前五年二十九年，密雲後衛指揮同知調潮州，州舊營把總張繼祖，後衛千户、古北口千總劉志高迎敵，死之密雲薛《志》。

龐尚鵬，字少南，南海人，嘉靖三十二年進士，督畿輔學政。隆慶元年請郵建言得罪者馬從謙等，已又申救給事中胡應嘉、論大學士郭朴無相臣體，擢大理寺右丞。明年九邊屯鹽，擢尚鵬都御史兼理畿輔屯務，上屯政便宜薊鎮者九，諸督鹽政者攻去之。卒謚貞敏《明史》列傳。

姚一元，字維貞，長興甲族《弇州續稾百三十·正議大夫順天府尹晝溪姚公神道碑》嘉隆間山東公所入爲太僕卿，未上，轉順天尹采訪册。慤慎端亮，三王比蹤，稱爲鉅人，潔廉尤天性。大宰起一元自田家，歲中再遷，意不能無少望。一元第從朝堂一再見而已，久之竟弗謝。乃咤曰：『此當老誟忘我。』嗾言者如其指刺一元，一元亦病，請得致仕。既歸，薦者𠛬相接，然絶口不復言官時事。著有《古今忠孝人物贊》、奏議若干卷據神道碑。按碑文『公』字均依傳體易爲『一元』。

王用汲，字明受，晉江人，隆慶二年進士，順天府尹。爲人剛正，遇事敢爲《明史》列傳，犯法者或藉權貴要，輒治之采訪册。自尹京後累遷皆在南，彊直故也。南京刑部尚書致仕，卒謚恭質《明史》列傳。

盧漸，浙江鄞人，進士，隆慶二年順義黄《志》知順義縣。遇事有擔當，不輕動民一錢，徭雖繁，民若忘之。官至副使，祀名宦萬曆沈《志》、黄《志》、題名碑、德政碑。同祀有知固安縣馮子履山東臨朐人，進士，二年任，教養有聲固安陳《志》。知保定縣張世蓁山東曲阜人，監生，二年任教與子履比保定成《志》，知武清縣段雲鵠雲南舉人，三年任，以修城著武清吴《志》，皆一時良吏。其未祀名臣而政卓卓者，時則有知霸州田可徹河南上蔡人，元年任，修城，范啟光山西洪洞人，五年任，興學儲穀，抗權勢，萬曆二年，左遷順義知縣，省徭役，學正傅寄山東平度人，元年任，重倫常、金科河南鄭州人，遇士以禮，訓導林瑄福建南平人，有功學校，州判吴尚義山西渾源人，董築文安大隄，霸州周《志》。知保定縣劉樞遼東舉人，四年任，革催科弊，興學，保定成《志》，知順義縣曹惟彩陝西平涼人，四年任，濬河，建倉，修縣志，順義黄《志》，知香河縣傅朴河南洧川人，舉人，四年任，絶賄除害，香河劉《志》，知大城縣忽鳴陝西蒲城人，五年任，薄賦輕徭，禱雨輒應，大城張《志》，知武清縣李賁遼東廣甯衛人，六年任，修學宫，建名宦鄉賢祠，又修倉立養濟院，設徵收櫃，立築城碑，武清吴《志》，知永清縣胡來縉陝西秦州人，五年任，不侵民一錢，免積逋、臧仲學遼東廣甯衛人，五年任，勤民事，葺學宫，永清周《志》，知文安史天祐山西澤州人，五年任。修隄百五十里，文安楊《志》。

吴秉直，密雲中衛副千户。隆慶二年轉戰至李家莊，力竭，猶手斬二級，死之。贈指揮同知，録其子如所贈官密雲薛《志》。

周復俊，霸州道，武備修飭，盜不入境。修州志，建學宫，立文明書院畿輔唐《志》六十七，置學田霸州周《志》，罔弗捐鍰爲之，不取辦於民。以憂去，民追思之，祀名宦唐《志》。

劉希孔畿輔唐《志》六十八，山西長治人，舉人，萬曆四年永清周《志》知永清縣。築河隄五十餘里，立常平倉，行條編法，清隱墾荒，鋤凶獎善，遷知綏德州唐《志》。七年知縣事者張士奇，陝西宜君人通州高《志》，恩貢，摘奸發伏，民無遁形，合邑悦服永清周《志》，十二年知通州，重修州城，擢開封府同知高《志》。均祀名宦唐《志》、高《志》。

張國彦，直隸邯鄲人，進士，萬曆九年萬曆沈《志》順天府尹。十年四月請豁房税，不報《明史紀事本末》。遷巡撫鄖陽、右副都御史沈《志》。

陶允光，浙江會稽人，舉人，萬曆十一年知武清縣。縣無志，創修之武清吴《志》。浚泮池陶允光《新建文學泮池聚奎文樓記》，鑄孔廟祭器，立社學，安義冢，請祀名宦鄉賢，捕蝗蝻不爲災，縣有積惡治如法，除水田害，有欲增養馬者拒，作興學校，與民休息吴《志》。

張國彦《明史・徐貞明傳》，邯鄲人《明史・張汶附萬璟傳》，進士密雲薛《志》，萬曆年順天巡撫《明史・徐貞明傳》。初徐貞明上水利議、著《潞水客談》采訪册，巡撫國彦、副使顧養謙行之薊州有効《明史・徐貞明傳》。十二年國彦總督薊遼軍務，二十年養謙繼之，養謙字鎮仰，直隸通州人，進士薛《志》。

鄧宇，字中太張文憲《鄧縣尹德政碑》，威甯人，舉人房山佟《志》，萬曆年知房山縣萬曆沈《志》。

下車即諮民瘼，寬賦斂，獄無遁情。學校則考課嚴，農桑則督率勤。息邊役，修城池，綜馬政，編户口，催派之煩寢、運木之勞紓，寇盜既弭，宿蠹頓祛，争息生遂，撫按部使剡薦疊至。其後有馬永亨者，陝西韓城人，舉人。初爲房山訓導，百務皆通，遷知縣事，剛且廉，修廢舉墜，清丈地畝，建預備倉十二，積紙贖穀千石有奇，給斂如例。又發揭慈仁寺匿民地六頃十五畝，以之備荒佟《志》，參沈《志》。

李伯華，山東掖人固安陳《志》，萬曆丙戌進士，筮仕泌陽，才堪治劇傅好禮《固安新置學田記》，十六年調知固安縣陳《志》。下車咨廢者、闕者、久湮以義當起者，修補無曠，葺學宫傅《記》，學舊無田，置始伯華陳《志》。逃口遺田百畝，蠲其租賦屬之學，歲租百餘斛分掌。於諸生中有行義者，謂之曰：『貧而好修篤學者周之，不因貧而諂富貴者周之。』不然雖困不得與。治邑四載，清心寡欲，約己便民，種種載在口碑傅《記》。

朱孟震，字秉器，江西新唫[淦]人，進士，萬曆十八年順天府尹。時丞李楨督學校目，廟學剥蝕甚，謀之孟震，捐薪佐之襄事，楨爲之記。孟震遷通政使[司]通政。楨陝西慶陽衛人，進士萬曆沈《志》，參大興張《志》、李楨《修府學碑記》。

王保，榆林衛人，萬曆十九年冬擢署都督僉事，充昌平總兵，尋改山西薊鎮總兵官。張邦奇被劾，命保與易任。自嘉靖庚戌後，薊鎮重於他鎮，穆宗有詔『獲大小部長者破格酬，他鎮不得比』，薊門密邇王畿，以保有威望用之。朶顔長昂當張臣鎮薊時納款，居五六年復連寇石門路、木馬峪、花瑒谷，遂罷其市，賞長昂，遣其黨。小郎兒等射殺偵卒，會保已至，遂禽之。長昂每資小郎兒籌策，懼而謝罪，獻還被掠人畜，保乃釋還小郎兒，長昂補五貢邊吏，始補二賞，互市如初。御史陳遇援穆宗詔以請進保署都督同治副將，張守愚以下皆進秩。薊三協南營兵，戚繼光所募也，調攻朝鮮，撤還鼓譟，挾增月餉，保誘令赴演武場擊之，殺數百人，以反聞。給事中戴士衡、御史汪以時言南兵未嘗反，保縱意擊殺，請遣官按問。巡關御史馬文卿庇保，言南兵大逆有十，尚書石星附會之，遂以定變功進保秩爲真，時論尤之。二十三年順義王弟趕兔卻，明年鎮遼東《明史》列傳。

顧雲程霸州周《志》，字襟宇許守思《移楊郵驛公署記》，江蘇常熱人，進士，萬曆二十二年霸州道兵備副使周《志》。移建楊郵舊驛公署，詰非常，消暴慢，三載考績，淑揚康阜，功實卓犖許《記》。

高邦佐，字以道，襄陵人，萬曆二十三年進士，補薊州道《明史》列傳。不避權要薊州舊《志》，調兵忤主者意被劾歸。天啟元年遼陽破，起參政，守廣甯，自經，謚忠節《明史》列傳。

馬時行，萬曆二十四年順天府教授。七月與經歷趙鳳各言開礦助大工《明史紀事本末》。

李長庚，字酉卿，麻城人，萬曆二十三年進士。歷江西左右布政使《明史》列傳，四十二年《通鑑綱目三編》入爲順天府尹《明史》列傳。勵清操，不植黨援同上。請京師五城廠煮粥平糶《通鑑綱目》。

蘇宇庶畿輔唐《志》六十八，福建莆田人，進士大城張《志》，萬曆二十九年由刑部主事知保定縣保定成《志》，獎善良，戢豪猾唐《志》，嚴吏胥無益於治，成規亦剔成《志》，力忤税璫，衛窮民也唐《志》。三十二年調大城成《志》，扶弱詰慝，撫民愛士張《志》。祀名宦唐《志》。

張應辰，字聚垣，萬曆中知肅甯，奏最，擢知宛平。宛平役煩多巨奸，號難治，應辰奏罷税數千，察大姓爲民害者輒案以法，豪彊肅然。遷户部雲南司主事。祀名宦宛平王《志》。同祀有知東安縣洪一謨之渾河捍災山東歷城人，三年任，廉且慈，調良鄉、阮宗道之廉能修志山西大同人，十年任，廉能創志、馮沂之峻拒羨餘河南郟人，十三年任，拒羨餘、戴之二之條編修隄河南固始人，三十九年任。東安李《志》。知順義縣崔淳之革除火耗山東人，十一年任，革火耗，遷知昌平州，遺愛在民。順義黄《志》、楊教之清廉冠時山西人，三十二年任，三十五年知昌平，大計天下，清廉第一。昌平宋《志》、畿輔唐《志》。知通州陳隨之修新舊城湖廣江陵人，三十六年任，知漷縣李子躍之修城葺學山東人，二年任、趙廷儼之培士清糧山西岳陽人，十六年任、艾友芝之繕城纂志字春谷，貴州都匀人，三十五年任，廉明表節義，修《漷志》，葺城立學。通州高《志》，知香河縣魏鰲之懲吏免役山西武鄉人，廿四年任，教諭伍希德、訓導桂枝之訓士著效香河劉《志》。知固安縣孫延長之修渾河隄山東禹城人，四十一年任，大雨，築隄固城。畿輔唐《志》、固安陳《志》。知薊州蔣士元南直隸人吕繼梗之緩徵免逋浙江舉人、賈濬之政簡刑輕陝西人、周一史之興學剔蠹山東舉人，州同方昶淳安人、梁誠之省役撫黎武城人、周臣之剗弊拓學通州人，剗弊摘奸，捐資廣學房三十間，修尊經閣、錢懋勛之潔己恤災南直隸人，州判楊通蒲州人、張麒、馬瑾之清勤同著麒洪洞人，瑾嵐縣人、李承芳之佐治興學薊州張《志》。知昌平州楊教、華兖［衮］之清廉第一教，臨晉人，衮，湖廣人，均見畿輔唐《志》，知三河縣謝陞之減徭積穀山東德州進士，累官吏部尚書、大學士。唐《志》。知平谷縣齊思道之省役緩科陝西鄜州人平谷朱《志》。大城教諭吴應江江西臨川人、陳言浙江鄞人、郭三俊之以義課士河南登封人。大城張《志》。其尚未祀名宦而政著同時者有知固安縣周文謨江西永豐進士，三年任，修渾河隄、護城隄，常道立江西高安進士，十六年任，無粉飾事，無催科役，黄和山東沂州進士，廿二年任，興學免逋，官箴山東平度州進士，廿六年任，修明倫堂、賢官祠，陳陞河南夏邑進士，三十八年任，訟至立決，田生芝湖廣麻城進士，四十六年任，以德化先，能和天倫。固安陳《志》，知順義縣馮元陝西府谷舉人，五年任，立糧羨册。順義黄《志》。知文安縣黨傑陝西城固舉人，九年任，立糧册，免積逋，選南京御史，官延澤山東平度舉人，十一年任，創議修隄，分工著效，薛繼茂雲南永昌進士，十七年任，嚴吏發奸，熹宗朝贈太常寺卿，杜思望山西猗氏進士，二十年任，革火耗，治黠吏，陳情山東平州舉人，廿一年任，徭去太甚，勸富恤貧，遷知薊州，郭允厚山東曹州進士，三十五年任，省徭剔蠹，修新隄，教諭洪試浙江壽昌人，廿五年任，士多成就。文安楊《志》。知房山縣王育才山西陽曲舉人，廿年任，復俸廩額，折獄不行苞苴，竟登白簡，見馮立敬《縣學復俸廩置學田庫圃碑記》，單可大陝西蒲城舉人，首公疾奸，王崇學舉墜著勞，李廷幹陝西三原舉人，薄賦鋤惡，振窮修學，見碑記，教諭唐守禮浙鉅儒也，二十年任，買地收籽粒以備寒士稱貸，增學庫儲書，見碑記，訓導黄榜字一洲，晉州人，八年知縣馬永亨屬纂縣志。佟《志》。知懷柔縣蔣守浩廣西全州舉人，廿一年任，創鑿泮池，教諭胡朝卿勒石記之，越三年作《題名記》。知武清縣李本固山東臨清進士，廿九年任，均徭緩科，葺學宫，出粟賑饑，民勒碑。武清吴《志》。知永清縣王嘉績山西安邑舉人，三十七年任，省徭役，折獄明、楊夢熊山西聞喜舉人，四十一年任，緩催科、胡其俊湖廣孝感進士，四十五年任，發奸摘伏，調知固安如知永清。永清周《志》、固安陳《志》。知東安縣田子耕山東夏津舉人，廿二年任，勸農殖，清積獄、李希召河南蘭陽進士，廿八年任，懲吏撫民、鄭崇岳字霽華，浙江浦江舉人，三十三年任，興學戢豪，典史劉良臣湖廣人，三十三年任，捕劇盜，教諭寇光裕三十六年任，新黌舍。東安李《志》。知霸州楊潤河南人，絶賂清訟，州判李恩南直六合人，署漷縣、保定、永清縣事，剔蠹有聲。霸州周《志》。知三河縣劉錫元江南常州進士，活鰥寡，郵困窮，招流亡，鋤豪猾，斃大蠹於杖下，編《惡人志》示儆，教諭楊聯芳四川西充舉人，振鐸冠時，遷通州牧。知涿州賀榮坤神木舉人，立均田碑、岳汴字榆川，延安人，拓學宫，均馬政、劉瑄鐵嶺人，練兵翦寇、汪清浮梁人，初爲州同，以廉敏稱，知州事，革火耗、孫沂鄆城人，初爲訓導，剛毅有聲，知州事，振荒興學。涿州吴《志》。知香河縣馮叔奇二年任、陳增美山東海豐舉人，二十年任，修學葺城，治養濟院，議革里甲、宗名世江南興化進士，二十三年任，平官鹽，節驛馬，遷工部主事、李垂街陝西鎮安進士，三十年任，驛馬招商、收頭輪充二議，至今守之，水患固城防，調武清、徐一鳴雲南人，三十七年任，平訟獄、李芳馨浙江鄞人，舉人，四十二年任，橐無長物、沈萬鈳字玉臺，浙江嘉善舉人，初爲教諭，四十三年知縣事，興學校，教諭劉鎬善誘經學，縣丞高徭陝西人，剔馬政弊、范希文山西人，修河隄，典史吕官河南人，捕大盜。香河劉《志》。知大城縣汪桐雲南舉人，廿八年任，革羨餘、趙國華江西舉人，三十五年任，革羨餘、何京四川舉人，四十二年任，無追呼吏、高甲雲南舉人，四十四年任，雪冤獄，主簿夏命河南人，佐政清勤。大城張《志》。保定教諭董用威四年任，重彝倫、王大綸十二年任，不事逢迎、梁雍十七年任，課士有善政、施良會東光人，四十二年任，以《禮記》傳徒，著《禮記便蒙要著》，典史萬建善江西人，二十年任，一介不取。保定成《志》。知寶坻縣丁應詔字靖宇，長興人，隆慶辛未進士，修三岔口河隄，議修月城。寶坻洪《志》。

白棟，陝西榆林進士懷柔吴《志》，萬曆年昌平兵備道畿輔唐《志》六十七。禔福下民，一介不取，洞矚秋毫，芻蕘畢詢，絶餽遺，節供應，禁科斂吴《志》，立條鞭法，革廩給夫役，里甲以蘇，又革驛遞馬頭，出入無侵順義楊《志》、楊霆《昌平道白公生祠記》，所措置犁然當人心，不二年地闢民歸。遷通政吴《志》，百姓惘惘然如嬰赤之去乳保。其正己因民，亡用呴嚅，民不能忘殷仁《白公生祠記》，構祠，肖象祠之。祀名宦唐《志》。同祀有許應逵，二十六年任昌平宋《志》，停止礦税，捕戢盜賊，除暴清蠹，軍民懷德唐《志》，曹愈參，涪州人，三十九年任宋《志》，民害革弗少緩，士同甘苦。皆進士唐《志》。

易時中，字嘉會，晉江人，舉於鄉，夏津知縣，有惠政，遷順天府推官《明史》列傳，不受私謁，不阿權貴采訪册，以治胡守中獄失要人意，將中以他事，遂以終養歸，道出夏津，老稚有哭失聲者。母終毁不勝喪，卒《明史》列傳。

周啟元，字仲先，海澄人，萬曆二十八年鄉試第一，明年進士。遼陽破，廷議通州重地，宜設監司，乃命啟元以參政蒞《明史》列傳。天啟元年之任通州兵備道，籌防守，剔民蠹，惠政翕然畿輔唐《志》六十七。三年入爲太僕少卿，旋巡撫蘇松十府，魏忠賢矯旨斃之獄《明史》列傳，通州人立祠祀之，入名宦唐《志》。

邵可立，商邱人，萬曆戊戌進士畿輔唐《志》六十七。天啟二年薊州兵備《明史·孫承審傳》。其秉公持正薊州張《志》、剔奸蠹蠹、綜覈驛傳、軫災折糧，至今利賴。轉霸州道，士民泣送七十里唐《志》。後遷山西左布政使張《志》。祀名宦唐《志》、張《志》。

申用懋，字敬中，長洲人，進士，累官太僕少卿《明史》附申時行傳，天啟五年畿輔唐《志》六十七遷右僉都御史、巡撫順天《明史》附申時行傳。鎮兵缺額餉八十餘萬，節署内陳設，減官廚費以助之，課後園植蔬自給，議開薊河通遵化，便兵就糧，以忤魏璫罷職唐《志》。崇禎初拜尚書，致仕《明史》附《申時行傳》。祀名宦唐《志》。

葉廷秀，濮州人，天啟五年進士，爲順天府推官。英國公張惟賢與民争田，廷秀斷歸之民，惟賢屬御史袁弘勛駁勘，執如初。惟賢訴諸朝，帝卒用廷秀之奏還田於民。福王時僉都御史。南都覆，爲僧《明史》附《黄道周傳》。祀名宦《一統志》五。

陳其柱，蘇州人，萬曆癸丑進士，天啟中昌平兵備道，廉介不阿。時魏忠賢勢正張，一日謁陵，衆皆匍匐郊迎，其柱獨不往，入館舍又不爲謁，掛冠去。祀名宦畿輔唐《志》六十七。其潔然立於魏黨横行時而又能安全者，時則有薊州兵備道王繼謨，府谷人，進士，有功於薊，亦祀名宦薊州張《志》。

王四維，山西何[河]曲人，拔貢畿輔唐《志》六十八，天啟間《一統志》五知涿州。廉慎剛毅唐《志》，黠吏自避之采訪册，勵志操，有旨建魏忠賢祠，四維堅不奉詔，被謫《一統志》。祀名宦唐《志》、《一統志》。同祀有知通州劉三顧，政執大體山東舉人，四年任。通州高《志》、知薊州鄭爵魁，除民害不遺力薊州張《志》，知永清縣張堪，省驛馬，剔蠹吏陝西褒城進士，省驛馬，剔蠹鋤奸，調知良鄉。《畿輔唐志·名臣》。其未祀者有知東安縣段銓陝西舉人，二年任，恪守官箴、鄭之城四年任，修城。東安李《志》。知固安縣李士元山東人，不催科徭、王之鼎陝西舉人，五年任，省徭役，除民蠹。固安陳《志》。知大城縣安所性河南舉人，二年任，省徭役、劉景耀河南進士，三年任，籌兵餉，清田賦，汰徭役，抑豪猾，百廢俱修，幾至無訟，民爲立祠。歷官山東巡撫。大城張《志》。知保定縣章明德雲南人，三年任，廉且明，至今稱神眼章爺云。保定成《志》，知三河縣詹儀湖廣黃岡人，籌賑，清訟。三河陳《志》。知三河縣歐陽輝廣東南海人，卻賂，不阿魏璫。余若南河南衛輝人，減刑重學。香河劉《志》。

史應聘畿輔唐《志》六十八，河內人，進士，天啟季寶坻洪《志》知寶坻縣。時流寇充斥唐《志》，應聘一意惠懷。崇禎二年冬，大清兵北上，良鄉、香河俱失，應聘登陴指畫，意氣自如洪《志》，鼓勵民兵唐《志》，上下一心《明季北略》五，邑境安堵唐《志》，攻之不克，事聞，晉給事中洪《志》。祀名宦唐《志》、洪《志》。

陳景，宛平知縣。建言郇鎮焚掠三所者，長史當戍邊，帝從之《明史·陳新甲傳》。

趙光忭，字彥清，九江德化人，天啟五年進士，崇禎初兵部職方郎中。十年遣閱薊遼戎務，盡得邊塞形勢、戰守機宜，列十二事以獻。明年冬大清兵入，密雲總督吴阿衡敗歿，廷議增設巡撫一人駐密雲，遂擢光忭右僉都御史任之。至即發監視中官鄧希詔奸謀，帝召希詔還，而令分守中官孫茂霖覈實，茂霖爲希詔解，光忭反得罪，遣戍廣東。十五年復官總管薊州永平山海通州天津諸鎮軍務，而大清兵已克薊州，分兵四出，命光忭兼督諸路援軍，諸援軍觀望，廷臣劾光忭斬，人以爲冤《明史》列傳。

馮師孔，字景魯，原武人，萬曆四十四年進士，崇禎年懷來兵備副使，移密雲，忤鎮守中官鄧希詔，希詔摭他事刻之，下吏削藉歸。十五年詔舉邊才用，薦起故官，監通州軍勤王兵集，都下剽劫公行，割婦人首報功，師孔大怒，以其卒抵死《明史》列傳。十六年有守城功通州高《志》，舉天下賢能，方面官鄭三俊薦師孔，擢右僉都御史巡撫陜西西安。城陷并死《明史》列傳。

朱國彦，崇禎二年四月爲薊鎮中協總兵官，駐三屯營。十一月六日大清兵臨城，副將朱來同等挈家潛遁，國彦憤榜諸人姓名於通衢，以所積俸銀五百餘、衣服器具盡給部卒，具冠帶西向稽首，偕妻張氏投繯死《明史》附趙率教傳。祀名宦《一統志》五。

傅宗龍，字仲綸，昆明人。萬曆三十六年進士，太僕少卿，崇禎三年用孫承宗薦擢右僉都御史，巡撫順天《明史》列傳。爲人伉直同上，時將悍兵驕，當事恒以不戢爲患，宗龍勤訓練，廣儲積，謹斥堠，精器械，軍伍肅然畿輔唐《志》六十七，總督薊遼保定軍務《明史·丁啟睿傳》。七年丁楚魁代同上，十四年總督陜西三邊軍務，賊執，擊死，謚忠壯《明史》列傳。祀名宦唐《志》。

張鵬雲，字雨蒼，陽城人，進士。由太常少卿繼傅宗龍爲巡撫，一依宗龍舊政，軍民輯睦，邊境以甯。知縣孫康同申請革除一切弊政，鵬雲從之，民尤感德。祀名宦畿輔唐《志》六十七。

吴阿衡，字隆徽，裕州人，進士，崇禎初甯夏道，擢順天巡撫。性嚴毅，吏民望威屏息。有饔弁投匭，欲以三百金獻阿衡，阿衡硃筆大書顯示，卻之，復加法處，聞者莫不股栗畿輔唐《志》六十七。已而總督薊遼保定，大清兵入，敗死據《明史·楊嗣昌傳》。祀名宦唐《志》。

饒可久，應城人，舉於鄉，知大興縣。崇禎初請更三朝要典，時奄宦擅權，謫光禄典簿，歷知府，丁艱歸。九年賊入，妻女自經，可久被執遇害據《明史》附張紹登傳。

李瓚，崇禎中以副都御史巡撫順天。築城堡，募兵設隘，勞績著聞，賜白金文綺。進尚書，祀名宦畿輔唐《志》六十七。

劉曰梧，南昌人，崇禎中以僉都御史巡撫順天。除弊興利，拔裨將孫顯祖，數戰有功，軍聲大振。檄屬分建義倉，買穀備賑。在任六年，引老，扳留載道。祀名宦畿輔唐《志》六十七。

曹文衡《明史·高倬傳》，崇禎五年薊遼總督，與監視中官鄧希詔相訐《明史·黄紹杰傳》，詔殫力幹濟，以副委任，文衡骯髒，不能仰鼻息於中官《明史·(黄)[高]倬傳》，黄紹杰言文衡烈士，受内臣指摘，何顏立三軍上《明史·黄紹杰傳》！高倬言封疆事重，宜撤希詔安文衡心《明史·高倬傳》，帝不聽，久之，文衡以閒住去《明史·黄紹杰傳》。

許嗣復，北直井陘人，歲貢，崇禎九年保定縣教諭，骨鯁不阿，修學有功。十一年率諸生晝夜守城，殺羊饗士，惰輒朴責，然無怨者。出俸葺學宮頖池，遷潼關衛教授，殺賊死之保定成《志》。

李養質，山西蒲州人，進士，爲司空郎。受命榷石倚干旄於房山之三山。廉静不擾，秩滿遷密雲道副使，猶惓惓房山不置，爲置學田二百畝有奇，士之窶者驩若更生。蹟所行事類此成基命《房山縣學田碑記》。

嚴錫命，字意敕，四川綿竹人，進士，崇禎十一年知通州。專務化民，修學宮，鑿泮池，闢尊經閣，州境遇警，錫命率士守城，城賴以完，而壅不上聞。後三年掛冠去，祀名宦通州高《志》。同祀有固安教諭韓垍之治經重行山西蒲州人。固安陳《志》。其未祀而有善政者，知東安縣歐陽保江西新建人，元年任，抑權豪，治黠吏，有修舉、盧躍龍廣東人，三年任，革羨餘，興學校、趙海貴州人，三年任，雪冤懲吏，典史路自純山西人，六年任，卻賂治盜、柴希貢山西人，九年任，卻賂嚴盜。東安李《志》。知文安縣李時解州人，五年任，撫災黎，修縣志，教諭劉新民真定人，四年任，勖經世文、白瑀新安人，七年任，議防沙水、唐水諸患，訓導李名世高邑人，十三年任，葺學宮。文安楊《志》。知永清縣張允捷山東萊陽進士，十二年任，賑恤災民，善聽訟，典史侯光國山西靈石人，八年任，丙子城破，不屈，王子之變死難。永清周《志》。知房山縣朱國佐山東嶧陽舉人，薄斂輕徭，不受賂、唐陞山東萊陽人，修石隄。房山佟《志》。知涿州吴同春永定人，善賑、劉維正安陸人，除錮弊，修學宫。涿州吴《志》。知保定縣李藻山西高平人，十年任，明年守城，遷知涿州，重學校，遷密雲監軍道，歷刑部侍郎，典史魏世達浙江山陰人，十二年任，有儒風，絶苞苴。保定成《志》。知寶坻縣漆園江西人，進士，省徭決獄、李崇一杞縣人，革庫吏勒石，教諭程士升黄岡人，建文昌閣，作《學宫題名記》。寶坻洪《志》。知三河縣劉開文山東鄒平人，有礍（當）［璫］比吏爲奸，治如法。三河陳《志》。知香河縣賀君卿遼東人，嫻武略，擒盜、吴一元山東范人，賑恤必親、張所養陝西延川人，不受私謁、孟陳堯河南夏邑人，均地均差、耿章光山東人，不受請託、朱帥欽宗室，陝西甯夏人，不畏中官，訓練鄉兵爲一方保障。香河劉《志》。

武勘，臨淮人，薊州學正，正己正人，或曰：『前任學正教嚴，盍濟以寬？』喟然曰：『學貴先收放心，纔放即於蕩矣，恐誤來學。』其教愈嚴。《禮記》名家，薊士習《禮記》始此。祀名宦薊州張《志》。其同祀而前乎勘者，戉深躬行範士鄞人，後乎勘者張焕浮梁人、張鳴鳳清平人、朱守爲蒲［莆］田人、沈宏業慶都人、莫天麒貴陽人、門洞開安平人、蘇爲梯棗强人，或傳經，或範德，凡此皆學正也，訓導有陳溥、吴化、陳瑄、王昃、法章、智秉乾、孟養氣、李樂，皆課學有聲溥樂安人，化南昌人，瑄臨汾人，昃耀州人，章扶風人，秉乾真定人，養氣棗强人，樂廣平人。薊州張《志》。

肅應兆，薊州衛指揮。善韜略，有捕盜功，然徇徇有儒雅風，臨財亦不苟取。祀名宦。其同祀武功則有鎮朔衛指揮戴廉、張士顯，鎮撫連真豐縣人，百户李仁，薊州衛指揮黄陞、張承基、蔡一麟、馬麟，守備郭甯、袁完，百户成勳能開數石弓，屢獲大捷，營州右屯衛在薊州東境千户胡玉，副千户劉榮灤州人。廉能則有鎮朔衛指揮李時、薊州衛指揮僉事劉勉，守義則有鎮朔衛百户孫杲之、薊州衛指揮黄甯、薊州衛鎮撫龐濟，疏河則有鎮朔衛指揮劉輔灤州人。薊州沈《志》。

國朝

順天府

甘文焜，遼東人，隸正藍旗漢軍筆帖式，擢啟心郎，改大理少卿，康熙二年遷順天府尹。以法繩下，貴幸家皆斂迹，崇文門苛稅，露章奏之《先正事略》。

宋文運，南宮人，順治乙丑進士，康熙年光禄卿遷順天府尹。杜請謁事，有不便民者立革務盡。畿甸肅清，晉刑部侍郎。卒謚端慤。祀順天府名宦畿輔唐《志》六十七，參《一統志》五。按《歸愚文續》十云：吕耀曾，雍正年兼任順天府乙卯科鄉試，奏添號舍千六百餘間。附録備徵。

許學范，順天府治中，善聽訟，步軍營獲南苑麕鹿犯十餘，奏交府鞫治，罪且死。學范廉知鹿以淹斃，漂墻外，窮民無知取食，比竊圍場野鷄無器械例，牒請杖釋。嘉慶六年京察一等，冬轉刑部直隸司員外郎據《許學范墓志》。

秦瀛，字小峴，江蘇無錫人。乾隆丙申獻賦行在，賜内閣中書，累遷太常卿、尹順天府。均徭役，清積獄，以懂成畫諾爲愧，顔其堂東廳事之室曰『知愧齋』《先正事略》，參《小峴山人文》四、采訪册。

巡道

李日芃，滿洲旗人，順治三年霸州道兵備副使。才優治劇，剖決如流霸州周《志》，授策州牧，諭降土賊李振等數百《滿洲名臣傳》。按《名臣傳》云州牧張儒秀，考霸州周《志》：順治三年知霸州爲張民望，其年繼李日芃爲兵備副使者儒秀也，儒秀未云知霸州，歷江南操江都御史周《志》。其前乎日芃者劉芳貴州舉人，元年任，不受私謁，鋤盜靖亂。其後乎日芃者張儒秀遼東廣甯人，三年任，猝聞警，當機立辦。于變龍遼東鐵嶺人六年任，以寬雜徭著。能繼愛民績者趙維瀚江南人，進士，十一年任、范周江南人，進士，十二年任、朱國治遼東人，十四年任，以文章緯吏治，一介不取，寬徭役、安世鼎也遼東人，康熙六十年任，寬徭重學校。周《志》，參采訪册。

宋犖，商邱人，康熙二十二年任通永道。撫困乏，興學校通州高《志》，參采訪册，著有政績，歷撫江西、江蘇，遷吏部尚書，祀名宦畿輔唐《志》六十七。其後二十有三年四十七年有革陋規之白爲璣，亦祀名宦遼東人，見武清吳《志》。它若李瑚南昌人，乾隆四年進志[士]，有異政《先正事略》，李調元字雨邨，四川綿竹人，進士，乾隆四十六年任，葺潞河書院《潞河書院碑記》，曠永賢嘉慶四年任修通州學校、增名宦鄉賢、節孝祠，其見義必爲多此類也據《通州文廟記》。又有永定河道王念孫江蘇高郵人，進士，嘉慶四年任，剔蠹省徭，有聲《先正事略》，參采訪册。

良鄉

薛榮，字秋山，陝西長安人，吏員，順天府經歷，遷自貴陽經歷，道光二十六年知密雲縣，三十年知良鄉。不矜苛察，然人不能欺，其任良鄉三載，減征徭，興學校，勤撫字。咸豐初粵逆張甚，縣當畿西，首衝京塞，南京諸軍疲於供億，所需車馬榮皆給直，不以累民，帑不足，輒傾橐中俸繼之，民至今頌弗衰良鄉楊《志》，參密雲周《志》。其前輕徭省役有姚隆運陝西舉人，順治十年任，建義學於固節驛西有張宏毅康熙年任，重修縣志有楊國奇康熙三十九年任。楊《志》。

固安

武廷括，山西大同人，監生，康熙二十三年知固安縣。黠吏漁民利，重治之，緩糧。歷官四載，惠澤孔多，民立去思碑，遷東路同知，官至廣東按察使。祀名宦。同祀有知縣賈一奇字天侔，江西新建人，舉人，順治九年知縣，免供億，齊大岳字君山，鄜州拔貢，十六年知縣，以愛養著有惠政，佟國琦遼人，康熙七年知縣，有廉名廉且能，王錫韓字雲岩，山西太平人，進士，十三年知縣，郭峻浙江新城人，副貢，二十六年知縣無滯獄，徐天德江西豐城人，舉人，三十一年知縣，創北關義學以重學稱，張安世奉天人，四十一年知縣，精明果毅，黃贊禹江西廬陵人，進士，道光二十一年知縣，有善政，署堂楹曰：『常憂官折兒孫福，難副人稱父母官。』以除害興利稱。又有教諭王祚明保定慶都舉人，康熙初教諭，勤學勵士，署縣事有善政，田應昇永平黎人，康熙間教諭、周璋進士，乾隆四十五年教諭，博學能文，奬掖後進並稱職，固無媿名宦者也。其知縣未祀者有修甎城之李光理安徽廬江人，拔貢，乾隆四十九年知縣，造磚城，修學校之王仲蘭江蘇吴人，道光二十六年知縣，重學校，修文廟。固安陳《志》。

永清

龐大僕，山西高平人，進士，順治三年知永清縣。有治才，重學校，諸生干兩造者終身鄙其爲人，治法類是。其後知縣若馬有用遼東甯遠人，順治九年任與物無忤，而罰不遺於勢貴，若丁棅福建同安人，十三年任歲歉請蠲請賑無遺力，若張有傑江西臨川人，康熙五年任編審有法，若連應鄭山東樂安人，進士，九年任建學修城，無苛賦無濫刑，官四載而詿誤去，若萬一鼒江南丹徒舉人，十二年任輯舊志，其聽訟平，不迫追呼，若邱銘勳字丹臣，福建閩人，進士，同治八年由武清知縣調署永清鞫獄有受杖者，輒曰：『吾無德化也。』建書院，以十五邨徭及無糧地資之。它若教諭董錕豐潤人，康熙四十三年任修學築隄，訓導喬寯懷安人，康熙十四年任、典史王錫祚浙江會稽人，康熙十五年任皆稱職永清李《志》、萬《志》。

東安

徐世彬，江西德化人，拔貢，乾隆五年知東安縣。卹災黎，剔黠吏，未嘗有意循聲，而去後有碑。其前後知縣，惠民則有劉應坤遼東人，順治二年任，息訟弭災，無追呼、王業隆陝西平涼衛人，十八年任，興學緩逋、周士璵湖廣沔陽人，進士，康熙四十五年任，寬厚爲政，懲吏則有王鼎胤山東淄人，進士，順治三年任，治黠吏如法、丁爾發浙江義烏人，舉人，康熙九年任，釐奸無少間，潔己則有樊芳春陝西涇陽人，舉人，順治十一年任，不受私謁、侯應封遼東甯遠人，舉人，康熙十二年任，獄輕，輒折絶苞苴路、李大章江南丹徒人，康熙十四年任，愛民禮士而有守，刊前知縣王士美志，繕城池，嚴保甲，興學則有杜琅康熙五十三年任，捐俸立義學於五里郫，永除郫徭爲廩餼，治盜則有蘇兆元福建福甯州人，舉人，順治十三年任，盜或逸，若罔聞，密蹤跡之，獲。東安李《志》。

香河

温應奇，字子正，陝西南鄭人，進士，康熙年知香河縣。不受私謁，省繁役，息小訟，廉静若無所長，而去之日父老泣送者五百。訓導王愈則卓然自命，然士亦多裁就。愈，真定行唐人香河劉《志》，參采訪册。

通州

祁彦，奉天人，順治八年井陘知縣，擢知通州。慈惠簡重而虚己臨民，即讞大獄亦聲色不動。遷西安知府，州民遮道送之。祀名宦。其後有甯完福、李會生、程俊、武登科之倫知州事，皆以名宦稱。完福奉天人，康熙九年［任］，善政，以修新舊兩城爲最。會生河南夏邑人，二十六年［任］，下車即振學，輕徭。俊字樸園，鑲白旗人，二十八年任，革火耗及漕役規，設振粥，葺東關外橋。登科奉天錦人，三十八年視事，無瞻徇，役去其甚。其同祀名宦有學正尹澍字霖生，直隸深州舉人，二十八年任，三十八年校州志，訓導南賡直隸蒲城人，康熙二十七年任，教士先器識而後文藝，戴濬字玉齋，直隸滄州人，康熙三十三年任，校州志，譚仲潞字樸軒，直隸昌黎人，嘉慶甲子解元，道光八年任，以立品課士，州判李桂芳字月堂，常州人，康熙三十五年任，管石壩漕務，革陋規。通州高《志》。

三河

曹時舉，遼東人，生員，順治三年知三河縣。不受私謁，革公耗，恤困乏。擢太原知府，歷官江甯道《賢員傳》，參采訪册。其後鄭富民、陳昶，皆治縣事，無苛無廢，而並以修志著。富民奉天鑲紅旗人，康熙三十九年任。昶浙江人，舉人，乾隆二十一年任三河陳《志》。

武清

趙曰瑛，山西文水人，進士，雍正四年知武清縣。潔己惠民，十一載如一日。初錢糧滋差擾，曰瑛殫精釐之，立滚單，民至今稱便。謂治縣可與頡頏者，前有耿應旦、孔元祚，後有張治、陳述之、曹笏。應旦陝西人，順治元年任急保障，滌煩苛，去之日士庶攀轅泣下，元祚字永齊，廣東長樂舉人，康熙二十七年任重建儒學有遺愛，洽字文軒，調自大興精折獄而導以善，吏不忍爲弊。述之雖署事僅半載，而出俸葺城西北隅，其性嚴，然待民恕，笏字石樵，浙江進士治侵民吏如法，積獄不一滯。他若教諭李束繡新安舉人，康熙四年任、張綽刑［邢］臺舉人，雍正三年任，修學，訓導王隆宣化保定州人，修學，典史李濤浙江仁和人，康熙十八年任，弭盜，主簿上官濱江西上元人，康熙二十一年任，絶賄。武清吴《志》，皆稱職。

寶坻

歐陽動生，安福人，進士，康熙八年知寶坻縣。性耿介，偘偘自將，植寒畯，抑豪强，不市恩，不避怨，曰：『吾知直道耳。』葺縣治，去後民謳思不置。祀名宧。同祀有牛一象，榆林人，隸鑲白旗，蔭生，十一年知縣事，持大體，訪積弊革之，抑豪右之擾民者，從容静鎮，竟内帖然，修志；毛士儀，秀水籍遂安人，際可子，康熙間拔貢，乙亥知縣事，不以催科吏擾民，鞭朴弗輕用，興學校，倡導鳳［風］雅，令諸生集社甲乙。未祀名宧而有政聲者，知縣王嘉亮肥城人，折獄不阿權貴，在康熙朝、錢壽世常州人，和惠寬平、吴振武秀水貢生，康熙中任，却羨餘，興學校、薛文榆林人，多善政、杜之叢扶溝人，重儒、沈嵩士海甯人，進士，康熙中任，除蠹興學、黄志元福建人，葺縣治、吴槃全椒人，雍正中興學剔蠹，教諭張廷遴張曲州人，康熙中修文廟、魏子學魏南樂人，舉人，修崇聖祠，造祭器，濬城河，訓導多元朗阜城人，康熙中勵士，主簿胡開運康熙中任，修堤。寶坻洪《志》。

寗河

關廷牧，榜姓陳，改復原姓，字叢桂，廣東南海人，乾隆癸未進士，三十九年知寗河縣，創修渠梁書院，籌課士，資重修橋渡埡道，民乃不病涉。先是雍正九年縣析自寶坻，閱五十年無志，廷牧創纂之，時四十四年也。五十五年五月去。祀名宦寗河丁《志》，參《關》志自序、徐以觀楊景泰序，關廷牧《渠梁書院記》、《重修橋渡埡道記》。其後祀名宦者有李成集、陳稼生、朱以升、過錦雲、吳夢曾、彭瑞麒之倫。成集江西鄱陽人，乾隆癸卯舉人嘉慶十三年任，修石梁，興學課農，稼生字興軒，江蘇寶興人，道光壬午舉人道光十七年任，明年再任，吏畏民愛，無異政，以升字次雲，浙江仁和人，道光庚子進士自道光二十一年始四署縣事，是以民之疾苦罔弗恤，錦雲貴築人，咸豐壬子舉人咸豐四年署事，重儒省徭，蝗不入境，夢曾字傳巖，安徽涇人，道光庚子舉人同治二年任，重修書院，瑞麒字春圃，福建崇安人八年任，增課士費，創修渠梁南河壩。他若知縣徐堂之修渡河南祥符人，乾隆戊辰進士，二十六年任、黃紹魁之平道成梁拓頫宮雲南雲龍州人，乾隆庚辰進士，三十四年任，教諭魏泰之葺學天津人，丙子舉人，乾隆廿七年任，雖未祀名宦而政有聲丁《志》。

順義

張定憲，字居翰，江南宜興人，進士，順治十年知順義縣。首興學校，徵糧不擾，刑無重科，在官六載，去後民立碑誌思順義黄《志》，參《去思碑》。

黄成章，四川綿竹人，舉人，康熙五十五年知順義縣。修學校，補城垣，建倉廒，修道路，革火耗，絶賄賂，掩骸骨，纂縣志，其他善政大率類是訓導解琯縣志跋。

懷柔

吴景果，字半淞，江南吴江人，内廷修書議敘康熙五十二年知懷柔縣。撫循凋敝，修舉廢墜，懷柔志僅明時舊本，手輯數百條，於六十年成書懷柔吴《志》，參志敘。

涿州

張錦，字文伯，翼城人，舉人，順治初知涿州事。與民休息，興學校，勸農桑，復流離，遷員外，十年官霸州兵備道。不受私謁，百廢俱舉，去後有紀政碑涿州吴《志》、霸州周《志》。厥後治州事有聲者劉建邦奉天人，視事弗倦，慎鞭朴、李勳字靈臺，奉天人，絶干謁，建義塾，修巷栅、胡來朋字雲嵐，石埭人，輕刑省徭、郭子治字無爲，華陽人，編審有法，修涿鹿驛、敖翮字凌秋，汝陽人，卻苞苴、任鍾麟字玉坡，蒼溪人，平編審、傅鎮邦字藩臣，奉天人，馭吏嚴，建城樓、李法祖字士林，鐵嶺人，減徭清獄、劉德宏字毅公，奉天人，斥干謁，修志、曹封祖字紫山，瀋陽人，康熙十八年任，修學勸農、秦毓奇奉天人，康熙三十年任，斷獄剔吏、楊承斌雲南舉人，雍正元年任，興學勸農、鄭錫爵汾水進士，雍正三年任，詰奸抑豪、昌天錦字倬菴，漳浦人，進士，三年任，減徭省刑、梁萬稷絳州人，十二年任，治吏摧豪，有包拯風、張志奇山東利津人，進士，乾隆十一年任，廉而重學、李化楠羅江人，乾隆廿七年任，善賑、秦承霈江西金匱人，嘉慶十六年任，十七年再任，建鳴澤書院、趙廷椿浙江山陰人，道光十三年任，修學宫、吴承祖江西建昌人，舉人，二十一年任，勤政而治訟敏、張和甘肅和州人，進士，咸豐四年任，修永濟橋，又有吏目程正蒙錢塘人，雍正六年任，不徇私，州判吴炯錢塘人，有守而能文、馬星餘姚人，出俸鑄水門鐵柱，遏宵小也，署房山、東安、懷柔知縣，有聲，學正于沂乾隆五年任，善教、王隆宣化人，十四年任，修學校，訓導邊中寶任邱人，舉人，乾隆十一年任，以德迪士。涿州吴《志》。

房山

母配坤，山西陽和衛人，副貢，順治十一年知房山縣。下車詢甲[里]民值月幫貼積弊，盡革之，城垣學宫修舉有方。遷山東曹州知州房山佟《志》，參《革里民值月並釐剔夙弊碑記》。他若知縣林起鳳遼東甯遠人，順治年，輕徭緩逋，五年遷霸州兵備副使、吴守寀江南武進進士，順治年任，不受私謁、曹期嘉南陵進士，順治年任，興學撫災，以剛招忌、楊鉅源道光十三年任，修雲峰書院、典史楊毓秀扶風人，捕盜撫民、教諭何良策修學校。佟《志》。

霸州

何貞，浙江山陰人，嘉慶二十一年知霸州。絶苞苴，革火耗。初其妻載績車之任，至今以爲美譚，而興學則傾囊不吝也。厥後出錢四百緡創益津書院者有許本銓，本銓湖北天門人，道光十九年知縣事霸州周《志》。

文安

郭天錫，河南商水人，順治十七年知文安縣。性平易，催科不一擾，衣布，食無兼味，然臨民莊，吏黠弗少貸。遷中書舍人。祀名宦文安楊《志》。

許天馥，江南蕪湖人，康熙三十二年知文安縣。聽斷無滯，災則請蠲請賑，急水患解私囊，善政難可枚舉，所謂民父，母非歟？遷河間管河同知文安楊《志》。

楊朝麟，正白旗人，康熙三十九年知文安縣。前知縣張應詔盡力修隄，未兩月以憂去，朝麟補厥未竟。其聽訟勤，積獄一清。四十一年遷順德府漳河同知，得旨：『朝麟居官甚優，文安地方緊要，著以同知職銜管文安縣事。』明年，麟纂縣志成文安楊《志》。

大城

李瑧文，山西沁人，順治己亥進士，康熙五年知大城縣。吏舞文輒覺之，論如律，人不敢欺，民有積年逋，請免之。以憂去，士民送者千百大城張《志》。

保定

何訥，崑山人，康熙中知保定縣。水潦，訥築隄捍禦，嘗中夜視工，馬驚，墮水溺幾死，縣多逋稅，以羨餘代之。祀名宦《一統志》五。

薊州

梁肯堂，浙江錢塘人，舉人，乾隆間知薊州。政尚簡易，雜徭積逋免厥甚者，事崇大體，或以權勢要，弗徇，民立生祠，而肯堂改書院。歷官直隸總督、刑部尚書，祀名宦。爲之前者若王皞山西人，吏不能欺，所繇正供無紊，郵置無擾也，方葺公廨，以遷山東濟南知府，工未竟竟其工者後任文焕實，資其規，若黄家棟奉天舉人，修譙樓，有古遺直風，若游啟運湖廣拔貢，禮士減徭，並順治年任，若余時進奉天人，康熙十三年下車即裁蠹，修明倫堂，而爲之後者若趙錫蒲山東冠人，拔貢，嘉慶九年任，薊民苦火耗久矣，錫蒲除十之六七，葺學宫，建洗心書院，皆祀如肯堂據薊州張《志》。

平谷

李傑選，山西沁源人，康熙丁未進士，署平谷縣事。有積年逋，爲民請免，它政類是，有遺愛碑。厥後知縣有項景倩、鄧來祚、朱克閔，未遑多讓。景倩浙江錢塘人，雍正六年任，克閔河南嵩人，舉人，乾隆三十七年任，皆以修志著，來祚江西南豐人，乾隆甲戌進士，廿九年任以修城著，而所謂勤慎第一者霸州道旌以扁則惟典史高兆臨康熙間。平谷朱《志》，參《修城記》。

提督學政

蔣超，督學順天，待士不少假借，然以養廉恥爲重。先是尋常雀鼠，有司輒箠楚士子，超疏停其例，欲其培養士氣也據宛平王《志》、蔣超《請停有司責禁生員奏》。

吴文鎔，江蘇儀徵人，嘉慶二十四年進士，由編修累遷侍講學士，道光十四年督學順天。選拔届期，疏請通飭嚴禁招摇、革卷册費諸名目，所得皆知名士《先正事略》。

籑喜廬文初集卷十七

族曾祖旆雙公家傳　麗扶公

公諱汝霖，字旆雙，一字旆商，號時齋，德清人。祖燾，明崇禎末奇荒，忍饑讀，國朝張學使拔冠童子試，補縣學生，善教，受經者百餘。父寅恭縣庠生，十應鄉試躓，遺訓『祖宗不可不祭，詩書不可不讀』，公讀父書，然境艱，五歲母陳携依外大母。十三歲歸，仍饉，教與學半，未遑云試。二十七歲一試即補學官弟子，念母族飲食德，輒歉歉然，陳氏兩世四棺未葬，公乃問津堪輿家言，自葬祖父畢，代陳擇地趣葬，陳之子若孫方謂可緩，公趣之再，受侮。或曰干公甚事，公曰：『吾分内事也。』復趣乃葬，樹瑩木，議祀產，其受德不忘類此。知醫，曰：『聊存醫國意。』乾隆三十七年卒，年七十有八。子朝旭、朝昕據麗扶公所譔傳，參鈔譜逸事。

朝旭，麗扶公諱也，榜名雲龍，府庠生，好學，乾隆四十九年，繼元晢公修譜未就，然支派半賴罔墜。今雲龍後公二世凡百有二年，勉修宗譜，而名適同。公行事不少概見，讀公所作旆雙公傳，曰：『不敢爲揚頌詞，實道始末。』則其不誣先人學可知已。配金，子慶觀、慶升、慶恒欲避公名，格于例未更。

先大父輔仁公家傳

公諱同聲，字輔仁，曾祖文在公諱士德，祖武遷公諱九鼎，父郁文公諱廷琇，皆績學無失行。公生而沖淡，然耆學。入縣庠，恂恂然有長者稱。秋試不售而疾，遂謝名累，顔所居曰『雲林』，讀《内經》、《金匱》諸書，辯藥性，既悟藥醫身不如心醫心，養之以静，坐書齋，鼠食燈膏若無見然，其不動心多類此。疾瘳，健倍平昔。

與物無忤，一歸于厚。嘉慶二年龍山橋圮，揭來苦之，雨彌甚，公惻然，倡修之。樂善不第，唯是是其著者。道光六年冬十二月三日卒，年七十有六。子士俊、羹梅、士儀、士傑，羹梅即雲龍父商巖公也，自有傳，以子官勅贈文林郎，以孫官誥封榮禄大夫。

沈夫人家傳

沈夫人，德清尚博邨人，雲龍族祖天行公自達配也。天行公祖寅清配陳，父廷對配葉，方夫人歸天行公時，逮事與否不可得詳，惟聞夫人性嚴，且一以蠶助生産，罔有勌色。結褵未久，天行公疾，夫人求醫竟無效，時乾隆□年原文。無子，夫兄自强子一，曰：『再有子當後吾弟。』久之不生。夫人曰：『姪，猶子也，吾安吾命。』蓋守節數十年如一日云。光緒十二年，雲龍繇禮部請旌如例。

戴夫人家傳

戴夫人，德清東衡邨人，雲龍從父徵三公守珍配也。公母既卒之四年，父興周公繩發慮後娶虐子，如《顔氏家訓》所言，遂不娶。次子聘三公儒珍穉，不有冢婦頗難爲撫，聞夫人賢，遂委禽，蓋嘉慶五年庚申也。事舅孝，相夫勤，撫夫弟周，親黨多之。明年徵三公病，夫人淚暗嚥，目脂糊眦，而調藥靡勌，卒不起。結褵未期，年十九，泣夫不年又無子，水漿不入口。舅曰：『欲死耶，誰撫儒珍？它日儒珍有子，首後汝。』[遂]强起營葬，撫夫弟如初，且勵學。聘三公能文，工詩，有聲庠序，弟子多知名，雖繇庭訓，夫人亦與有力。館穀入不敵出，夫人以蠶助，節縮米鹽，然舅繕[膳]罔有缺，如是二十有二載。道光二年，聘三公生子堃，以爲子，食之衣之，入學貧，輟，雲龍父商巖公佽費復學，歲以爲常。夫人勉堃曰：『慎勿負汝從父意。』堃歷兵燹，學且不廢，至今鄉塾稱善教，遵夫人訓也。髮寇逼，鼠竊蠢而火，夫人傷病乘之，卒。嗟嗟，難至亦殉，獨惜早耳。時咸豐十年庚申春三月十一日，年七十有八，守節凡六十年。光緒四年，雲龍請旌如例繇禮部奏報可。

從父聘三公家傳

公諱儒珍，字聘三，自號莘庵子，興周公繩發第二子也，爲同高祖父同懷後。所後母沈卒，本生母沈又卒，興周公爲公兄守珍娶于戴，撫公，尋守節，撫公如初，公亦奉嫂克謹。越二十有二年配房，生子堃，戴以爲子。公髫齡有志概，願學伊尹，少長補縣學生，聲滿一黌，既不得志於有司，遂授經歸安、武康、德清間，著籍多知名士。嘉慶道光間論績學必稱莘菴先生。典籍靡所弗窺，尤耆史，于雜文儷體罔或不能，尤耽詩，攷古異同，證今得失，一一于詩寄之，而詞亦工。咸豐八年卒，年六十有九。善處約，不干非義，于弟子獨重先大夫。其子堃，倚先大夫力不廢學，時時憶以詩，嘗欲都爲一編曰《話川詩草》，而兵燹餘稾不少概見，今存十一，雲龍編爲《莘菴詩集》四卷、詞一卷。子二：長即堃，後名也愚；次也魯。

姚夫人家傳

姚夫人，德清舍頭墩人，聘三公子也魯配也。也魯字右坡，小名棨，讀書不就，治農桑。夫人來歸，勤蠶事，目不知書，然聞粤逆竄湖州婦女殉難事，輒問曰：『若何死耶？』既言『脱不虞，尚博溪清，是吾死所』。同治二年春二月二十六日，賊三五掠食，循溪走，夫人猝遇之，以刃脅行，詈不絶口，賊怒欲刺，已奮身投水死。方詈時，族人噤伏溪灣，遥聞厥聲厲甚。右坡，雲龍族兄也，無謚言。光緒四年，順天忠義局就雲龍徵實以聞，予旌。

王夫人家傳

王夫人，德清内莊人，小巖處士雲瑞配也。生而樸實，言無巧，行無飾，遇事無趨避。其歸小巖，事姑未嘗先意覺志，然服勞昕夕，動見天真。姒婦知無城府，鮮有吹求。小巖讀書耽吟詠，恒至夜分，夫人縫紉共燈，罔或倦，蠶時彌勤。粵逆竄郡後，時時分掠尚博郙，郙人率避以舟，賊東則西，蓋亦有幸不幸，同治二年春二月二十六日，聞夫族兄也魯妻姚遇賊投水死，夫人曰：『死得其所，何先我耶？』明日晡聞賊，蒼黄扶姑上舟，小巖駛泊溪灣，夫人獨念姑未得食，曰：『賊無踪，吾且爨以食姑。』其女阿大索乳急，遂抱歸。炊未熟，或呼賊至，夫人循溪走，長髮四五挾刃且近，曰止止，夫人義不受辱，抱女投水卒，年三十有一。越數日始殮，顏色猶如生云。光緒四年，順天忠義局就雲龍徵聞予旌，且符建坊例。

小巖爲雲龍從兄，小名瑞石，後再巖公，越二年亦卒。嗟嗟，若王夫人者可謂節烈，非耶？而無嗣，雖然，不死也已。

商巖府君長女壽傳

商巖府君長女曰壽傳已嫁女，故變例首舉府君，姓傅氏，雲龍姊也。姊之夫曰烏程金山鎮三十一莊費寶樹，字小漁，卒三十年矣。姊生四歲，母張夫人卒，府君時客四川，顧之復之者，五叔母姚夫人也。越八年又卒，明年攜姊之四川者，五叔父再巖公也，道出嘉魚又卒。姚淑人歸我府君之五年乃引而教之。咸豐元年冬適費，費官貴州久，乃一署青溪典史，尋卒，距結褵六年耳。子未五歲，女尤稺，姊瞠目視，無可倚者。縮布而衣，並日而食，篝燈趣緘［鍼］黹，聊云小補，然難爲繼。苦瘴，又警風鶴，如是者殆二年。夫兄某官雲南，與貴州近，若罔聞。雲龍以母命迎，遂挈子女至四川依母爲命。當是時，府君卒且三年，無一夕儲，雲龍年十有九，方亟亟焉於筆墨求養母資，是以姊免流離，未嘗裕如，而後乃少勝。子祖炳，初從仲弟雲萬學，雲龍入成都府幕，始聘師，令與季弟雲昭同研席，已而雲龍困兵部郎，叔弟雲夔實左右之。其女適阮名國璜，字寶齋，姊以爲宜，未幾女殁。其含酸多此類，奈何乎命耶！故事，非五十者不旌，光緒四年年五十，雲龍述守節事，繇禮部聞予旌表如例，于今忽復八年。歲月不居，節行已定，故可作生傳也。時十二年冬十月。

鵬秋仲弟雲萬榜名鼎家傳

季弟雲昭

雲萬榜名鼎，字鵬秋，別號也僧，恩安知縣商巖府君第二子也。四歲識字，明年受魯《論》，未十歲受群經、三傳、《文選》竟，所不讀經獨《儀禮》，自以爲歉。學詩文，習制蓺，數月如式而見理清，燕先生燿曰『敏』。府君遺訓在學，雲龍方雜撮注疏，鵬秋先舉子業，一洗靡濫，涂先生煊曰『練』。咸豐六年，母姚太夫人舁府君柩殯萬縣，鵬秋留學鄉畦外族大父醇塾，即其生處也，小名萬生以此，距生十有五年。雲龍研同席，卧同被，苦冬日短，扉盡未寢，李先生用汥曰『勤』。經術爲文，取法乎上，王先生思曾曰『正』。同治二年雲龍入重慶府幕，前知府費先生嘉樹能文，鵬秋侍母寓成都，雲龍數以其文就正，代執弟子禮，而未嘗不擊節曰『真』。里亂，同學者曰：『生于斯，長于斯，父殯于斯，寄籍也。』乃應四川鄉試，薦未售。先是徐郁雨丈震翺曰『文緊且密』，既而曰『少鬆益利』。雲龍入成都府幕，譜霓文社起，鵬秋繇是有聲。越三年，以國子監生應丁卯帶補壬戌鄉試，中八十二名舉人主試侍講學士孫萊山先生毓(文)[汶]，翰林院編修、南書房行走李若農先生文田，同考墊江知縣袁潮升先生績震，覆試改歸德清。九年官刑部江西司主事，明年辛未會試薦而躓，然治學益鋭，雲龍與之補未讀書，舅弟互師一如萬縣，以餘力會文一如成都。其文數爲宗匠所奇，時見它刻，人遂交口稱時文不置，笑謝曰：『事此爲迎養計，而名吾哉。』方雲龍癸酉落第，鵬秋自課日一文，晝輒訪友，夜歸振筆飆發，不移時就，無剽竊語，識者曰：『安有文至此不破壁者。』而甲戌試不薦，以爲第不第何足輕重。板輿迓無時，不得不降改知縣謁選，舅弟傾囊不足，假金三千。明年選有期，而母卒于四川江北，行且與俱而曰：『不若弟舁匱，兄則營葬。』既殯，入學使張香濤先生之洞幕，尋至江北，與雲夔定歸計。費絀，涪州知州吴地山丈延授子經。光緒三年春舁母及季弟雲昭匱行至萬，又舁府君及七叔父殷巖公匱，夏至里書來，類新舊交替語，未幾得從兄嵩書，言鵬秋疾，雲龍曰：『弟殆死矣！』輿不及俟，徒行十數里，附友輿至天津，航海易舟，十日而至，而鵬秋已於六月二十九日卒，年三十有七。

性剛，然事母色獨柔，出入必面，其意以捧檄慰母，以廉俸養母，不欲一晨昏間。方謁選，奉天適請揀員，揀則母不克往。前一夕繞牀走，雲龍起與語，復啟户循階語且走，遲明往，無名，乃卧。其扶匶也，于舟課子晉初，不副意輒撻，血淋淋下，氣上逆，不食亦不寢，尋悔，它日又如之，非獨抑塞然，蓋亦天性。聞不平事立大恚，厲聲起，既知以告者過，輒謝，相視如初，不問芥蔕與否。仰事俯畜，雲夔實繼雲龍任之，素不問也，改官計左，券期逼，乃時時持籌，蓋痛母且慮負人，食益少，病熱汗出，竟不支云。

著有《憩雲小艇》詩集一卷，駢文一卷，《也僧筆譚》一卷，與雲夔同注《駢體正宗》，未成。嘗以涉金石者屬雲龍。時文頗可傳，然非所欲傳也。志即不行，天假之年，庶充所學成一家言，朽不朽未可知也，而乃止此！汲汲爲先人營葬之身，臨葬弗獲一見，反與雲昭葬于其左，悲夫，悲夫！

雲昭字倬如，府君第四子，少鵬秋十歲，治經學詩文皆師之。字腴，方謂福澤差勝，文友稱後勁，獨雜體詩不無悲慨，間出玄語。方疾，雲龍以爲鄉者痘陷而起，侍母避難開縣危而安，而何至死，而竟疢久失慧，先鵬秋五年死，年二十二。性不近人，事母尤謹，長猶兒時。方七八歲，或指美衣者戲曰：『何如？』曰：『弗如，而弗欲如。』其志如此。未娶。子雲龍子范成。

趙兵部斯鑄妾□烈婦傳

烈婦姓□氏，浙江歸安稼軒兵部斯鑄妾也，未詳其所繇來。或曰幼失父母，被人掠賣，非其所而志則不汙。轉鬻之趙，趙妻有子二而卒，趙兄又卒，無子，兄妻子其長子，以烈婦撫次。趙與雲龍同官武選司，槖如洗，烈婦支援無怨言。光緒四年秋七月，趙固無疾，猝患哽噎不能食，遂卒。烈婦倉黄視殮，未遑言死，將殯，服毒殉。

雲龍曰：嗚呼烈矣，邀旌輝乘，誰曰不宜！然當未殉時臧獲且得以出身議之，又誰測其烈若此哉！

外舅李芝巖公傳

李公諱承基，字芝巖，一字頮庭。烏程人，寄居四川永甯，雲龍外舅也。上世家錢塘，國初，無垢公潔徙烏程配温，潔生秉鍵配沈，秉鍵生鳳池字掌綸，配王，貞壽建坊，鳳池生朝相字興周，配徐，朝相生煌，煌字健中，公祖也配陳，煌生塘，字福園，是爲鞠潭先生丙戌進士，莘縣知縣彬季弟配陳。寓四川始健中公，而塋四川始福園公。

丈夫子一，即公也。公篤學，彌篤天倫，生於嘉慶十四年夏五月六日，健中公寓永甯矣。不數年，福園公省親，輕[徑]蜀道難，而公隨母陳夫人留事祖母。初入塾，母輒藉手紉助學費，夜歸篝燈，翦聲書聲時相啚也。母起早，公輒先起，手薪沸湯飲母，乃就塾，以爲常，時數歲耳。二十三年，母聞福園公有疾，遂入四川，公方十歲，依伯父母居，艱苦甚，而侍祖母陳夫人加謹，殆若成人。道光五年，福園公昇健中公匶而南，父子欱泣不能聲，而爲祖母留，未忍與福園公俱也。

從沈午雲先生學。十九歲七年補弟子員，績學者自謂不逮，而試輒躓。不數年，雲龍外姑沈夫人歸于公，自是祖母忘其老且疾詳《沈夫人傳》，而唱隨猶相戒時如不周。十七年秋七月廿一日祖母卒，體福園公志，盡哀盡禮。明年春，公母寄語『父老且病』，公挈眷舟行，夏六月五日至永甯。公父愈而公母嬰疾不斟，公夫婦侍母一百二十餘日如一日云。此一百二十餘日中，起則扶，眠則屏氣立，痛癢則撫且搔，危則刲左股肉寸許，沈夫人亦如之，和藥進，二豎避舍，而復遂不起。人頌雙孝，而公彌痛。

讀禮畢，敎學成都，父命也。二十三年夏五月，聞福園公疾，馳慟不逮，而懍懍遺命以先世貨殖餘業計。公初專儒，不問商也，而億輒中。公舅氏陳某即前爲公父會計者也，欺且匿，公殆不堪，而僞責輒自露。公不苛取求，不較銖黍，不惜以德報怨，而生產輒克如願，非獨人力，抑亦天相。

子皆受經於公，而仲子文俊學文亦無它師。或曰：『公六試皆躓，欲子學公耶？公休矣。』公不啚而教不少休。未幾文俊試輒利，咸豐戊午舉于鄉，明年成進士，國朝永甯文俊前無進士，蓋破天荒也。或文曰：『非公教疇克臻此？』公亦不奮。十年城有奇警，謀守公與有力。或勸仕，睥睨不應。同治元年，髮寇石達開圍城，謁傳不守，公服毒矣，長子作霖杵金魚吐之，藉曰：『不謁就義，非歟？』風鶴靖矣，而家多難。嘗謂憂能傷人，而壽，卒年七十有四。

子四：長作霖，初名文翰，□□縣典史，次文俊，工部主事，三文炳，候選縣丞，四文藻。皆先公卒。女五：長端肅，適陸釗，文生，次端方，適鍾承烈，丁亥恩科舉人，學公居多，三端臨，歸于雲龍，二品銜直隸候補道。孫四：保昌、保慶、保純，皆作霖出，葆光初名葆森，文俊出，以葆純嗣文炳。曾孫八：彥徵、泰徵、燿徵、善徵、德徵、錫徵、毓徵、□徵，曾孫女七。

以子官誥封奉政大夫，以壻雲龍官貤封榮禄大夫。光緒四年聞封股事者就雲龍徵實，請予雙旌如例。

公性鯁直無媚骨，與人無城府，過輒面規，不少假借，而急輒周。雖舊惡不念也。然至行曰孝最，其餘於公爲細節。

雲龍曰：公名不副學，仲子文俊學其所學而名，所謂非此其身必其子非歟？初挈妻子入蜀，舟夜有聲，起眎寂然，眠而聲如初，復眎則水頓落，舟腰丁石尖，人登而舟斷矣。論者謂福使然。雲龍於同治八年至永甯，見陳氏母女皆嫠，月受公米舉火，歷有年所，而即欺公者妻女也，爲善類此。仲子每獲書院膏火資，輒省以施，嗚呼善矣，况善之錫類，以孝爲本，而成進士明年死，何也！意者公雲礽起德澤在後歟？端臨既惜無譜，又懼伐石志乘佚聞于後，雲龍輒傳其大，且綴遺事，而莫靳言之詳也。

外姑沈夫人傳

李芝巖先生配沈夫人，歸安人，雲龍外姑也。父讓，母施，生沈夫人未三歲而嫠。沈夫人兄二：大溶、慶餘。學苦無資，賴母紉學得不廢。母早起操作，沈夫人輒先起服勞，時裁數歲嘉慶己巳秋九月廿五亥時生。道光年間歸于芝巖先生。姑章時寓永甯，逮事祖姑陳太夫人，年七十餘矣，嘗云『自是頓忘老且疾』，酷暑患喉蛾，滌腐吹藥嗅矢，沈夫人一如醫者言，而不以爲穢苦。祖姑勞之曰：『孰料得汝力至此。』而沈夫人猶恐不周云。一夕，寢覺難安，起眎祖姑，則被褥爇尺許，浸炙足矣，嗣是宵常默省，而澣褻沐足類以時，痛癢呼吸相關，它人弗覺也，十數年如一日。丁酉秋祖姑卒，年八十有□，彌留語沈夫人曰：『願壽如吾。』

明年至四川永甯，而姑陳夫人疾矣。侍姑疾一如侍祖姑，而疾甚，遂偕芝巖先生刲左股肉和藥進，疾驟損，尋益，以侍姑僅百廿餘日爲慟。後漸裕，日惜祖姑不與也，而儉不少易，無塗澤紛華習，然周急不吝，於肩負人不較銖黍，於芝巖先生不念舊惡事輒隱爲助。生平無疾聲厲色，雖婢失不輕責也，待婦如女。其和淑多此類也。光緒十七年三月二十七日卒，年八十有三子孫詳外舅傳。未卒之前二十有六年刲股事聞，得旨旌孝。

雲龍曰：嘗聞母言親黨善容莫沈夫人若，論者韙之。其和淑蓋出天性，宜無拂意事矣，而迹其生平之甘苦離合，不第仲子文俊成進士而死一端已也。方侍祖姑獲歡心，忌者思有以中，第二女妹適陸獨陰援之。嗚呼，亦危矣哉！年八十有三，適如祖姑好語，毋亦天道之可知者與雲龍初紀外姑事，後改爲傳？

貞孝李女傳

貞孝李女，浙江烏程人。工部主事、己未進士文俊三祖姑也。曾祖鳳池配王夫人，乾隆三年題表貞壽，得旨建坊，賜給帑銀上緞。祖朝相，父煌，縣丞。

女習禮知大義。雖少，動若成人。字同里張氏子。未嫁而張殤，女泣不食。母陳曰：『女欲死耶？如母何？』女强起曰：『諾。』而泣不止、食不嚥。母曰：『女誓歸張耶？』應聲曰：『諾。』遂適張持喪。既而澣且炊，晨夕以身先，艱苦備嘗，數十年如一日，對母不一言也，而母知之亦不言。撫嗣子彌至。

道光十七年秋，母患喉，腫且潰，女時趨侍，然不克時時侍。一日省母，見母之孫婦沈雲龍外姑，方嗅喉視糞，女泣曰：『汝侍祖母勝吾侍母矣。』母歿，女曰：『未亡人之生敝屣耳，忍死以母故，而不從死耶！』慟絶復蘇，起襄含歛事及殯。又數十日，歸爲嗣子理禦冬衣。一夕，自著素衣履自縊死，親黨呼視之，則自袒而襦而縑襪連紉若一不易解，觀者泣下。年五十有□，距張氏子死蓋四十餘年云。

雲龍曰：未昏守貞，持異議者方以爲非禮之中，嗚呼苛矣！禮與其薄，曷若過厚？不然，端木氏築室獨喪孔子而孟子不以心喪繩之，子野之卒《春秋》亦不以毁譏，何與？共姜嫁衛，及門而衛君死，持喪，見《列女傳》。《柏舟》之詩，孔子以首邶、鄘，蓋許之也。禮以斬衰著未嫁女之服矣，雖未嘗以不嫁强人所難，而不得謂願爲其難即悖于禮。方今女以貞聞，網[罔]弗予旌，况復孝耶！雖然，若李女者遑計身後名哉！

朱貞女傳

朱貞女，湖北江陵人朱逢春女，字同里杜德保，四川永甯知縣慰昌孫也。咸豐四年德保年十四卒，女歲如之，聞訃即脱簪易服，誓靡他焉。父曰：『兒族姊適賀，守貞年且四十，苦未衰，兒未見耶？』久之，吴氏子委禽，父默許之。八年，歸有日矣，女泣謂父曰：『許杜，他非所知。暫侍父母，待年三十往事舅姑，兒志止此。』父勸諭之，泣不食，死而甦，語父母曰：『速返兒甲子之在吴者，使兒瞑目歸杜。』呼不復言，時五月十八日也。年十有八。

雲龍曰：世疑未昏守節，有出自父母强以爲名者，如朱貞女其又何説？謂禮無明文則可，然塵拾歸太僕有光《江明經》中唾餘，一若禮之所禁，幾何不疑金滕爲僞也？築室獨喪孔子非心喪之禮之中也，獨女乎哉？獨貞女乎哉！

李夫人端肅傳

夫人姓李氏，端肅其名也，字黛山，浙江烏程人。曾祖煌，縣丞。祖塘，歸安庠生，父承基，烏程庠生。姊妹五，長即夫人。性明爽如丈夫子，讀書通大誼，能文章，亦工詩，而稾不一存。善事父母，代理瑣屑［罔］或紊，母沈氏倚如左右手。歸敘永廳候選訓導陸恒子釗，谿豐之嗇，釜魚欲生，而椎髻耐苦視若固然。其上兩世繼室，詬誶鼎藪也，久無間言。夫祖錦章耄而病足，卧几聽夫人譚忠孝往事，掀髯樂甚，因以爲常。夫補縣學生，一字之師，三益之友，得内助力居多，然抑塞久，頗近落魄，夫人典嫁衣供游幕資，盡，復繼以釵環，罔［罔］有吝色。同治四年秋偕游雅州，館穀稍勝而夫疾，夫人辨藥性，苦尠良醫，遂不起。夫人哭已，自責曰：『哭了事耶？』殮且殯，而橐蹶空，乃縮衣食舁匱以歸。然程且數千，水險，舟不可得，乘竹筏穿浪行。夫人手攜子一女一，以身倚匱不少離，毛髮盡濕，以未漂失爲得天幸。偶觸怒石，心膽輒碎。易江舟又行數十日，歸葬如禮。

依母課子，日夜説經，授詩文程。子入縣學，課弗衰。先是筏水浸股受溼久，成疽而潰，光緒元年六月十四日卒，年□十有四。越十年，户科洪給事良品上其事，得旌如例洪奏：陸李氏，四川敘永廳文生陸釗妻，明禮能文，隨夫游幕雅州府。夫故，氏年二十九歲，攜子女扶夫匱歸，銀［艱］險備歷，歸葬如禮。撫孤課讀，入庠，守節數十年而卒。子烝林。媛娘其女也，祭日哭母，自縊死。

雲龍曰：婦學之名見《周官》之《天官·内職》。論者以學德或分，遂謂婦學可廢，信斯言也，獨婦學乎哉！如陸夫人者，事老以學，助夫以學，教子又以學，昇夫履時艱險不少避，雖學士何以加之，又幾見不學而臻此也！

李烈婦端嚴傳

烈婦姓李氏名端嚴，浙江烏程人，端肅第五妹也，有兄四，故呼九妹云。先是其五姊名端誠者歸歸安沈天錫，工詩詞，集未編次而卒，沈母以烈婦賢，遂委禽焉。性無逆詐，沈將以通判候補四川，債臺日高，它往貸資，烈婦留成都，支持米鹽苦甚。一日誤傳沈在涂病死，出臧獲口，聞之遂泣不止，服毒以殉。夫猶生也，而烈婦則死，時光緒九年夏五月。越二年，户科洪給事良品奏旌，報可。

雲龍曰：以殉而死而可不死，死將毋悔。雖然，與其殉而夫不生，曷若殉而夫未死？嗚呼烈矣，而生者何以爲情耶？

紀李孺人端方聞警事

李孺人端方，烏程人，芝巖外舅第二女也，歸敘永鍾孝廉承烈，性柔順似不能言者。石達開之圍敘永城，攻七日，譁傳不守，孺人趣五歲女曰：『走！走！』姑金曰：『何往？』曰：『欲舁死所。』金亦偕二婢行。臨河矣，將躍入水而鍾至，泣止曰：『城未失也，死何急？死何急！』乃歸。時同治元年春四月二十三日。

女名菊妹，後適徐孝廉心泰。

紀李湯氏李黄氏雙節事

妻從祖母湯，浙江烏程李君垣配也。李君侍父煌之四川，寓永甯縣，聞湯賢，聘之。結褵無幾時而李君卒，湯淚盡繼之以血，遂時時狂，負夫遺像握筐盛玉箸作乞食狀，或授之食則怒而去，遇堪懸像處輒泣拜，拜已復泣，風雨不少輟，數十年如一日，觀者皆淚數行下。死之日猶欲强起，或勸曰休矣，而不可，扶牀起拜夫像，拜已，哭不成聲卒，時嘉慶末年也。

厥後夫弟塘之孫祖榮初名文霖之妻黄亦節婦也。守節始于咸豐十年，年二十三歲，無子，子夫兄文瀚更名作霖子保純。光緒十一年，洪給事良品彙上其事，兩旌之，報可，距祖榮死已二十七年云洪奏：一李湯氏，寄藉四川永甯縣，李桓之妻。夫殁年二十七歲，矢志守節三十五年，至死之日猶拜夫遺像而卒。一李黄氏，寄籍四川永甯縣，候選縣丞李祖榮、原名文炳［霖］之妻，夫故氏年二十三歲，撫嗣子守節二十七年，現年五十歲。按『桓』爲『垣』之譌。

紀甘井衚衕跛老語

予偶至正陽門西甘井衚衕，有井二，即《潛研堂集・柬曹習菴詩》所謂『甘井汲泉宜勿幕』者也，訪妻兄李松泉工部文俊十餘年前遺跡，不可得，欲歸，遇跛老，問之，泫然曰：『是予子一字師也。予吴氏，有子蓄疑字久，塾師無以解。聞工部以戊午舉人中己未進士，時居此之章部書某重其學，延授子經，不可，强之乃館其家。子往問字得音與誼，今猶時時道之不置口。不一年工部卒。嗚呼惜矣！章氏子授學深，今解刊叢書於四川矣，來京居某寺，詢之必獲工部彌留情事也。』

予感聞此言，亦不知涕之何從。縱步往而章它出，方踟躇間，章歸，則喜極望外，問之則曰不知，曰：『非師耶？』停語良久，勉應曰：『吾弟師也。』噫！

紀外從王父姚薌畦公遺事

外從王父姚薌畦公，外王父譜芳公族弟也。方雲龍孤，母命偕弟雲萬至萬縣就學其塾，受教養年餘，而弟六歷寒暑，學賴不廢。先是市廛嘖嘖松壽齋不置，松壽齋者，外從王父先世肆也，席豐非歟，而外從王父一如布衣，以讀書種子爲重，四五兩從舅，其丈夫子也，五從舅穉已讀，而授四從舅十三經，半出手鈔，行間字數與年暗長：初二十餘，繼四五十，欲讀者不覺其苦也。毛錐自握，炎冰不輟，別後數年問之猶然，嗚呼篤矣！外從王父名醇，薌畦其字，歸安人，寓萬已近百年。

紀從母夫嵇稼堂先生遺事

同治七年，嵇稼堂先生卒於成都，年六十有六。知與不知，莫不惜蜀中幕府弱一名手，矧在親串後生耶！

漢州郡辟掾，如薛宣起書佐，于定國起決曹，猶今幕賓也。唐後官幕分途，先生則以爲實相表裏，一以正民爲要，精而不雜，簡而不繁，慎而不可干以私，其友强望泰多之。咸豐年間，先生以知州候補四川，時風鶴警矣，古刹□匱無算，先生建策厝之。以年判，以藉類，以木石識，方期井井，而官以幕避，遂未由竟，論者惜之。

先生名仰洙，德清人，於雲龍爲從母夫。

紀牛雪樵先生遺事

同治五六年間，雲龍問誠正學於牛雪樵先生，時先生解官主講錦江書院矣。性仁孝，其學以堅定爲體，以敬信爲用，以勤儉行己，以寬厚治民。讀所述《牛氏家言》，未嘗不肅然其家問所繇也。

先籍河南，明有訓導通渭者，家甘肅始此。遠祖寬，稱善人，太高祖騰漢生星焕，焕生魯，魯生懋、世德、無慝，懋生作麟，先生父也，人稱愚山公，少牧羊采薪，泣不得讀。冠而學，三十後入庠，愲然見道學之原，疾苦不渝，嘗自謂有得於『剛』、『密』二字。道光辛丑，先生成進士、四川知縣，愚山公諭：『行仁者義也，願兒鐵面冰心。』先生知雅安縣兩月頌聲起，愚山公不勝虚聲之戒。二十四年知隆昌縣，迎養。明年之彰明，先生依依膝下，猶嬰兒時也。每見鴨，輒不忍下箸，或問之，曰：『母糠糲以終，疾時食鴨未果，此生長痛矣。』愚山公亦爲黯然。二十六年自彰明歸，先生告養意決，以事羈，咸豐元年始歸而不逮養，以爲終身憾云。服闋，仕至四川按察使，一以愚山公訓爲規，而仁慈過之，殆由天性，宜有後矣，而甯遠地震，先生竟有子而無子！何也？

《家言》而外，著有文集《聞善録》。樹梅其名，通渭人。

饗喜廬文初集卷十八

書譜贊

《書譜》一卷，唐竇泉述。《書賦》注：『孫過庭，字虔禮，富陽人，右衛胄曹參軍。』張懷瓘《書斷》云：『孫虔禮，字過庭，陳留人，官至率府録事參軍。』唐人多以字行，異名職此，顧爵里亦異，何與？篇末題『垂拱三年』，蓋武后時也，《書斷》稱爲《筆意論》，然篇中明云撰爲六篇分成兩卷，名曰《書譜》，則《書譜》是其原名，今止一篇，豈書佚序存與？《文淵閣書目》載《過庭書譜》一部二册，闕《列法帖門》，《四庫》一卷録從浙江鮑士恭家行世者，石刻外有《百川畫苑津逮》三本，此則釋自乾隆間九思堂臨本也，後有跋云：『參三希堂停雲館安麓邨刻本，互補闕略，友以屬題。』

雲龍按：《書譜》自懷瓘推奬以還，大率稱爲能品，而述《書賦》則云虔禮凡草閭閻之風，千紙一類，一字萬同，如見疑於冰冷，甘没齒於夏蟲，毋乃過與！《書斷》有贊，爰仿其體：

史游急就，章草之倉誰歟能品？過庭所長。竇泉輕詆，懷瓘則揚。疇其續之，有宋之姜。

四箴

視

上觀千古，遠矚州［洲］五。不當視而視，則當視者瞽。

聽

正聲辨似，兩端察邇。勿苦苦口，勿悦悦耳。

言

心聲爲言，何越乎道德之藩？欺己者夸，悦人者煩。口其尤藪，非禮勿喧。

動

有爲而爲，理亦欲馳。豈曰無成，曾不自持。自今勿騁，擾擾猛省。蛇後虎前，主之以静。

格物箴

無物之物，管天眼窄。載物之物，其動也闢。人亦物耳，内外今昔。一物不知，恥與疑積。

致知箴

遁物知離，逐物知歧。而歧而離，非儒者知。

誠意箴

心之起訖，不誠無物。

正心箴

心爲身柁，柁弛則身危。惟危惟微，柁轉飄隨。

修身箴

治平本身，何論家人。敬以直内，如祭如賓。義以方外，一笑一嚬。

齊家箴

治國如斯，治天下亦如斯。何以正位乎内外？曰孝弟慈。兄弟既翕，一以貫之。

名箴

與其多譽而毁亦與也，曷苦［若］無咎無譽！

實箴

先大人口不譚空理學，而孝悌實踐，視理學家未遑多讓。藐焉小子，其何能述，而何能無述？述《實箴》：

與其正而僞也，孰若偏而真，此過激之語，而未始不可借以警心而省身。倫常即學，程朱亦人。

三習箴

讀乾隆元年孫文定（嘉淦，字錫公）《三習一弊疏》，未嘗不嘆其以道事君，並可爲士大夫箴砭也。曾文正昆季且録於座右，况德慧未益如雲龍者，能無刻勵？夫苦藥所以已病，直木所以正影，而自是之弊根不祛，視聽之習抑又可知。欲杜三習，先防一弊，無他，心而已矣。述《三習箴》以自懋云。

耳習

耳伏譽癖，匪譽則逆。譽奪耳權，耳甘譽役。習于所聞，韶鄭可易。木訥且疏，何知直益？

目習

白視爲黑，南視爲北。譬彼葦柔，而視矢直。豈曰無目，習見則惑。及其未習，盍諦民則。

心習

恒情喜從，而厭予違。違豈無是，從豈無非！耳目習否，心其樞機。弊萌自是，盍慎乎微。

學銘

勿荒落，勿淺略。勿索隱而禪，勿易不易之雅言而近於鑿。

筆銘

猶憶雲龍弱冠草檄，筆不得休。友規雲龍曰：『不見夫筆鋒乎？多用易秃。』其言閲歷益信。雖然，筆何能不用也，視用何如耳。述《筆銘》：

筆不鋭則魚魚鹿鹿，過鋭則退速。不露而蓄，藏鋒非秃。

石鎮紙銘

爲九兒范鉅作于光緒十四年。越二年，乞雲龍書而自鐫之：

既修絜之，又方正之。比德於玉，而豈惟斯。

機器銘

器機可恃而不可恃也。瀛生於水，水竭輒止，輪轉於火，火微則弛。

附：示諸兒聯

示二兒

程朱身鵠，許鄭學田。

示六兒

勿友不如己者，擇其善者從之。

示九兒

説經師許鄭，立品范朱程。

又

如居阮文達擘經室，勿讓杭大宗補史亭。

光禄寺少卿王公墓誌銘

維清光緒九年春正月丙申，誥授朝議大夫、光禄寺少卿王公終於官，其同里層編修仁守，不苟言人也，述公忠孝事，非晚近士夫所恒有，又爲公子出示所著屬雲龍銘，不獲辭。

謹按公諱家璧，字孝鳳，湖北武昌人。先世徙自黄岡，公則明端簡公諱廷陳九世孫也。曾祖如茂，祖養恕，父芝異，皆以公貴。昆弟三，公居長。高、曾而下未析居，公忠孝麤匹本之性。生年九歲父被構陷，椎胸泣，十一歲父戍雲南順甯，苦求從，父語曰：『兒志於學，勝日侍多矣。』拜受命，泣不能起，觀者泣下，曰：『孝子！孝子！』就江漢書院受《左氏傳》，讀至『師克在和』，諷者再，其師曰：『常談耳。』遽應聲曰：『此不易之勝算。』不沾沾括帖，然脱稾輒驚老於文者。謂《論語》『五十以學易』，『五十』字爲圖書中數，而集注『卒』字似六十不似五十，兒時已疑之。年十九補縣學生，道光十七年丁酉拔貢生，十九年己亥舉順天鄉試，二十一年辛丑取覺羅官學教習，行七千九十餘里省父戍所，父命歸營王母窆穸。二十四年甲辰成進士、兵部職方司主事、充順天鄉試謄録官，明年會試受卷官，又明年復省父戍所，父獲醜田，録有功，或掩之，林文忠總督雲貴，始移之昆明，公侍養三載。二十九年兼武庫司充會試對讀官、宣宗成皇帝實録校對官。咸豐元年遇赦，公父微格於議，曾文正力争上之，報可。時湖北烽熾甚，公奏軍事始此。三年充實録館詳校官、兵部漢本房總辦，母憂歸。子弟兵争就公約束，公之受曾文正、胡文忠知始此，以文忠薦擢員外理餉事，著效，八年轉郎中，明年加四品銜。同治二年從曾文正軍，遵旨也。三年奔父喪，行服如禮，五年文正趨如營，六年得旨以四五品京堂侯［候］補，格部議，文正給咨引見，以五品京堂候補。七年從今大學士、兩江總督左恪靖侯［侯］軍，亦遵旨也。恪靖候［侯］以純古淡泊直陳無隱聞，得旨以四品京堂即補。八年，恪靖侯屬公主講陝西，化漢回畛域，恭仿世宗憲皇帝命史貽直化導陝西意也，渭河警，講勿少輟，受學之籍回者亦無戒心。擢太常寺少卿，十年轉大理寺。光緒六年丞順天府，請修昭忠祠。三年丞奉天府兼學政。五年得復丞順天之命，因與吉林將軍異奏被議，降三級調用。天子鑒其直，七年補鴻臚寺少卿，轉光禄寺。年七十疾，端坐而終。嗚呼，可以觀公矣！

公伉爽有志節，隱憂國事輒廢寢食，論是非不避恩怨，章奏無慮數十萬言，不作浮沈語，聞者咋舌，義所在不達不止。與胡文忠、曾文正、左恪靖候［侯］往覆論軍事，恒爲動容。文正奕，切諫之，其天性如此。生平以孝爲忠之根本，以和爲忠孝作用，清儉其餘也。

所著有《狄雲閣偶刊》三篰，未刊者有《周易集注》、《洪範通易説》、《老子注》、《南華經注》、文集詩草若干卷。其《洪範通易説》以太極皇極爲宗，九宫生九疇，而六十四卦皆以五行爲用，其注《老子》大恉謂不與吾道異，道可道，非常道，下二『道』字言也，即孔子不可語上意，然則孔子竊比老彭、孟子不闢老子，得公注益信。

配程夫人，先公二十一年卒。子二：世騄，員外郎銜工部主事。世嶟，候選翰林院待詔。

孫二：出選，四品廕生。出撰。

卜光緒□年□月□日葬公於某。銘曰：寒柏其兒，澄潭其衷。刊摘沈秘，光翔清風。忠即孝移，名則不知。武以文補，曰臣能爲。囁嚅比比，而不忘規。古有巧宦，而公恥之。披肝言長，寵辱兩忘。奇與迂與，百世庸常。

八兒咸初碑文

碑在京宣武門西二里廣誼園。高二尺六寸，寬六寸，正書曰『清傅咸初碑』。碑陰文五行，行十六字。文後書『父雲龍志』四字，並自書石。卒後二十日葬，蓋四月二十二也。墳向東南，此雲龍第六子，合從兄行八。

維兮咸初，小名瓔，浙江德清人，予第八子也。孕十二月而生，性逾逢童，年不副質，晬越八日光緒四年孟夏辛巳殤，瘞之廣誼園。銘曰：『慧絫壽耶？汝父薄德，放生延生，嗟心莫獲。再世百齡，識否燕石。』

十兒熊初碑文

碑高二尺六寸，寬尺二寸，隸書八行，行二十三字，篆額曰『傅范熊初碑』，文後署『雲龍撰，張度書』。其墳向東南。雲龍第八子也，合從兄行十。

光緒十年五月十日，兵部郎中、德清傅雲龍子熊初痘殤。熊初小名燕，商巖府君第十孫也。有異質，能言即順親，弄物輒讓兄之少長者；行遇螘，卻步，母李問之，曰：『蹋之可憐。』然性好潔，而峭言每如斷，不輕笑。初晬餘，母教誦詩弗忘，受《易》如宿誦。生三十一月有六日卒，瘞京宣武門西二里土地廟後竇家坑之廣誼園咸初墓東南，郪初墓西北，各數武。辭曰：『而竟死耶？昔胡生爲？忍者享年，而以仁危。豐者孰讓，而不願之。何歉乃爾？吾歉歉而！』

十一兒郪初墓石銘

石在熊初墓東南數武，高二尺，寬五寸。正書五行，行十五字。篆額『傅范郪初墓石』六字，銘後題『清光緒十年夏五閏月父雲龍銘，張度篆並書』十八字。郪初爲雲龍第九子，合從兄行十一。後熊初三十四日而痘兔病殤，蓋閏月十四日，距生三月三[二]十三日，得百有十二日。

名郪初，小名薊，郪、薊同以地繫，德清人傅范系。生甲申，厄閏歲，日十四，醫無計，百十二爲一世。廣誼園竟汝瘞，瑗與燕汝職弟，風雨淒依勿替。

崇祀鄉賢祠誥封資政大夫前知雲南恩安縣先考商巖府君行狀

曾祖九鼎字武遷，貤封榮禄大夫，曾祖妣陸，封一品夫人。祖廷琇，字郁文，封榮禄大夫，祖妣陸，封一品夫人。考同聲，字輔仁，縣庠生，封榮禄大夫，妣楊、吴、沈，封一品夫人初皆封中憲大夫、恭人，光緒十九年晉封資政大夫、夫人，今從二十六年覃恩晉封追改，下同。范翔注。

府君諱羹梅，字商巖，世居德清尚博邨，輔仁公第二子也，次從兄里人稱傅四先生。龍山橋圯，輔仁公修之成，府君適生，時嘉慶五年夏閏四月十日，篆章云：『龍山橋竣我生時。』有至性，好讀書，少以目誦，長獵典籍，刊摘沈秘，悔讀遲，移榻祠廡，楗户讀，晨夕勿倦。弱冠爲諸生，不屑屑記問章句與迂闊學，能詩，然勿耽，文若宿構。志在扶綱紀，懼不用世，俯就舉子業，有聲，試數躓。道光六年丁輔仁公憂，見者墮淚，哀可知已。

十一年之四川，舟駛犍爲道士洑覆，一躍登岸，宿沙石，身外無長物。客弔，謝曰：『不歷崎嶇，安得坦涂？生而憂患，何弔爲！』。［人］争聘授經，辭未由裨世，聊入幕，然法家寡恩，名家苛察，未嘗不時引爲戒。

明年配張夫人卒，十八年，先妣姚夫人來歸。府君以弟再巖公、殷巖公析居勸之，得書泣下，合居如初。繇是爲昜弟償逋、補屋、寄衣、謀食，數千里外若連牀然，嘗言孝弟二字是真，做人從親親起，姪女開聱，爲置溪上田，族人昏葬或艱，具爲區處。勵學不靳苦口，助從子堃學資，十數年如一日，命不孝受經，伏臘戒輟。上從兄聘三公書曰：『積錢與子孫未必受用。弟心兩事：一祭産，一義學。』置義學始二十年，置祭産始二十一年。它利濟事爲如不及。

佐忠州興文教，建開縣育嬰堂，[爲]其彰彰者。既官雲南，盜穿竇倒篋，危滅覆舟，盤錯一也。畺吏檄讞獄，曰『能』，府君曰：『惟求其平，未知死者果無憾否。』

秋署臨安府經歷。初，溪處土司趙理誅，旁支維藩襲。理子平安扇頭目李開元互擊，民失耕，維藩供賦猶謹。建水知縣某袒開元以勦，夷衆洶洶，變叵測。府君轉餉往，得實，力阻，維藩畏罪堅壁，單騎往撫，難遂解。

二十八年署昭通府經歷，剔銅務弊，置字庫、白骨塔義冢地。

明年夏署恩安知縣，前知縣虧帑，卒，將籍没彌之。重士興學，佽公車，然訟庭羼縉紳，理雖勝，不假顔色，繇是士争自愛。旱，齎虎頭徒行二十里投大龍洞，雨，秋熟。鄉氓植罌粟，諭且拔，助糧種曰：『改種未晚。』終任無復植罌粟者。塞苞苴竇，或譽『廉』，應曰：『廉，分也。』勘驗減從給費。所至聞訴，就地立判。役民訟役辭奪理，曰：『民不敢盡辭也。』約合捕法，别勘聞盜，馳馬如約，瞬數十里塵上，總兵愕然，近乃笑曰：『不意見之文官籍南者！』初，見山麓暨木餘焦骨，適縛乳臭子將焚，問故，曰：『竊田黍。』猝難理諭，贖免。語當事，無革者，姚夫人曰：『願自革之。』至是偵豪諭其徒，幾譟，不爲動，遂革。民某婦幼，姑虐死而匿，治之。悍婦某率母族閧，即令夫撲某，惑問首。獨子授杖，杖子釋歸。其持風化類此。縣試自定高等，學

使無易，向試于署，三十年修考棚。是年春，東尋回匪馬二花等勢熾，恩安漢回猜忌同城，消患
未形，府君披肝瀝膽之力居多。西鄉苦水久，山水夾沙易淤，府君當衝深掘沙田，水停則澄，注
河沙少按此二事據《雲南通志》傳稿補。石龍壩河石橫肖龍，淤久，夏秋激流，漂沃壤穀無算。府君
倡以俸，紳耆響應董役，繇海口橋而老鴉岩而灑魚河而賢樂灣，疏且濬，以泥培隄數十里。石
龍不受鑿，編麻沃油燒之，萬灌千錘，害乃去。時有『我食我衣，傅公富我，我婦我子，傅公父
我』之謡，爭刊碑立祠，援例禁。縣坿郭城圮，咸豐元年修之。知府吉廉重府君實政，欲久任以
竟其用。大關同知姚某署知府事，屬私人與城工，抗以正，士民多府君而某銜之，工雖畢，事輒
齟齬，或示轉圜意，痛斥之，遂引疾。士紀績繪甘棠圖，編氓哭聲相屬，如離慈母。

三年，殷巖公至自里，問歸計，答曰：『每積俸三百，輒作益民事，未料塗中費且不敷。』道
梗，寓四川宜賓，無斗儲，口不言貧，日手一編，暇則登臨自得。以殷巖公疾，每扃盡手調藥進，
罔效，悼弟亦疾。五年秋，猶董不孝舅弟繹注疏異同，間作程文一二，而病甚。先是道光三十
年出勘，驟雨，雹水沒馬脊，瘴乘之，結瘡久，至是乃潰，竟于冬十一月十五日子時棄養，年五十
有六。遺訓『幕可不作，書不可不讀』，語姚夫人曰：『免兒曹紈絝習足矣，吾坿身物勿厚於吾
弟。』痛矣哀哉！

性正，書外無它者，口不譚空理學，然孝弟見之實踐，睦婣任恤無德色，治民事亟于家事，
不作欺世語，不爲脂韋態，不參陰伏以釣譽，廉其餘也，胸無城府，人有過往往面規，議不苟同，

不合時宜以此。劬志於學，凡有關世道人心之文必手録之。著述多佚，有遺書一卷，論者比之先正格言。詩文未編次。

以子官晉封榮禄大夫。配張夫人，先二十四年卒于里。繼配姚夫人，後二十一年卒于四川江北廳。子長雲龍，由知府用兵部候補郎中官二品銜、直隸候補繁缺道，次雲萬，榜名鼎，丁卯帶補壬戌舉人，刑部主事改官知縣，卒，次雲夔，得旨旌孝，次雲昭，卒。女三，長適費，次適吴，三殤。長女張夫人出，餘皆姚夫人出。孫范初、范翔、范鉅，皆雲龍子，又謙初、范冕、范成、咸初、熊初、薊初、范焜，［皆］卒。晉初，雲萬子，亦卒。豫初，雲夔子。孫女蓉，雲萬女，適孫。又范淑，雲龍女，得旨旌孝。以光緒三年秋九月朔葬府君於德清尚博邨，兩夫人祔。

府君既殁之三十六年爲光緒十八年，前廣西學政周學濬諸先生公舉入祀鄉賢祠，由學而縣而府，而布政使司而浙江巡撫，會同閩浙總督、浙江學政循例疏題，奉旨『該部議奏』，禮部議『名實相副，身没年限亦符』，十二月十八日具奏，奉旨：『依議。』《湖州府志》、《雲南通志》皆有傳。不孝前輒依元郝文忠自狀其親例，質直言之；今補述未逮，伏惟蓄道能文者錫文不吝，俾入家乘，補貞石，世世子孫感且不朽！不孝雲龍泣述，賜進士出身、禮部侍郎、順德李文田填諱。

先妣姚太夫人行狀

曾祖疇，庠生，妣章。祖厥凝，妣沈。考友蘭，字譜芳，庠生，妣丁。

先妣姚太夫人，歸安人。府君元配張夫人既卒六年，來歸於四川開縣。言笑不苟，御下無疾聲而肅，勞以身先。府君館穀入不敵出：首祭産，次義學，又爲昆弟償責，酬屋值，又爲從子助學資、侄女置嫁田，又爲族若戚貧者佽昏嫁應緩急，而無内顧憂，繄吾先妣節縮絲粟之力。府君補學官弟子，即惴惴以不用世懼，將仕雲南而曰『喫苦』，先妣曰：『官不苦則民苦。』府君頷之。覆舟一洗，穿窬再罄，昭通府經歷移自臨安並苦甚，猶且置字庫、白骨塔義冢地，權恩安縣彌前虧，振鄉學，助公車，修考棚，濬石龍壩，或倡或足，是其最著，而未嘗一以家事告匱分爲民心。夜分退食，手治饌進。每銀積三百即欲作一益民事，輒從旁贊成。

初開縣俗多溺女，先妣言之滄然，府君是以有建育嬰堂之規。恩安僻鄉焚賊無革者，先妣曰：『願它日自革。』視事，趣之府君，是以有革焚賊木之政。大關同知姚某署昭通知府，厥妻過從，先妣畣拜，來宴柬卻之，府君曰：『卻是也。』渠政多門，畣曰：『政非敢知，吾率吾性。』某有屬，府君不可，城雖完，動持短長，先妣曰：『多作一日官，不過欲多作一分事，然如沮何！涂費絀，有釵環在。』府君是以有決意引疾之舉，至四川宜賓。

咸豐五年，府君以季弟殷巖公卒而疾，先妣求治罔效，一慟而絶，移時蘇，右臂不舉，時跽膝下者子四女一：不孝年十六，雲萬十五歲，雲夔十一歲，雲昭五歲，女十三歲，相向泣失聲，乃强起質物備棺。明年留涂先生煊授讀如初。

嘗憶不孝未四歲，夜歸自塾，先妣課晝所受，學外禁問，欲嫥也，課諸子視此。至是曰：『炊可斷，讀其可斷耶！』夏，舁府君及殷巖公匶厝萬縣。萬，歸里津也，以不孝同雲萬就先妣族父薌畦公醇學于萬縣，自挈其餘至開依子傳公燮培居，公爲先妣同産弟，憫自爨難，畣曰：『庇之惟弟，然苟不自食，恐兒長無立志。』夜非縫紉不篝燈，或勸售書，笑謝之，指不孝曰：『此子耆學，亦不忍遽令曠讀。』不孝歁歁淚交頤，觸府君書不可不讀遺訓也，先妣亦泣。

八年，語不孝盍幕，然憫非志，不孝受命曰：『幕中濟民事亦讀書分内事，兒當時時存入幕不啻讀書想。既而中表評『迂夫子』，先妣曰：『吾與其迂！』明年獲脩少許，呈先妣，而曰：『資汝姊。』蓋適費而寡，不孝以慈命迎自貴州者也。又明年，復以脩饌先妣買書，以其餘食。

十一年潼川阮知府祜挽不孝與策戰守，凡二十三日圍解，先妣得書曰：『幸不負阮。』同治元年，寇近，聞先妣率雲夔等避寨，不孝迎養永甯道幕，聞阮之擊李寇、散林勇、解敘永圍，未嘗不借箸也，喜曰：『鄉者人言汝如處子，豈知汝者！』三年，侍入成都發審幕，眷與姊之子女俱，時忌不孝者評『乳臭子』，先妣曰：『正藥石言也，義外利知所弗取，然治事何能？』曰：『搜根而不支，與治經同。』又問：『能如爾父，與死者無憾否？』曰：『大人自鞫獄，不孝則否，凜凜以此。』命雲夔佐，繇是獲暇，與友劘切，然學外無友，積媿生譖，孫知府濂曰：『傅無法家習而事罔滯，奚禁學！』先妣則戒事加謹。

八年，命不孝應順天試，官兵部郎，爲學計也，曰：『不爾，非汝父意。』於是雲夔侍入梁山、酉陽、江北各幕。十三年雲萬改官，爲[迎]養計也，初，雲萬榜名鼎，舉寄籍四川，丁卯帶補壬戌鄉試歸籍，官刑部主事，再試禮部不第，改知縣謁選。

先是先妣以雲昭卒，氣與痰結。光緒元年不孝第五子范成生次從兄行七以後雲昭，體慈意也。先妣竟于三月二十七日棄養，年六十。嗚呼！天何不降罰不孝之身，而使昔無父今又無母，並使不孝弟同爲無父母人也！禄養之語又何虛也！疾革，語雲夔曰：『願汝兄弟無忘汝父遺訓。』前夕，雲夔截指入藥。殯之日，送且千人。以此或述以唁不孝，謂可少減游子危涕，而肝腸彌裂。嗚呼！府君卒後寓嚴于慈凡二十年，不孝聲咽氣塞、言不克盡者，尚什伯此也。方雲萬謁選，不孝細問起居，竊幸耐舟輿勞，傳諭不孝婦李曰：『汝子多，無助勞者，繼自今免貢吾履。』豈意欲貢不可再得耶！痛哉！痛哉！以府君官勅贈孺人，以子官，遇同治十二年覃恩晉封恭人，光緒十六年晉封夫人，二十六年晉封一品夫人，餘詳府君行狀。嗚呼，惜府君崇祀鄉賢祠未及耳聞，一慰慟絶時苦衷也。不孝雲龍泣述。

祭吏部主事前御史吴公柳堂文

維皇清光緒五年五月甲戌朔□日，知府用兵部武選司兼車駕司郎中、德清傅雲龍以瓣香清醪敬祭吴公之靈曰：

蒲葦柔風兮枯稿銷聲，死者誰與兮猗與先生。維涒灘之初度兮，爰稟精乎皋蘭。比鶴更癯兮，以鐵作肝。年既老而未沫兮，羌姱修以莫殫。葉洽槐黄兮，賢貢厥鄉。强圉秉鐸兮，佐教伏羌。綱官免誚于奄茂兮，衡秋曹之三章。促墨絰以磨盾兮，遏回紇乎蒼黄。移操銓政兮，歷秩爲郎。未冠鐵以乘驄兮，竊埋輪之自附。况鷹隼其嚴擊兮，又惡能改乎此素也。一語脱脣兮，萬目蝗注。苟陶誕突盜其未翦兮，虞伊優之再誤。趙堯而竟易兮，父老泣逆乎歸路。疇雲霜嚴兮，受之若露。草拔心以不死兮，嗟卷施之如故。伏驥終思報德兮，雖鞭箠其奚顧？何前星尚隱紫微兮，遽龍髯乎阻攀。心欲轉而匪石兮，雲出岫而天寒。與其嘿嘿而生歉兮，何若謇而死安。謂苦口兮不先，柰閶闔兮萬里。苟蘭臭其同心兮，奚必言之出己。迫鼎湖之瞬成兮，焉哀鳴之能已。謂天高兮聽卑，必之死兮胡爲？夫補衮兮在昔，今越俎兮難辭。朱雲折檻兮莫及，魏相去蹇兮何時，欲括囊與黿咬兮，罔敢忘神聖之丕基。願天下蚩臣愚兮，不願來者訝臣智。朝緘疏兮薊門，夕絶筆兮蕭寺。單閼閏兮季春，戊寅日兮畢志。嗚呼！妻白首兮鶚剩雛，三孫穉兮侍無奴。九迴兮腸斷，千秋兮須臾。剎鐙景暗兮，橋水風呼。言迺心聲兮，恩留魂補。黄腸輕，慮深兮忠孤。南八男兒兮從容轉輸，衛魚屍諫兮遜此捐軀。言重兮身依戀兮，惠陵風雨。九重孝慈兮仁讓，七子直陳兮肺腑。詩留草兮紙爲貴，不相杵兮逾五羖。生博譽兮七十，死有知兮萬古。儻其尾兮連蜷，庶來歆兮清酤。嗚呼尚饗！

祭七叔母姚太恭人文

維光緒七年六月三日，從子雲龍銜哀具羞致祭貤封恭人、七叔母姚太恭人之靈曰：死生兩地，南北一天。已矣叔母，揮涕涕漣！重光季夏，夢魂入夜。侵曉電赴，讀不得下。三月爲宿，二十有七。春輝西匿，續命寡術，回憶失恃，時日驚同。七載一瞬，憂心有沖。叔父死離，廿七于斯。羈魂峽月，含酸一帷。補蘿而堂，織絲而裳。作字必正，辨藥能嘗。孟光提甕，韓母製襦。一耕一讀，紡磚課孤。危巢完卵，風雨捋荼。疆圉之年，叔父匱遷。吾父吾母，靈輀同旋。寒柏自蒼，壽藏在旁。延年善禱，强進一觴。朝露溘至，修夜不暘。霅溪風咽，薊春而霜。叔母弄孫，年七十一，其奈相依，僅六十日。我歸弟死，慟幾不起。叔母寬之，撫摩靡已。惜譜之佚，指事之始。游子饑驅，奇愁影隨。當歸寄否，遠志悪而。墮心危涕，臧獲匿嗤。鬱鬱久此，逝者如水。莫云名服，視予猶子。書來加餐，尚語平安。病罔及藥，窆未憑棺。抑又何求？遺語耳謀。蕭蕭拱木，一别千秋！哀哉！尚饗。

代妻李端臨祭繆炎之編修妻莊宜人文

光緒十年閏月五日，烏程李端臨謹以瓣香清酌致祭繆年嫂莊宜人之靈曰：老人星燦，姊月乃馳。藐姑一峰，不危而危。青鸞下迎，風動靈旗。維兮宜人，忠義之門。

善心爲窈，梱外無言。狼煙四飛，瑣尾競犇。自秦之蜀，危與母存。今之班桓，古之鮑謝。紡磚月上，無自逸暇。神比薛鍼，色活管繪。出其技餘，屈指已最。聲聞鼎族，求賢來迓。疆圉之年，蓮炬照夜。偕老之願，匪奢匪大！日月何遒，瞬十七秋。中有七載，子職婦謀。洗手羹作，問寢儀修。親牏滌代，姑恩曲謳。青雲路遠，内顧何憂。重光之春，板輿瀞塵。路八千里，行二十旬。承歡唱隨，儒門事親。馨風薰蕙，過雨采蘋。涵秋之閣，爽氣迎人。葦塘一碧，宧海澄淪。克相夫子，聚書一宅。許鄭菑畬，漢魏金石。綿力輸君，媿同此癖。中饋之占，開卷有益。經營不瘁，米鹽自儲。如金就範，如髮受梳。媞媞自好，游刃有餘。如臨綆短，汲深不如。不問自裕，而問不忘。入都之初，采葑語長。以露益海，貽笑獲臧。柔嘉之則，謙德之光。既受多祉，所期者子。惟熊惟羆，徵蘭夢矣。歷月已七，而忽如是。蒼蒼者天，不知所以。憂之所伏，胡先以喜！將使其生，胡迫其死？死前三日，憫予之嬰。曾幾何時，而安者傾！四月十三，就譚轉清。葡萄指緑，瓜蔓云生。才三十日，耳猶餘聲。詎知死別，即此一行！雲披格思，敬奠椒觥，嗚呼尚饗！

哀仲女弟文

嗚呼！　吾仲女弟適吴之二年同治五年冬十一月十一日適四川城口廳照磨吴春炘欣士卒于四川城口廳照磨官廨，年二十有六，時同治七年春正月二十一日也，生子才二十三日，越三月有二十七日四月廿八又死，懼貽母憂，未之敢聞。匶厝成都，黯然愴然。今忽忽十有九年，八月既望，其生日也，爲文追哀之。曰：

惟昭陽兮歲遷，仲秋望兮帨懸。謂月出兮無缺，考命名兮蟾圓。忽旃蒙兮月辜，偕舅弟兮苦孤。依吾母兮危涕，縫紉未已兮膏無餘。彈鋏兮遥膳，四歷年兮不面。柔兆冬兮適吴，著雍春兮淚枯。結褵兮月十四，未彌月兮子苦荼。幾何時兮子且死，儻母聞兮欷何止！生死異兮意則同，奈日流兮瞀若矢。七霜露兮慈雲西，大淵獻兮鵑血嘑。不曠省兮地下，問滅否兮憯悽。重曰：已焉哉，訣兮永，心兮灰，月圓兮亦缺，人生到此兮萬古一哀！

長子謙初哀辭

雲龍第一子謙初，小名辛保，以同治七年二月二十二日戌時卒于四川成都府署，即五年二月二十二日寅時生處也，年凡再周，生卒月日適同。方晬即籀唐詩，晨夕博其大母姚太夫人歡。性潔，拾墮地物輒拂塵。生初，母李夢虎，而稺有異質，額苞如諫，果然。卒前夕曰：『吾好矣。』竟不起。然非危恙，患温，忌辛散，時雲龍不知醫，醫某投之荆芥，吹之阜筴，喉遂爛。雲龍不敢尤人，慟之曰：『命也，命也。』而醫某乃亦曰：『命也，命也。』噫！是年秋七月，葬之成都黑家堰，樹石四尺識之。

越十九年，其母道謙初事猶目前也，遂辭以追哀之。曰：死有知耶？其知命也，當了了于生前。相去幾千里耶？忽復十有九年，汝拱木于蜀，汝父猶守株于燕，豈非命也！問于何天衡文者，乃亦曰『命也命也』，一如出醫者之口，而又何怪其云然！